中国体育博士后文丛

国家社会科学基金项目（07CTY005）研究成果

新农村建设背景下我国村落农民体育的理论与实证研究

胡庆山　著

北京体育大学出版社

策划编辑　李　飞
责任编辑　白　珺
审稿编辑　李　飞
责任校对　吴智鹏
责任印制　陈　莎

图书在版编目(CIP)数据

新农村建设背景下我国村落农民体育的理论与实证研究/胡庆山著. -北京:北京体育大学出版社,2010.12
ISBN 978-7-5644-0603-5

Ⅰ.①新…　Ⅱ.①胡…　Ⅲ.①农村-体育工作-研究-中国　Ⅳ.①G812.42

中国版本图书馆 CIP 数据核字(2010)第 248711 号

新农村建设背景下我国村落农民体育的理论与实证研究　　胡庆山　著

出　　版　北京体育大学出版社
地　　址　北京市海淀区信息路 48 号
邮　　编　100084
邮 购 部　北京体育大学出版社读者服务部 010-62989432
发 行 部　010-62989320
网　　址　www.bsup.cn
印　　刷　北京昌联印刷有限公司
开　　本　787×960 毫米　1/16
印　　张　20.5

2011 年 1 月第 1 版第 1 次印刷
定　价　53.00 元
(本书因装订质量不合格本社发行部负责调换)

此著作出版获得

“中国博士后科学基金会”资助

作者简介

胡庆山，男，1980年8月出生，湖北松滋人，华中师范大学体育学院副教授，博士，硕士生导师，北京体育大学博士后，主要从事体育人文社会学研究。

曾主持国家社会科学基金青年项目1项、教育部人文社会科学基金规划项目1项、国家体育总局社会科学基金项目2项、中国博士后科学基金项目1项、湖北省社会科学基金项目1项、湖北省十一五教育科学规划项目1项、武汉市社会科学基金项目1项，并参与国家及省部级课题研究多项，以第一署名在《体育科学》、《北京体育大学学报》、《上海体育学院学报》、《天津体育学院学报》、《武汉体育学院学报》、《体育文化导刊》等体育类核心刊物上发表论文多篇。

序

任　海
北京体育大学教授、博士生导师

新农村建设是现阶段我国全面建设小康社会、构建社会主义和谐社会征程中迈出的重大战略步伐，其意义影响深远。新农村建设既为我国农村、农民体育的发展带来了新的契机，也为我国农村、农民体育的研究提供了新的视角。乘新农村建设之东风，应村落体育发展之需，《新农村建设背景下我国村落农民体育的理论与实证研究》一书应运而生。该书紧扣新农村建设这一时代弦音，把握住了时代的脉搏，采用一种“眼光向下”的“平民化”视角，选取农村和农民体育研究领域鲜少有人涉足的“村落农民体育问题”进行研究，在很大程度上弥补了以往同类研究集中于县域农村和城镇农村而呈现出的“片面性”不足，推动了我国农村和农民体育研究范式的创新，可谓选题新颖、切中时弊。

为了从理论与实证的双向维度深入分析新农村建设中我国村落农民体育的相关问题，作者采用了文献资料、逻辑分析、调查访谈、个案研究、数理统计等多元研究方法，尤其是在研究过程中进行了大量的乡土调查和田野作业，为研究工作的开展提供了翔实的一手资料。该书内容设计丰富，结构合理，由理论篇、实证篇、对策篇三大部分构成。其中，理论篇对村落农民体育的相关概念、新农村建设与村落农民体育的关系、农村体育的历史嬗变及其对新农村体育发展的启示、村落农民体育的文化内涵及其文化力等问题进行了分析；实证篇采用个案研究与大范围一般问卷调查相结合的方式，在一定程度上克服了一般性问卷调查深度不够的弊端及单纯个案研究解释力的天然局限，使二者相得益彰，在选用合理研究方法的基础上，该篇主要对村落农民体育文化力的缺失状况、传统节日村落农民体育活动、村落农民体育活动的意愿与态度及其生活方式、村落自发性体育活动群体、农民体育健身工程的实施、不同区域村落农民体育的现状等问题进行了剖析；对策篇探析了我国村落农民体育发展的瓶颈、模式与路径，并提出了针对性和可操作性均较强的促进新农村村落农民体育发展的若干建议。

作为我国群众体育领域的一个重点、热点和难点课题——农村和农民体育问题近年来一直倍受体育学人的关注。胡庆山同志近年来一直致力于农村和农民体育的研究工作，其著作《新农村建设背景下我国村落农民体育的理论与实证研究》一书极大地丰富了农村和农民体育的研究成果，必将加大人们对基层农村和农民体育的关注力度，起到抛砖引玉的作用，具有较大的理论意义与学术价值。此外，该书基于实证调研所作出的现状分析及其结论和建议，对于相关政府部门全面和深入地了解基层农民体育的实际情况、制订相关惠民体育政策具有直接的借鉴和参考作用，因此该研究亦具有较强的实践意义和运用价值。希望作者借此发微，继续努力，再接再厉，在农村和农民体育研究领域作出更加深入和系统的研究。

是为序。

任海

2010年8月17日

目录

第一部分 理论篇

第二部分　实证篇

第三部分　对策篇

第一部分

理论篇

第一章　导　论

一、研究缘起及意义

在我国，农业、农村和农民问题历来受到党和政府的高度重视。2005 年 10 月，党的十六届五中全会通过的《中共中央关于制定国民经济和社会发展第十一个五年规划的建议》，明确提出了“建设社会主义新农村”的战略任务，指出要按照“生产发展、生活宽裕、乡风文明、村容整洁、管理民主”的要求，扎实稳步推进新农村建设。自此，新农村建设的春风便开始在神州大地刮起。

在随后三年的中央一号文件中，社会主义新农村建设均成为国家制定农村发展规划的关键词和核心要义。2006 年，中央一号文件《中共中央国务院关于推进社会主义新农村建设的若干意见》（中发［2006］1 号）对十六届五中全会关于“建设社会主义新农村”的战略部署进行了具体的规划。2007 年 1 月 29 日，中央下发的“一号文件”再次锁定“三农”，成为改革开放以来关于“三农”的第9 个中央“一号文件”。该文件指出：“加强‘三农’工作，积极发展现代农业，扎实推进社会主义新农村建设，是全面落实科学发展观、构建社会主义和谐社会的必然要求，是加快社会主义现代化建设的重大任务。”2008 年的中央一号文件，仍然指出新农村建设是当前及今后一段时期农业和农村建设的一大要求：“2008 年和今后一个时期，农业和农村工作的总体要求是：全面贯彻党的十七大精神，高举中国特色社会主义伟大旗帜，以邓小平理论和‘三个代表’重要思想为指导，深入贯彻落实科学发展观，按照形成城乡经济社会发展一体化新格局的要求，突出加强农业基础建设，积极促进农业稳定发展、农民持续增收，努力保障主要农产品基本供给，切实解决农村民生问题，扎实推进社会主义新农村建设。”

社会主义新农村建设是一个系统工程。国家在制定上述新农村建设发展规划的过程中，对新农村的政治、经济、文化建设均提出了一定的要求和导向。其中，在农村文化建设上，农村和农民体育问题一直是党和国家给予高度关注和强调的一项内容。例如，2006年十届全国人大四次会议通过的《中华人民共和国国民经济和社会发展第十一个五年规划纲要》的决议，明确提出了要“建设社会主义新农村”，“发展农村文化事业”，“推动实施农民体育健身工程”。随即，国家体育总局制定下发了《关于实施农民体育健身工程的意见》，要求各级体育部门将实施“农民体育健身工程”作为当前及今后相当长一个时期体育工作的一项重要任务，并于2006年在全国范围内正式启动。这是我国政府推进社会主义新农村建设的一项重要举措，对于增进农民健康、提升农村的文明程度和农民的文明素养、丰富农村业余文化生活、移风易俗、形成科学文明健康的生活方式发挥着重要作用，同时对于促进我国农民体育的发展有着举足轻重的现实意义。

新农村建设号角的响起，既令国人振奋，也令学人振奋。对体育学界而言，新农村建设既为农村和农民体育的发展带来了新的契机，也为体育学人提供了新的研究视野。这既是本课题最初得以思构立题的时代背景，也是本课题确立的现实动因。

然而，在新农村建设背景下，对农村和农民体育问题的研究，需要加以重新审视和定位。这是因为，虽然我国体育学人对农村和农民体育问题的研究数量迄今并不算少，但是我国已有的农村和农民体育的研究，大多集中在县、乡（镇）一级，而较少深入到大多数农民聚居的乡村村落，因此，从严格意义上讲，已有的农村和农民体育的研究在一定程度上只能视为“城镇农民体育”的研究。

正因如此，本课题力求采取一种“眼光向下”的“平民化”视角，选取农村和农民体育研究领域鲜少有人涉足的“村落农民体育问题”进行研究，以期能弥补以往研究集中于县域农村和城镇农村而呈现出的“片面性”的不足，进一步丰富我国农村、农民体育问题的研究，为基层村落农民体育的发展提供理论与实证层面的参考和借鉴，这乃是本课题研究的目的所在。

本课题的研究任务主要有：从理论层面对新农村进程中的村落农民体育问题进行解析，从现状层面对村落农民体育的现实状况及其问题进行考察，从对策层面对新农村进程中村落农民体育的发展提出建议。

研究“村落农民体育”，将促进我国的农民体育真正扎根在农村的基层，焕发出“泥土气息”，成为现时期我国农村和农民体育发展另辟的“蹊径”。因为村落是农民基本的生活空间，是乡土中国最基本的组织形式，也是一个区域共同体。这一共同地域不仅是农民繁衍发展的生存空间，而且是确保农民内部经济联系的地理条件，还是其语言文化、价值观念、风俗习惯、社会心理等共同意识形成和发展的人文环境。因此，以村落为着力点和突破口，把村落农民体育作为一种积极的村落文化进行培育，将成为新农村建设背景下我国农村和农民体育发展新的“生长点”，也将具有较大的现实意义和长远意义。

鉴于上述现实背景和我国农民体育研究进一步完善的需要，本课题的研究意义具体表现在如下方面：

（1）本课题对于我国新农村建设，尤其是新农村建设中“农民体育健身工程”在广大乡村的实施将起到直接的推动作用，进而对“十一五”规划的整体实现以及“和谐体育”的构建亦能发挥应有的促进作用。

（2）本课题对新农村建设中村落农民体育活动的研究，对于现时期农村、农民体育问题的解决具有直接的针对性和现实性，将直击农民体育发展的“死角”，有利于推动我国群众体育的全面发展和全民健身运动的深入开展。

（3）对村落农民体育的研究，有利于培育积极的村落文化，改造小农文化，更新贫困文化，建设竞争文化，进而提升村落文化的内质，克服其“先天不足”，有效地促进“和谐新农村”的建设，促进基层农村文化的大发展、大繁荣。

（4）本课题对于现时期我国“三农问题”的研究，无疑也会提供一个全新的视角和有益的补充。

二、相关研究之概述

（一）有关新农村建设的研究

2005 年，党的十六届五中全会通过了《中共中央关于制定国民经济和社会发展第十一个五年规划的建议》，“建议”中首次提出了“建设社会主义新农村”的概念，拉开了“社会主义新农村”建设的序幕，这无疑具有深刻的现实意义和深远的历史意义。紧随着，2005 年年末中央召开农村工作会议研究“十一五”期间社会主义新农村建设的工作，并下发了《中共中央国务院关于推进社会主义新农村建设的若干意见》。2006 年初，中央下发一号文件明确提出了建设社会主义新农村的规划目标，具体阐明了建设社会主义新农村的各项举措。2006 年 3 月，国家“十一五”规划纲要出炉。“十一五”规划中将“建设社会主义新农村”作为独立一篇进行了规划，分别对新农村建设中“发展现代农业、增加农民收入、改善农村面貌、培养新型农民、增加农业和农村投入、深化农村改革”这六个方面进行了阐述。由此，学界、媒体以及社会各界对社会主义新农村建设的报道和研究达到新的高潮。

社会主义新农村建设之所以如此引人注目，主要在于体现了一个“新”字，而“新”指的是当前我国新的时代背景和国情，即我国已进入“工业反哺农业，城市支持农村”的阶段。事实上，社会主义新农村建设也并非一个从未有过的新事物，20 世纪五六十年代就提出来了，1962 年全国人大通过《全国农业发展纲要》时就提出这是建设社会主义新农村的纲领性文件。后来的八九十年代有好几次中央文件都提到了建设有中国特色社会主义新农村。

而学术界对农村建设的研究，一般认为分为三个时期。第一个时期，20 世纪 30 年代。以梁漱溟先生为代表的学者进行的乡村建设研究。被誉为“中国最后一位儒家”的梁漱溟先生 1931 年投身农村建设研究与实验，在山东邹平建立山东乡村建设研究院，推行乡村建设运动。这可谓是我国现代意义上农村建设的历史根源。第二个时期，20 世纪八九十年代。1978 年我国改革开放发端于中国农村，农村社会发生了新的变化，改革的浪潮再度激发中国学者乡村研究的热情，研究者重新开启了农村研究的大门，但鉴于“当时的研究主要还是为正在改革的农村提供政策依据和主张，还未将中国农村研究作为一门严格的社会科学对待”。[①] 因此总体而言，在此阶段的农村研究尚不成熟。第三个时期，2005 年社会主义新农村建设推行以后。2005 年社会主义新农村建设正式被国家列为一项重要发展战略任务，并纳入国民经济和社会发展“十一五”规划纲要，学者及社会各界人士围绕着新农村建设进行了大量且卓有成效的研究，研究成果可谓层出不穷、蔚为壮观。

由于本研究关注的是新农村建设背景下的“村落农民体育”问题，为了有利于主题研究，有必要对新农村建设背景下的乡村理论研究成果和实践探索成果作出一定的梳理。根据新农村建设目标中所涵盖的新农村建设的不同内容，本研究拟从以下五个方面对当前新农村建设的研究现状进行分析。

1. 有关新农村经济发展的研究

新农村经济建设研究，一直以来是众多研究者倾注大量心血的课题。新农村建设中经济问题研究大致包括两个方面，一个是关于如何促进农民增收的研究，另一个是如何促进农村和农业经济发展的研究。

在关于如何促进农民增收的研究中，最有代表性的学者当属著名学者林毅夫先生。他从经济学角度研究论证了新农村建设的必要性，认为“‘三农’问题归根结底是农民收入问题。要长期持续较快地增加农民收入，基本途径是减少农民。以农

① 徐勇．当前中国农村研究方法论问题的反思［EB/OL］．中国农村研究网，http：//www. ccrs. org. cn/show_ 509. aspx.

村公共基础设施建设为切入点推进新农村建设，有利于解决这一问题”。由于基础设施建设投入巨大，资金缺口大。他进一步提出“应多方筹集资金，可以动员社会资金参与，包括银行贷款和民间资本，建成后以项目收费来还本付息和维持运营”的观点。①

在关于如何促进农村和农业经济发展的研究中，农村经济发展研究在学界有着较大争议。其中有学者认为，新农村的农业发展应效仿欧美的规模化的大农场的经营模式，实现农业产业化规模化经营以实现农业效益的最大化。比如杜向阳同志通过对驻马店当地农业产业化经营的实地调查，总结出农业产业化经营卓有成效，他认为农业产业化经营使得当地“农畜产品加工龙头企业规模日益扩大；农村专业合作组织逐步发展壮大；农畜产品安全生产水平不断提高；农产品基地建设取得成效；农业特色产业得到确立培育；农业产业结构调整得到改善”，得出应进一步推进农村农业产业化经营的观点。

著名学者、“三农”问题专家温铁军先生对此却有着不同的理解。他认为，“我国的传统农业本来就是循环经济、有效经济”。然而，由于当前农业现代化中过于追求农产品产量和规模经营效益而留下了环境生态问题，造成了循环经济循环不畅，有效经济片面有效的尴尬局面。因而，他主张“应转变农村经济发展模式，通过循环经济、有效经济，实现可持续发展目标。我们在农村，就是以农民为本，以合作社为载体，以生态农业、环保农村为循环经济的主要方式，以城乡良性互动的合作销售方式为农民的有效经济的实现方式”。②

此外，对农村经济发展的具体问题，比如如何解决农村融资难、资金短缺的问题。林毅夫先生提出“选择经营管理良好，有发展前景的龙头企业，推广龙头企业+担保公司+银行+农户的‘四位一体’的金融创新方式，有可能成为解决三农问题的突破口之一”的见解③。也有学者从社会资本的角度分析了农村社会资本的现状，解析了当前农村社会资本存在的问题，并提出促进农村经济发展的措施等（牛喜霞，2007年）。

由上可知，农村经济发展和农民增收是新农村建设的重点和难点，是新农村建

① 林毅夫．建新农村是解决“三农”问题的现实选择［EB/OL］．中国农村研究网，http：//www. ccrs. org. cn/show_ 2045. aspx.

② 温铁军．新农村建设与循环经济：实现可持续发展是根本［EB/OL］．人民网，http：//nc. people. com. cn/GB/61160/5115545. html.

③ 张凡．林毅夫“四位一体”欲破农村金融难题［EB/OL］．人民网，http：//nc. people. com. cn/GB/6359267. html.

设研究的热点，学者们为此亦各抒己见。就当前的研究成果来看，对于解决农村经济发展困局的研究，研究者们还无法形成“一致”的观点或方法。

2. 有关新农村制度改革与体制创新的研究

农村体制与机制改革是新农村建设得以顺利进行的制度保障。文献检索显示，目前对于新农村建设中的制度改革和体制创新的研究集中在“城乡二元”体制改革、户籍制度改革、财政体制改革、金融体制改革、土地制度改革、基层治理体制改革以及农村法制建设等这几个方面。

“城乡二元”制度是新农村建设面临的一大体制障碍。对此学者们进行了广泛而深入的研究。其中有些观点较有代表性，如陆学艺先生认为，“农村发展到了一个新阶段，需要深化改革，进一步把农民从计划经济体制的束缚中解放出来，改革城乡二元社会结构，大力推进城镇化，形成城乡一体的社会主义市场经济体制，促进二、三产业发展，使更多的农业剩余劳力到城镇就业，使农民更加富裕起来。”① 再如，厉以宁先生主张，“在理论上率先突破，摆脱一切束缚城乡二元体制问题解决的思想桎梏，在全社会营造改革城乡二元体制的氛围，必须在政策、法律、制度、文化等诸多方面进行有利于推进城乡一体化的变革，尽快扭转城乡差距扩大趋势，必须勇于探索实践，统筹城乡试验区要大胆改革试验，开辟一条新路。”②

“城乡二元”体制改革中户籍制度的改革亦是热议的焦点。其中较具代表性的观点认为“我国户籍制度改革进程缓慢，传统的户籍制度仍是造成当前农村劳动力非农转移问题、农民工问题、城乡差距问题、区域经济协调发展问题以致整个城乡二元结构问题的总的制度性根源，是建设社会主义和谐社会的体制性障碍。为此，应当从有利于社会公平、社会和谐和社会资源优化配置的原则出发，循序渐进地构建城乡一体化的户籍管理制度。”③

关于新农村基层治理体制的改革研究。乡村治理研究从本质上来说是对“现代化进程中国家与农民关系的制度创新及其实施与互动过程”④ 的研究。文献检索表明，2002 年国家开始实行农业税改革以及 2006 年国家正式免征农业税以来，由于基层农村利益来源与分配趋向的改变，使国家与农民之间的关系发生了微妙的变

---

① 陆学艺．走出“城乡两治 一国两策”的困境［EB/OL］．中国农村研究网，http：//www.ccrs.org.cn/show_ 4280.aspx.

② 历以宁．如何改革城乡二元体制［EB/OL］．中国农村研究网，http：//www.ccrs.org.cn/show_ 2903.aspx.

③ 漆向东．和谐社会中的户籍制度改革与问题研究［J］．中州学刊，2007，159（3）：131～133.

④ 郑黎芳，赖恩明，罗永涛．和谐社会与新农村建设［M］．上海：上海大学出版社，2007：141.

化，基层政府机构的改革成为必然的现实。由此而触发的问题如基层政府机构朝哪个方向改革，如何改革等引起学者们思考。徐勇、贺东航、贺雪峰等学者都进行了研究和探讨。其中，最具代表性的观点如徐勇教授认为，在新农村当前的背景下应“建立以公共服务为主的基层政府体系。基层政府目标和任务主要以所在地提供多少有效公共服务为主”。同时“需要将公共服务机构和职能从以往的政府管理中进行适当剥离，使公共服务专一化、专业化、专门化，从而避免围绕乡镇党政‘中心工作’而削弱公共服务。”①

土地问题是农民的核心问题。在新农村建设背景下土地制度调整成了推进新农村建设的必然选择，这无不引起学者们的关注。其中，郑黎芳认为，“复合所有制是我国农村土地制度创新的有力探索”，具体措施上“应完善共有产权的结构体系，明确农民土地所有权的法律地位；要建立农民土地部分所有权的制度体系；要改革土地征用制度，建立健全土地征购制度”。② 党国英认为“深化土地制度改革不可久拖不决”，并提出“改变土地权利结构，确立多元化的土地产权制度，让农民拥有真正的耕地财产权；要放弃‘国家建设’这类法律用语，用更明确的公益事业用地和商业用地术语；确定国家和省级政府之间的土地规划分工，中央管规模，省政府管到地块，实行土地规划法制化；对于非农建设规划区（包括开发区）用土地交易制度替代土地征收制度；对于公益事业用地，严格按照公益事业项目列举目录界定用地范围；建立土地交易收入调节税，但不再允许各级政府搞土地财政”的建议。③

在政府财政制度改革方面，金人庆、马晓河等人提出了国家应“扩大公共财政覆盖农村的范围，调整国民收入分配格局和国家建设资金投向和结构，增加对‘三农’投入，建立财政支农资金稳定增长机制”④ 的观点。

新农村建设中体制改革与机制创新涉及到新农村建设的方方面面，是新农村建设的重要内容之一。研究者们虽然取得了大量富有成效的研究成果，为新农村制度建设奠定了良好的理论基础，然而，由于研究者的研究视角与学术背景不同，在制

① 徐勇．“服务下乡”：国家对乡村社会的服务性渗透——兼论乡镇体制改革的走向［J］．东南学术，2009（1）：64~70.

② 郑黎芳，赖恩明，罗永涛．和谐社会与新农村建设［M］．上海：上海大学出版社，2007：68~70.

③ 党国英．深化土地制度改革不可久拖不决［EB/OL］．中国农村研究网，http：//www.ccrs.org.cn/show_ 1083.aspx.

④ 金人庆．履行公共财政作用 支持新农村建设［EB/OL］．中国农业信息网，http：//www.agri.gov.cn/gndt/t20060303_ 563021.htm.

度改革的问题上也会出现众说纷纭，各执一端的局面。这种学术上争论不下的局面，从一定程度上看无疑会给政策的制定带来一定的负面影响。

3. 有关新农村文化建设与教育发展的研究

先进文化是新农村建设的现实要求，是实现“乡风文明”，培养具有现代意识新型农民的必要条件。然而，当前新农村建设却面临两难困境：一是，新农村建设中要在短时期内减少农民数量，较快提高全体农民收入，使农村经济发展到一定水平；二是，当前农民文化素质普遍不高，农村文化资源匮乏，腐朽文化在农村空间聚集而异化农民生活方式，阻碍农村经济发展。这种尴尬的局面引起了学者们的关注。贺雪峰先生曾指出，“当前农民的苦，不是苦于纯粹物质的方面，而是苦于精神和社会方面。当前农民的问题，不纯粹是一个经济问题，而更是一个文化问题，不纯粹是生产方式的问题，而更是生活方式的问题。”① 以温铁军、贺雪峰为代表的学者提出了新农村建设应从文化建设入手，提高农民的福利感受。其中温铁军教授认为，“文化建设投入最小，收益最高，这在很大程度上是新农村建设中有利于安定团结、稳定基层的一项工作”。② 而贺雪峰先生从国家、村庄、家庭、村民群体四个层面提出新农村文化建设的要义。他认为，“从国家层面考虑，必须为农民提供一种市场经济化约能力以外的文化空间，特别是提供既可以正面引导农民，又可以适应农民生活现状的文化。从村庄层面来说，要重建村庄共同体，形成村庄舆论和村庄文化，要让村庄成为农民表达自己意见、实现自己价值的场所。从家庭层面来说，要重建家庭人际关系，强化家庭功能，做到子女孝顺，父母慈爱。从不同的村民群体来说，可以针对不同特点来开展不同方式的组织活动。”③

农村教育发展与农村文化建设密不可分，新农村建设自然绕不开农村教育的话题。对此温铁军先生分析了农村教育之于新农村建设的意义，他认为，“我国的三农问题之所以严重，主要在于土地、劳动力、资金以及人才这四种要素长期以来流出农村。其中，现行的应试教育不仅造成‘千军万马挤独木桥’的痼疾难改，而且还是农村人才净流出的主渠道。因此，能够体现‘城市支持农村’这个指导思想的新农村建设，就包含有要求农村人才投身于家乡建设、要求城市过剩人力资本回流农村的内容，这些都还有待于通过教育领域的深化改革来逐步解决”。同时他

① 贺雪峰. 新农村建设与中国道路［J］. 读书，2006（8）：97.

② 温铁军. 乡村文化建设不容忽视［EB/OL］. 南海网，http：//www. hinews. cn/news/system/2006/06/04/000106414. shtml.

③ 贺雪峰. 文化建设再造农民福利［EB/OL］. 三农中国网，http：//www. snzg. cn/article/show. php?itemid = 299&page = 1.

还指出，“推进教育创新，取决于主管部门的决心。只要能够主动结合近年来国家发展战略的历史性调整对教育界提出要求，把各地教育单位和农村基层的新农村建设相结合明确为教育创新的主要方式之一，就有可能使我国教育正面应对挑战，把教育在农村人力资源和社会资源开发上的作用，进一步更充分发挥出来”。此外，对于农村教育与农村发展的关系，林毅夫先生也有相关论述，他指出“国家目前的财政有能力保证农村九年义务教育的需要，且目前中央政府对于农村义务教育正在根据实际情况进行政策调整，提出了几个保证，其中第一个就是保证义务教育教师的工资。如果能做到这一点，农村的教育会发展的比较好，农村劳动力的转移，农民负担的减少，收入的增加和农村经济的发展都会大受其益。”①

4. 其他方面的研究

除了上述围绕新农村建设目标内容的研究外，学界还涉及到了区域性新农村建设研究、不同部门和不同群体在新农村建设中的作用研究、新农村与城镇化关系研究、国外乡村治理等方面研究。

在区域性新农村建设研究中有关于西部地区新农村建设研究、中部地区新农村建设研究、东部地区新农村建设研究，以及经济发达地区新农村建设研究、欠发达地区新农村建设研究、少数民族地区新农村建设研究等等。学者对不同区域在新农村建设中存在的问题进行了分析和探讨，并根据不同区域的实际情况提出不同的发展思路与发展模式。如兰州大学西部新农村建设课题组专门对西部地区建设新农村的地理、经济、文化和发展矛盾作了深入的分析，探讨了西部地区新农村建设的发展模式，并提出了相应的对策。再如刘彦随的论文《中国东部沿海地区乡村转型发展与新农村建设》，即是针对东部沿海地区新农村建设的研究。

新农村建设与城镇化关系研究也是新农村建设研究颇有争议的热点问题。部分学者持有“新农村建设是一个农民逐渐减少的过程”。其中，林毅夫先生提出“要真正缩小城乡差距，最重要的、最可持续发展的就是减少农民，将大量劳动力转移出去”。另一部分学者则提出了不同的观点，认为要解决农村问题应该继续走小城镇发展战略，而并非将农民转移出去。温铁军教授指出“要想通过加快城市化的方式把农民都转移到城市中来，至少近期内是不现实的。我所见到的人口在一亿以上的发展中国家，还没有城市化成功的典范。他们即使已经把人口转移到城市的大型贫民窟里来，也不过是贫困人口的空间平移。所以我们在认同城市化是不可逆转

① 林毅夫. 农村教育与农村发展［EB/OL］. 搜狐网，http：//business. sohu. com/2004/04/22/61/article219926111. shtml.

的趋势的同时，也必须考虑新农村建设的问题。”①

国外农村（乡村）治理研究多以日本的“造村运动”、韩国的“新村运动”以及欧美一些国家的乡村治理实践为主，这些研究为我国新农村建设研究和实践提供了一定的启示和参考。其中，韩国“新村运动”成为研究者研究方向的重中之重。文献检索表明，研究者们对韩国新村运动的社会背景、社会效果、社会特征、基本历程、主要做法与经验等进行了介绍、分析与总结。比较有代表性的如韩云勇的论文《韩国新村运动》，文中作者将韩国“新村运动”的主要经验与做法归结为六个“结合”，即“政府积极引导与农民自主精神相结合；加快基础设施建设与增加农民收入相结合；政府政策性支持与提高公民参与意识相结合；合理确定村庄等级标准与有效的分类指导相结合；加强教育培训与落实评价激励机制相结合。”②他同时还指出“城市化是解决农村问题的根本出路。政府必须下决心解决农村土地产权不清问题，采取更有效的政策保护农民的土地财产权”。③ 总的说来，对韩国“新村运动”实践的研究给我国新农村建设带来了许多理论启示和实践经验，但目前这些理论研究成果难以与我国新农村建设的实践相契合。这无不启示学人：对国外农村建设经验的研究应更注重结合我国农村实际来进行探讨。

总体而言，新农村建设研究体系极为庞大，包罗万象。在纵向研究上，既涵盖国家层面的宏观研究，又有农民个体的微观研究。在横向研究上同时也涉及经济、政治、文化、教育、制度等各个领域的研究。已有的理论研究成果无疑为本研究提供了丰富的背景研究资料和素材，同时也为本研究方法的择取，研究视角的选定提供了借鉴和参考，为本研究的最终完成奠定了坚实的理论基础。

（二）有关新农村村落农民体育的研究

随着2005年新农村建设被提上国家发展战略的议事日程，体育理论界便开始与时俱进地思量体育这个“因子”在社会主义新农村建设中扮演何种角色，对新农村建设有何等作用等问题。由此，引发了体育理论界对农民体育、农村体育研究的“井喷”效应，众多体育人文社会学学者开始将研究的视线转到农民体育、农村体育上来，大量的学术论文纷涌而至，形成了一派农民体育、农村体育研究热络

---

① 代忘. 温铁军谈新农村建设　农村千差万别变革渐进图之［EB/OL］. 人民网，http://nc.people.com.cn/GB/8379099.html.

② 韩云勇. 韩国新村运动［EB/OL］. 中国农村研究网，http://www.ccrs.org.cn/show_1444.aspx.

③ ［韩］徐廷旻. 韩国新村运动真相及其对中国的启示［EB/OL］. 中国农村研究网，http://www.ccrs.org.cn/show_399.aspx.

繁荣的局面。

根据本课题研究需要，现将已有的相关研究成果分为农民体育、新农村农民体育、新农村村落农民体育这三部分进行梳理和评析。

1. 有关农民体育的研究

21世纪以来，农民体育问题得到政府、学者、社会各界人士前所未有的重视，有关农民体育的研究日益呈现出一派欣欣向荣的局面。之所以如此，大体上可能有两方面原因：一方面是群众体育（大众体育）的蓬勃发展促使研究者将关注的视角逐步转移到处于相对弱势地位的农民体育问题上去；另一方面是由于近年来国家发展战略重心出现了新的变化，三农问题成为人们关注的焦点，农民体育问题也顺理成章地融入了体育学人的视线。

文献检索表明，有关农民体育研究的论文已有数百篇，归结起来大致涉及以下几个方面：农民体育价值意义研究、农民体育行为研究、农民体育现状研究、农民体育消费研究、农民体育发展战略与路径研究、农民体育文化研究等。

农民体育的价值及意义研究可谓是农民体育研究的开山之石。文献检索表明，我国较早对农民体育价值问题进行探讨的研究者有曾理、王朝群等人。其中曾理的论文《对中国农民体育的思考》是相对颇早的一篇对农民体育的价值、意义进行论述的文章。他在文章中研析了当时中国农民体育发展的现状，提出了农民体育发展的基本方向、路径、原则、价值及意义。① 王朝群的论文《农民体育：一个沉重的话题》就我国农民体育的现实困境、农民体育的现实价值、发展农村体育的战略与策略这三个方面进行了研究与论述。② 在农民体育问题研究的必要性与可行性上也有研究者进行了探讨。邓毅明的论文《农村和农民体育研究的必要性与可行性》在分析了农民体育学术研究必要性与可行性的基础上，还提出了农村和农民体育研究发展方向的设想。③ 这些理论研究和探索不仅开拓了群众体育研究新的视野，也在一定程度上开启了我国农民体育研究的方向。但不可否认的是，在既鲜有坚实的理论支撑也尚无具体而微的实践调查、田野调查佐证的基础上，上述理论研究尚难说是十分完善和深入的。

随着相关研究的深入，农民群体参与体育活动的心理研究与行为研究成为农民体育研究的热点之一。其中，有代表性的有孙季成同志对浙江省农民体育需求及体

---

① 曾理．对中国农民体育的思考［J］．中国体育科技，2003，39（1）：27～28.

② 王朝群．农民体育：一个沉重的话题［J］．山东体育学院学报，2003，19（2）：79～80.

③ 邓毅明．农村与农民体育研究的必要性与可行性［J］．体育文化导刊，2005（5）：47～49.

育态度的调查研究，他将调查农民分类为体育活动群体和非体育活动群体，分析了两种群体不同的体育需求状况以及造成不同体育需求状况的可能原因，并提出了相应的建议。① 此外，张文静博士从行为学的激发理论和群体动力理论的视角，结合甘肃、安徽、江苏三省18村农民体育调查的数据和访谈资料，分析农民体育参与行为及其影响因素，得出了“健身动机是农民参与体育的内部驱力；健身氛围是农民参与体育的外在动力；体育价值观是影响农民体育参与的心理因素；健身场地是影响农民参与体育的基础条件”的结论。② 奚凤兰副教授对山东省农民体育健身状况进行了调查与分析。她从农民的体育认知、农民体育参与方式、影响农民参与体育活动的因素、农民体育消费状况、农民体育需求这几个方面进行了调查，她认为“农民对体育健身活动认识不足、对体育政策法规不了解、体育场地设施严重匮乏、农民体育消费水平低、农民体育的组织管理和指导相对薄弱是影响农民参与健身的因子，并提出健全农村体育组织、加强宣传指导、加大资金投入、培育体育消费市场等对策”。③ 不难看到，对农民体育研究逐渐从纯理论性探讨渐而转向实证研究，试图以量化研究反映农民体育的客观现实，这无疑是一种进步。然而，不可否认的是不少研究存在着地域的局限性，且在一定程度上缺少科学严谨的研究方法，因而常会出现研究成果虽多，却显得零散而难以具有较强的说服力的局面。

也有研究者对农民体育消费心理及行为进行了研究。其中，张辉对南京市农民阶层体育消费的状况进行了调查与分析，认为影响农民阶层体育消费的因素有内部因素，如受教育程度、居民家庭收入因素和个人体育消费的动机、意识，也有外部因素，包括地方经济的发展水平，体育设施，体育消费市场价格，服务水平和余暇时间。这些因素中，内部因素对于体育消费起到了决定的作用，而且这些因素在不同的时期，起到的作用也是不一样的。④ 姚磊以安徽省巢湖周边地区的农民家庭为例对农民家庭体育消费结构变化进行了研究。⑤ 总体来看，农民体育消费研究是农民体育研究的一个重要内容，但从当前的研究现状看，研究者们试图从农村社会一个大的背景中去概括影响农民体育消费的心理和行为的全貌，客观来说也找到了部

① 孙季成．当代浙江农民体育需求与体育态度的调查研究［J］．广州体育学院学报，2006，26（2）：41～47.

② 张文静．农民体育参与的行为学分析［J］．武汉体育学院学报，2009，43（1）：20～23.

③ 奚凤兰．山东省农民体育健身现状调查与分析［J］．上海体育学院学报，2006，30（4）：36～39.

④ 张辉．关于南京市农民阶层体育消费影响因素分析［J］．南京体育学院学报，2008（2）：48～52.

⑤ 姚磊．经济欠发达地区新农村建设中农民家庭体育消费需求结构变化分析——以安徽省巢湖周边地区为例［J］．安徽体育科技，2008，29（2）：2～4.

分事实和逻辑联系，但不可否认的是上述研究成果由于缺乏坚实的现代经济学理论、心理学理论、行为学理论的支撑而显得有些势单力薄。

农民体育现状研究是当前农民体育最为热门的研究方向之一。黄静珊副教授的论文《陕西省农民体育的现状调查与对策研究》是较早发表（2004 年）的具有代表性的文章，该文以体育人口作为衡量农民体育发展的重要指标进行调查，并分析了造成陕西省农民体育人口偏低的原因。① 田雨普教授的文章《现时期我国农民体育的发展特征》对我国农民体育现状的特征进行了归纳与评价，为制定新农村农民体育发展规划奠定了重要的理论基础。此外，还有研究者对我国不同地域农民体育现状进行了调查和研究。如方春妮的文章《华中地区农民体育健身现状调查与分析》，该文对华中地区农民体育健身现状进行了调查并认为，“华中地区的农民有一定的体育参与意识，但没有形成持久的体育行为，体育人口比例相对较低，这与华中地区农民的负担较重、体育硬件设施普遍缺乏以及农村体育工作不到位有关系。”② 朱建明的论文《河南省农民体育发展现状及对策研究》也是较有代表性的作品之一。该文对农民参与体育活动的意识、价值取向、内容、形式、方法以及农民体育消费状况、农民体育组织状况等方面进行调查并提出了相应的对策建议。李凤新的文章《内蒙古自治区农民体育现状调查与对策研究》是较少的针对少数民族、牧民的农民体育研究，具有一定的创新性。总体而言，当前农民体育现状研究的成果在一定程度上着实反映出了我国农民体育的基本面貌和情势，也为我国农民体育的发展提供了一定的参考。但囿于我国幅员辽阔，民族众多，南北差异、经济社会发展水平参差等现实，这些研究成果不可避免地有着时间和空间上的局限性。此外，已有研究中有部分研究的结论和部分提法也有着雷同相似之处，这也反映出当前的研究角度、方法上还欠缺多样性，需要进一步的丰富与补强。

农民体育发展路径与模式的研究属于农民体育发展的应用性、策略性研究，亦是农民体育研究的重要内容之一。其中有代表性的研究有，许良的论文《全面建设小康社会下农民体育开展模式的研究》，该文对农民体育开展模式进行了研究，认为“现阶段，依靠‘政府行为’和以开展‘乡土体育’为主体的农村体育模式，

---

① 黄静珊，王兴林，李宏印等. 陕西省农民体育的现状调查与对策研究［J］. 体育科学，2004，24（4）：9～11.

② 方春妮，田静，王健. 华中地区农民体育健身现状调查与分析［J］. 西安体育学院学报，2006，23（3）：20～26.

在我国农村地区具有一定的代表性和现实性”。[①] 袁广锋等人的研究《以小城镇社区体育为中心发展农民体育》提出了“以小城镇社区体育作为突破口，发展农民体育的基本思路。”[②] 再如，李会增提出冀东小城镇农民体育发展的模式有旅游体育型、企业体育型、园区体育型、家庭体育型四种模式。”[③] 田雨普教授的文章《全面建设小康社会与我国农民体育发展》中也提出了“以小城镇体育发展为桥梁带动农村体育的快速发展”的观点。[④]

在农民体育研究中，从文化学的角度研究农民体育或是以农民体育文化为研究对象的研究颇为鲜见。虞重干教授的文章《加强农村基层体育文化研究的历史契机与现实需要》是鲜有之力作。该文通过政策分析、田野调查、文献计量统计分析等方法，论述加强农村基层体育文化建设及其文化研究的重要性，同时指出我国农村基层体育文化研究的严重欠缺并提出加强农村基层体育文化研究的思路。[⑤] 刘玉同志的论文《现阶段农村体育文化特点及工作重点探讨》也对农民体育文化问题进行了探讨。该文从体制性特点、结构性特点、变迁性特点三个层面对现阶段农村体育文化特点进行了分析，同时也对农村体育文化工作重点进行了归纳与总结。[⑥]

概而述之，农民体育的已有研究成果可谓数量庞大、种类繁多。让人欣慰的是，在农民体育研究这一个新兴的研究平台上，众多学人“竞相斗艳”，并取得了累累硕果，这对于深化和繁荣农民体育研究不可谓不是一件好事。但同时我们还应看到当前已有研究的不足之处，如研究方法较为单调、相关基础理论支撑薄弱、研究成果创新不足等问题。

2. 有关新农村农民体育的研究

新农村农民体育研究是2005 年我国明确将社会主义新农村建设列为国家发展

---

① 许良．全面建设小康社会下农民体育开展模式的研究［J］．北京体育大学学报，2005，28（5）：598～602.

② 袁广锋．以小城镇社区体育为中心发展农民体育［J］．体育学刊，2006，13（5）：135～138.

③ 李会增．我国冀东地区小城体育活动现状及发展模式［J］．上海体育学院学报，2005，29（5）：28～32.

④ 田雨普，李金梅等．全面建设小康社会与我国农民体育发展［J］．体育文化导刊，2008（3）：3～5.

⑤ 虞重干．加强农村基层体育文化研究的历史契机与现实需要［J］．体育科学，2005，25（2）：16～20.

⑥ 刘玉．现阶段农村体育文化特点及工作重点探讨［J］．成都体育学院学报，2008，34（11）：116～119.

战略后，围绕着如何以体育促进新农村建设以及新农村建设中如何发展农民体育的研究。

农民体育健身工程是2006年国家体育总局在新农村建设背景下提出的开展农民体育工作的重要内容和具体举措，渐而也成为相关报道和研究的热点。较有代表性的研究有：孟凡杰等人的论文《我国“农民体育健身工程”的调查研究——以河南省试点为例》，文章调查分析了河南省农民体育健身工程开展中出现的场地设施问题、农民体育文化问题、农民体育社会指导员问题等，并提出了相应的对策建议。[①] 郇崇喜教授等人的文章《环太湖农民体育健身工程的构建》，文章从环太湖地区农民体育健身工程的实施现状及存在的问题分析出发，提出了环太湖地区农民体育健身工程应以“政府支持为主导，农民参与为中心，以多元筹资渠道为保障，以系统化服务为配套”的思路。[②] 李一宁同志的文章《江苏实施农民体育健身工程的实践与思考》从政府部门的角度提出了“实施农民体育健身工程的关键是要建立创新组织领导、统筹推进、多元筹资、督办督查四大机制，重点抓好规划、建设、管理、使用四大环节。”[③] 总体看来，对农民体育健身工程的研究目前还集中在我国东部和中部地区的部分省市，涉及其他地区的相关文章较少，这也反映出农民体育健身工程研究力量和资源存在地域性失衡的状态，如果其他地区的相关研究不能及时跟进，难免会给农民体育健身工程进一步开展和实施带来一定的影响。

在新农村建设背景下的农民体育研究中，除了农民体育健身工程的研究作为一个相对集中的专题研究外，新农村背景下农民体育活动现状的研究也是一个较为集中的方向。戴健教授等人的文章《新农村建设中长三角地区农民体育活动现状及对策》从长三角这个大经济区域的角度分析和探讨了在新农村背景下该地区农民体育活动的现状，并提出了一系列问题的解决方案。[④] 再如，杨小明博士的两篇文章《新农村建设中农民体育的喜与忧》及《机遇与挑战：新农村建设背景下的农民体育》都是从社会主义新农村建设这一大的社会背景来综合审视影响农民体育

---

① 孟凡杰，谭作军，高泳．我国“农民体育健身工程”的调查研究——以河南省试点为例［J］．中国体育科技，2008，44（4）：116～119.

② 郇崇喜，刘江山，汪康乐．环太湖农民体育健身工程的构建［J］．体育学刊，2008，15（12）：41～43.

③ 李一宁，戴伟，金世斌．江苏实施农民体育健身工程的实践与思考［J］．体育文化导刊，2008（7）：10～12.

④ 戴健，韩冬，梁晓杰等．新农村建设中长三角地区农民体育现状及对策［J］．体育科学，2009，29（1）：8～13.

开展的内、外部因素，分析了农民体育开展的积极和消极因素，并提出了措施与对策。① 另姚磊以安徽省巢湖周边地区为例对农民体育人口类型进行了研究，并得出结论认为，“巢湖周边地区主动体育人口占7.4%，经常体育人口占12.6%，偶然体育人口占14.5%，非体育人口占65.5%；不同类型农民体育人口在性别结构、文化结构、年龄结构、健身认识、身心健康等方面存在显著差异；主动体育人口和经常体育人口已经把体育活动作为余暇时间的一种生活方式；农民家庭收入对体育人口类型的形成影响较大”。② 此外，李海鹏的文章《论建设社会主义新农村与农民体育的发展》（2006年）、李留东的论文《建设社会主义新农村视角下发展农村体育的几点思考》（2006年）、吴海强的论文《社会主义新农村建设过程中河南省农民体育的现状特征及发展对策的研究》（2007年）、丁海勇的研究报道《新农村建设中农村体育发展的思辨》（2008年）等文章均对新农村建设背景下的农民体育问题进行了富有卓效的研究，给新农村建设背景下农民体育的实践与发展添加了新的活力，这是值得肯定和称道的。但仔细研之，还是可以看到已有研究的一些不足之处。一是，研究思维的范域较窄。多数文章就体育论体育，较少引证其他学科的理论和观点进行研究。有些文章甚至生搬硬套地引用某些体育学的概念和观点来解释农民体育现象，然后轻易作结论，这难免有些轻率。二是，研究内容的范域较窄，从目前的研究成果来看，研究的内容多以农民体育现状研究来开展，略欠全面和深入。三是，研究地域的不平衡。总的说来，新农村背景下的农民体育研究虽然取得了一定的成效，但总体来看仍然显得较为零散而难成体系。

3. 有关新农村村落农民体育的研究

目前我国村落农民体育的相关研究总体来说为数不多。文献检索表明，直至2006年关于村落农民体育问题的相关研究才见诸报道，《对一个村落体育的考察与分析》（罗湘林，2006年）、《赣皖边区村落民俗体育研究》（王俊奇，2006年）和《青岛村落体育经费研究》（丁金胜，2006年）这三篇文章以典型个案的方法开启了我国村落体育研究的先河。其中，罗湘林的文章《对一个村落体育的考察与分析》以湖南省一个闭塞自然村落为例，通过对该村落体育的发展沿革、活动内容与结构以及其功能的考察，探析及推演了村落体育活动的一般状况与规律。文

① 杨小明，田雨普．机遇与挑战：新农村建设背景下的农民体育［J］．西安体育学院学报，2007，24（6）：6～10.

② 姚磊，田雨普，谭明义．经济欠发达地区新农村建设中农民体育人口类型研究［J］．军事体育进修学院学报，2008，27（1）：19～22.

章研究发现，“村落体育在社会变迁中表现出调适性，并呈现出明显的阶段性特点；村落体育的结构可分解为体育活动主体、体育活动条件和体育活动形式三个构成要素，村落体育活动有‘仪式性’、‘功利性’、‘娱乐性’等多种类型；而功能表现出混同的综合性特征”。[①] 这可谓是一篇典型的个案研究与质的研究的成功范例，不仅开拓了农村体育研究一个新的领域，还成功嫁接了社会学研究中的重要研究方法，为本课题的研究与开展提供了宝贵的经验借鉴和启示。王俊奇教授的文章《赣皖边区村落民俗体育研究》从社会文化的角度探讨赣皖边界地区村落民俗体育的主要内容及其文化特征，着重阐述了赣皖边界村落民俗体育的形成、文化特点以及赣皖村落居民的民俗活动的特色和可持续发展途径。[②] 可以肯定的是，该文从社会文化学角度考察村落体育无疑是一个新颖的视角。而丁金胜的论文《青岛村落体育经费研究》则是从村落体育经费对村落体育发展影响的角度进行的研究，这对本研究的开展也具有一定的参考价值。

2006年后，新农村村落农民体育的相关研究成为一个热门话题开始升温，研究者开始增多，相关研究成果也有所增加。其中颇有代表性的文章有：虞重干教授的论文《农村体育的根基：村落》，从农村体育发展战略的高度，深刻地阐析了村落体育之于农村体育、之于农民的重要意义，并提出了发展村落体育的措施与建议。[③] 李会增副教授的论文《村落体育的文化特征及发展模式研究》从我国村落的历史文化背景出发，分析了村落体育的文化特征。提出“当前我国村落体育应该走与‘生产劳动、文化艺术、民族传统’相结合的杂糅式的发展模式”。[④] 郭修金博士的论文《村落体育的主要特征与社会功能探析》以山东省临沂市沈泉庄为例，总结归纳出村落农民体育的特征，并评析了村落体育所承载的社会功能。[⑤] 徐海涛的文章《河北省村落家庭体育调查与分析》选取了村落家庭这个视角对体育在村落家庭中的地位、体育人口结构、家庭体育消费等方面内容进行了实证调查和研究。除了上述相关成果外，刘凯的《甘肃省村落体育特征的研究》（2008年）、刘贺的两篇文章《辽宁省农村村落体育人口现状调查》和《辽西北农村村落居民体

---

① 罗湘林．对一个村落体育的考察与分析［J］．体育科学，2006，26（4）：86~95.

② 王俊奇．赣皖边区村落民俗体育研究［J］．北京体育大学学报，2006，29（11）：1480~1482.

③ 虞重干．农村体育的根基：村落［J］．武汉体育学院学报，2007，41（7）：1~5.

④ 李会增，王向东，赵晓红等．我国村落体育的文化特征及发展模式研究［J］．北京体育大学学报，2007，30（10）：1325~1329.

⑤ 郭修金，虞重干．村落体育的主要特征与社会功能探析［J］．广州体育学院学报，2007，27（3）：33~36.

育活动现状调查》（2007 年）等都是新近的相关研究报道。

无疑，上述关于新农村村落农民体育的研究成果给本课题的研究提供了众多宝贵的经验和启示，为本课题的研究和展开奠定了一定的理论基础和实践参考。但细品之下还是可以看到已有研究成果的局限与不足：一是，与我国幅员辽阔，民族众多，村落星罗棋布、数量众多的现实状况相比，此类研究整体数量明显不足，尤其是针对村落农民体育的相对较大规模的调查实证性研究还尚未见到；二是，在研究方法与内容上的创新性研究较少，“貌合神似”的作品较多；三是，多数研究对村落体育的概念、村落农民体育的概念缺乏界定与区分，在某些基本概念上还存在着模糊不清、使用混乱的局面。

不可否认，村落农民体育既是村落体育研究的一个极其重要的领域，也是农民体育研究的底线视域，尚大有文章可作。

三、内容框架与研究方法

（一）内容框架

为了从理论与实证的双向维度深入分析新农村建设中我国村落农民体育的相关问题，根据本课题的预期研究内容，针对我国村落农民体育研究目前仍然较为薄弱的现实状况，本课题拟在对新农村建设与村落农民体育开展相关理论研究储备的基础上，即在阐释新农村建设与村落农民体育发展的关系及新时代背景下村落农民体育相关文化特质的基础之上，对我国村落农民体育的发展现状进行了有针对性的、理性的考察，力求真实而较为全面地了解和掌握村落农民体育的现状特点、发展需求和现存问题，从而指出问题，分析症结，明确方向，探寻对策（对部分专题研究而言），最后针对前述研究结论和发现的问题，提出促进新农村建设中我国村落农民体育健康快速发展的整体性建议。

根据上述研究思路，本课题确立并划分为“理论篇”、“实证篇”、“对策篇”三大部分，共设三部分十三章：

第一部分“理论篇”（第一章至第四章），侧重从理论的视角对新农村建设与我国村落农民体育发展的相关问题进行了阐析。其中第一章为导论部分，阐释了本研究的缘起及意义、已有研究现状、内容框架和研究方法、本研究中的核心概念等基本问题；第二章着重论述了新农村建设与村落农民体育发展的相互关系，这是本课题“新农村建设背景下我国村落农民体育的理论与实证研究”所必须给予回答和厘清的首要理论问题；第三章从历史的角度进行分析，以新中国农村体育的发展历程和我国农村体育思想的变迁为切入点，来梳理我国农村体育发展的经验与问题，借以为我国新农村体育的发展提供启示，因为现时期探讨我国村落农民体育的发展问题不能完全脱离我国农村体育发展的历史背景与现实环境，否则势必割断二者的历史逻辑渊源；第四章从文化的视角对新农村建设背景下的村落农民体育进行文化诠释，论述了村落农民体育的文化内涵及其特征，阐析了村落农民体育与村落文化的关系及其作用机制，因为新农村建设背景下的村落农民体育问题，从根本上来看即是新农村文化建设的重要一隅，必然要结合新农村这一时代背景对其文化特质和功能进行一定程度的考察，以充分彰显本研究的理论与现实意义。

第二部分“实证篇”（第五章至第十一章），侧重从实证的视角对新农村建设中我国村落农民体育的现状及其问题进行了分析。为了克服一般化问卷调查深度不够的弊端与个案研究解释力的天然局限，本课题拟采用个案研究与大范围一般问卷调查相结合的方式，以对现时期我国村落农民体育的现实状况作一全面、深入、客观的把握。其中第五至第十章分别以部分省市（县）为个案，通过深入实地调研与访谈，分别对村落农民体育文化力的缺失状况、传统节日村落农民体育活动、村落农民体育活动的意愿与态度及其生活方式、村落自发性体育活动群体的识别、农民体育健身工程的实施现状等专题进行了实证分析。第十一章抽取我国东、中、西部的十个省份开展了较大规模的一般性问卷调查，分区域对我国村落农民体育的现状进行了归纳分析，并综合各区域的状况，总结了我国村落农民体育的整体现状问题。

第三部分“对策篇”（第十二章、第十三章），主要从“对策”的角度探寻新农村建设背景下如何推进我国村落农民体育的发展。其中，第十二章分析了我国村落农民体育发展的瓶颈、模式与路径，第十三章提出了促进现时期我国村落农民体育发展的若干建议。

（二）研究方法

所谓方法，从哲学上讲，就是主体为接近和认识客体，并始终跟踪客体、与客体的发展保持同步的概念性工具和手段。马克思主义认识论和实践论认为，方法就是主体在认识世界和改造世界的实践活动中为达致对某一问题的认识和解决所从事的活动以及所采取的相应步骤和方式。至于本课题的研究方法，笔者认为最好的方法莫过于黑格尔所揭示的“唯一的真正的与内容相一致的方法”。[①] 根据本研究的内容和需要解决的问题，本研究主要以如下方法论原则和具体研究方法来开展研究工作。

1. 方法论原则

辩证唯物主义和历史唯物主义既是马克思主义哲学的认识与实践论原则，也是我们开展人文社会科学研究的方法论原则。本研究将以辩证唯物主义和历史唯物主义为指导原则，坚持用普遍的、联系的、系统的观点来看待问题，力求对新农村建设背景下的我国村落农民体育问题做出全面而深入的解析。

2. 具体方法

（1）文献资料法

文献资料是本研究得以开展的基础和保证。本研究利用中国期刊全文数据库、万方系列数据库等专业文献检索工具以及 Google 等搜索引擎来查阅收集本研究所需要的相关资料，且充分查阅与本研究相关的文献汇编、著作、期刊、报纸等纸质文献，尤其注重对国家和各地政府的工作报告和相关政策文件进行了收集，并对已掌握的所有相关研究资料进行整理、分析、归纳、加工和提炼，使其成为本研究的理论依据和论据。

（2）逻辑分析法

逻辑分析法，一般指利用逻辑思维在分析综合的基础上建立若干反映对象最本质规定、关系的初始概念和命题，然后根据一定的逻辑规则推演出依据充分、论证严密、首尾一贯的理论体系，从而揭示、描述对象的本质、结构和规律的方法。也即是要通过概念、范畴及它们之间的关系来描述、反映对象的本质和规律。其具体方法包括分析、综合、演绎、归纳等，这些方法是本研究的基本方法，将贯穿于本研究的始终。

（3）调查访谈法

为了了解新农村建设背景下我国村落农民体育活动的真实现状，掌握第一手实践资料，本研究对新农村建设背景下我国村落农民体育活动的的状况开展了广泛而深入的调查和访谈工作。研究中采用问卷调查、专家访谈、实地访谈和电话访谈等相结合的方式，尤其注重要一般性问卷调查和专题问卷调查相结合，使二者相得益彰，为客观、准确、科学地把握和分析我国村落农民体育的现状和问题提供了实践依据。

---

① ［德］黑格尔著．贺麟译．小逻辑［M］．北京：商务印书馆，1980 年第一版序言．

在实证篇的各专题研究中，将就“调研的基本情况”（包括调研地、对象、问卷的制订与发放及回收等基本信息）进行详细说明。

（4）个案分析法

个案研究有助于发现潜藏在表面现象背后的深层次问题，其通过对某一个体或样例做详尽的深度分析，从而为整个研究提供丰富、生动的经验材料或佐证，使研究建立在可靠的实证研究基础之上，从而增加了研究的力度和效度。本研究将对调查访谈中遇到的典型个例做一定程度上的个案剖析，以进一步真实地反映我国村落农民体育的基本状况，使得本研究的事实论据更具说服力。

（5）数理统计法

对回收的问卷采用 Spss12.0 统计软件进行统计分析，根据研究的需要对调查所得数据进行常规数理统计处理。

四、核心概念的界定

（一）农村、农民及村落

1. 农 村

“农村”是属于“社会”范畴的一个概念。“社会”有广义与狭义之分，“农村”也有广义与狭义之别。广义的社会，是与自然界相区别的包括经济、政治、文化诸要素在内的物质世界；狭义的社会，则是与个人和国家相区别的社区、社团、社会事业等。广义的农村，指的是以农民为主体，以农业（包括林牧副渔业）为主业，包括经济、政治、文化诸要素在内的，由县城、乡镇和村庄组成的社会；狭义的农村，指的是农民居住的村庄。本研究中的村落农民体育是指狭义农村范畴内的村落农民体育。

2. 农 民

在学界，素来有关于农民是一种职业或是一种身份标识之争论。《辞海》从职业的视角认为农民是“直接从事农业生产的劳动者”，也有不少文献从户籍身份的角度认为农民是“具有农村户口的人”。事实上，随着农村社会的变迁，尤其是农村经济结构的调整和我国户籍制度的改革，现已经很难仅仅从“是否从事农业生产”或者仅仅从“是否拥有农村户口”来界定农民。例如本课题组在调研中就发现，传统的仅仅从事农业生产的“专职农民”已经在逐步减少，“兼职农民”正逐步增多，诸如村个体户、村民办教师、村管理干部、村企业工人等等，但是其户口仍然在农村，且也利用部分时间来从事农业生产，可见已有的农民的概念正在受到严峻的挑战。

为了研究的需要，本研究给农民下了一个操作性定义，认为农民是指具有农村户口、常居住在农村、以农业生产或辅助性劳动为职业的人群。本课题主要是以此农民概念为依据，对村落农民体育问题进行的研究，本课题实证研究部分所调查的村民也即是指本概念下的农民。

3. 村　落

我国的村落一般有两种形式：一种是自然村，一种是行政村。前者是指由村民经过长时间聚居而自然形成的村落，后者是指政府为了便于管理，而确定的乡（镇）下边一级的管理机构所管辖的区域。两者的关系是自然村一般小于行政村，也就是说，几个相邻的小村可以构成一个大的行政村。行政村是中国行政区划体系中最基层的一级，设有村民委员会来负责管理。由于行政村与自然村常常是重叠的，因此本研究所讨论的村落既包含了自然村，也包括了行政村，在研究对象上来说是二者的统一体。

（二）农村体育、农民体育及村落农民体育

从我国体育学界对农村、农民体育的相关研究中不难发现，已有的研究普遍存在对研究对象的涵义缺乏界定，甚至把“农村体育”、“农民体育”、“村落体育”等一些相关概念混同的现象，这无疑是值得体育学人深刻反思的。为了避免研究中研究对象的概念不清、边界模糊的覆辙重蹈，本研究认为十分有必要对农村体育、农民体育、村落农民体育的概念加以界定。

1. 农村体育

《体育大辞典》对“农村体育”是这样解释的：“农村体育是社会体育的组成部分。它是在农村开展的以健身、休闲、娱乐为目的的身体锻炼活动。主要特点是活动项目多样化、乡土化，活动时间农闲化，活动形式分散化。”值得指出的是，农村是一个相对性的地域概念，是相对于城市而言的，因此可以认为对农村体育的界定主要是从地域的视角出发而确定的一个概念。按照我国对体育的分法，一般可将农村体育划分为农村竞技体育、农村学校体育和农村群众体育三个部分。尽管农村竞技体育、农村学校体育和农村群众体育这三个方面因开展的对象、目的和方式等不同而相互区别，但是三者却是相互联系、相互影响、相互促进的，不能将三者截然分离。

2. 农民体育

农民体育是指以广大农民为主要参加对象而开展的一种体育文化活动。农民体育是我国大众体育的重要组成部分，是以健身、养生、健美、康复和休闲娱乐为主要目的。

农民体育与农村体育是有区别的一组概念。如果说农村体育主要是从“地域”的视角来确立的一个概念，那么农民体育则主要是从“人”的角度、从参与者的角度来确立的一个概念。因此，农民体育与农村体育是不同语境下的两个概念，不能将农村体育与农民体育等而视之，二者也没有直接的逻辑上的从属关系。因此，在已有的相关研究中将农村体育与农民体育相等同，不加区别地混淆使用，是不正确的。本研究所言的村落农民体育则是指在村落这一特定地域范围内开展的一种农民体育活动。

3. 村落农民体育

本课题组对“村落农民体育”的概念界定为：村落农民体育是在农村村落开展的一种文化活动，是以村落农民为主要参加对象，以健身性活动和身体练习为主要手段，以增进农民健康、丰富农民业余文化生活、促进农村村落物质文明与精神文明建设为主要目的的一种群众性体育活动。

（三）“两打两晒（赛）工程”与“农民体育健身工程”

1. 两打两晒（赛）工程

“两打两晒（赛）工程”是湖北省农业厅、湖北省体育局利用部分体育彩票公益金和农业专项资金，逐步在全省农村地区援建综合运动场（以水泥篮球场为主），使农民农忙时可打粮晒粮，农闲时可打球赛球，以此目的和内容开展的一项利民工程。[①]“两打两晒（赛）工程”的实施为体育、农业等多部门形成合作机制开辟了新的路径，在一定程度上也缓解了因农村晒粮难、体育活动场地贫乏等问题对农村体育工作造成的巨大压力。“两打两晒（赛）工程”的提出对湖北省乃至全国来说都是史无前例的，它的创立不仅体现出湖北特色，同时也适于其他省市的借鉴。该项工程的创建曾获得农业部和国家体育总局等相关部门的高度赞扬，其在贺电中称，“此工程利于开展文明健康的文体活动，缓解农民上公路打粮晒粮矛盾，

① 邹丽．两打两晒探新路，农民体育健身工程一举多得［N］．中国体育报，2006－05－11．

降低交通事故发生率，维护国家利益和群众的生命财产安全。”①

2. 农民体育健身工程

“农民体育健身工程”是以行政村为主要实施对象，以经济、实用的小型公共体育健身场地设施建设为重点，把场地建到农民身边，同时推动农村体育组织建设、体育活动站（点）建设，广泛开展农村体育活动，构建农村体育服务体系，以此内容和目的开展的一项利民工程。② 体育场地建设的基本标准是一块混凝土标准篮球场，配备一副标准篮球架和两张室外乒乓球台。建设方式是：中央资金引导、地方各级政府投资为主，社会支持为辅，体育彩票公益金配置器材，利用村公共用地，农民自愿义务投工投劳进行建设。

① 缪晖．农忙时晒谷，农闲时打球，湖北“两打两晒”让农民得实惠［N］．中国体育报，2004－10－20.

② 郭素萍．国家体育总局今年正式启动“农民体育健身工程”［EB/OL］．http：//www.china.com.cn/chine－se/kuaixun/1168486.htm，2006－03－29.

第二章　新农村建设与村落农民体育的发展

新农村建设是我国在全面建设小康社会、构建和谐社会征程中迈出的重大战略步伐，其意义影响深远。从大的方面来看，其关系到全面建设小康社会、构建和谐社会整体目标实现的大局，从相对微观的方面而言，其又直接关系着现时期“三农”问题的解决。就与农业、农村和农民问题息息相关的农村、农民体育来说，新农村建设无疑为我国农村、农民体育的研究提出了新的视阈与课题，也为农村、农民体育的发展提供了新的机遇与条件。随着新农村建设号角的响起，体育学界有关新农村建设中农村体育问题的研究正日益增多，这是颇让人欣喜的。然而，就历史与现实中农村、农民体育的相关研究来看，普遍存在着对农村涵义缺乏界定、甚至把乡村与县镇体育统摄在农村体育之下混而一谈的现象，这亦是值得体育学人深刻反思的。

在以往的研究中，把研究的视角直接指向乡村村落的研究可谓屈指可数，而新农村建设时境下将新农村建设与村落农民体育联结起来的研究就更为鲜见。在新农村建设背景下，对农村和农民体育问题的研究，需要加以重新审视和定位，更需要采取一种“平民化”的视野。研究“村落农民体育”将促进我国的农民体育真正扎根在农村基层，并焕发出泥土气息和乡土特色。诚然，要研究新农村建设背景下村落农民体育的发展问题，首先必须厘清二者的相互关系和影响，这乃是研究该问题的逻辑必然。

一、新农村建设概述

我国历来重视农业、农村和农民问题。在我国社会主义建设初期，曾于20世纪50年代就提出过建设社会主义新农村的口号。据有关资料表明[①]，20世纪50年代我国在制定国民经济“二五”、“三五”计划时，就提出建设社会主义新农村问题。改革开放以后，至少在1982年、1983年和1984年的三个中央1号文件，1987年中央5号文件和1991年中央1号文件都有基本相同的提法。可见，建设社会主义新农村是我党的一贯提法。但是，我们党在十六届五中全会提出的“建设社会主义新农村”，其背景和涵义与以前相比可谓相去甚远。2005年10月，党的十六届五中全会通过的《中共中央关于制定国民经济和社会发展第十一个五年规划的建议》(以下简称《建议》)，明确提出了“建设社会主义新农村”，这是一个顺应历史发展战略转变的、统领全局的新提法，是在全面建设小康社会的关键时期、我国总体上经济发展已进入以工促农以城带乡的新阶段、以人为本与构建和谐社会理念深入人心的新形势下，中央作出的又一个重大战略决策[②]。

正如有报道所言[③]，建设社会主义新农村是我国现代化进程的重大历史任务。新农村的一个新字，有着丰富而深刻的内涵。它是新的时代背景下提出的新目标，是经济社会发展新阶段的新要求；它体现的是中央解决“三农”问题的新决策和新举措，凸显的是全面解决“三农”问题的新条件和新机遇；它还是农村振兴历史进程的新起点，是“三农”事业发展的新希望。在新的历史时代背景下建设社会主义新农村，是经济社会发展水到渠成的结果，有着许多过去所不具备的有利条件和十分难得的新机遇。在物质条件方面，当前我国显著增强的经济实力和综合国力，使我们完全有条件通过调整国民收入分配格局，进一步加大对农业农村发展的支持力度；在政策环境方面，最近几年，中央的支农政策力度在逐步加大，制定了一系列更直接、更有力的支持“三农”的重大措施；在社会氛围方面，凝聚全社会之力加快农村发展不仅是农民的盼望，也成为全党和全社会的共同认识；在农村自身方面，农村建设已经有了一定基础，社会事业发展加快，基础设施开始改善，生态建设和环境保护得到加强，一些地方积累了统筹城乡发展的实践经验。所有这些主客观有利条件都表明，只要我们抓住新机遇，加大推进力度，新农村建设在“十一五”时期就一定会取得较大进展。

《建议》指出，要按照“生产发展、生活宽裕、乡风文明、村容整洁、管理民

① 新华网．建设新农村是中国特色社会主义现代化的必然要求［EB/OL］．http：//news. xinhuanet. com/politics/2006 -02/21/content_ 4207489. htm，2006 -02 -21.

② 新华网北京2005年12月9日电．建设社会主义新农村［EB/OL］．http：//news. xinhuanet. com/politics/2005 -12/09/content_ 3899750. htm，2005 -12 -09.

③ 农民日报．准确把握新农村建设的深刻内涵［N］．2006 -1 -14.

主”的要求，扎实稳步推进新农村建设。可以认为，这20个字概括了新农村建设的基本目标与内涵，涵盖了现时期农村的社会主义经济建设、政治建设、文化建设、和谐社会建设和党的建设等各个方面，是对社会主义新农村建设的真谛简洁而精辟的概述。“生产发展、生活宽裕、乡风文明、村容整洁、管理民主”，这20个字的目标充分表明，我们要建设的新农村，是社会主义经济建设、政治建设、文化建设、社会建设和党的建设协调推进的新农村，是农村“三个文明”共同发展的新农村，是富裕、民主、文明、和谐的新农村。它体现在五个“新”上。一是产业发展要形成“新格局”。加快建设现代农业，繁荣农村经济，提高农村生产力水平，是建设新农村的首要任务。二是农民生活水平要实现“新提高”。千方百计增加农民收入，改善消费结构，提高农民生活质量，是新农村建设的根本目标。三是乡风民俗要倡导“新风尚”。加强农村精神文明建设，发展农村社会事业，培养造就新型农民，是新农村建设的重要内容。四是乡村面貌要呈现“新变化”。搞好乡村建设规划，加强农村基础设施建设，改善农村人居环境，是新农村建设的关键环节。五是乡村治理要健全“新机制”。深化农村各项改革，加强基层民主和基层组织建设，创建平安乡村、和谐乡村，是新农村建设的有力保障。

笔者认为，在“生产发展、生活宽裕、乡风文明、村容整洁、管理民主”这一聚新农村的经济建设、政治建设、文化建设和社会建设“四位一体”目标的要求下，新农村建设是有一定的建设范围和内容的。我们现今讲的“社会主义新农村”，是从广义农村与狭义农村相结合的意义上所说的农村。从它的建设范围来看，主要指的是农民居住的村庄，不包括乡镇和县城；从它的建设内容来看，则包括广义农村的一些内容，如农村的经济、政治、文化诸要素，也包括农业的现代化、农民的致富和发展。①

从上述对新农村建设的范围和内容的界定中不难得出，新农村建设背景下发展村落农民体育，既在新农村建设的范围之内，又在新农村建设的内容之中。这是因为，一方面村落与村庄一般被认为是同义语，其是农民基本的生活空间，是乡土中国最基本的组织形式，是狭义上的农村，属于新农村建设的范围；另一方面，村落农民体育隶属于村落体育文化，亦是村落文化的一部分，是新农村文化建设的内容之一。本课题所研讨的村落农民体育，就是基于乡土中国的细胞——村庄这一特定地域范围，并将其架构于村落文化建设的范畴之中来开展的。

① 编辑部．论新农村建设十大关系——中央党校副校长李君如一席谈［J］．华夏星火，2007（3）：30~36.

二、新农村建设：村落农民体育发展的历史契机

（一）提供了城乡体育统筹发展的历史机遇

有专家认为："三农问题"存在的主要原因是"城乡二元结构"，城市一个体系，农村一个体系①。实际上，城乡二元结构既是导致城乡在政治、经济、文化、教育、卫生等领域产生二元差异的症结，也是导致城乡体育发展出现二元格局的根源。城市体育人口比农村多、城市体育场地比农村多、城市的生活条件和健身条件比农村优越等等，这些众所周知的不争事实即是最好的而不需要任何多余例证的说明。要打破城乡二元体育壁垒，必须以全面、协调和可持续发展的科学发展观为指导来统筹城乡体育的发展。党的十六届五中全会通过的《建议》曾多次提到了有关"统筹发展"的思想和要求，例如：要"落实'五个统筹'，把经济社会发展切实转入全面协调可持续发展的轨道"，"要从社会主义现代化建设全局出发，统筹城乡区域发展"等，并且在论及"建设社会主义新农村"时，首先强调的就是"积极推进城乡统筹发展"。可以认为，统筹城乡发展是现时期我国在新农村建设中采取的一个重大战略举措，也是对党的十六大和十六届三中全会、四中全会精神的继承和发展。不可否认，城乡统筹发展的内容是多方面的，既包括城乡的政治、经济、文化、教育等领域的统筹发展，也理应囊括体育在内的城乡体育的统筹发展。因此，党的十六届五中全会提出的"建设社会主义新农村"，为我国城乡体育的统筹发展提供了难得的发展契机，为我国的体育服务从精英走向大众、从城镇走向村落提供了机遇与可能。

然而，值得指出的是，统筹城乡体育发展，不是要消除城乡体育的差异，而是要消除城乡体育发展的不平等；不是要城乡体育平均发展，而是要城乡体育均衡发展；不是要城乡体育同步发展，而是要城乡体育协调发展。

（二）提供了村落农民体育发展的条件基础

体育属于文化，是上层建筑的组成部分。如果农民在衣不遮体、食不果腹的境遇下，奢求其放下劳动生产来参与体育健身娱乐，无疑是冒天下之大不韪之策。此

---

① 杨启先．城市化：解决结构性矛盾与"三农"问题的关键［J］．经济与管理研究，2001（4）：3～7.

乃经济基础决定上层建筑这一铁定规律之使然。可见，农民体育的发展是需要一定的条件基础的。尤其是在当前体育健身还尚未成为农民最迫切需求的条件下，更需要奠定农民体育发展的基础条件。据相关报道①，国务院发展研究中心农村部部长韩俊同志在接受《瞭望新闻周刊》采访时指出，当前农村急需解决的七大问题是：农村家庭教育负担沉重；农民看病难、医疗保障程度低；财政支农资金难以统筹使用；城市对农民工“经济接纳，社会排斥”；低价征地；农村金融机构难以满足农民的信贷需求；市场谈判地位低，自我服务组织的发育缓慢。可以认为，上述七个方面也正是当前广大农民迫切需要得到社会帮助而获取的利益。那么，在新农村建设中，是否要等到上述问题都解决了、农民生活富裕了再来发展农民体育呢？当然不是。2005 年 10 月，党的十六届五中全会明确提出“建设社会主义新农村”的重大任务后不久，2006 年中央 1 号文件《中共中央国务院关于推进社会主义新农村建设的若干意见》在十六届五中全会关于“建设社会主义新农村”的基础上，提出要“繁荣农村文化事业”、“推动实施农民体育健身工程”。所以，在新农村建设中发展农民体育与新农村建设中政治、经济、文化的发展是并驾齐驱、同步推进的，是并行不悖的。

就村落农民体育的发展而言，新农村建设提出的“生产发展、生活宽裕、乡风文明、村容整洁、管理民主”这 20 字方针，其中也蕴涵着现时期村落农民体育发展的条件基础。“生产发展、生活宽裕”为村落农民体育的发展提供了经济基础、物质条件；“乡风文明、村容整洁”为村落农民体育的发展提供了文化环境基础；“管理民主”为村落农民体育的发展提供了政治保障和组织建设的基础。

（三）提供了村落农民体育发展的政策措施

党的十六届五中全会提出“建设社会主义新农村”的历史任务，为 2006 年中央 1 号文件的出台奠定了直接的基础。2006 年，中央 1 号文件《中共中央国务院关于推进社会主义新农村建设的若干意见》（中发［2006］1 号）对十六届五中全会关于“建设社会主义新农村”的战略部署进行了具体的规划。该文件提出了“繁荣农村文化事业”，“构建农村公共文化服务体系”，“推动实施农民体育健身工程”，“积极开展多种形式的群众喜闻乐见、寓教于乐的文体活动”等举措。这是改革开放以来关于“三农”问题的第八个中央“一号文件”，也第一次发出了“实

① 新华社．当前我国农村最需要关注的七大问题是什么？［EB/OL］．http：//www.hlj.xinhuanet.com/zt/2006－09/11/content_8009741.htm，2006－09－11.

施农民体育健身工程”的号召。

2006年3月1日，为了贯彻落实十六届五中全会和2006年中央1号文件的精神，在“十一五”期间“推动实施农民体育健身工程”，进一步加快新时期农村体育事业的发展，国家体育总局制定下发了《关于实施农民体育健身工程的意见》，该文件指出：“农民体育健身工程以行政村为主要实施对象，以村级公共体育场地建设为重点，把场地建到农民身边，把体育服务体系覆盖到农村”，并确立了“一块混凝土标准篮球场，配备一副标准篮球架和两张室外乒乓球台”的基本标准。从中不难发现，农民体育健身工程的主要实施对象是行政村，也即基层农民生活的村庄或村落，这是新农村建设中国家发展基层农民体育事业的一大手笔。因此，新农村建设中出台的一系列文件不但为村落农民体育的发展提供了宏观的政策，而且为其提供了具体的措施。

三、村落农民体育：新农村建设的必要内容与重要抓手

（一）发展村落农民体育——新农村建设的题中之义

我国是一个发展中的农业大国，农业、农村和农民问题历来受到党和政府的高度重视。党的十六届三中全会和全国人大十届二次会议再次强调了处理好“三农问题”在全面建设小康社会宏伟战略目标中的重要地位。“十一五”时期是加速推进农村全面建设小康社会的关键时期，党的十六届五中全会提出了“建设社会主义新农村”的重大任务。建设社会主义新农村，是十六大以来党中央全面落实科学发展观、解决“三农”问题的基本思想和思路的集中体现，是解决“三农”问题的新理念。中央党校副校长李君如同志指出，新农村建设的范围主要是指除乡镇和县城外的狭义农村，是农民居住的村庄[①]。这是颇有针对性的，因为中国行政村的基数较大、人口多，理应是新农村建设的重点，也是难点。据2005年中国村社发展促进会副会长余展同志介绍[②]，目前全国总计有68万个行政村、9亿农民、500万名包括村党支部书记和村委会主任在内的“村官”。毋庸置疑，社会主义新

① 编辑部．论新农村建设十大关系——中央党校副校长李君如一席谈［J］．华夏星火，2007（3）：30~36.

② 人民日报海外版．中国行政村总数68万个［EB/OL］．http：//www. peopledaily. co. jp/GB/paper39/14862/1318494. html，2005-05-30.

农村建设的内容囊括了村落的政治、经济和文化等多个领域，理所当然包括了村落农民体育在内的公共文体事业的建设。2006 年中央 1 号文件《中共中央国务院关于推进社会主义新农村建设的若干意见》提出要“推动实施农民体育健身工程”，随即，国家体育总局制定下发了《关于实施农民体育健身工程的意见》，确立以行政村为主要实施对象，并于 2006 年在全国范围内正式启动。可以认为这是社会主义新农村建设中发展村落农民体育事业的具体举措。

村落农民体育是促进社会主义基层村落物质文明和精神文明建设的有效手段和重要载体。随着中国社会的全面进步和村落经济的不断发展，广大村民逐渐解决温饱奔向小康，生活方式发生了很大变化，“生活奔小康、身体要健康”日趋成为共识，广大村民参与体育健身活动的需求日益高涨。广泛开展村落农民体育活动，对于增强广大基层农民体质、丰富业余文化生活、建设文明和谐的新农村有着重要的促进作用。可以毫不夸张地说，村落农民体育作为新农村建设不可或缺的组成部分，对于全面建设小康社会、构建和谐社会、建设社会主义新农村、深入开展全民健身运动、发展农村体育事业等具有举足轻重的作用。

（二）村落农民体育——实现新农村建设目标的重要抓手

1. 促进村落生产的发展

“发展是硬道理”已成为众人皆晓的真谛，2006 年的中央 1 号文件在布置新农村建设的任务时指出：“推进新农村建设是一项长期而繁重的历史任务，必须坚持以发展农村经济为中心，进一步解放和发展农村生产力”，可见“生产发展”是新农村建设尤为重要的一个目标。村落农民体育对村落生产发展的促进，主要是通过作用于劳动者而实现的。一方面，村落农民体育能增强村民的体质、提高村民的身体素质，从而通过提高劳动力的综合素质来推进村落生产的发展；另一方面，村落农民体育活动的开展能使村民在劳动之余娱乐身心、恢复体力，以饱满的精神和热情投入到生产劳动中去，从而提高劳动生产的效率，推动生产的发展。

2. 促进村落生活的宽裕

千方百计地增加农民收入，改善农民的生活质量，提高农民的生活水平，是我们党坚持不懈地解决“三农”问题的一个重要奋斗目标，也是新农村建设的根本目标。不可否认，村落农民生活的富裕程度，是衡量农村村落是否发展了、发展得怎么样的一个根本标准，也最终决定着新农村建设的成效。村落农民体育促进村落农民生活的富裕可以从以下几个方面得到体现。首先，村落农民体育提高了村民的身心素质，推动了村落生产的发展，进而促进了村民物质生活的富裕。其次，村落农民体育可以丰富村民的精神文化生活，滋润村民的精神文化世界，从而促进了村民精神生活的富裕。再次，村落农民体育可以提高村民的健康水平，增强村民抵御疾病的能力，减少吃药看病的费用，降低因病致贫的几率，从而促进村民走向富裕。有数据显示，农村因病致贫的比例平均为22%，有些省份农民因病致贫、因病返贫的问题还要严重，如有关部门对湖北、江苏、广东三省农户典型调查发现，“因病致贫”占贫困户的比例达30%，在河南、陕西、四川、甚至北京郊县，因病致贫的农户占贫困户总数的40%～50%，在青海，这个比例高达56%。[①] 真可谓“脱贫三五年，一病回从前”。最后，村落体育产业目前几乎尚为我国体育产业发展的“真空地带”，若能得以培育并发展壮大，对村民的就业、消费、致富等将起到有利的促进作用，从而无形中提升了村民的富裕程度。

3. 促进村落乡风的文明

乡风文明是社会主义新农村建设的重要目标，其核心是引导广大农民树立适应社会主义新农村的思想观念和文明意识，养成积极向上、科学文明的生活方式。由于历史和现实的原因，当前农村村落仍然存在着与社会主义现代化建设相背离的歪风邪气，有些地方“黄、赌、毒”的问题、封建迷信思想一时还难以根除，甚至在局部地区有所蔓延，当今社会舆论与众多媒体的报道业已证明这是一个事实不争的现象。村落农民体育对村落乡风文明的促进主要体现在以下两个方面。一是村落农民体育作为村民业余开展的一种文化活动，本身就是一种健康文明的生活方式，是农村社会进步的表现，是科学、健康、文明乡风的一种体现；二是村落农民体育的开展在一定程度上可以抵御村落的歪风邪气，净化村落的浑浊风气，用健身之风削弱和压倒不正之风，进而催生文明的乡风。

4. 促进村落村容的整洁

新农村要有新风貌，村容整洁作为新农村建设的伟大目标，涵盖面广，蕴意深远，不仅仅包括村舍建设、环境卫生、道路改造等常规内容，还应包括村民的服饰仪表、群众的活动方式、村庄的文体设施等“文化容颜”。村落农民体育对村容整洁的促进有如下作用：第一，村民经常参与体育锻炼可以促进自身的仪态美，形成矫健如松的形态和蓬勃向上的气质，塑造一种精神焕发的新型农民形象，从而为村容村貌注入无限的“人化特质”；第二，村落群众健身活动的开展，尤其是群体性体育活动的举行，场面壮观、声势宏浩，既是健康向上的村容村貌的反映，也是对

① 王绍光. 中国公共卫生的危机与转机［EB/OL］. http：//www. lwlm. com/show. aspx? id = 7664，2004 - 12 - 17.

村容村貌不可多得的一种“人化点缀”；第三，村落体育的发展既要求、也将带动村落文体设施的兴建，体育健身设施从城镇逐渐延伸至村落，是一种文明的进步，能体现出农村村落些许的现代化气息，能起到美化、优化村容村貌之功效。

5. 促进村落管理的民主

管理民主是社会主义新农村建设的政治保证，其涵括了基层的党组织建设、农民民主权利的维护和农村新型社会化服务组织的培育等方面。管理民主对新农村建设的作用是巨大的。有研究指出，实现管理民主能充分调动和激发农民群众建设社会主义新农村的积极性、主动性、创造性，加快新农村建设的步伐①。村落农民体育主要通过以下方式促进村落管理的民主。首先，村民通过体育活动的熏陶，能培养出平等、公平的民主意识，能培养村民的集体荣誉感和协作精神，从而有利于推进村落的民主监督和民主管理；其次，参与体育运动是现代人们的一项基本权利，村民自愿参与村落体育活动，是对自己正当权益的一种自觉维护，体现出了一种民主文明；最后，随着村落农民体育的发展，村落农民体育组织将日益勃兴，并融入村落新型社会化服务组织，充盈并交织整个村落社会化服务组织的脉络，疏通并拓展村落民主化管理的渠道，进而促进村落的民主管理。

四、相融互动、和谐共进：新农村建设与村落农民体育发展的共赢路径

（一）以新农村建设为契机，大力发展村落农民体育

新农村建设为村落农民体育的发展提供了千载难逢的现实机遇与条件，必将给村落农民体育的发展带来新的生机和活力。因此，应毫不犹豫地抓住这次宝贵的机遇，借新农村建设之东风，落实中央关于新农村建设的文件精神，推动实施“农民体育健身工程”，大力发展村落农民体育，努力缩小城镇与乡村体育发展的差距，统筹城乡体育协调发展，促进我国体育的和谐发展。

值得一提的是，机遇与挑战是并存的。对当前村落农民体育的发展而言，不善于抓住新农村建设的契机，无异于错失村落农民体育发展的良机，这无疑是一个巨大的挑战。

① 李晓春．管理民主：新农村建设的政治保证［J］．领导科学，2007（1）：12～14.

（二）以村落农民体育为抓手，推动新农村建设全面发展

新农村建设是包括农村的经济、政治、文化、教育、体育、卫生等诸多方面的一个系统工程。村落农民体育作为新农村建设不可或缺的组成部分，事关新农村建设整体目标实现的大局，是不容忽视的一个环节。离开了村落农民体育的发展，新农村将是不全面、不完善的新农村，是缺少动力与活力的新农村。村落农民体育是新农村建设廉价而又有效的一个抓手。诚如原国家体育总局副局长张发强同志在全国政协体育组委员小组讨论会上的建议所言：“在今年（2006 年）的主要任务‘扎实推进社会主义新农村建设’一节中，谈到加强教育、卫生、文化等农村公共事业建设时，我建议把体育两个字也加进去。发展农村体育花费并不大，但是凝聚力和号召力都比较强，而且体育还可以与农村文化事业的发展结合起来，对于建设社会主义新农村有着良好的推进作用。”①

（三）统筹协调各方利益，促进二者和谐发展

2006 年中央 1 号文件指出：“新农村建设涉及经济、政治、文化和社会各个方面，是一项十分复杂的系统工程，必须切实加强规划工作。”必须承认，相对于村落政治、经济、教育、科技等的发展而言，村落体育的发展可能较易被众人所忽视。而且，当新农村建设中出现村落经济、政治、教育等的发展与村落体育发展之间的矛盾时，无疑村落体育是最容易被“欠账”和作出“牺牲”的。那么，在新农村各项事业的建设中，必须认识到村落农民体育发展对新农村建设的重要推动作用，必须统筹规划各项事业的发展，协调和平衡各项利益主体的矛盾，推动村落农民体育与新农村整体建设的和谐发展，而不能以牺牲村落农民体育的发展为代价，进而影响新农村建设的全局。

五、本章结语

我国农村、农民体育的研究在一定程度上存在着鱼目混珠的现象，普遍存在着在研究中对农村体育、农民体育的对象与范畴不加解释、不加界定的现象，这是一个不争的事实。在新农村建设中，采用一种眼光向下的“平民化”视野对鲜少有人涉及的村落农民体育进行研究，对我国农村、农民体育研究的深化以及新农村建

① 谢勇强．温总理报告对体育提出要求，政协委员建言献策［N］．中国体育报，2006 - 03 - 07.

设的推进都是大有裨益的。

本章对新农村建设与村落农民体育发展之间的关系和相互影响作出的初步研究，在一定程度上可谓开启了新农村建设与村落农民体育研究的闸门，回答了新农村村落农民体育研究中理应首先给予回答的一个基本理论问题，这无疑将为后续研究内容的开展和进行奠定一定的思想基础和理论基石。

第三章　农村体育的历史嬗变及其对新农村体育发展的启示

新农村体育是新农村建设体系的重要组成部分，发展新农村体育是新农村建设的题中之义。① 那么，该如何发展我国的新农村体育呢？常言道：以铜为镜，可以正衣冠；以史为镜，可以知兴替。笔者认为，现时期新农村体育的发展与已有农村体育的发展历程是不可分离的。当前，学术界对农村体育历史沿革的研究还颇为鲜见，对于不同时代背景下农村体育的特征也鲜有分析，对于农村体育发展中的历史经验和教训更是鲜有总结。因而，透过历史，基于历史，厘清我国农村体育发展的历史脉搏，探究农村体育的发展规律及特性，总结农村体育发展的历史经验和教训，对于认知新农村建设背景下我国农村体育的发展现状，解析当下我国农村体育发展的瓶颈和制因，预测其发展趋势等都将起到十分重要的借鉴和启示作用。

同样，探讨现时期我国村落农民体育的发展问题亦不能完全脱离我国农村体育发展的历史背景与现实环境。因此，从历史的角度进行分析，以我国农村体育思想的变迁和新中国农村体育的发展历程为切入点，来梳理我国农村体育发展的经验与问题，借以为我国新农村体育建设提供借鉴和启迪，这既不失为回答“如何发展我国的新农村体育”这一问题的一个颇佳方式，也可为本课题分析“村落农民体育”问题提供历史的借鉴和参考。

一、近现代中国农村体育思想的变迁

（一）农村体育思想概述

农村体育思想的形成经历了一个漫长历史演变过程，是人们对农村体育从感性

① 胡庆山，王健．新农村建设中发展“新农村体育”的必要性、制约因素及对策［J］．体育科学，2006，26（10）：21～26.

认识上升到理性认识的过程。

农村体育思想指人们在农村社会和世代的农村体育实践活动中，直接或间接形成的对体育的系统化认知、看法和观点等，它受农村社会生产、农村生活方式、农村开放程度、农村学校体育、农村经济以及国家政策等综合因素影响，其对农村体育的发展具有指导性意义。

（二）农村体育思想的变迁

1. 中国近代史上（1840 ~ 1918 年）农村体育思想的变迁

中国近代史上农村体育思想是在“反帝反封”的爱国主义运动中逐步形成与发展的。1840 年第一次鸦片战争爆发，中国门户洞开，至此中国逐步沦为半殖民地、半封建社会。在那个饱受凌辱与压迫的时期，中国农民奋起反抗。1841 年，广州三元里人民组织“平英团”与英帝国主义抗衡，三元里一带的农民有着在“更练馆”或“武馆”习武的优良传统①，这种自发的传统农村体育活动，为抗英斗争夺取阶段性胜利提供了有利条件，也是“国粹主义”农村体育思想的启蒙。

1856 年第二次鸦片战争爆发，没落的清政府被迫签署了一系列不平等条约，太平天国运动当即被触发。太平军主力大多来自广大的农村武装，其主要首领十分重视军事训练，在军队中推广武艺，为此还专门制定了较完备的军制和武考制度。据史料记载：太平军军事训练包括跑步、练足、爬山、跑马、战术。② 这种由农民战争造就的军事训练思想，使“尚武救国、尚武卫国”式的“国粹主义”农村体育思想得到了空前发展。

1894 年，中国“甲午战争”败北，早在嘉庆年间就创办的顺刀会、虎尾鞭、大刀会、义和拳等民间秘密会社，带领倍受帝国主义及其传教士凌辱、欺压的农民发起了声势浩大的义和团运动。此间，富有悠久历史的民间传统体育内容——武术，作出了不可磨灭的贡献。三次政府战争失败与三次农民战争阶段性胜利，确立了“国粹主义”农村体育思想的地位。清政府为重新确立其统治地位，发起了“洋务运动”和“维新运动”。虽均以失败告终，但其意义深远。洋务派提倡的“中体西用”思想③，促进了“国粹主义”农村体育思想向军国民主义体育思想过渡，但因其片面地注重军事体育，没有考虑体育的真正价值，与广大的农村的体育

① 中国体育史学会编．中国近代体育史［M］．北京：北京体育学院出版社，1992：19.

② 体育史教材编写组编．体育史（第二版）［M］．北京：高等教育出版社，1996：97 ~ 110.

③ 谷世权，林伯原．中国体育史（上、下册）［M］．北京：北京体育学院出版社，1989：269 ~ 322.

实践背道而驰，因而对农村体育的发展产生误导作用；“维新运动”中改良派推崇德、智、体三育全面发展教育观，并积极主张学制改革，这为后来农村学校体育的诞生创造了思想条件。改良派体育思想中，充满了对旧体育文化的依恋和对新体育文化的向往，他们崇尚西方近代体育思想。为此，他们积极传播西方“二次运动革命成果”（文艺复兴运动和宗教改革运动）下的体育思想，这是中国近代史上第一次思想解放运动，扫清了体育思想在广大农村传播的障碍。

2. 中国现代史上（1919 年至今）农村体育思想的变迁

这一时期可分为两个大的时间段，一是从 1919 年至新中国解放前，二是从新中国解放至今。

（1）1919 ~ 1948 年农村体育思想的变迁

第一个阶段（1919 ~ 1920 年）：1919 年，“五四”运动掀起了一场反帝反封建、弘扬民主、崇尚自由与科学、倡导新文化运动的思潮，它是中国人民思想解放的一大分水岭。“五四”运动前夕，中国社会仍受帝国主义操纵下北洋军阀的黑暗统治，导致农村社会逐渐分化、解体，农村权力、权威出现真空，社会动乱、民不聊生。这时大部分乡村绅士举家迁移至城市避难，留下来的要么明哲噤声以求保身，要么不再参与和组织乡村的公共事务，导致农村体育工作被搁置。在这千钧一发的时刻，中国人民迎来了俄国十月革命和世界反帝革命运动高潮，形式各样的新思潮涌入中国社会各个领域，不少文人志士在新思潮的鼓舞下借体育撰文抒志，其中有代表意义是：毛泽东的《体育之研究》，提倡“尚武卫国”、“三育并重”、“增强体质”思想；恽代英的《学校体育之研究》，倡导“健康体育”、“快乐体育”思想；鲁迅在《新青年》上发表了一系列的《随感录》，抨击“国粹体育”的教育思想等①。就当时的农村体育思想而言，在新旧体育思想激烈的碰撞下，“兵操体育”（“军国民主义”）教育思想衰败，民主、自由、平等的体育思想得以弘扬，这对农村体育思想摆脱“国粹体育”思想的束缚具有不可替代的作用。

第二个阶段（1921 ~ 1927 年）：1921 年，中国共产党的成立，成为传播科学马克思主义体育思想观的“播种机”，并使这些思想在广大农村地区开花结果。特别是在 1925 年“五卅”运动中，中国共产党人发起了轰轰烈烈的反对政治宗教化和“锦标主义”体育思想观的爱国运动，使农村成为推广马克思主义体育思想观的主要阵营。而与之对立的国民党则于 1927 年下令恢复重建“国术馆”和“国术考试”系统，使得异化了的“国粹主义”体育思想萌发并愈演愈烈，农村体育思

① 乔克勤，关文明. 中国体育思想史［M］. 甘肃：甘肃民族出版社，1993. 70.

想深受其熏染，这种异化“国粹体育”思想与传统“国粹体育”思想不同，它是披着传统“国粹体育”思想的外衣与侵略性“军国民主义”体育思想的结合体，直接促使农村体育思想的“法西斯化”①。

第三个阶段（1928～1948年）：这一时期，在各种矛盾的激化与对抗中，产生了三种不同农村体育思想体系。第一种是在国民政府统治下农村社区内的“法西斯主义”体育思想；第二种是在日本沦陷的农村地区，产生了“奴化”国民的体育思想；第三种是中国共产党领导下农村解放区内所倡导的“新民主主义”体育思想。历史实践表明，只有中国共产党领导下的“新民主主义”体育思想，才是最适合指导当时广大农村开展体育工作的。

（2）1949年至今农村体育思想的变迁

第一阶段是农村体育思想新的起步阶段（1949～1956年）：1949年9月，中国人民政治协商会议上制定了《共同纲领》，其中明确规定：国家“提倡国民体育”。随后，朱德同志在中华全国体育总会第一届代表大会上提出了“现在我们的体育事业，一定要为人民服务，要为国防和国民健康服务”的口号。1952年，在中华全国体育总会上，毛泽东同志发表了重要讲话，并作了“发展体育运动，增强人民体质”的光辉题词，这一语为新中国体育方针的确立奠定了里程碑式的基础。1956年6月，国家体委和青年团在北京召开了首届“全国农村体育工作会议”，会议明确提出了“体育为民服务”的这一全新的农村体育思想。

第二阶段是农村体育思想螺旋式发展阶段（1957～1965年）：1958年，在“体育大跃进”的左倾错误思想的指导下，我国农村体育思想呈现“泡沫状”，在这种“泡沫”思想的指导下，农村体育工作的开展与事物发展的客观规律背倒而行，因而导致盲目追求体育工作的短期阶段效益和目标，忽视体育工作的长效机制的建立。例如，1958年提出在四、五年或更短的时间内，使农村体育基本普及，五年内实现每乡有两个体育场、一个体育馆、一个辅导站、一个游泳池的标准。接踵而来的三年自然灾难，致使国家体委放松了对农村体育工作的指导，农村体育思想停滞。在这万分危机的关头，国家体委把国务院提出的“调整、巩固、充实、提高”的八字方针与我国农村体育工作的实际情况结合起来，提出了适应农村体育发展建设的新思想、新理念和新模式。如，倡导“业余、自愿、小型多样、因时、因地、因人制宜”等原则、结合民兵训练开展农村体育活动、“行业体操”模

① 袁伟民，李志坚主编．中华人民共和国体育史（地方卷）［M］．北京：中国书籍出版社，2002：153～196.

式的推广等。① 这一时期对农村体育思想的发展起到关键作用的还在于：一是体育科研工作的开展，包括国家体委体育科学研究所的成立、各省市体育科学研究机构的创设以及全国体育科学工作会议和报告会的召开等；二是体育宣传工作的展开，包括创办对外宣传的《中国体育》期刊、发行历史上第一张全国性的《体育报》等。上述两方面的工作为农村体育思想的演变、发展、更新，提供了源源不断的理论与实践源泉。

第三阶段是农村体育思想的扭曲发展阶段（1966～1976年）：十年“文化大革命”给中国人民带来了史无前例的浩劫，体育事业遭到极其严重的破坏。然而恰在这段非常时期内，农村体育却出现了“繁荣”景象，国内亦有部分学者将这种现象称之为畸形“兴盛”。② 究其原因：一方面，农村社会相对稳定，大批思想解放且受过学校教育的知识青年，从城市下放到农村插队落户，为实现中央下达的“再教育”任务，农村的社（乡）队（村）为他们提供了体育活动场所，有思想的知识青年作为农民体育活动的骨干，他们激发了农民对体育的热爱之情，增进了农民对体育的认同感，促进了“文化大革命”中农村体育的“兴盛”；另一方面，“四人帮”基于政治需要，在广大农村大搞形式主义体育建设，致使农村体育披上了浓厚的政治色彩外衣，形式主义、政治教条化思想充塞了农村体育思想，使其扭曲变形。

第四阶段是农村体育思想徘徊阶段（1977～1989年）：改革开放前后，在邓小平提出的“解放思想、实事求是”的精辟理念指导下，尽管我国政府采取了一系列促进农村体育发展的尝试，如1978年原国家体委在县体育工作调查会上，制定了《关于做好县体育工作的意见》、1982年原国家体委与文化部召开的《全国农村体育工作会议》及1986年成立了农民体育协会等，但农村公共体育基础设施却依然非常薄弱，农村公共体育文化事业起色不大。究其原因，一方面可能是改革开放时期大量的农村中青年劳动力流向城市，造成农村体育思想主体结构断层。农村富有思想的中青年一代的缺失，严重影响了新时期体育思想的传播与弘扬。另一方面可能是所谓的“拔根一代”缺乏新的体育思想造成的。“拔根一代”是指农村社会转型的过程中已丧失了优良传统，又没有建立起新的社会寄托和依靠形式，在农村中找不到方向感，对农村缺乏感情，实际上不愿意扎根于农村这块土地上而漂浮的

① 卢元镇主编．社会体育学［M］．北京：高等教育出版社，2002：135～148.

② 傅砚农．“文革”中“知青”对农村体育的影响及其原因［J］．体育文化导刊，2003（10）：72.

一代人。[①] 他们缺乏对乡村宏伟蓝图规划的动力，在思想上安于现状、不思进取，在体育的价值观上自然会产生偏差，因而无法担负起创新农村体育思想的重任。

第五阶段是农村体育思想勃兴阶段（1990 年至今）：20 世纪 90 年代初，为响应邓小平提出的“两个哲学”即物质文明与精神文明共同建设的号召，中国农民体协于 1990 年组织开展了“亿万农民健身活动”，并开展了两年一届的“亿万农民健身活动先进乡镇”评选活动。1995 年 6 月，国务院颁布了《全民健身计划纲要》，指出要“做好农村体育工作，继续开展评选全国体育先进县活动，推动农村体育的发展。”1995 年 8 月，《中华人民共和国体育法》颁布，指出“农村应当发挥村民委员会、基层文化体育组织的作用，开展适合农村特点的体育活动。”这些文件的颁布，既为农村体育的发展提供了保障，也为农村体育的发展提供了思想层面的上指导。2003 年，十六届中央委员会三次会议通过的《中共中央关于完善社会主义市场经济体制若干问题的决定》指出：“坚持以人为本，树立全面、协调、可持续的发展观，促进经济社会和人的全面发展。”[②] 作为群众性体育事业重要组成部分的农村体育也应该用“以人为本”的思想来开展工作，实现对广大农民的人文关怀和终极关怀，把其参与全民健身作为全面建设小康社会的一项重要任务来抓，这是以人为本的思想在发展农村体育事业中其内涵的真正体现。[③] 可见，农村体育发展的人本思想正日益得以提倡。2006 年，国家体育总局在新农村建设背景下提出全面启动“农民体育健身工程”，可以认为这既是我国政府在现时期发展农村体育的一大举措，也是“以人为本”农村体育思想在构建和谐社会背景下的具体体现。

二、新中国农村体育的历史沿革

1949 年新中国成立以来，我国农村体育的发展已经走过六十年的风雨历程。作为农村文化的前沿阵地，我国农村体育更是深刻地见证了我国农村经济社会发展的波澜起伏，生动地描绘了农村社会的沧桑巨变。在这段悠长而激荡的历史岁月里，农村体育经受了自然灾害、“文化大革命”、改革开放等一系列历史事件的考

---

① 杨眯之．新农村建设呼唤新一代有思想的农民［J］．调研世界，2006，11（158）：40.

② 十六届中央委员会第三次全体会议通过．中共中央关于完善社会主义市场经济体制若干问题的决定［C］．北京：第十六届中央委员会三次会议，2003－10－14.

③ 王健，胡庆山．以人为本——农村体育“科学发展”的新理念［J］．北京体育大学学报，2005，28（12）：1602～1609.

验，经历了从无到有、从低潮到高潮、从高潮到停滞、从停滞到发展、从发展到繁荣的发展轨迹。

（一）起步滞后，初现端倪（1949～1957年）

新中国成立伊始，我国经济社会面临着一穷二白，百废待兴的境遇。在这样一个曾经长期饱受战争疾苦的国度里，恢复国民经济，发展工、农业及国防成为当时党和国家考虑的头等要事。在当时科技含量低、技术严重落后的客观条件下，人力因素（人力资源）成为迅速恢复国力的首要促因。于是，发展群众体育，提高国民体质，促进国民健康很快被提上了国家议事日程，受到党中央领导的高度重视。

1949年9月29日，《中国人民政治协商会议共同纲领》第48条明确指出要“提倡国民体育”；1952年6月，毛泽东主席为即将成立的中华全国体育总会题词：“发展体育运动，增强人民体质”；1953年6月，时任青年团中央书记胡耀邦同志在中国新民主主义青年团第二次全国代表大会的工作报告中指出：“青年团的组织必须发动和组织青年参加各种体育活动和运动竞赛，协助和支持体育组织开展群众性的体育活动”。同年，毛泽东主席在接见中国新民主主义青年团第二次代表大会主席时，号召全国青年做到“身体好、学习好、工作好”；1954年1月，中共中央批转《关于加强人民体育运动工作的报告》，指出：“改善人民的健康状况，增强人民体质，是党的一项重要政治任务……各级党委必须予以充分的重视，加强领导，使群众性的体育运动首先在厂矿、学校、部队和机关中切实开展起来。”1954年5月4日，中央人民政府体育运动委员会公布了《“准备劳动与卫国”体育制度（简称“劳卫制”）暂行条例》和项目标准；1955年召开的新民主主义青年团二届二中全会通过了《关于加强青年业余文化工作的决议》，这份文件的第3部分第4条规定：“在农村应倡导组织民兵和青年喜爱的体育活动。”这是目前能收集到的，中央一级组织机构提倡开展农村体育最早的文件。1956年6月，国家体委和青年团中央在北京联合召开了农村体育工作座谈会，这是新中国成立以来第一次召开的有关农村体育的会议，会议确定了建国初期农村体育工作的原则，提出了农村体育工作必须“服从生产，坚持业余、自愿原则，开展简单易行体育活动”的基本思路。①

从上述材料可见，我国群众体育事业从建国伊始便得到了党和国家的重视，并在短短8年间得到了初步的建立和发展。但群众体育发展的次序明显呈现出“城

① 夏成前，田雨普．新中国农村体育发展历程［J］．体育科学，2007，27（10）：33.

市包围农村”的态势。建国初期，群众体育首先在拥有大量工人、手工业者、知识分子的城市中得以推广，然后才逐渐扩展到乡村。这与当时的社会经济发展水平以及社会政治环境不无关系。因而，相对于城市群众体育的发展，农村群众体育（农民体育）在起步阶段已表现为一定的相对滞后性。但1955年后，随着“劳卫制”、“农村体育工作座谈会议”等一系列促进农村体育发展的措施得以实施，农村体育呈现出了一派欣欣向荣的局面。如1956年，田间广播体操在江苏省泰县、武进、仪征等县得以推广，山东省63个县和3个市郊区，有6万多人参加武术、摔跤、骑马、射箭、举石锁等民间传统体育活动。所以，从整体上看，农村体育在建国初期虽起步较晚，表现出了一定的滞后性，但后续发展势头较快，普及面得以迅速扩展，农民群体轰轰烈烈参与体育活动的局面业已初现端倪。

（二）遭遇严冬，几近停滞（1958～1965年）

体育不是政治，也不是经济，但体育离不开政治和经济，对于具有福利性质的群众体育以及涵盖其中的农村农民体育而言，更是不可避免地容易受到政治以及经济因素的干扰和影响。

1958年，社会主义生产大跃进和文化大跃进的出现，深刻地影响着农村体育的发展。在一片轰轰烈烈的大跃进口号和标语的掩映下，农村体育“一夜间”似乎得到了脱胎换骨的惊天巨变，如当时的农村体育先进典型高唐县，在短短一个多月时间内，全县20个乡、127个农业生产合作社普遍建立了体育协会，发展会员32281人，有41000多人参加体育活动，占全县青年的60%，而且全县乡乡社社都修建了小型运动场。①很显然，在高指标、浮夸风大旗的舞动下，农村体育陷入了一场貌似热烈，实则空洞的发展浪潮。1959年，国家的体育投入政策开始向竞技体育倾斜，可能是因为当时急需通过竞技体育这条快速渠道摆脱国人长期遭受“东亚病夫”这一屈辱形象凌辱的历史。1954年4月，国家体委副主任荣高棠在二届全国人大一次会议上作了题为“在普及基础上，迅速提高我国的体育运动水平”的报告。这份报告标志着竞技体育开始逐渐取代群众体育成为振奋民族精神，提高体育社会效应的“第一工具”，而群众体育尤其是农村体育却渐渐“失宠”。1959年至1961年三年自然灾害的降临，更是加剧了这一形势的恶化。在人们口粮短缺，食不果腹，连最基本的生存条件都无法保障的情况下，在国家下拨体育经费十分紧张有限的情况下，农村体育的发展遭遇“严冬”而几近停滞也就不可避免了。

① 推广高唐县体育和生产拧成一股绳的经验［J］．体育文丛，1958（7）：6.

1963年至1966年，随着第一个五年计划的超额完成，农村体育开始恢复生机。党中央提出了“调整、巩固、充实、提高”的八字方针。随后，国家体委纠正了工作中的错误，对农村体育提出了“业余、自愿、小型、多样、因时、因地、因人制宜”的原则，使农村体育出现了新的发展势头。

1958年到1965年间，农村体育先后遭遇了大跃进、自然灾害等政治经济因素的严重影响，几近停滞，但随着国民经济的好转和恢复，其顽强的生命力使农村体育重新焕发了生机。

（三）“文革”体育，“表象”繁荣（1966～1976年）

众所周知，十年“文化大革命”使我国经济社会招致了巨大的挫折和不可估量的损失，其对我国群众体育事业发展的影响也非同寻常。在城市，当时百业萧条，群众体育因失去安定平稳的社会环境而遭受了重创。由于体育部门停摆，运动队解散，体育干部下放，使得体育工作陷入了一片混沌和无序之中。在盲目的政治狂热和精神压抑的环境中，人们参与体育锻炼获得身心愉悦成为了一件十分不可思议的事情。

在城市群众体育工作形势急转直下的情况下，农村体育却因“祸”得“福”。1968年，毛泽东主席向全国广大城市学生发出“上山下乡，接受再教育”的号召，大批城市学生以“知识青年”的身份到农村插队落户。上山下乡的知识青年成了农村体育的活动骨干。在他们的带领下，农村青年踊跃投入到体育活动中，拉动了农村地区体育活动的发展，起到了传播、带头的作用。1968～1978年，全国城市下乡知青达到1623万人。[①]可以想象，大量接受过现代科学文化教育的知识青年，面对单调乏味的农村生活时，体育锻炼和娱乐便成了闲暇时光的最佳消遣方式。知青的体育行为也影响到了当地的农民，现代体育通过这样的渠道加速渗透到广大农村。与此同时，体育也成为政治宣传以及阶级斗争的“排头兵”。如当时一些媒体的报道评论，“农村思想文化阵地，社会主义如果不去占领，资本主义就必然会趁虚而入，开展农村群众性体育活动，是上层建筑领域里的革命，是一场争夺阵地，争夺青少年的斗争”[②]，“开展农村群众性体育活动，是丰富农村文化生活，用社会主义占领农村思想文化阵地的重要措施，对于巩固无产阶级专政具有重大意义，绝

① 傅砚农．“文革”中“知青”对农村体育的影响及其原因［J］．体育文化导刊，2003（10）：72～73.

② 中共香河县委．加强党对农村体育工作的领导［N］．河北日报，1975－6－10.

不是可有可无的小事。"①

总之，在这段"非常时期"，农村体育因人、物、观念、资源的"爆发式"增长而出现了短暂、表象化的繁荣。但当"文革"退去，农村体育又显现出本有的"平静"。从此现象中可以看出，农村和农民体育的发展不能只是依靠政治的"嘘寒问暖"，更不能成为政治的宣传工具，而是只能遵循大众体育发展的一般规律，结合农村政治经济的实际情况，坚持实践科学发展观，才能走出一条健康、科学、可持续的发展道路。

（四）重新起步，再次积累（1977～1989年）

"文革"的结束，十年动乱的平息，正常生活的恢复，给在崎岖弯路徘徊的农村体育带来了新的发展契机。1978年12月，党的十一届三中全会通过的《农村人民公社工作条例（试行草案）》，其中第11章第46条规定："开展业余文艺体育活动，活跃社员的文化生活。"1979年，国家体委提出了《关于进一步加强群众体育工作的意见》，制定了新形势下开展群众体育工作的方针、措施和方法。1982年，国家体委在广西玉林召开了全国农村体育工作座谈会。座谈会普遍认为，农民的经济、社会、生活状况已有改善，对文化体育生活的要求也相应有所提高。同年11月，国家体委，文化部、共青团中央在福建龙海县角美公社召开全国农村体育工作会议，制定了新时期农村体育的工作方针与措施。1984年12月，国家体委发出《关于加强县级体育工作的意见》，该意见指出："有限发展经济比较富裕和体育基础较好的乡镇体育，是带动和加快全县体育工作前进步伐的一个重要环节。"1984年，国家体委在湖南省桃源县召开全国县体委主任会议，决定从1985年起，在全国范围内开展争创体育先进县活动。② 全国体育先进县的评选与建设，有力地促进了我国农村和农民体育活动的发展，这可谓是一个不争的事实。

从史料中可以看出，"文革"平息后，农村体育工作得以重新起步，逐渐恢复，并在发展中确立了具体的步骤、措施及重点，而没有重蹈"文革"前"大锅饭"式的同步同时发展的模式，这种革新开放的工作思路，一方面顺应了改革开放初期的社会思潮，另一方面反映出国家对农村体育发展的重新重视并给予了"二次定位"。很显然，上述发展模式和思路符合当时我国群众体育发展的要求和实际，也为改革开放后农村体育的发展奠定了坚实的思想和物质基础。

---

① 马长华，王建坤．农村体育运动要有大的发展［N］．大众日报，1975-6-10.

② 夏成前，田雨普．新中国农村体育发展历程［J］．体育科学，2007，27（10）：36.

农村体育在历经几次沉浮之后，随着改革开放后我国各项事业的逐步展开和稳定也日趋稳步前进和成熟。1986 年，中国农民体育协会的成立，意味着农村和农民体育进入了一个全新的发展阶段。按其性质来说，农民体育协会是一个民间性的农民业余体育活动组织，从实质来说，它则充当的是体育行政部门与中国广大农民之间进行沟通的桥梁。农民体育协会的产生，不仅有力地推动了农村体育资源的整合，团结了广大农村体育工作者，更是给农村和农民体育稳定、持续、快速发展提供了政策和组织保障。1987 年，国家体委、农业部、中国农民体育协会共同组织召开了改革开放后的第二次全国农村体育工作会议，确定把评选全国体育先进县工作作为一项制度长期坚持，并制定了发展规划，提出到 2000 年建成 700 个全国体育先进县的总目标。针对这个总目标，国家体委制定了“加强领导、提高认识，从实际出发，积极地、有计划、有步骤地发展”农村体育的具体工作方针，本着“积极争创，稳步发展，量力而行，确保质量，讲究效益，造福人民”的原则，积极、稳妥地开展争创工作。① 1988 年，我国举办了第一届农民运动会，至今已举办 6 届（至 2008 年）。一方面，农运会的举办给农村和农民体育增添了现代竞技体育元素，为广大农民了解、认知竞技体育提供了不可多得的机会；另一方面，农运会也给不同民族、不同地区的农村和农民体育提供了融合交流的机会。农运会发展前景巨大，如何利用“这台戏”来促进农村体育在新世纪取得更大的发展则成为现时广大农村体育工作者需要给予关注的一个重要问题。

（五）巧借东风，快速发展（1990 年至今）

20 世纪 90 年代初以来，农村体育的发展迎来了新一轮的发展契机。1990 年“亿万农民健身活动”的启动、1995 年《中华人民共和国体育法》的颁布、《全民健身计划纲要》的推出、“全民健身运动”、“雪炭工程”和“体育三下乡”活动的实施、“农村体育年”的确立等等一系列农村和农民体育活动的开展和实施，无不昭示着农村体育在党和国家的重视与关怀下正逐步驶入发展的快车道。

党的十六届五中全会提出了社会主义新农村建设的重大历史任务，2006 年《中共中央国务院关于推进社会主义新农村的若干意见》明确指出，要推动实施“农民体育健身工程”，随后，国家体育总局下发了《关于实施农民体育健身工程的意见》，该工程“以行政村为主要实施对象，以经济、实用的小型公共体育健身场地设施为重点，把场地建到农民身边，同时推动农村体育组织建设、体育活动站

① 夏成前，田雨普．新中国农村体育发展历程［J］．体育科学，2007，27（10）：37.

（点）建设，广泛开展农村体育活动，构建农村体育服务体系。体育场地建设的标准是一块混凝土标准篮球场，配备一副标准篮球架和两张室外乒乓球台。”① 可见，农村体育的工作重点已由过去县、乡、镇一级逐步深入到村落一级，这一方面顺应了社会主义新农村建设的要求，即强调村落建设，即打造成“生产发展、生活宽裕、乡风文明、村容整洁、管理民主”的社会主义新农村；另一方面，这也满足了除县、乡、镇一级之外的，最基层的地地道道农民的体育文化需求。农民体育健身工程的开展，可以说标志着我国农村体育工作的重心正逐步下移，其必然导致我国群众体育事业在全国范围内普遍地开花和更大面积地结果。

当前，农民体育健身工程已在我国八省市（山东、湖北、浙江、广西、重庆、陕西、河南、江西）进行了试点工作并逐步向全国推广。在社会主义新农村建设的大背景下，这项惠及全国9亿农民的体育健身工程已掀开了农村体育发展的新纪元，它逐渐摆脱过去农村体育发展多靠行政性命令，而没有具体化、规范化、标准化操作举措的局面。“一块混凝土标准篮球场，配备一副标准篮球架和两张室外乒乓球台”，对于广大城镇群众来说已不再是奢侈的体育设施，但对于地道的农村村落居民来说却是十分珍贵的体育设施。可以说，农民体育健身工程在全国范围内设立的一套硬件设施标准，无疑将给我国农村体育的规范化、标准化发展和管理开创一条先河。可以预见，在不久的将来，基层农村将拥有一套更加科学化、规范化的软硬件健身设施和相应的管理体系。

三、农村体育的历史嬗变对我国新农村体育发展的启示

历史是一面镜子。纵观我国农村体育思想的变迁史和新中国农村体育的历程，我们可以得出一些促进我国新农村体育建设的历史性经验。

（一）新农村体育在建设中要形成和谐体育思想观

从农村体育思想嬗变的历史中不难发现，某一时期农村体育的发展，总是受到当时社会主导思潮的影响和牵制，与当时的社会大环境密切相连。从五四运动时期我国农村体育思想倍受新文化运动的影响即可见一斑。在努力构建和谐社会的今天，没有农村体育的长足发展，我国的体育事业不能说是和谐的，同样，没有体育

---

① 国家体育总局．关于实施农民体育健身工程意见的通知［EB/OL］．http：//news. aweb. com. cn/2006/3/31/14553413. htm.

的和谐发展，和谐社会的构建亦不能说是全面的。和谐的农村体育思想对指导新农村体育建设、提升农业劳动生产力水平、促进农民健康生活方式的形成、构建和谐的农村文化等都有着重要意义。因此，在构建和谐社会的时代背景下，我国新农村体育的建设亦要逐步形成和谐体育思想观，走和谐发展之路。

（二）新农村体育在建设中要实行“两手抓、两手都要硬”的政策

正如改革开放的总设计师邓小平同志所言，社会主义建设要“一手抓精神文明的建设，一手抓物质文明的建设，且两手都要硬”，新农村体育建设也应如此。纵观我国农村体育思想的演化史，思想文化的匮乏是制约我国农村体育发展的根源。在新农村体育的建设中，可以实行“一手抓公共体育精神建设，一手抓农村体育文化建设，且两手都要硬”的政策，来推动农村体育思想的创新和发展。具体而言，一方面，要注重激发和培养农民的公共体育精神。公共体育精神也称之为公民性或公民体育精神，是指由公民组成的共同体中，公民对公共体育活动的积极参与，对公共体育价值观点的认同和对公共体育法律、法规的维护。农村公共体育精神不是一朝一夕就能培养成的，必须将其贯彻到农村体育工作的各个细微环节，渗透到农民日常生活的各个方面，通过不断刺激和强化，最终使农民养成健康、稳定的公共体育精神的思维、态度和行为模式。另一方面，要努力创造和谐的农村体育文化氛围与环境。农村体育文化是以农民为主要活动对象，以农村为主要活动地点，以农闲为主要活动时间，把满足农村农民需求的体育活动进行加工、组织和秩序化，形成获得社会承认的、具有独立意义和价值的文化。① 农村体育文化是人们在长期体育实践过程中逐渐形成的，它具有一定的稳定性。农村体育文化的培育是一个长期工程，要抓好农村体育文化建设，必须建立起长效的培养机制。

（三）新农村体育建设应鼓励和扶持农村建立民间体育组织，兴修体育场地设施

众所周知，事物的发展由内因和外因共同决定。民间体育组织作为新农村体育建设中的纽带，推动了新农村体育建设中内因和外因的协同发展。以史为镜，无论是近现代史上救国救民运动，还是现代史上农民体育事业的发展壮大，都离不开民间体育组织，国粹体育的发展亦是如此。农村民间体育组织，是维持农村体育可持

① 佘静芳．论农村体育文化建设对推进社会主义新农村建设的意义［J］．湖南民族职业学院学报，2006，2（2）：25.

续发展的内在动力源。在新农村体育建设中，政府鼓励和扶持农村民间体育组织建设是十分必要的环节，要充分调动农村民间体育组织积极参与到新农村体育建设的进程中来。此外，还要加强农村体育场地设施的建设。我国现有60余万个各类体育场馆，农村地区却仅占体育场馆资源的20.2%。[①] 体育场地设施是实现新农村体育建设的基本条件和保障，历史验证了这样一个事实：多一个体育场馆，就少一个赌场；多一个体育休闲娱乐中心，就少一个庙宇。因此，在新农村体育的发展中，加强农村体育场地设施建设已显得尤为迫切和必要。现时期“农民体育健身工程”的开展吹响了兴修农村体育场地设施的号角，农村体育场地设施的建设与发展应借“农民体育健身工程”的施行大力向前推进。

（四）新农村体育建设应充分发挥民族体育多元化优势，丰富农村业余文化生活，引导农民形成健康、文明、科学的生活方式

中国近代体育史的演变，启示我们民族民间体育作为我国的优良体育传统不仅不可丢弃，而且需要在继承的基础上不断丰富发展。中国是世界上民族最多的国家之一，有着丰富多彩的民族民间体育项目，如叼羊、抢长炮、踢毽子、跳绳、滑冰、跳房、打花棍、空竹、捉迷藏、木球、射箭、国术、秧歌、登山、龙灯狮舞等。如果将各个民族的体育项目在广大农村地区进行相互交流、相互学习，无疑对继承和发扬我国民族民间体育具有相当重要的意义。通过发挥民族体育多元化的优势，对丰富农民闲暇生活，促进农村精神文明建设亦有着不可忽视的积极作用，最终为广大农民形成健康、文明、科学的生活方式奠定了基础。

① 王建华，熊伟. 北京市第五次全国体育场地普查资料汇编［M］. 北京：中国劳动社会保障出版社，2006：1~12.

第四章　新农村建设语境下村落农民体育的文化诠释

在我国五千多年的村落文明史中，历史文化的积淀和大自然的馈赠造就了涵盖村落农民体育在内的五彩斑斓的村落文化现象。在建设社会主义新农村的今天，村落农民体育与村落文化以其独特的价值被人们重新认识、开发与利用，它们从来没有像今天这样对人们的物质和精神生活产生如此深远的影响。可以认为，研究村落农民体育的文化内涵及其文化力表征、村落文化与村落农民体育的关系及其相互作用机制，对于我国农村村落农民体育的发展、村落文化的繁荣和社会主义新农村的全面建设都有重要的理论与现实意义。

一、村落农民体育的文化内涵及其文化力表征

（一）村落农民体育的文化内涵

众所周知，文化是一个动态的系统，为了较为全面而准确地诠释村落农民体育的文化内涵，需要对体育文化的内涵进行一定程度上的总结。迄今为止，对体育文化的定义，众说纷纭，莫衷一是。有学者认为，体育文化是以强身健体、振奋精神、建立积极生活方式为主旨的体育运动及其产生的物质与精神成果的总和[①]；也有学者认为，体育文化是人类在体育运动及其相关领域中生产或创造的物质产品、思想观念、制度、思维模式、行为模式等，它包括了人类在体育活动中所创造的物质文化、制度文化和精神文化等[②]；还有学者认为，体育文化是关于人类体育活动

① 袁大任．也定义体育文化［J］．体育文化导刊，2007（3）：28.

② 杨文轩，冯霞．体育文化在社会主义精神文明建设中的地位和作用［J］．体育学刊，2006（1）：4～7.

的物质、制度、精神文化的总和。[①] 比较上述概念，不难发现，不同学者对体育文化的定义不尽相同，但对体育文化的认识大体涵盖了体育的物质文化、制度文化和精神文化，它包括人们的体育认识、体育价值、体育情感、体育道德、体育理想、体育制度和体育物质产品等。

鉴于上述认识，笔者认为村落农民体育文化是村落的物质文化、精神文化和制度文化的总和，它涵盖了村落农民的体育思想、意识、价值、观点、体育制度和体育的物质条件等。

（二）村落农民体育的文化特征

梳理大量有关村落文化的研究后，归纳出村落文化的共性特征，即村落文化具有地域性、民族性、传承性、乡土性、双重性、群体性、融合性等特征。村落农民体育是村落文化的一部分，同样彰显出村落文化的各种特征，其主要特征可概括为如下几个方面。

1. 强烈的地域与民族差异性

我国是一个地域辽阔的多民族国家，各地方区域和民族之间拥有独具特色的体育运动。我国村落农民体育的地域差异性特征是十分广泛的，它总会受到一定地域生产、生活条件和地缘关系的牵制，都不同程度地带有地方色彩。如北方天高地阔，一马平川，人们的生产、生活环境简陋，摔跤、角力、赛力、赛马等力量型项目较为发达；南方山环水绕，气候温和，人们的生产、生活环境优越，游泳、体操、棋牌等技巧型项目较为突出。除了南北两大差异外，东西之间，各省之间以及同一省份不同地区之间的体育文化差异也是非常显著的[②]。我国是一个有着56个民族的国家，因此，村落农民体育的民族差异性的存在是一个客观事实。据调查，我国民族传统体育项目种类多达977种，如藏族的大象拔河、苗族的跳鼓、白族的三月街、土家族的跳火绳、云南佤族的竹竿舞、彝族的密枝节、布依族的甩糠包、哈萨克族的姑娘追、纳西族的东巴跳、朝鲜族的顶水罐赛跑、傣族的孔雀拳等都是民族所特有的民族体育形式，体现了不同民族创造了不同体育事象。即使是同类型民族体育项目，在不同民族中也是各有千秋的。例如，蒙古族式摔跤“博克”、维吾尔族式摔跤“且西里”、彝族式摔跤“格”、藏族式摔跤“北嘎”等虽均属摔跤

---

① 卢元镇．体育社会学［M］．北京：高等教育出版社，2001：12～45.

② 李会增，王向东，赵晓红等．我国村落体育的文化特征及发展模式研究［J］．北京体育大学学报，2007（10）：1325～1327.

这一体育事象，但在不同民族中却反映出各民族所独有的特性，而表现出强烈的民族差异性。①

2. 鲜明的群体性与阶级性

村落农民体育文化的群体性在家族性上得以映衬。村落家族文化反映出以自然村或行政村为范围的家族关系以及由它产生的种种体制、行为、观念和心态等文化特征。② 村落家族文化是在长期的历史嬗变中形成的以血缘和亲属关系为标志的文化沉积，其基本内核及理念已触及到村落社会中人类生活的各个领域。据此，村落农民体育也不例外。家族文化的渗透，使村落农民体育文化折射出鲜明的家族性。

有专家认为，文化在一定程度上带有阶级性，但不能说一切文化现象都是有阶级性的，不能把文化的阶级性绝对化。③ 文化如此，村落农民体育文化亦如此，虽然村落农民体育的动作技术、方法手段，以及它的自然科学基础是不带有阶级性的，但其制度、组织、价值观念、目的任务等方面则带有鲜明的阶级色彩。不言而喻，村落农民体育文化也是蕴涵着鲜明的阶级性的。

3. 广泛的乡土性与世界性

费孝通先生对中国社会之“乡土本色”的理论概括，已得到广泛接受和认同。村落是中国社会最基层的单位，毋庸讳言，也应该具有“乡土本色”。村落农民体育文化作为村落社会文化构成中的一个子系统，是在漫长的小农生产和生活方式的演进中逐渐形成并积淀下来的，固而，展露出广泛的“乡土”特色。村落农民体育文化的世界性，一方面体现在它可以通过各种传播媒介触及到世界各个角落，另一方面则表现在其财富也应为全人类共同所有。

4. 持续的传承性与双重效应性

村落农民体育文化是中华民族悠久历史发展的产物，也是我国不可多得的宝贵历史文化遗产和世界体育文化瑰宝。村落农民体育文化从诞生之时起，之所以能够代代沿袭，经久不衰，乃得益于其传承是有选择的、批判性的。村落农民体育文化的传承性体现的是垂直体育文化联系，是后人对前人所创造的体育文化成果的吸收和推进。这种吸收与推进是对村落农民体育文化去粗取精、去伪存真的过程，而使得其传承性得以持续。

---

① 姚重军. 少数民族传统体育文化研究［M］. 北京：民族出版社，2004：21～56.

② 李会增，王向东，赵晓红等. 我国村落体育的文化特征及发展模式研究［J］. 北京体育大学学报，2007（10）：1325～1327.

③ 卢元镇. 体育社会学［M］. 北京：高等教育出版社，2001：12～45.

村落农民体育文化是一种杂糅着传统性与现代性、先进性与落后性、排斥性与融合性等对立特点的文化形态。这种文化形态总是一分为二的，其中精华与糟粕并存，营养与毒素同在。可见，出现村落农民体育文化对村落文化的发展，既能产生正面效应，又能导致负面效应的现象就成为可能。

5. 较强的融合性与仿生性

村落农民体育文化的融合性是村落农民体育与其他文化现象相互交融的体现。如，瑶族的打陀螺、侗族的抢花炮、布依族打铜鼓等体育活动就是集竞技、舞蹈、艺术、音乐、体育于一体的特色文化。

中国体育文化具有较强的仿生性①，而村落农民体育文化作为中国体育文化体系中的一员，同样显现出较强的仿生性，主要体现在三个方面：一是自然现象仿生性。大自然是人们赖以生存的必要条件。包罗万象的自然界中，有诸多现象令人类仰慕，而被形象地运用在体育动作、技法等的命名上就是鲜活的例子。二是动物仿生性。在我国，早在公元前三千多年，就有模仿动物的先例。鱼舞、虎拳、五禽戏等直接动物仿生活动和舞龙舞狮等间接动物仿生活动在村落的摇篮里孕育、发展、成熟，已成为村落农民体育不可分割的一部分。三是植物仿生性。除却动物仿生，我国村落民间武术中的众多导引术还汇入了许多植物的生态形状，如“风摆荷叶”、“古树盘根”、“顺风扫莲”、“金花落地”、“腋底藏花”等，它们不断积淀并留传至今，深受广大村落农民的喜爱。

（三）村落农民体育的文化力表征

1. 文化力及其在新农村建设中的作用

文化力即文化的作用和力量，通常是指一个国家文化发展和文化积累所形成的现实力量，它既包括这个国家的知识文化生产力和创新力，也包括它对经济、政治和社会生活各方面的作用力、聚合力、影响力和辐射力，还包括文化产品生产者和消费者的综合素质和精神状态等。② 简言之，文化力就是文化的实力和作用力，主要表现为文化的生产、消费、传播、创新对经济、社会、政治发展的推动、导向、凝聚和鼓舞，表现为文化资源的储备程度、文化环境的培育状况和文化事业的发展水平。

从世界历史来看，如果说 19 世纪是比生产力，20 世纪是比制度，那么 21 世

---

① 姚重军．少数民族传统体育文化研究［M］．北京：民族出版社，2004：21～56.

② 赵文广．文化力：新农村建设的持续动力［J］．中共成都市委党校学报，2006，15（4）：59～61.

纪比的则是文化。文化力已经成为第一竞争力。[①] 一个国家、一个地区、一个城市综合实力如何，是否有竞争力，最重要的是看它的文化力，看它能否用先进的文化组合各种资源，凝聚各方面力量，最大限度地调动人才队伍的积极性、创造性，形成强大的综合实力和竞争力，取得竞争优势。一个典型的例子[②]，可以说明文化力的作用。德国在18世纪以前曾远远落后于欧洲其他国家，但18世纪后，德国从哲学入手，先完成了文化革命，催生了一大批伟大的哲学家、思想家，而后才得以进行社会革命，再进行产业革命和技术革命，使现代德国在近现代世界的经济文化发展过程中担当起一个非常重要的角色，其经济实力至今仍处于欧洲国家的前列。从中我们可以看到，文化力的发展可以使一个国家实现整体的跨越式发展。

那么，在新农村建设中，文化力又具有什么样的地位和作用呢？总的来说，文化力是新农村建设的重要组成部分，能以极强的渗透力、融合力和创造力参与新农村的政治、经济、社会建设，引领新农村建设的方向，改变传统农村的面貌，营造新农村建设的良好氛围，推动新农村的现代化进程。具体而言，文化力在新农村建设中的地位和作用表现在如下几个方面[③]：

第一，发展文化力是新农村建设的题中之义。建设社会主义新农村，不仅要有繁荣的经济，还要有繁荣的文化；不仅要着眼于满足广大农民的物质生活需求，还要着眼于满足农民群众文化生活的需要。党的十六届五中全会提出了把广大农村建设成为“生产发展、生活宽裕、乡风文明、村容整洁、管理民主”的社会主义新农村的总体要求，可见社会主义新农村建设是一个全面、系统的工程，它是农村经济建设、政治建设、文化建设、社会建设和党的建设协调推进，社会主义物质文明、精神文明、政治文明共同进步和全面发展的过程。

第二，文化力是促进农村经济、政治、社会全面发展的重要推动力。农村文化作为连接农村经济、政治、社会的纽带，与农村的经济、政治、社会相互融合，为农村经济社会发展提供基础性作用和发展动力。

第三，文化力是构建和谐新农村的持续动力。文化力作为一种精神力量，具有解放人、塑造人的功能。在特定的文化环境中，先进文化以其科学的世界观、人生观、价值观以及文明生活方式渗透到广大农民的心灵深处，进而影响人们的物质生

---

① 陈实．经济赛局中的“文化力”较量［EB/OL］．http：//www.southcn.com/opinion/politics/200404230768.htm.

② 南方日报．文化力和经济力是怎样融合的？［EB/OL］．http：//www.southcn.com/news/gdnews/hotspot/qhch/xgxw/200309240199.htm.

③ 赵文广．文化力：新农村建设的持续动力［J］．中共成都市委党校学报，2006，15（4）：59~61.

活、思维方式、价值标准、伦理原则和行为取向，引起思想观念的变革，从而使人们接受和确立与市场经济相适应的、与科学发展观相适应的、与新农村建设相适应的新思想和新理念，并用于指导新农村建设的伟大实践。尤其是先进文化思想在农村的传播和精神文明建设在农村的开展，能够引导广大农民群众更新观念、革除陋习，追求文明健康的生活方式，倡导积极向上、平等友爱、包容和谐的文明新风，为和谐农村的构建提供思想基础和持续动力。

2. 新农村建设中村落农民体育的文化力体现

十六届五中全会对新农村建设从宏观层面上提出了“生产发展、生活宽裕、乡风文明、村容整洁、管理民主”的要求，但就操作层面的具体建设任务看，新农村建设应包括五个方面的内容，即：新农民、新环境、新设施、新房舍、新风尚。只有这五个方面的建设同步推进，社会主义新农村才会有一个全新的风貌。村落农民体育活动的开展，可以多维度地作用于村落社会的各个层面，产生稳定而具有综合特性的文化影响力。它能以极强的渗透力、凝聚力、辐射力和创新力参与到新农村的政治、经济、文化等各个领域的建设之中，进而推动拥有“新农民、新环境、新房舍、新设施、新风尚”的社会主义新农村的实现，而这种推动作用力无疑表明了村落农民体育是新农村建设的一种基础文化力。

（1）村落农民体育是培养村落新农民的文化力

众所周知，文化产生于人之后，换言之，是人创造了文化，是人传承了文化，同时也是人的意愿改变着文化，而文化也可以反作用于人类的发展。村落农民体育作为一种特殊的社会文化形态，正是由农民在历史的演进过程中不断地创造和发展，才使得它在整个人类社会的进步过程中不断吸纳村落社会文化的精髓，这种创生于农民又高于农民自身发展的村落农民体育，现已成为培养村落新农民的重要文化力。

在新农村建设中，农民被赋予了新的内涵，新农村建设要塑造的是“懂科技、会经营、善管理、识法律、讲文明”的新型农民。现今，在“一手抓精神文明建设，一手抓物质文明建设，两手抓，两手都要硬”的社会发展思路下，村落农民体育俨然已成为培养上述新型农民的主流文化力，不断推动着村落的精神文明建设和村落农民个人生活质量的提高。这是因为，村落农民体育活动的开展，能引导村落农民改变旧有的不良生活习惯，逐步树立文明科学健康的生活方式，为懂科技、会经营、善管理、识法律、讲文明的新型农民的培育起到一定的助推作用。

（2）村落农民体育是营造村落新环境的文化力

新环境是社会主义新农村建设可持续发展的保证，村落的环境状况是衡量村民生活质量的一个有力指标。村落农民体育作为村落社区的一种健康、文明的文化娱乐活动，对新农村的环境建设将起到积极的推动作用。

生产环境、生活环境和生态环境是构成新农村环境的三大要素。村落农民体育对村落新环境建设所发挥的文化力作用可从这三个要素中得以体现。首先，村落农民体育活动能够创造和谐的农业生产环境。例如，担挑粮食赛、抗旱提水保苗赛跑、插秧赛、原地抛掷秧苗赛、拔草赛、抗洪搬沙包赛和集体奔小康接力赛等与农业生产技术结合的村落农民体育活动，不仅调动了农民的农业生产积极性，还激发了广大农民发展村落农业、增收致富的豪情壮志和创业激情，这无疑为农业生产创造了良好的氛围环境。其次，村落农民体育作为一种健康、文明的生活方式，能有效地抵制封建迷信、黄、赌、毒等腐朽文化入侵村落，进而为村落社区营造和谐的生活环境。最后，村落体育旅游项目的拓展，使村落生态环境建设的步伐提速。在“全民健身与奥运同行”的倡导下，村落体育旅游正以其独特的魅力吸引着包括村落农民在内的全国乃至全球人们的参与，体验型、参与型、自助型、团队型等形式多样、内容丰富的村落体育旅游项目，如，漂流、皮划艇激流回旋、登山、攀岩、洞穴探险、野外生存、山地自行车、钓鱼等，已经悄然走入到人们的日常生活中，成为村落农民文化生活的重要组成部分，并逐步发展成为村落经济开发的支柱性产业。2007 年，本课题组在调研中发现，不少村落普遍存在水质污染、土壤污染、空气污染等生态环境恶化现象，伴随村落体育旅游业的开发与推广，可以肯定，村落生态环境的恶化现象必然会得到有效缓解和控制。

（3）村落农民体育是推进村落新房舍建设的文化力

新房舍作为新农村建设的标志性建筑符号，它不仅是新农村建设的内在要求，也是村民生活富裕的外在体现。

柯炳生认为，“新房舍”就是农村要因地制宜地建设各具民族和地域风情的居住房，而且房屋建设要符合“节约型社会”的要求，体现节约土地、材料和能源的特征。村落农民体育对村落新房舍建设所发挥的文化力作用可以从这两个方面来阐释。一是村落体育作为我国体育旅游的重要资源，对其进行合理开发与利用，已成为打破农村第三产业发展“瓶颈”的一条行之有效的途径。随着旅游需求的多元化与消费个性化发展，人们对体育旅游的需求层次不断攀升，同时对旅游所在地的人文环境、地域风情、民族特色等提出了更高的要求。因此，结合村落体育旅游和村落农民体育活动的需要，在村落房舍的改造与建设中，因地、因时、因人制宜地建设具有民族和地域风情的新房舍，使其成为村落体育旅游中的重要接待设施与景观组成部分，不但会促进村落体育旅游业的兴盛，而且推动了村落新房舍的建设。二是村落农民体育提升了村民的综合素养，为构建节约型社会奠定了基础。村落农民体育对村民文化力的作用绝不仅仅体现在增强劳动力的身体素质，提高村落劳动生产率的整体水平，而是体现在对村民综合素养的塑造上。我国正处于向节约型社会转型的关键期，村落社区囿于资金、技术、保守思想等多方因素的牵制，其房舍建设中普遍存在分散、零乱、乱建、乱占等现象，难以达到节约型社会的要求，而在村落农民体育文化的熏陶下，这一现状是可以得到改观的，如湖北省实验推广的“两打两晒（赛）工程”就是一个能引发人们厉行节约、开动脑筋办事的例证。“两打两晒（赛）工程”是湖北省农业厅、省体育局利用部分体育彩票公益金和农业专项资金，逐步在全省农村地区援建综合运动场（以水泥篮球场为主），使农民农忙时可打粮晒粮，农闲时可打球赛球的一项举措。① “两打两晒（赛）工程”等所体现的节俭原则与节约型社会的要求不谋而合，毋庸置疑，这也将有助于启示并推动节约型村落新房舍的建设。

（4）村落农民体育是完善村落新设施建设的文化力

新设施是社会主义新农村建设的窗口，其内容富足，意蕴深厚，不仅仅包括广播、通讯、电信等信息设施建设，还包括体育设施在内的村落公共基础设施建设。村落农民体育要发展，村落体育设施建设必先行，没有村落体育硬件设施的保障，村落农民体育活动的开展势必陷入举步维艰的困难处境。这也是我国在新农村建设过程中，全面启动“农民体育健身工程”及推动“雪炭工程”、“亿万农民健身运动”和“全民健身工程”的主要原因之一。原国家体育总局局长袁伟民曾指出，满足人民群众日益增长的体育需求是体育工作的基本出发点，而满足群众健身需求的关键是加强体育设施的建设。随着我国各项农民健身工程的全面推进，村落体育设施建设必然会得到加强。所以，村落农民体育也是推进村落新设施建设的一种文化力。

（5）村落农民体育是引领村落新风尚的文化力

所谓村落“新风尚”就是要移风易俗，培养农民科学、文明、法治的生活观，倡导健康文明的社会风尚，强化村落精神文明建设。村落农民体育作为村落农民健康文明生活方式的主流文化之一，对营造村落新风尚的氛围具有较强的推动作用。

一方面，村落农民体育活动是移风易俗，培养农民科学、文明、法治的生活观，倡导健康文明的村落社区新风尚的载体。有研究认为，体育活动对人们的思想

① 邹丽．两打两晒探新路，农民体育健身工程一举多得［N］．中国体育报，2006－05－11.

观、价值观、行为方式均有着潜移默化、立竿见影的功用。① 在村落广泛开展体育活动，能够引领村落农民崇尚科学、抵制迷信、移风易俗，树立正确的生活观，革除赌博、大操大办等陋习，推进新农村建设，倡导健康文明的村落社区新风，使村落洋溢出祥和文明的新风尚。另一方面，村落农民体育活动的广泛开展，本身乃是村落新风尚的一种体现。村落农民体育恰似村落文化绽开的一朵朵奇葩，绽放出村落欣欣向荣的景象，彰显出村落健康文明的新风尚。

（四）小结与建议

村落农民体育既是发展村落文化的载体，也是培育村落农民精神情感的载体，有着强大的生命力。从某种意义上讲，没有村落的稳定与繁荣，就不可能实现社会主义新农村建设。村落农民体育作为新农村建设的一种基本文化力，对稳定和繁荣新农村的根基——村落有着不可替代的作用。

为了使村落农民体育的文化力在新农村建设中发挥最大的功效，笔者提出如下建议：

第一，学界应重视对村落农民体育的研究，不遗余力地挖掘和开发村落农民体育的文化力。

第二，建立村落农民体育文化交流中心，加强不同国界、民族、地区之间的村落农民体育文化的传播与交流。例如，举办村落农民体育文化交流会、学术交流会等活动，为村落农民体育文化的传播与交流提供平台，使先进的村落农民体育文化资源得以充分整合，形成具有强大竞争优势的文化力。

第三，将村落农民体育纳入到村落学校教育体系中来，这不仅是教育发展的需要，也是村落文化传承的需要，更是发挥新农村建设中村落农民体育文化力的需要。

第四，建立村落农民体育文化的创新机制，确保村落农民体育的文化力成为村落文化建设的持续发展力。

第五，建立“送文化”与“种文化”相结合的长效机制，是村落农民体育的文化力在新农村建设中得以发挥效益的一条现实的可行之路。历史经验表明，数十年来国家采取“送文化”下乡的支出巨大，然而并未从根本上改变村落文化的落后现状。正如有研究认为，单靠国家力量从外面强制“植入”乡村社会的精英文

① 陶倩，梁海飞．体育对塑造民族精神的作用［J］．上海体育学院学报，2007（5）：1～5.

化观念，难以在农村社会中植根、发育、开花、结果，是一种“无根”的文化。[①]可见，把“送文化”与“种文化”有机地结合起来，将有利于这种“无根”文化向“有根”文化转变，并逐渐扎根于农民的日常文化生活。

第六，村落农民、民间组织及社会各界应积极参与到村落农民体育文化的发展中来，让这一推动新农村建设的文化力永远璀璨夺目。

二、村落农民体育与村落文化的关系及其作用机制

（一）村落文化及其与村落农民体育的关系

1. 村落文化释义

关于村落文化的概念，国内学者对此有不同的表述。其中比较有代表性的主要有以下几种。第一种观念认为，村落文化是相对都市文化而言的，是目前中国农村最具特色的文化形式。[②] 第二种观念认为，村落文化乃是反映当前中国村落制度结构特征的一种文化形态。[③] 第三种观念认为，村落文化概指农业人口在特定的地域长期生活和劳动过程中形成的集体意识，乃是信仰禁忌、价值取向、生活方式、风俗习惯等文化现象之总和。[④] 第四种观念认为，村落文化是以村落为依托，以处于同一生产方式和生活方式下的人群对象，以人们普遍认同的社会价值观念和行为方式为准绳而形成的规章制度、生活方式、行为规范、审美思想等文化模式。[⑤] 第五种观念认为，村落文化是以一定村落共同体为范围的家族关系以及由它产生的种种体制、观念和心态，统称为村落文化。它是由村落的政治文化、伦理文化、信仰文化、人情礼俗文化、制度文化和家族文化等共同构成的多因素的集合体。[⑥]

从以上各种定义的陈述中不难看出，研究者们所持的学科立场与研究视角不同，因而对村落文化所下的定义也不尽相同。所有这些界定都在不同程度上触及和

---

① 财政部教科文司，华中师范大学全国农村文化联合调研课题组．乡村文化与新农村建设［J］．华中师范大学学报（人文社会科学版），2007（4）：101～111.

② 李银河．论村落文化［J］．中国社会科学，1994（4）：56～58.

③ 陈吉元，胡必亮．当代中国的村庄经济和村落文化［M］．太原：山西经济出版社，1996：197.

④ 姚蓓琴．村落文化和农村两个文明建设［J］．社会科学，2000（4）：58～60.

⑤ 施臻．抓好村落文化，使之成为经济发展的推进器［J］．农村·农业·农民，2002（6）：1.

⑥ 王嘉栋．村落文化对村民自治的影响——以陕西省A镇为例［J］．安徽农业科学，2007，35（35）：11614～11615.

揭露了村落文化的基本涵义，但同时没有一个足以一举无遗地将村落文化的所有内涵囊括其中。例如，前两种观念一个过于宽泛，一个又过于狭窄，使人难以把握。第三种观念中不仅研究的对象被缩小，而且忽略了村落社会的结构和关系。第四种观念则是对村落文化的一种范式化解读，进而忽视了村落文化的差异性与多元化特征。第五种观念相对而言较为全面，但不够准确，其因有二：一是人们对村落文化内涵的认识和研究不断深入，二是村落文化现象本身涵盖宽广而繁杂，人们只能从某一特定的层面或角度来探究和把握它。为此，借以刘瑞娟的研究，从文化层面对村落文化进行解读，认为村落文化是指以自然村落的血缘关系和家庭关系为繁衍基因而产生的能够反映村落群体人文意识的一种社会文化。[①] 它是涵盖了村落的政治、伦理、信仰、制度和家族及体育等文化现象在内的融合体。

2. 村落农民体育与村落文化的共性特征

为了从质的角度探究村落农民体育与村落文化的内在关系与作用机制，梳理大量相关文献资料后，归纳出二者之间的几点共性特征：

第一，乡土性与世界性。正如费孝通先生在其《乡土中国》一书中所言，中国社会的基层是乡土性的。这一语点破了村落农民体育与村落文化的乡土特性。文化学研究认为，任何一种文化，都是属于全人类的。纯粹的独立的民族文化是不存在的。特别是在全球化的时代背景下，世界各民族包罗万象的文化与体育活动，是各自民族文化的组成部分，也是世界文化的组成部分。

第二，地域性与民族性。村落文化与村落农民体育活动的产生具有地域性和民族性特征，形形色色的村落文化与体育活动萌生于不同的地域或民族，根源于地域或民族文化活动，在融合了不同地域和各自民族的风俗习惯、生活方式等基础上，为了满足一定的村落社会需要，如宗教、娱乐、政治、军事、健身等而形成具有鲜明的地域和民族特征的文化和体育活动。

第三，继承性与发展性。村落农民体育与村落文化之所以能代代沿袭，经久不衰，原因在于它们是我国农民几千年集体智慧的结晶，显示了农民群众无限的创造潜力。继承不仅是一种沿袭，也是一种发展，是一种纵向的发展。村落农民体育与村落文化的继承性不仅体现在纵向的文化衔接上，也体现在后人对前人所创造的文化成果的吸收与发展上。

第四，相对封闭性与开放性。囿于自然环境、自给自足的小农经济、血缘、宗族等因素的影响，村落农民体育和其他村落文化一样，往往被封闭在一定区域风俗

① 刘瑞娟．论村落文化在乡风文明建设中的作用［J］．山西农业大学学报，2008，7（1）：17～19.

习惯的外壳内，而彰显出相对的封闭性。中华文化是世界唯一继承下来且从未中断的文化。这与中华文化的开放性不无关系。村落农民体育与村落文化作为中华文化的重要组成部分，遂显露出开放性，这种开放性首先表现为它们对外来文化的一种包容态度：这种态度源于自古以来我国就有的借鉴、吸收、为我所用、兼容并蓄等多元开放思想，在其思想的熏陶下，造就了村落农民体育与村落文化的开放性特征，如在侗族村落流行的哆毽运动就是侗族对兄弟民族打手毽运动兼收并蓄的结果，也是侗族与兄弟民族共同创造的体育文化财富①；其次表现为它们对外来文化的一种良好的消化能力：这种能力表现在对外来文化吸收时，不断寻找相互的契合点，进而促进外来文化在本土的生长、发育，并最终融入到村落文化的各个领域中去。

第五，家族性与阶级性。村落家族文化反映出以自然村或行政村为范围的家族关系以及由它产生的种种体制、行为、观念和心态等文化特征。② 村落文化的家族性是在长期的历史嬗变中形成的以血缘和亲属关系为标志的文化沉积，其基本内核及理念已触及到村落社会中人类生活的各个领域，村落农民体育也不例外。研究认为，村落文化在一定程度上带有阶级性，但不能说一切村落文化现象都是有阶级性的，不能把村落文化的阶级性绝对化。③ 村落文化如此，村落农民体育亦如此。虽然村落农民体育的动作技术、方法手段，以及它的自然科学基础是不带有阶级性的，但其制度、组织、价值观念、目的任务等方面则带有鲜明的阶级色彩的。

第六，渗透性与融合性。村落农民体育与村落文化的渗透性与融合性是村落农民体育与其他文化相互交融的集中体现。一方面体现在不同村落地区的不同民族之间，如瑶族的打陀螺、侗族的抢花炮、布依族打铜鼓等体育活动就是集竞技、舞蹈、艺术、音乐、体育于一体的特色文化；另一方面体现在同一村落地区的不同民族之间，如水族村落地区，汉、布依、苗、侗、瑶等民族和水族长期交错杂居，友好相处，各民族的传统体育都在该地区广泛开展。斗牛、打手毽、跳扁担、划龙船、耍狮、舞龙这些并不是水族世代传承的体育活动也深受水族人民的喜爱。④

第七，双重性。历史源远流长的村落文化既有秉承中华民族优良美德和淳朴习

---

① 袁华亭．侗族哆毽及其体育文化特征［J］．中南民族学院学报（哲学社会科学版），1999（4）：61～62.

② 李会增，王向东，赵晓红等．我国村落体育的文化特征及发展模式研究［J］．北京体育大学学报，2007（10）：1325～1327.

③ 卢元镇．体育社会学［M］．北京：高等教育出版社，2001：12～45.

④ 顾晓艳，徐辉．论水族传统体育的文化特征［J］．体育学刊，2006，13（6）：60～62.

俗的一面，同时它又包容了一些腐朽、落后的习俗，一些内容甚至严重危害人类的身心健康。村落农民体育活动作为村落文化的一分子，其也是一种杂糅着传统性与现代性、先进性与落后性、排斥性与融合性等对立特点的文化形态，既可能受到先进村落文化的洗礼，也可能会在一定程度上受到落后村落文化的钳制。

3. 村落农民体育与村落文化的关系

厘清村落农民体育与村落文化的关系，是我们探讨二者相互作用机制的一个基本前提。从上述对村落农民体育与村落文化概念、内容及共性特征的陈述中不难得出，村落农民体育是一种文化活动，它是村落文化的一部分，其与村落文化之间存在着内在的共生关系，具有强烈的互动性，同时也存在一定的相互牵制性。

下面从正负方面对这一关系进行解读：从正的方面来讲，一方面，村落农民体育作为一种积极向上的文化娱乐活动，不仅能推进农村村落生产力发展、促进农民身心健康，形成健康文明的生活方式，还能丰富农民业余文化生活、树立村落文明新风尚。可见，村落农民体育已成为村落先进文化不可或缺的一部分。另一方面，我国村落文化博大精深，其中蕴涵着诸多促进村落农民体育发展的积极因素，如传统节日文化中的元旦拔河、长跑，春节的秧歌、舞龙、舞狮，元宵节的骑竹马、太平鼓、跳百索，清明节的踏青郊游、放风筝、荡秋千，端午节的旅游、赛龙舟，重阳节的登高等①，就是一个突出的例子。

从负的方面来讲，一方面是村落农民体育的过度商业化问题。一些地方为了保护和发展村落农民体育，而引入商业化机制。不可否认，村落农民体育的商业化运作起到了一定积极效应。但值得注意的是，商业化的“度”如果把握不好，就会给村落农民体育带来灾难，如一些旅游景点为了取悦游客，搞一些稀奇古怪的节目，把一些富有民族特色的村落农民体育活动弄得面目全非；为了迎合市场，有些原本以村落农民体育为龙头的活动，逐步演化为经贸洽谈会、招商引资会等等。这样，便使得村落农民体育的文化特质逐渐异化甚至消失殆尽，最终不益于村落文化的净化和发展。另一方面是村落文化中封建礼教思想、固守的生活方式、滞后的价值观念等传统文化元素及封闭、保守、僵化、唯书、唯上的惰性因素，必然会阻滞村落农民体育的发展。

由此可见，就正的方面而言，离开了村落农民体育，村落文化将是不全面、不完善的，而离开了村落文化，村落农民体育便失去了依托，犹如无源之水、无本之

① 杨小明，田雨普．农村传统文化对农民体育发展的影响［J］．山东体育学院学报，2007，23（3）：9.

木。就负的方面而言，村落农民体育与村落文化的关系问题处理失当，也会导致消极影响。总之，只有厘清二者的关系，促使其和谐互动，才能真正实现村落农民体育与村落文化的共生共赢。

（二）村落农民体育在构建村落文化中的积极作用

1. 村落农民体育——村落健康文化最活跃的载体之一

所谓健康文化是以协调人与自然和疾病斗争为核心，在防治疾病、维护和增进健康的实践过程中所形成的精神成果与物质成果的总和。[①] 那么，在我国村落这一特定区域内，所形成的村落健康文化则是由村落农民在村落社会生存发展的历史和现实过程中逐渐形成的，以协调村落农民与自然和疾病斗争为核心的精神成果与物质成果的集合，需要通过多种物质或精神载体得以实现。而村落农民体育是在我国农耕文明中孕育出来的一种文化活动，其本身就是一种健康文明的生活方式，也是村落健康文化的一种体现。

村落农民体育隶属于村落体育文化，既是一种健康文化，又是其最活跃的载体，其载体身份则主要表现在以下几个方面：（1）村落农民体育是提升村民健康水平的文化载体；（2）村落农民体育是改善村落单调的人文环境，丰富村民的精神文化生活的文化载体；（3）村落农民体育是提高村民身心素质，培养村民正确的健康观，进而促进村民健康文明生活方式形成的文化载体；（4）村落农民体育是残疾人、身心疾病患者等弱势村民群体辅助治疗与康复的文化载体；（5）村落农民体育是抵制部分村民沉迷赌博、迷信等不健康生活方式的文化载体；（6）村落农民体育是促进村民形成健康文明价值观的文化载体。总之，村落农民体育已深深地扎根于村落健康文化之中，村落健康文化缺少村落农民体育这一最活跃的载体，村落健康文化将失去生机和活力。

2. 村落农民体育——村落落后、腐朽文化的终结者之一

落后文化或腐朽文化，一般指阻碍社会进步和社会生产力发展的文化。据此，村落落后文化或腐朽文化，即是阻碍村落社区进步和村落整体生产力发展的文化。历史经验表明，没有先进村落文化的引导，就没有村落社会的可持续发展，村落文化事业关系到新农村建设的成败，关系到和谐社会构建的大局，甚至关系到整个中华民族的兴衰。然而，研究表明，我国农村基层农民群众日益增长的精神文化需求

---

① 杨劼，卢祖洵．健康的文化视角与健康文化的基本内涵［J］．医学与社会，2005，18（1）：19～21.

与落后的文化基础设施、贫乏的文化活动之间的矛盾依然尖锐。① 迄今为止，在我国广袤的村落地区普遍存在与社会主义新农村建设背道而驰的不正之风，“黄、赌、毒”及封建迷信、邪教等现象在一些地方还难以根除，甚至有死灰复燃之势。无需讳言，这一局势势必成为禁锢和谐社会构建和新农村建设的瓶颈，为此，王家新、黄永林、吴国生等文化精英们在《中国农村文化建设的现状分析与战略思考》的报告中，提出立足村落农民的文化需求，大力发展农村村落文化，让先进文化占领村落阵地。庆幸的是，我国正处于社会全面进步和村落经济不断发展的黄金时期，广大村民逐渐解决温饱奔向小康，生活方式发生了翻天覆地的变化，“生活奔小康、身体要健康”的理念已深入民心，广大村民参与体育健身活动的需求日益高涨，在这种强劲的文化需求与全民健身计划、农民体育健身工程等惠民政策的双重驱动下，村落农民体育作为一种健康、积极向上的健身文化正逐渐扎根于村落先进文化的土壤，不断与村落落后或腐朽文化相抗衡。可以肯定，伴随着村民对村落体育文化需求的增长和村落农民体育的兴盛，村落农民体育必将在村落先进文化中占领一席之地，成为村落落后、腐朽文化的终结者之一。

3. 村落农民体育——村落和谐文化的缔造者之一

和谐文化是指以和谐为思想内核、基本原则和价值导向的观念体系②，囊括了以崇尚和谐、追求和谐为价值取向的思想文化。由此可认为，凡是促进村落社区和谐、有利于建设社会主义和谐村落社区的文化，都可以统称为村落和谐文化。事实表明，现存的村落文化中还夹杂着相当部分的落后文化和腐朽文化，与构建村落和谐文化的要求尚相去甚远。因此，“构建村落和谐文化”也就成为我们进行新农村村落建设所必须达到的目标之一。基于这一目标，发展村落农民体育为我们提供了一条行之有效的思路。笔者主要从两个视角加以诠释：从社会心理学的视角来看，有关人类攻击性理论认为，人具有一种与生俱来的攻击性，与一切动物的攻击性一样，是一种保护自我存在的必要条件③，而体育活动作为现代文明社会最重要的人类发泄攻击性的手段，已成为社会控制、社会稳定和发展的安全阀。④ 从文化学的角度来看，现今人类社会正处于现代社会向全球化转型的关键时期，文化冲突日益加剧，正如瓦茨拉夫·哈韦尔所言“文化的冲突正在增长，而且如今比以往任何

① 聂德民，葛学梁．农村社区文化现状的三级成因探讨及出路探寻［J］．理论与改革，2003（4）：87～91.

② 韩美群．论和谐文化的社会功能［J］．武汉大学学报（人文科学版），2007，60（5）：600.

③ 吴增基．现代社会学［M］．上海：上海人民出版社，1998：68～87.

④ 卢元镇．体育社会学［M］．北京：高等教育出版社，2001：69～71.

时候都更危险”。而村落农民体育的广泛开展不仅有利于促进村落文化的融合，而且有利于缓解村落文化危机，甚至可以消除一些村落文化冲突。综上所述，村落农民体育当之无愧乃是村落和谐文化的缔造者之一。

（三）村落文化对村落农民体育发展的积极影响

1. 村落文化为村落农民体育提供了生存土壤

村落农民体育的诞生离不开村落文化的滋养，其从村落文化发展的历程中可见一斑。我国村落文化历史悠久，内容博大精深。为了便于研究，笔者仅以养生文化为例。我国传统的养生文化，源远流长，风格独特，是我国传统文化之瑰宝，早在三千多年前的夏商时期就已初见端倪，历经漫长岁月的洗礼，受到来自中国传统哲学、医学及儒、道、佛等各家文化营养的滋润，逐步形成了以呼吸和按摩配合肢体运动，包括导引、行气在内的多种养生形式。① 据不完全统计，仅目前流行的传统养生功法就有700余种，而大多在我国农村基层广为流传。这与我国广袤的农村村落地区，曾经是传统文化扎根最深的区域不无关系。由此可见，村落文化为村落农民体育提供了赖以繁衍的温床，同时村落农民体育也必须植根于村落文化之中，缺少了村落文化的沃土，村落农民体育将会丧失生命力。

2. 村落文化为村落农民体育的发展提供了广阔的舞台与文化资源

几千年来的中国传统村落文化，已渗透到涵括村落体育在内的村落的各个领域。村落文化为村落各项事业的发展提供了广阔的舞台与资源，这是一个不容置疑的历史事实。在村落文化的嬗变与演进中，无论是节庆文化，还是宗族文化，乃至民族文化，均是以传承乡间传统文化为主要特征，以形式多样、内容丰富的实践活动为重要载体。传统文化活动已成为促进村落文化发展的有效形式，如舞龙、舞狮、赛龙舟、唱族戏等文体活动作为传承村落家族文化的形式就是鲜活的例子。正因为村落有了这些丰盛的文化资源的维系和支撑，村落农民体育才有了发展的广阔舞台与取之不尽、用之不竭的文化养料。

（四）村落农民体育与村落文化相互作用的机制

村落农民体育与村落文化相互作用的机制是什么？换言之，村落农民体育与村落文化是如何相互作用的呢？这是研究村落农民体育与村落文化关系中一个不可回避的问题。

---

① 刘举科，胡文臻．体育养生健康美［M］．兰州：兰州大学出版社，2003：3~21.

基于上述对村落农民体育与村落文化的概念、内容、关系及其相互影响的阐析，笔者认为村落农民体育与村落文化之间存在一种相融互动的作用机制，主要体现在村落农民体育对村落文化的促进作用和村落文化对村落农民体育的支撑作用及界于二者之间的间接互动作用（图4－1）。

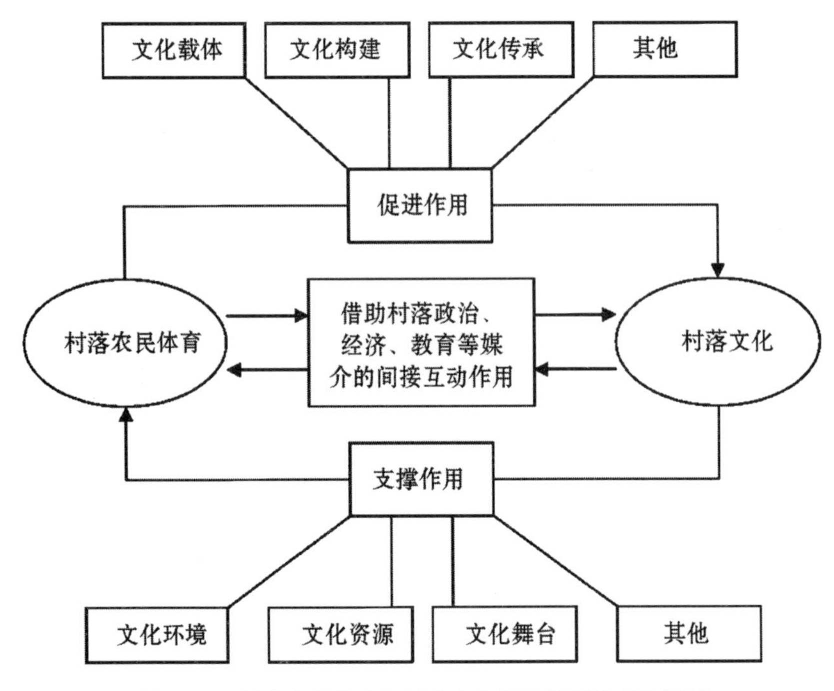

图4－1　村落农民体育与村落文化相互作用的理论机制

值得指出的是，村落农民体育与村落文化的这种理想作用机制是建立在二者良性互动发展的基础之上的。实践中二者的相互作用往往受多方因素的影响，二者间的这种良性互动机制也可能无法建立或难以持续，而导致村落农民体育与村落文化的互动发展出现理想与现实的落差。

此外，由于任何事物都具有两面性，有“利”就有“弊”是不容争辩的客观事实。不可否认，村落农民体育与村落文化之间在很大程度上存在相融互动的作用机制，但村落农民体育与村落文化在现实的发展过程中也必然存在一定的制约关系。这可以从村落农民体育与村落文化的变迁史中得以验证。在村落农民体育的演变和发展中，部分村落农民体育活动是披着宗教、神灵等迷信色彩的外衣才逐步得以诞生和延续的，这可能在一定程度上影响健康、文明村落文化的构建。在村落文化的变迁中，遗存在村落文化中的封建礼教、狭隘功利主义、封闭意识、不求进取、听天由命等陈旧思想和陋习至今仍作用于现实村落的方方面面，也必然在一定程度上牵涉村落农民体育的发展。可见，现实中村落农民体育与村落文化的作用机制既存在互动性，也存在一定的相互牵制性。

（五）村落农民体育与村落文化发展的共赢路径

1. 大力发展村落农民体育，为构建村落和谐文化创造条件

发展村落农民体育既是村落和谐文化建设的内在要求，也是村落文化全面发展的必需，前者从村落农民体育对村落文化的积极作用中得以彰显，后者从村落农民体育与村落文化的关系中不难显见。可以认为，村落和谐文化是建设和谐村落社区的思想基础和精神动力。① 因此，应抓住党的十六届四中全会提出的构建社会主义和谐社会和党的十七大提出的推动社会主义文化大发展大繁荣这一千载难逢的时代机遇，借《全民健身计划纲要》第二期工程推动之东风和2008年北京奥运会赛后之余热，大力发展村落农民体育，努力缩小城市体育与农村体育、城镇体育与乡村体育之间的“贫富差距”，让村落体育文化占领村落阵地，为构建村落和谐文化创造条件。

2. 建立村落文化的创新机制，为村落农民体育的可持续发展提供保障

囿于封建残余等旧有思想和黄、赌、毒等现代糟粕的束缚，村落文化中难免杂糅着一些落后、愚昧、有害的“破坏和谐的因素”。因此，建立村落文化的创新机制，摈弃村落文化中落后腐朽的成分，保留健康的文化精髓，注入新的文明元素，促进村落健康文化的秉承与发展，是一条现实可行之路。例如，澄海市从1998年起禁止“社日”游神赛会后，“社日”改成了“乡庆”，保留了游神赛会过程中的灯谜、舞狮、潮州大锣鼓等健康的民俗文化活动，创作了“双龙舞”、“龙虾舞”、“金狮舞”和“娱蚣舞”，这一创新使迷信色彩的活动得以摈除，为健康的村落文化活动的可持续发展奠定了基础。②

3. 促进村落农民体育与村落文化的相融互动、和谐并进

村落农民体育与村落文化相互影响的关系业已在本课题的实证研究中得以印证。课题组在大量的田野调查与实地考察中发现，村落农民体育开展较好的村落，

---

① 李龙锦．和谐文化与和谐社会［J］．宁夏社会科学，2006（6）：12.

② 李小云，赵旭东，叶敬忠主编．乡村文化与新农村建设［M］．北京：社会科学文献出版社，2008：1～23.

其村落文化活动不仅相当活跃，其内容也颇为丰富。例如，广东省沙坑村不仅拥有自己的醒狮队和舞龙队，还成立了龙狮团，经常化的龙狮团活动既拓宽了沙坑村文化的外延与内涵，其形成的品牌也促进了龙狮文化的传承与发展。更值得一提的是，以龙狮文化为主旋律的武术活动已深深扎根于该村的文化土壤中，成为当地民间一道靓丽的风景线。反之，村落农民体育开展贫乏的村落，其村落文化活动要么落后低俗，要么异常罕见。如，湖北省大洲村农民体育文化因为让位于传统封建文化和现代的低俗文化而近乎沦丧就是明证。[①]可见，无论是从村落农民体育与村落文化作用机制的理论解析中，还是从二者关系的现实调查中，无不告诫我们，村落农民体育与村落文化的和谐发展必须走相融互动、和谐并进的道路。这无疑为村落农民体育与村落文化的发展开辟了新的发展思路。

（六）小结与建议

综上所述，村落农民体育与村落文化之间虽存在着很强的互动作用机制，但也存在一定的相互牵制性。值得一提的是，村落农民体育与村落文化的发展是互动、同步的，先发展村落农民体育，再发展村落文化，或者先发展村落文化，再发展村落农民体育，都是有失偏颇的。二者的发展理应择取并行不悖、同步推进的方式，采取“一手抓村落文化，一手抓村落农民体育，两手抓，两手都要硬”的策略，并不遗余力地消除二者相互制约的因素。只有这样，才能促进村落农民体育与村落文化相融互动、相互吸纳、和谐共生。

① 这里的大洲村即第五章中的L村。

第二部分

实证篇

第五章　新农村建设背景下农民体育发展的文化审视——以湖北省L村为个案

1982年1月1日，中共中央发出第一个关于“三农”问题的“一号文件”，对迅速推开的农村改革进行了总结。2007年1月29日，中央下发的“一号文件”再次锁定“三农”，成为改革开放以来关于“三农”的第9个中央“一号文件”。该文件指出：“加强‘三农’工作，积极发展现代农业，扎实推进社会主义新农村建设，是全面落实科学发展观、构建社会主义和谐社会的必然要求，是加快社会主义现代化建设的重大任务。”[①] 可见，以现代农业领头的农村现代化既是我国新农村建设的重大目标，也是我国现代化进程的重要组成部分。不可否认，加强农村文化建设，确立文化在当代中国农村现代化进程中的基本定位，乃是一项极为重要而有意义的工作。一方面，其不仅关系到农村文化的发展，而且关系到农村现代化进程的整体推进；另一方面，这也是全面建设小康社会的内在要求，是树立和落实科学发展观、构建社会主义和谐社会的重要内容，是建设社会主义新农村、满足广大农民群众多层次多方面精神文化需求的有效途径，对于提高党的执政能力和巩固党的执政基础，促进农村经济发展和社会进步，实现农村物质文明、政治文明和精神文明的协调发展等具有重大意义。不言而喻，农民体育作为农村文化的一个活力要素和重要构件，理应是农村文化建设的一个不可多得的抓手。诚然，农民体育的这一地位和作用无疑昭示着对其进行研究的重大价值和意义。因此，对体育人文社会学科的广大研究者而言，在新农村建设的现时背景下，从文化的视角来研究农民体育，挖掘农民体育的文化力，以便为新农村建设提供健康的文化内容和积极的文化支持，乃不失为体育人文社会学科研究者的历史使命与学术追求之使然。

---

① 新华社北京1月29日电．《中共中央、国务院关于积极发展现代农业扎实推进社会主义新农村建设的若干意见》［EB/OL］．http：//nc. people. com. cn/GB/61154/5341707. html.

一、从城镇走向村落——农民体育研究的“平民化”视野

由于我国社会学界对“农村”的划分尚无定论，加之人们在研究农村体育时大多没有考虑“农村”的涵义问题，因而对农村体育的研究也就尚存过于笼统之嫌。综合我国已有的农村和农民体育的研究来看，大多研究集中在县、乡（镇）一级，而较少深入到大多数农民聚居的乡村村落，缺少一种“眼光向下”的“平民化”的视野。因此，从严格意义上讲，已有的一些农村和农民体育的研究在一定程度上只能视为“城镇农民体育”的研究。

我国村落农民体育的研究倍受冷落的状况，从目前对村落体育问题屈指可数的近期研究中可见一斑。文献检索表明，至2006年底，仅有2006年罗湘林的《对一个村落体育的考察与分析》①、2006年王俊奇的《赣皖边区村落民俗体育研究》②和2006年丁金胜的《青岛村落体育经费研究》③三篇相关文章。上述文章虽然开启了我国村落体育研究的先河，但其选择的要么是有“体育”的村落，要么是经济发达地区的村落，对一些甚或大多数只有“劳动”而基本没有或少有“体育”的典型的以农业生产为主的村落，却还未见有研究报道。

本章所选取的L村，是一个地地道道的乡间行政村，其既传承了历史的文化传统，又正受到现时代各种文化思潮的洗礼，相对于该村现时盛行的其他文化生活而言，体育文化生活在该村显得异常低迷，恰似患了“体育文化冷漠症”。无独有偶，笔者2006年同期在该村所属县市的另一些村落以及笔者2004年参与国家社科基金项目《弱势群体参与全民健身的现状调查与对策研究》④在其他部分省市农村村庄的调研中，发现与L村“共患难”的村落可谓不胜枚举。因此，本章所选取的L村在我国是颇有一定的代表性的。

L村位于湖北省西南部，地势平坦，土地肥沃，水渠纵横，背靠长江支流，总耕地面积3500亩，现有10个村民小组（队），580户人家，总人口3100人。L村

---

① 罗湘林．对一个村落体育的考察与分析［J］．体育科学，2006，26（4）：86～95.

② 王俊奇．赣皖边区村落民俗体育研究［J］．北京体育大学学报，2006，29（11）：1480～1484.

③ 丁金胜，徐宁．青岛村落体育经费研究［J］．武术科学（《搏击》）学术版，2006，3（5）：73～74.

④ 王广虎．弱势群体参与全民健身的现状调查与对策研究［M］．成都：四川大学出版社，2005：161～175.

是比较典型的农业村，离其所属小镇2.5公里，未通水泥公路，只有泥土村路，交通不便，农耕操作基本以手工为主，耕牛、铁锄、木犁等仍是其主要劳动工具，尚未形成机械化大生产的格局。该村的主要粮食作物有水稻、小麦、玉米、红薯，主要经济作物有棉花、芝麻、大豆、西瓜、柑橘等。在物质生活上，L村绝大多数农民已摆脱了衣不遮体、食不果腹的境地，虽不富裕，但亦能自给自足，且有部分家庭安装了电话，多数家庭有黑白电视机甚至彩电。在文化生活上，该村村民现时大多迷恋于打麻将、斗地主、打花牌、“敬老爷”（到寺庙拜菩萨）等活动。除了看电视或节假日有少数人在自家门口打羽毛球外，一般少有人读书看报或开展文体类的活动。

本章选取L村为个案，无疑将直击农民体育发展的“死角”，能弥补以往研究集中于县域农村和城镇农村而呈现出的“片面性”不足。此外，本章试图打破已有的就现状而论的常规研究模式，而以文化为视角，结合个案调研材料，融合现时背景，将农民体育视为新农村建设的一种文化力来分析，以期推动农民体育研究范式的创新。

二、农民体育——新农村建设的文化力

农民体育作为农村特有的一种文化现象，是以农民为主要参加对象，以健身性活动和身体练习为主要手段，以增进农民健康、丰富农民业余文化生活、促进农村物质文明与精神文明建设为主要目的的一种群众性体育活动。农民体育具有文化的特质和功能，在新农村建设中正以其独特的风姿和魅力推动着农村现代化建设的发展，推动着“生产发展、生活宽裕、乡风文明、村容整洁、管理民主”的社会主义新农村的实现。

（一）农民体育是推进农村生产发展的文化力

生产发展是建设社会主义新农村的物质基础，是新农村建设的首要目标和要求。中山大学管理学院李江帆教授曾指出，文化力就是一种生产力。[①] 劳动者、劳动对象和劳动资料是构成生产力的三个实体性要素。农民体育对农村生产力的提高所发挥的文化力作用，是通过作用于劳动者而进一步转化为生产力的。

---

① 南方日报．文化力和经济力是怎样融合的？［EB/OL］．http：//www.southcn.com/news/gdnews/hotspot/qhch/xgxw/200309240199.htm.

农民体育能提高农民的身体素质，增强农民的体质，起到培养劳动力、进而提高劳动生产率的作用，这几乎是尽人皆晓的常理。而且“在我国农村医疗保障体系尚不发达和完善的今天，农民的身体素质不高而发病率高是制约农村经济发展的重要因素”① 的时境下，农民体育的健身功能甚至会被进一步推崇。但是人们对农民体育的认识往往局限于体育的生物性功能，而不能以一种多元的视角对农民体育进行全面的审视，对农民体育的文化性、对其所发挥的文化力认识不足。这也许是导致长期以来人们对农民体育的地位重视不够、支持不力的一个很重要的原因。其中，农民自身对农民体育活动的功效认识不清则显得尤为突出。在对 L 村的调查中，当问及参与体育活动的好处时，一位中年妇女对笔者说：“参加体育活动能锻炼身体，但是我们干农活也是在活动身体，能起到相同的作用。”这一观念与在该村问卷调查的结果是颇为一致的，问卷调查结果显示：在被调查的 100 位不同家庭的村民中，80% 的村民都认为“体育锻炼能增强体质”，但却有高达 96% 的人认为“干体力活和参加体育锻炼是一回事”。这一调研结果令人喜忧参半。喜的是随着我国体育事业的发展、全民健身运动的广泛宣传和开展，广大农民通过多种途径对参与体育活动的益处已经有了一定的认识，这为我们后期全民健身计划的实施以及“农民体育健身工程”的推进奠定了一定的思想基础。忧的是广大农民对体育活动的非生产性和文化性认识不足，产生了“体力劳动可以代替体育锻炼”的错误认识，而且这一观点在农民体育的多元功能和文化性未被广大农民切身体验和接受之前，可能还将在很长一段时期内存在。

事实上，从上一章对文化力的界定中可以发现，文化力包括了“文化产品生产者和消费者的综合素质和精神状态”。也即，农民体育对广大农民所产生的文化力导致的是一种综合效应而非仅仅是健身效应。农民体育通过增进广大农民的身心健康、改善其精神面貌、提升其综合素质而成为推动农村生产发展的一种文化力。

（二）农民体育是推进农村生活宽裕的文化力

农村生活宽裕从农民生活的富裕程度上可以得到根本性的体现。农民生活富裕既包涵着农民物质生活的富裕，也包涵着农民精神生活的富裕，二者缺一不可，否则，新农村生活宽裕的目标将会大打折扣。正如有研究指出②，人类生活的意义并

① 国家体育总局政策法规司．群众体育战略研究［M］．北京：北京体育大学出版社，2005：385～386.

② 倪瑞华．论市场经济与人文精神［J］．中南财经大学学报，2001（3）：62～65.

不限于追逐物质财富一端，还要寻求精神家园，要有安身立命之本。如果把物质财富的追求当成人生全部内容，必然造成精神的萎缩和人生终极意义的丧失，而精神生活的贫困则标志着生活质量的低劣，并会滞后经济的发展和物质生活的进一步提高。从某种意义上说，精神贫困比物质贫困更深重、更持久，也是更难摆脱的特殊贫困。从长远来看，重物质的结果，只能是精神和物质的双重贫困。

农民体育对农民生活的富裕所发挥的文化力作用，可以从两个方面来理解。一是农民体育提高了劳动者的素质，推动了农村生产的发展，进而促进了农民物质生活的富裕；二是农民体育可以丰富农民的业余文化生活，补给农民的精神文化食粮，从而促进了农民精神生活的富裕。所以，农民体育也是推进农村生活宽裕的一种文化力。

但是，创业年代里所提倡的“先生产、后生活”的观点，使我们在新农村建设中发展农民体育时常常会考虑这样一个问题：是先将“新农村”建起来，等物质生产充备了，再做农村和农民体育的文章，还是将农民体育纳入新农村建设规划之中？这既体现出了两种不同的发展观，也决定了两条不同的发展道路。事实上，现时的国家政策文件是回答这一问题的最佳利器。2005 年 10 月，党的十六届五中全会通过的《中共中央关于制定国民经济和社会发展第十一个五年规划的建议》，明确提出了“建设社会主义新农村”的重大任务。2006 年，中央一号文件《中共中央国务院关于推进社会主义新农村建设的若干意见》在十六届五中全会关于“建设社会主义新农村”的基础上，提出要“繁荣农村文化事业”、“构建农村公共文化服务体系”、“推动实施农民体育健身工程”。随即，国家体育总局制定下发了《关于实施农民体育健身工程的意见》，并决定于 2006 年在全国范围内正式启动“农民体育健身工程”。且在 2006 年 3 月中华人民共和国十届全国人大四次会议通过的《中华人民共和国国民经济和社会发展第十一个五年规划纲要》的决议中，再次明确提出要“建设社会主义新农村”、“发展农村文化事业”、“推动实施农民体育健身工程”。① 这充分表明国家已做出了建设新农村与发展农民体育同步推进的英明决策。如果要从学理上来回答上述这一问题，不妨借中山大学管理学院李江帆教授的一席话来给予回答：“没有理由将发展‘物质生产’看作比满足人的需要

① 胡庆山，王健．新农村建设中发展“新农村体育”的必要性、制约因素及对策［J］．体育科学，2006，26（10）：21～26.

更为终极、更为重要、更为基本的东西，看作是后者存在的理由。”① 也即，农民体育的发展应该纳入新农村的整体规划之中，与新农村的物质生产同步推进。

（三）农民体育是推进农村乡风文明的文化力

乡风文明是建设社会主义新农村的灵魂，村民的文化活动状况是衡量农村乡风文明的一个有力指标。农民体育作为农村的一种积极向上的文化娱乐活动，对农村的乡风文明具有巨大的推动作用。

一方面，农民体育活动能够成为农民善度闲暇时间的健康内容。众所周知，改革开放以来，以建立和完善家庭联产承包责任制为主要内容的农村经济体制改革的展开和深化，不仅使当代农民从土地缚束的被动境地中解放出来，赢得了相对较多的用于营造身心自由和舒展精神情趣的闲暇时间，而且为他们多样化的闲暇活动内容及其方式的选择提供了现实条件。有研究指出，闲暇与人类文明有着不解之缘，余暇在很大程度上是文明赖以产生的基础，没有余暇将失去文化创新的很多机遇，但并不是有了余暇就有了文明，文明还与社会成员的消遣方式有关，余暇也可能给社会带来许多负面的文化，如堕落、奢侈、赌博。② 不难发现，农民体育活动作为农村的一种健康文明的消遣娱乐内容，并非是农民善度余暇的唯一选择。但是，农民在闲暇时间里以参与文体活动为主要内容的时间多了，则参与赌博、封建迷信等活动的时间自然会减少。另一方面，农民体育活动的开展，本身乃是农村文明乡风的体现。农民体育恰似农村文化绽开的一朵绮丽的鲜花，绽放着农村生机勃勃的活力，彰显着农民健康愉悦的身心，折射出农村健康文明的乡风。

（四）农民体育是推进农村村容整洁的文化力

村容整洁作为新农村建设的外观反映，内容丰富，涵义深刻，不仅仅包括简单的环境卫生、道路硬化，还包括体育设施建设在内的农村公共基础设施的建设。农民体育要发展，农村体育场地设施建设须先行，因为农村体育场地设施是开展农民体育活动的物质基础和条件，这也正是我国现今开展实施《农民体育健身工程》的主要原因之一。同时，农村体育场地设施也是现代化农村村容村貌的客观体现。根据国家体育总局《关于实施农民体育健身工程的意见》，农村公共体育场地设施

① 南方日报．文化力和经济力是怎样融合的？［EB/OL］．http：//www.southcn.com/news/gdnews/hotspot/qhch/xgxw/200309240199.htm.

② 卢元镇．中国体育社会学［M］．北京：北京体育大学出版社，2001：219.

建设的基本标准是：一块混凝土标准篮球场，配备一副标准篮球架和两张室外乒乓球台。农村公共体育场地设施建设要结合当地发展规划，建在方便村民使用的地带，与绿化、美化相结合，起到改善环境的作用。① 可以肯定，伴随着我国《农民体育健身工程》的逐步推进，农村公共体育场地设施建设必然会取得令人欣喜的成绩。在新农村建设中，农村体育场地设施将成为农村村容整洁的衡量内容之一，成为美丽纯朴的农村的一道亮丽的风景线。

（五）农民体育是推进农村管理民主的文化力

管理民主是社会主义新农村建设的政治保证。只有实现管理民主，才能充分调动和激发农民群众建设社会主义新农村的积极性、主动性、创造性，加快新农村建设的步伐。② 农民体育对农村管理民主的推进作用是间接而隽远的，农民体育主要通过培育农民的公平竞争意识和积极参与意识来促进农村的管理民主。农民体育活动，尤其是农民业余体育竞赛活动的开展，能极大地提高农民的参与意识、主人翁意识、公平意识和竞争意识，从而提高农民参与农村经济社会发展的能力，促进农民学会关注自身发展、关注农村建设，自觉地参与农村民主管理和民主监督，进而有利于加强农村基层民主政治建设，完善村民自治制度。

三、农民体育文化力的缺失——L村村民体育文化生活的没落

（一）农民体育文化主体的缺位

从L村的实地调研中发现，L村近三年来没有开展过一次集体性文体活动，该村刘村长对笔者说："村民们对文体类活动好像没有什么需求，至今也没见有人来反映，如果村里投资开展文体类活动，也许没有人愿意参加。"在此姑且不论L村文体活动的萧条是村里的责任还是村民自身的责任，但是从该村刘村长的话和笔者的实地观察表明，L村的文体活动"冷漠症"在很大程度上与该村农民体育活动主体的缺位有关，与该村村民参与体育活动主体性的缺失有关。

---

① 中国体育报．农村公共体育场地设施建设详解：建设要有标准［EB/OL］．http：//www.sport.org.cn/newscenter/other/2006－03－30/826917.html.

② 李晓春．管理民主：新农村建设的政治保证［J］．领导科学，2007（1）：12～14.

L 村体育文化主体的缺位主要体现在两个方面：一是理想主体的流失，二是现实主体的无意识。

第一，理想主体的流失。农村的中青年群体一般而言是农村劳动力中素质最高、思想最活跃的群体，是农民体育的理想主体。然而，随着 20 世纪 80 年代以来中国农村剩余劳动力向城镇的转移，农民体育的理想主体也在一定程度上被削弱。有研究指出，1978 年至 2000 年期间，中国农村累计向非农产业转移农业劳动力 1.3 亿人，平均每年转移 591 万人。动态地看，据“农村劳动力流动课题组”的研究结果，今后几年，每年新增外出打工农民将不少于 800 万人，即使考虑到回流因素，新增外出打工农民的数量也不会少于 600 万人。① 在 L 村的调查中，L 村的刘村长在介绍该村劳动力外流的情况时说：“我们村的村民从（20 世纪）90 年代末开始陆续流向全国大中城市，流向地以南方发达地区为主，外流人员以 16 至 40 岁之间的中青年为主，现在我村常年在外地打工的农民大约有 300 余人，有的家庭是两口子（夫妻二人）长年在外打工，留下小孩给家中老人照养。”可见，L 村外出打工的中青年人口约占该村总人口的 1/10，而这些青壮年劳力的素质一般而言会普遍高于 L 村劳力的平均水平，他们既可以、也理应是 L 村农民体育的中坚力量，但其长年漂泊在外，无疑无形中削弱了 L 村农民体育的主体力量。

第二，现实主体的无意识。相对于理想主体而言，留守在 L 村，生长于斯、劳作于斯的村民乃是 L 村农民体育活动的现实主体。本课题组就 L 村村民“对参与体育活动的必要性”进行了问卷调查，结果表明，在被调查的 100 位村民中，有 89 位村民认为“没有必要”，占调查总人数的 89%，仅有 6 人认为“有必要”，还有 5 人“不清楚”。这一结果与 L 村高达 96% 的村民认为“干体力活和参加体育锻炼是一回事”是基本吻合的，或许正是 L 村大多村民认为“干体力活和参加体育锻炼是一回事”才导致了该村村民认为参与体育活动“没有必要”。可见，L 村村民对参与体育活动还尚未形成一个正确的认识。尽管问卷调查结果显示该村有 80% 的人认为“体育锻炼能增强体质”，但可以说 L 村村民对体育锻炼功能的认识是感性而非理性的，是朦胧而非清晰的。总之，L 村大多村民对参与体育活动还处于一种消极的、无意识的状态。

（二）农民体育文化组织的匮乏

在 L 村的调研中发现，L 村没有设立任何开展文体活动的机构或组织。L 村村

① 孙立平．我国弱势群体的形成与特征［EB/OL］．http：//column. bokee. com，27044. html.

级管理机构的核心是L村村委会，由一名村长、一名书记、一名水利主任、一名妇女主任、一名治保主任组成，另下属该村10个小组（队）的小组（队）长。在问及该村为何没有文体类组织时，L村刘村长对笔者说："镇里（L村所属的小镇）没有要求，村里也没有多余的人力、物力来组织，村民自己也没能积极、自愿地组织一些协会。"为了对L村农民体育文化生活有一个全面、深刻的认识，笔者在L村所属小镇的文体站访谈了该站的陈站长。据陈站长介绍，该镇文体站共有工作人员2名，1位站长，1位文秘，负责全镇的文体工作。当询问该镇和所属村落农民体育协会的组织情况时，陈站长告诉笔者："我们镇除了文体站外，暂时还没有创办农民体育协会，下面的村落几乎也没有。"

从上述调研结果可以得出，L村体育组织匮乏的状况似乎是一种"理所当然"，一则因为其在体育文化组织的建设上延续了计划经济体制下"等、要、靠"的传统办事逻辑；二则是镇里不够重视，村里"无能为力"；三则是村民自身缺乏自觉、自主的精神。

（三）农民体育文化投入的不足

经费严重短缺是L村农民体育发展中的一个突出的问题。在对L村刘村长的访谈中，笔者了解到，L村在村级事业规划中没有设置体育事业经费，L村所属小镇也没有给L村下拨体育事业经费。L村所属小镇的文体站陈站长给笔者介绍了该镇的体育经费情况："县里曾经说过给每个镇按人口数下拨人均0.1元的文体活动经费，但至今没有落实，县里每年给我们镇文体站按照在编人员人均3000元/年的经费下发，也即上面给我们镇每年下拨经费共6000元，这笔钱不但包括了我们两位工作人员的财政工资补贴，还包括了所有的文体活动开支。实际上，县里每年下拨的6000元经费除去我们二人的财政工资支出后，几乎没有节余。可以说，我们镇一直无体育专项活动经费，加之我们镇没有创办任何文化体育产业，因此也无自酬的体育活动经费，现有事业经费维持文体站的运行都比较困难，就更谈不上对下属的各个村有所投入了。"相关报道也表明，我国农村文化建设的困难之一就是文化投入不足，2005年对农村文化共投入35.7亿元，仅占全国财政对文化总投入比重的26.7%，对城市文化投入超过对农村投入比重46.6%，全国财政直接为农民提供文化服务的乡镇文化站投入经费只有9.4亿元，此外，农村公共文化机构运转还存在较大困难，我国多数县农村文化机构运转困难，文化产品、文化服务供给不足，为基层提供的公共文化资源总量偏少、质量不高。[①] 据此，可以判断，国家对农村整个文化的投入尚且不足，则分配到农村体育事业上的经费则无疑是杯水车薪了。

综合分析L村体育经费短缺的原因，不难发现主要是由上级部门对文体事业经费投入不足造成的，L村所属县对L村所属镇的体育事业经费投入仅够该镇人头费的基础工资部分即是强有力的说明。事实上，乡镇财政对所属村落无体育经费投入、村级财政对体育无规划的现象在我国农村经济基础仍然比较薄弱的今天实属必然。且我国财税体制改革也在一定程度上加剧了乡镇体育经费不足的矛盾。正如有研究指出，1994年我国实行分税制财政体制，地方财政收入的80%～90%上交给中央和省级财政，县乡两级财政可用财力大幅度下降，尤其是乡镇财力十分薄弱，乡镇财政无力承担庞大的公共事业性经费已成为事实，包括在农村公共事业经费中的体育经费投入不足的矛盾完全暴露。[②] “大河无水小河干”，L村所属小镇体育经费的拮据直接决定了L村体育经费的“零投入”。

除了上级部门对文体事业经费投入不足这一因素外，L村及其所属小镇自身所做的努力不够也在一定程度上影响着L村体育经费短缺的现状。L村及其所属小镇在体育经费的筹集上缺乏一种“自生”能力，缺少一种“找、要、挤”的能力。所谓“找”，就是要千方百计地通过一定的手段和方式广泛吸纳社会资金；所谓“要”，就是要想办法获得上级部门对体育基本经费支出外的投入；所谓“挤”，就是要全盘规划镇级、村级事务，尽力节约出一部分资金用于体育经费支出。

（四）农民体育文化载体的贫瘠

在对L村的调研中，笔者主要从体育场地设施、家庭拥有的体育活动器材和图书、体育宣传媒介这三个方面来考察L村体育文化载体的状况。从L村体育场地设施的现状来看，笔者走遍了L村的每一个角落，除了该村小学操场上有一块泥土（不是水泥地）篮球场和一副木制篮球架、两张台面已受损的水泥乒乓球台外，该村没有文体活动室（中心）、没有健身路径等公共文体设施，L村小学的篮球场和乒乓球台是该村体育场地设施的全部“家当”；从L村家庭拥有体育器材和图书的状况来看，在被调查的100位不同家庭的村民中，仅有一位村民的家庭拥有

① 新华网．文化部：农村文化建设五大困难亟待解决［EB/OL］．http：//news.sina.com.cn/c/2007－01－06/163611968899.shtml.

② 国家体育总局政策法规司．群众体育战略研究［M］．北京：北京体育大学出版社，2005：349.

一件体育器材，且无一家庭拥有体育类图书；从L村体育宣传媒介的情况来看，L村暂无报刊杂志销售点，L村虽安装了广播，但却从不播放体育类的新闻，主要播放村里的事务通知和有关农业生产方面的知识和信息，虽然L村大多村民家里拥有电视机，但该村尚未开通有线电视，故所能接收到的频道极少，只能收到临近县市和L村所属小镇的广播电视频道，所访村民中（包括村长）无人知晓中央5台（CCTV－5）是中央电视台的体育频道，村民们也从未收到和观看过中央5台的体育节目，当地电视频道均无体育专栏，村民一般只在晚上收看自己喜爱的电视剧。

上述调研结果无疑反映出了L村体育文化载体的“贫瘠”之境。究其原因，一方面主要是该村的经济基础较为薄弱，这从根本上决定了该村体育文化设施的匮乏；另一方面，该村现有的文化载体尚未被开发体育之功用，毫无体育之色。所以，L村体育文化载体的贫瘠表现出了两个特点：一是文体设施稀少，二是现有的文化载体（主要是广播和电视）尚无体育之用。

（五）农民体育文化地位的沦丧

在L村的实地考察中，笔者发现了该村村民异常突出的两种业余文化生活方式。

镜头一：在通往L村所属小镇的乡间泥路上，笔者遇到了L村5位手挎竹篓的村妇，村妇手中竹篓的表面均用一块青布遮盖，煞是让人好奇。因有L村刘村长与笔者相伴，故笔者比较容易接近、询问到了5位村妇赴镇赶集的目的。下面是节选的笔者与村妇的对话。

笔者：“大婶，你们上街忙什么去呀？”

村妇：“我们去镇里‘龙王庙’‘敬老爷’（拜菩萨）去的。”

笔者：“你们经常去吗？”

村妇：“我们定期就去，几乎每月一次。”

笔者：“你们为什么要去‘敬老爷’呀？”

村妇：“去求菩萨保佑，挺灵的。”

笔者：“菩萨能保佑你们平安吗？”

村妇：“当然可以呀，菩萨可以保佑我们不生病，家中平安无事。”

笔者：“你们知道锻炼身体能使人身体好，少生病的道理吗？”

村妇：“好像在哪儿听说过。但我们每天都在地里劳动，身体每天都在活动，不用专门锻炼身体了。锻炼身体是城里人的事，乡下人锻炼身体会有人笑话的，还不如去‘敬老爷’，祖辈们都说很灵，（‘敬老爷’）肯定比锻炼身体还要好。”

笔者在L村村民家中走访也发现，许多农户家里仍保留着祭神的神龛，每天他（她）们都对着神佛行朝拜夕叩之礼。据L村刘村长介绍，该村占卦算命成风，看风水、选坟地、做道场等一些旧的封建习俗在该村仍然存在，例如殡葬活动不仅烧香烧纸，而且还扎“纸人”、扎“纸马”，扎“纸电视机”、扎“纸轿车”，雇佣乐队渲染气氛，虽然政府反对，但村民们还是在暗地里弄。从笔者与村妇的对话及L村刘村长的介绍中可以得出，封建迷信思想在L村可谓根深蒂固，从事封建迷信活动在该村已相沿成俗。刘村长对此也感到非常的悲愤与无赖：“我们村有些村民的思想被封建迷信麻痹得很深，例如有一个妇女生了一场大病，她坚信求神拜佛能够治病，不肯去医院治疗，请巫婆、神汉治病多次，但丝毫不见效果，最后在家昏了过去，被送到村医务室抢救后经过治疗才日渐康复，可以说她是既费了钱财、又耽误了治病，但其恢复后仍然继续迷恋于迷信活动。我们村对村民们也开展过‘相信科学、抵制迷信’的教育活动，但村民们都不听，再说都是乡里乡亲的，我们也不好强迫，只能睁只眼闭只眼。”

镜头二：在一家农户旁边的小路上，笔者等人听到了从农户家中传来的阵阵搅和麻将的声音，走进一看，颇让人吃惊：农户家的客厅（当地称“堂屋”）里围坐了三桌，另旁边小屋里还有一桌被围得水泄不通，只听见买单、买双的叫喊声，原来是在猜骰子。后来经过深入调查笔者获知，L村里这样的情况现在非常普遍，每个村民小组开设有3~5个麻将馆，无论天晴下雨，总有些村民放下家里的农活不干，甚至连饭都顾不上吃，整天泡在农家自设的麻将馆里。而且，比搓麻将还要流行的地下六合彩，更让L村村民为之痴迷，买地下六合彩的男女老少皆有，两元一注、两天一开、中一元赔40元，村民们觉得划算，故销售地下六合彩的摊点比开麻将馆的还多。

对此，笔者专访了L村刘村长，刘村长解释说：“不仅我们村，临近几个村都是这样。开麻将馆、买地下六合彩是近三年才兴起的，可能是随着近年来我村到城里务工人员的增多，城里的一些新鲜事传到村里导致的，比如开麻将馆和每天坐麻将馆的大多为到城里打工后返乡的人员。再则可能是因为种地不赚钱，大多村民只能保本，市场经济体制改革后，村民们都想发财，希望通过一些非劳动途径，如买地下六合彩来致富。”

据了解，L村在90年代左右，村里还经常组织集体看电影，村里也有不少村民将自己家的木制大门取下来，搁在两条板凳上，然后在大门中间用砖头摆做一个“球网”来打乒乓球，颇受村民们的喜爱。但是，现在L村的文体活动几乎消失殆尽，取而代之的是封建迷信、麻将馆、地下六合彩的肆虐，原因何在呢？不可否认，造成L村文化贫困的原因是多方面的，例如市场经济体制改革后人们价值观念的改变、人们片面追求物质利益所导致的物欲的膨胀等，但是，农村文体事业自身的发展也应为之承担起一部分责任。① 正如全国政协委员、民进中央常委刘运来同志所言："正是由于农村文体事业的相对落后，导致一些封建腐朽思想容易乘虚而入，聚众赌博的现象时有发生，滋生许多不安定因素。"②

通过上述分析可以得出，L村的农民体育文化地位已经沦丧，让位于了传统的封建文化和现代的低俗文化，能否、如何在两种文化的夹缝中获生，这是需要我们共同为之探讨和努力解决的问题。

四、农民体育的希望——政策的惠及与政府的扶持

在我国，农民体育无疑是一项公益性的社会主义事业。我国农村人口多、农村基础薄、农村经济和社会发展相对滞后，在这样的背景下，国家和政府在农民体育的发展中就具有不可或缺的作用。事实也证明，历年来我国政府政策的惠及与扶持是我国农民体育已有发展的保障，也是未来我国农民体育发展的希望。下面以时间为序，就改革开放以来对我国农村和农民体育产生较大和实际影响的部分国家政策文件和举措作一简单梳理，以略见一斑。

1984年，原国家体委在湖南省桃源县召开全国各县体委主任会议，决定自1985年起在全国范围内开展"争创体育先进县活动"，以这项措施来促动农村体育的发展。1985年全国"争创体育先进县"活动的开展，给当时我国农村体育的发展注入了巨大的动力，在我国农村体育的发展史上留下绚丽的一页。

1986年，经国务院批准，成立了中国农民体育协会，各省（自治区、直辖市）、地（市）、县（区）随之建立起了农民体育协会，有的乡镇还配备了专（兼）职体育干部，这一系列组织和管理措施的施行，对我国农村体育工作的开展和农民体育的发展起到了极大的推动作用。

1990年，为了更大规模地动员广大农民参加体育锻炼、增强农民体质、推动农村经济发展、加强农村精神文明建设，中国农民体育协会倡导并经农业部、原国

---

① 胡庆山，王健．新农村建设中发展"新农村体育"的必要性、制约因素及对策［J］．体育科学，2006，26（10）：21～26.

② 黄朝武．发展体育事业应纳入新农村规划［EB/OL］．http：//www.nyxw.cn/zt/2006lh/gzsn/200603090069.htm，2006－03－15.

家体委同意，于当年2月决定在全国开展“亿万农民健身活动”，并提出这项活动以乡镇为基本单位来进行，同时规定每两年评比表彰一批全国“亿万农民健身活动”先进乡镇，使其扎根于基层，开花于农村。“亿万农民健身活动”的开展和“亿万农民健身活动”先进乡镇的评比，对农民体育的发展起到了很好的激励、促进和示范作用。

1995年6月20日，国务院颁布了《全民健身计划纲要》，同年8月29日，全国人民代表大会常务委员会第十五次会议通过了《中华人民共和国体育法》，且二者都对发展农村和农民体育作出了要求。尤其值得一提的是，从《全民健身计划纲要》颁布的第一天起，原国家体委等11个部门就联合决定，在全国广泛开展“全民健身宣传周”活动。从此，该活动便成为一个制度模式一直延续下来，至2001年，随着全民健身运动的不断深入，“全民健身宣传周”被改为“全民健身周”，虽然去掉了“宣传”二字，但并不是说宣传工作对全民健身运动的开展不再重要，而是因为“全民健身周”业已涵盖了“宣传”这一工作环节，且国家仍将加大宣传工作力度作为“全民健身周”的重要内容与要求。毋庸置疑，《全民健身计划纲要》和《中华人民共和国体育法》的颁布，为我国农村和农民体育的发展提供了法律法规保障，特别是“全民健身宣传周”活动的开展，对上世纪我国农村和农民体育蓬勃兴起所起的作用乃是举足轻重的。

2000年12月15，国家体育总局颁发《2001～2010年体育改革与发展纲要》，该文件提出了“农村体育以乡镇为重点”的要求和导向，指出农村体育应以乡镇为龙头、村民委员会为基础、农民体协为纽带，形成有辐射力的组织网络，要“因地制宜、科学文明”地来开展为广大农民所喜闻乐见的农村体育活动，并要求乡镇政府要把体育事业纳入社会发展规划。诚然，这一发展纲要的制定对21世纪我国农村和农民体育的发展具有转折性的意义，其不仅突出强调了农村体育的工作重点，还指明了农村体育的发展方向和道路。

2001年，国家体育总局推出了一项用体育彩票公益金援建公用体育健身设施的计划，最初命名为“雪炭计划”，后改名为“雪炭工程”。该工程分步进行，主要在三峡库区、井冈山等革命圣地、新疆等少数民族地区、西部及边远穷困地区、遭受自然灾害袭击严重地区及下岗职工较多的地区实施。“雪炭工程”是体育界的“希望工程”，其作为体育领域的扶贫工程已形成一项制度，对于改善贫困农村地区体育场地设施，起到了极为重要的作用。

2002年7月22日，中共中央、国务院下发了《关于进一步加强和改进新时期体育工作的意见》，再次指出“农村体育以乡镇为重点”，这是对2000年国家体育总局颁发的《2001~2010年体育改革与发展纲要》中确立的“农村体育以乡镇为重点”的要求和导向的一大肯定。此外，《关于进一步加强和改进新时期体育工作的意见》明确提出，要“努力构建群众性的多元化体育服务体系”、“加大对农村体育事业发展的扶持力度”、“建设好群众健身场地”、“健全群众体育活动组织”、“举办经常性群众体育活动”以及“群众体育工作应努力做到亲民、便民、利民”。不可否认，党中央、国务院下达的这一文件精神在一定程度上拓展了新世纪我国群众体育发展的思路，是引领现时期我国农村和农民体育发展的不可多得的纲领性文件。

2004年，国家体育总局决定将群体工作定为“农村体育年”，提出了“生活奔小康、身体要健康”的主题口号，并确定了以“体育三下乡”为主题活动，以“新体育、新农村、新生活”为宣传口号来开展农村体育工作。2004年开始在全国启动的“体育三下乡”活动，确立以乡镇为重点、结合全民健身计划开展实施，每年确定一个工作主题，面向农民、服务农民，努力构建面向广大农民的多元化体育健身服务体系。这是对中央《关于进一步加强和改进新时期体育工作的意见》在行动上的具体落实，对推进我国农民体育的发展起到了不可低估的作用。

2005年10月，党的十六届五中全会通过的《中共中央关于制定国民经济和社会发展第十一个五年规划的建议》，明确提出了“建设社会主义新农村”是我国现代化进程中的重大历史任务，指出要按照“生产发展、生活宽裕、乡风文明、村容整洁、管理民主”的要求，扎实稳步推进新农村建设，并要“强化政府对农村的公共服务”。这为2006年中央一号文件的出台奠定了直接基础。

2006年，中央一号文件《中共中央国务院关于推进社会主义新农村建设的若干意见》（中发［2006］1号）对十六届五中全会关于“建设社会主义新农村”的战略部署进行了具体的规划。该文件提出了“繁荣农村文化事业”，“构建农村公共文化服务体系”，“推动实施农民体育健身工程”，“积极开展多种形式的群众喜闻乐见、寓教于乐的文体活动”等举措。这是改革开放以来关于“三农”问题的第8个中央“一号文件”，也第一次发出了“实施农民体育健身工程”的号召。

2006年3月1日，为了贯彻落实中共十六届五中全会精神和《中共中央国务院关于推进社会主义新农村建设的若干意见》（中发［2006］1号），在“十一五”期间“推动实施农民体育健身工程”，进一步加快新时期农村体育事业的发展，国家体育总局制定下发了《关于实施农民体育健身工程的意见》，文件指出了“实施农民体育健身工程的重要意义”，分析了“实施农民体育健身工程的指导思想和目标任务”，指明了“农村公共体育场地设施建设的项目、建设要求、实施对象、投资原则和方式”，并要求于2006年在全国范围内正式启动。也即该文件就“为何实施农民体育健身工程”、“实施农民体育健身工程的内容和标准”、“怎样实施农民体育健身工程”、“何时实施农民体育健身工程”等一系列问题给予了解释和规定。

2006年3月14日，中华人民共和国十届全国人大四次会议通过了《中华人民共和国国民经济和社会发展第十一个五年规划纲要》的决议，该决议在《中共中央关于制定国民经济和社会发展第十一个五年规划的建议》和2006年中央一号文件的基础上，再次明确提出要“建设社会主义新农村”、“发展农村文化事业”、“推动实施农民体育健身工程”。可见，国家已决定把“实施农民体育健身工程”作为“十一五”时期的一项战略任务来抓，这足以显现国家对“三农问题”和农村、农民体育工作的重视，以及表现出来的信心和决心。

2006年3月29日，国家体育总局在国务院新闻办公室举行了关于实施“农民体育健身工程”的新闻发布会，国家体育总局副局长冯建中同志在会上向大家介绍了“十一五”期间“农民体育健身工程”等方面的情况，并回答了记者的提问。可以认为，这既是一个新闻发布会，也是国家体育总局借助新闻媒体向全国所作的“实施农民体育健身工程”的宣传会、动员会。

2007年1月29日，《中共中央国务院关于积极发展现代农业扎实推进社会主义新农村建设的若干意见》下发，即改革开放以来中央第9个关于“三农”问题的一号文件出台。虽然该文件没有明确提出要发展农村体育的口号，但是文件却指出要“增加农村文化事业投入”、“加强农村公共文化服务体系建设”、“增强基层政府公共产品和公共服务的供给能力”。从前面对L村体育文化“零投入”的现状分析不难得出，农村文体事业经费的短缺是农民体育发展的一大羁绊，而国家现实政策的触角也正向农村文化事业发展的症结伸近。毋庸置疑，随着国家对农村文化事业投入力度的加大、基层政府公共产品和公共服务供给能力的增强，农民体育服务体系也必然会随之逐步建立，我国农民体育的现状也必然会日趋得以改善。

从上述对相关的部分国家政策文件和举措的梳理中，不难发现国家对农村文化事业和农民体育的重视程度、扶持力度正在逐步加大。尤其是新世纪以来，国家对农民体育的支持逐渐落向了实处，不但有党和政府的重大会议文件给予的政策性支持，而且有国家体育总局率领实施的“雪炭工程”、“体育三下乡”、“农民体育健身工程”等实质性举措。正是国家政策的惠及和政府部门的支持，新中国的农民体育才有了长足的发展。回首过去，必须承认党和政府的政策文件及相关举措是改革开放以来我国农民体育焕发蓬勃生机的重要保证；展望未来，有理由相信国家政策的惠及和政府的支持将是我国农民体育枝繁叶茂的巨大希望。

五、农民体育的出路——发展农民体育的文化力

发展农民体育的文化力既是新农村建设的内在要求，也是农民体育自身发展的必需。前者从农民体育在新农村建设中的文化力体现可见一斑，后者从L村农民体育文化生活的没落和缺失中不难显现。结合L村农民体育文化生活中的问题和我国的实际，本文就发展农民体育的文化力作如下方面的建议。

（一）提高认识，改革基层农民体育管理体制并推动其运行机制创新

中央出台的一系列关于发展农村和农民体育事业的政策文件的施行，离不开基层政府的配合与支持，尤其是县（市）、乡镇一级政府对国家政策的执行和落实。在当前我国基层文体机构合并重组、运行不善①的现实情况下，难免导致国家的农村体育事业方针政策在落实上被打折扣。因此，加强基层农民体育管理体制的改革和运行机制的创新就显得十分必要。

在对基层农民体育管理体制的改革上，首先应提高基层政府和相关部门对农民体育工作的认识，特别是在新农村建设的现时代，要从建设社会主义新农村先进文化、建设和谐新农村的高度来发展农民体育事业，把农民体育的发展纳入基层政府在新农村建设的政绩考核之中。其次，要加强基层农民体育管理机构的建设。在基层农民体育管理机构的改革上，县（市）一级体育局（文体局）要负起责任来，落实国家对农村体育的各项政策和规定，引导并监督所属乡镇农民体育工作的开展；乡镇一级文体站（体育站）要真正“站起来”、“动起来”，避免文体站（体育站）的虚设或“空壳”现象，组织其所属村落开展各种形式的文体活动，切实为农民提供体育服务；行政村在村干部的设置上不妨设一名文体主任，也可由某一村干部兼任，或由自愿担任该职的村民来担任，对村里的文体工作负责，并组织村里的文体活动。最后，要推动基层农民体育运行机制的创新。从L村及其所属小镇在文体经费的短缺中可以得出，基层农民体育经费的供给不足是制约农民体育开展的“瓶颈”，也是基层农民体育运行机制不畅的关键制因所在。因此，完善基层农民体育的投入机制乃是推动基层农民体育运行机制创新的突破口。县（市）一

① 胡庆山，王健．新农村建设中发展“新农村体育”的必要性、制约因素及对策［J］．体育科学，2006，26（10）：21~26.

级政府部门应将农民体育的发展纳入当地社会发展规划之中，县（市）体育局（文体局）应规范对乡镇农民体育的投入，克服对乡镇文体站（体育站）投入的“欠账”现象；乡镇文体站（体育站）要把上级部门的投入用到实处，加大对村民小组的投入，并努力拓展经费的来源渠道，多方筹集资金，如可采用发展乡镇文体产业、鼓励私人投入等措施来广聚财源，但要切忌向村民小组摊派；村民小组也要自筹部分资金来开展文体活动，走出传统的“等、要、靠”思想的桎梏。

（二）以点带面，以实施农民体育健身工程为契机占领农村文化阵地

“农民体育健身工程”既是国家现期发展群众体育、农村体育的一大抓手，也是国家繁荣农村文化事业、用先进文化占领农村文化阵地的一大举措。从2006年国家体育总局发起在全国试点实施“农民体育健身工程”以来，其发挥的功效是有目共睹的。正如国家体育总局副局长胡家燕同志在2007年全国群体工作会议上的讲话所指出：“据统计，截至2006年底，全国共投入资金近12亿元，在2.6万多个行政村实施了农民体育健身工程。其中，江苏省7295个村、广东省3533个村、山东省3069个村。宁夏自治区共有2000多个行政村，利用前年和去年完成了最后1000多个行政村的体育健身器材配置，目前全区30个乡镇的所有行政村都建设了健身场地。北京市为200个行政村配建全民健身‘居家工程’。每个项目市、区、县三级的投入都不低于6万元。为了充分发挥‘农民体育健身工程’的作用，浙江省在为行政村建设工程的同时，还建立了3000个基层乡村文体俱乐部。可以说，2006年‘农民体育健身工程’的启动工作是成功的，效果已经显现。”[①]尽管“农民体育健身工程”的实施会带来广大农村体育场地设施翻天覆地的变化，但是，“农民体育健身工程”的影响意义却并不仅局限于物质层面“一块混凝土标准篮球场、一副标准篮球架、两张室外乒乓球台”这些“硬实力”的增强上，而还在于推动农民体育作为一种文化力在农村扎根，作为一种健康文明、积极向上的文化占领农村的文化阵地。

欲借实施“农民体育健身工程”之机占领农村的文化阵地，当务之急就是要加大对实施“农民体育健身工程”的宣传力度，为“农民体育健身工程”的实施奠定良好的群众基础与舆论氛围。笔者在L村的调研中了解到，L村刘村长及村民均尚未听说过“农民体育健身工程”，L村所属小镇文体站的陈站长也尚未闻及。

① 胡家燕．认真贯彻落实党的十六届六中全会精神，努力推动群众体育事业新发展——胡家燕副局长在2007年全国群体工作会议上的讲话［EB/OL］．http：//www.sport.gov.cn/jgdw/qts.htm，2007－03－20.

虽然“农民体育健身工程”的实施尚却在部分行政村试点，但是“农民体育健身工程”其事却应该先行在全国农村广为宣传。因为中国行政村的基数较大，据2005年中国村社发展促进会副会长余展同志介绍，目前全国总计有68万个行政村、9亿农民、500万名包括村党支部书记和村委会主任在内的“村官”①，而2006年在全国试点实施“农民体育健身工程”的2.6万多个行政村只占全国行政村总数的3.82%，因此，走“实施到哪里、再宣传到哪里”之路难免会贻误“农民体育健身工程”的推进。

（三）机动灵活，融合农村文化教育工作顺势借势造势开展文体活动

体育与文化教育似乎有着与生俱来的姻缘。中央的政策文件多在论及农村文化建设时便将农村和农民体育事业的发展纳入其中，例如2006年中央一号文件《中共中央国务院关于推进社会主义新农村建设的若干意见》（中发［2006］1号）提出要“繁荣农村文化事业”时，便进一步部署要“构建农村公共文化服务体系”，“推动实施农民体育健身工程”，“积极开展多种形式的群众喜闻乐见、寓教于乐的文体活动”等。事实上，在当前农民体育尚未在农村普及、扎根不深，农民的文化科学素质较低的现实条件下，融合农村文化教育工作顺势、借势、造势来发展农民体育的文化力，也许是一条务实和明智之举。

所谓“顺势”，就是要顺应国家“文化兴农”、“科教兴农”的重大战略举措，特别是要抓住当前国家在构建和谐社会、建设新农村中对农村文化、教育事业大投入的契机，争取政策、机动灵活、不余遗力地来发展农民体育事业。

所谓“借势”，就是要借助农村文化、教育活动的开展，农民素质的提高来更好地发展农民体育，借助文化、教育的平台，唱好体育之戏。

所谓“造势”，就是要高举“文化兴农”、“科教兴农”的大旗，开展“农民体育三下乡”和“体育扫盲”活动，要将体育服务送进祠堂、送进寺庙、送进农户，变求神拜佛的迷信活动、赌博购六合彩的违法活动为文体娱乐活动。特别是2008年北京奥运会的临近，为我们发展农民体育的文化力提供了极为宝贵的“造势”资源。要按照国家体育总局刘鹏局长在2007年全国群体工作会议上的讲话精

① 人民日报海外版．中国行政村总数68万个［EB/OL］．http：//www.peopledaily.co.jp/GB/paper39/14862/1318494.html，2005－05－30.

神，大力唱响“全民健身与奥运同行”的主题[①]，充分挖掘和利用农民身边现有的传播媒体开展与“2008年北京奥运会”、“全民健身”等主题相关的报道，并积极在农民朋友中倡导开展“我与奥运同行”系列健身活动，为发展农民体育的文化力创设良好的体育文化语境，逐渐消除诸如L村所患的“体育文化冷漠症”。

（四）突出重点，抓好农民体育的组织建设与培育主体力量并驾齐驱

农民体育的组织建设和农民体育主体力量的培育对农民体育的发展以及农民体育文化力的生成的作用是不言而喻的，应该作为发展农民体育文化力的重点工作来抓。

1979年联合国及有关组织联合在罗马召开了“世界农村改革和发展大会”，通过了号称为“农民宪章”的宣言并号召：“鼓励农民组织起来，以便通过其亲身的参与，开展自救活动。”中国现代思想家梁漱溟先生当年在山东进行乡村建设试验时也曾说：“乡村建设之所求，就在培养起乡村力量，更无其他。力量一在人的知能，二在物质，而作用的显现要在组织。凡可以启发知能，增值物质，促进组织者，都是我们所要做的。”“农民宪章”和梁漱溟先生的论断均表明：农民问题需要组织起来的农民自我解决。[②]同样，这对我国农民体育的发展也具有一定的启示意义：中国的农民体育问题最终也需广大农民自己组织起来给予解决，加强我国农民体育的组织建设是一条必须的路径。在农民体育的组织建设中，应加强农民体育组织网络建设，建立由县（市）——乡镇——村落三级农民体育协会为主导力量的各种形式的农民体育组织，并以活动为主线，加强各级各类体育组织之间的联系与契合。

在注重农民体育组织建设的同时，还要重视农民体育主体力量的培育。农民体育主体力量的培养应注意以下三个方面的问题。首先，要能够多方培育农民体育的主体力量，把农村各个阶层的群众尽可能地吸纳到农民体育的主体力量中来；其次，要注重对农村青壮年农民，尤其是从外地回流回来的农民的引导和动员，让其真正成为农民体育的主力军；最后，要建立相应的激励机制，可开展“农民体育活动先进户”、“农民体育活动先进个人”、“农民体育活动标兵”等称号的评选活

① 刘鹏．大力唱响“全民健身与奥运同行”主题，努力开创群众体育工作新局面——刘鹏局长在2007年全国群体工作会议上的讲话［EB/OL］．http：//www. sport. gov. cn/jgdw/qts. htm，2007-03-20.

② 姜裕富．农民合作能力与新农村建设——以浙江省常山县ZF村为个案［J］．调研世界，2007（1）：41~43.

动，以鼓励和培育更多的农民体育骨干，并发挥其模范带头作用。

六、本章结语

农民体育的文化力既是新农村建设的一种新生力，也是其自身发展的内生力。文化力的作用是持久而隽永的。发展农民体育的文化力既是确保农民体育在农村（尤其是像L村这样的村落）生根发芽的权宜之计，也是永葆农民体育四季常青的长远之举。不妨用传说中孔子与老子的对话来做引证。2500多年前，年轻的孔子去拜访年老的老子，向老子请教为人处事的道理，问“柔”与“坚”二者何者为胜。老子只是张开嘴巴说：“你看看我的嘴巴。”孔子看了一下，老子问道：“嘴巴里面最硬的是什么？”孔子说是牙齿。老子又曰：“那最软的是什么？”孔子回答说是舌头。老子笑言：“唉，这就对了，我现在已经八十多岁了，你看看我最硬和最软的东西哪个还在啊！”无疑，老子之语对我们发展农民体育的文化力也不无启示意义。

第六章　我国传统节日村落农民体育研究——以湘鄂渝黔四省边区为例

一、前　言

传统节日具有丰富的文化内涵，其既是构建和传承村落民俗文化的平台，也是村落农民体育活动得以发展的大舞台。我国不少地区的村落农民体育长期以来往往表征为一种自发的、传统的原生态体育，其作为村落农民生活中一种特有的文化形式，在其形成与发展的过程中，常常通过传统节日得以继承与发展。在村落传统节日开展体育活动，尤其是民族传统体育项目的开展，对村落农民具有极强的吸引力和广泛的号召力，既可以增进村落农民的人际交往和族群凝聚力，也是实施全民健身计划和发展群众体育事业的重要手段，有助于推动农村体育事业和农村社会政治、经济与文化事业的全面进步。因此，发展村落农民体育，既应着眼于村落原生态空间，梳理与挖掘村落丰富的原生态体育资源优势，扩大有代表性和推广性的民族传统体育活动的影响力，也应借助传统节日这一特殊时间和文化形式，发挥村落传统节日体育活动的示范带动效应。

为考察传统节日中的村落农民体育，本课题选取湘鄂渝黔四省边区的部分行政村落作为主要的田野调查点。湘鄂渝黔四省边区是指湖南湘西土家族苗族自治州、张家界市，湖北恩施土家族苗族自治州，重庆市黔江区和贵州省铜仁地区等5个地州市。因为湘鄂渝黔四省边区独特的地理位置、多民族的“大杂居、小聚居”民族分布、相对落后的经济发展水平和文化历史等因素的相似性使该区在建设发展中逐步结成超越行政区划的经济文化联合体。全区总面积17.8万平方米，境内有土家族、苗族、侗族、瑶族、回族、白族等30多个少数民族近1600万人口①，呈典型的“大杂居、小聚居”民族分布格局，是全国多民族聚居地之一，民族之间交

① 湘西州人民政府办公室．湘西州年鉴（2005）［M］．北京：五洲传播出版社，2006：214～216.

融、杂居的状况很明显。之所以选择该地区作为调研点，是因为该地区传统节日中村落农民体育文化活动丰富多采，有摆手节、牛王节、赶秋节、龙舟节、花炮节等等，村落农民体育文化活动现已成为影响湘鄂渝黔四省边区传统节日文化庆典和民族间有效交往互动发展的重要砝码，其已从村落内农民单独分享，演化成村落之间、区域之间资源共享的传统节日文化，促进了湘鄂渝黔四省边区民族内的团结、发展和民族成员的认同和交往，推动了湘鄂渝黔四省边区和谐稳定良好发展局面的形成。

图 6－1　湖南省龙山县火岩乡倒坨村

本课题组在进行田野调查之前，做了充分的前期准备，包括对湘鄂渝黔四省边区的历史、地理、文化传统、风俗习惯、语言和体育活动开展情况的初步了解。自 2008 年 1 月以来的传统节日中，课题组成员先后多次对湘鄂渝黔四省边区的部分村落专门就“传统节日村落农民体育活动”进行田野调查。在田野调查的过程中，首先采用参与性与非参与性相结合调查方式，直接参与或间接观察传统节日中村落农民体育活动，考察期间走访了龙山县、花垣县、永顺县、来凤县等多个县，访问了 40 多人次，拍摄了数十张照片，查阅了 10 多万字的相关资料；其次，就是选择非正式访谈与正式访谈相结合的方式，对部分市县的文化局、民政部门、体育局、乡镇文体中心的相关领导及其村落干部和农民进行访谈与笔录，获取了诸多一线观点和一手资料；最后，为了拾遗补缺、丰富并核准一手调研资料，并就相关问题进行了一些电话访谈，补充了研究所需材料。

本课题重点考察了普同性节日和区域性节日中的村落农民体育活动，对传统节日村落农民体育活动项目进行了分类，阐释了传统节日村落农民体育活动开展的优势，剖析了传统节日村落农民体育活动的时代意义，并尝试性地提出了对策与建议。本研究以期能为湘鄂渝黔四省边区村落农民的健康水平和生活质量的提高、湘鄂渝黔四省边区城乡一体化建设的推进、湘鄂渝黔四省边区乃至我国传统节日中村落农民体育的发展与繁荣提供理论依据和实证参考。

二、我国传统节日村落农民体育活动的起源

（一）源于生产劳动

在原始社会中，由于生产力水平低下，社会分工不明显，村落先民们都靠狩猎、采集、捕鱼等活动来维持各自的生存和繁衍。他们在长期的狩猎、采集和捕鱼等生产活动中总结出了一系列的经验，如打飞棒、过溜索、射箭、射弩等生产和生活技能，经过长期的历史积淀与衍变，最终形成了现今传统节日里开展的村落农民体育活动。村落农民体育活动起源于生产劳动有两种情况。第一种情况是，部分体育活动最初本身就是生产劳动的组成部分。如“打泥脚”，这种活动是人们在劳动过程中创造形成的，它既增添了劳动的趣味性，也反映了人们饱满的劳动精神和强烈的竞争意识。它与整个劳动过程浑然一体，场地已就，运动员现成，既不要赛前准备，也不要赛后清理，一身泥浆，待到完工回家后清洗即可。同时，它也可让作为观众的其他劳动成员一笑轻松，增添了许多劳动情趣。这类活动伴随着劳动的进行易于开展，且对场地器材的要求不高，田间地头、河畔边、山坡草地、村旁路口等既是村落农民从事生产劳动的场地，也是他们进行体育活动的天然场所。

图6-2　保靖县碗米坡镇沙湾村土家摆手舞活动　梅湘宁摄

第二种情况，是从生产劳动动作和内容中提炼升华而成的体育活动。例如土家族的“摆手舞”，摆手过程中的一些表演动作的内容，体现了原始社会的生产形式，摹仿了生产劳作的全过程，如：砍火畲、赶肉（打猎）、捉鱼、采野果、播种、栽秧、割谷、打谷、挑谷等。原始社会的生产方式——刀砍火种、渔猎采集在摆手舞中得到了真实的体现。这些动作渐渐地从生产活动中脱离出来，经过一些规范化的改造，成为日常生活中人们劳动之余的一种特殊的体育活动。

（二）源于军事战争

村落先民们为了生存和繁衍，既要战胜恶劣的生活环境，也要战胜恶劣自然环境中的野兽，还要防止敌对民族或部落侵占财物和生存空间。因此村落先民们在维护自身生存利益的过程中常常会因为战事的需要而引发一些肢体冲突，出现了各种格斗动作和技能。现今传统节日里开展的村落农民体育活动中，不少内容都是源于为了战事需要而积淀下来的身体技能活动。如苗寨村落农民的苗拳、射箭、射弩、椎牛等体育活动项目。这些体育活动项目融知识和技能学习、身体训练、共同感情和习惯的培养为一体，不仅具备一般意义上的健身性、竞技性，还表现出强烈的促进个体和民族发展的功利性，强调直接为狩猎或军事战争服务，从而保持了浓郁的民族风格和地域特色。

图6－3　保靖县碗米坡镇沙湾村苗族椎牛活动　梅湘宁摄

（三）源于宗教崇拜

图6－4　来凤县旧司乡牛王节活动　赵春红摄

有些村落农民体育活动是从宗教崇拜习俗活动演变而来，或者本身就是宗教活动的组成部分。宗教崇拜体系包括神灵崇拜、自然崇拜、祖先崇拜和鬼魂崇拜。各个民族在历史发展进程中都曾产生过自己的民族英雄。为了纪念自己的民族英雄或祖先，人们常常直接用英雄或祖先使用的工具来创设一种集体活动项目来表达自己的崇敬之情，后来逐渐发展成为现今的一些村落农民体育活动项目。如来凤县土家族的牛王节，主要是为了祭奠牛王菩萨和祈求来年风调雨顺。祭祀过程中，吹响牛角和树皮号，通知牛王，通过吹芦笙、摆手舞、茅谷斯等文体活动，来完成人神的交流，体现了村落农民对美好生活的祈求。可见，一些村落农民体育活动中仍存在着某些宗教色彩，不少村落仍遗留着一些祭祀性的体育活动，这从另一个侧面说明了宗教信仰与村落农民体育的密切联系与渊源。

（四）源于婚恋交友

对交往的需要、爱情的渴求是包括村落农民的在内的人们的一种基本需求。为了种族的繁衍，许多民族创造了促进男女进行交往和求爱的节日和集会。如恩施州来凤县土家族的“三月三”，青年男女以这种方式追求伴侣，节日中举行一些赛马、高脚马对抗、摔跤、扳手劲等竞技性的体育活动，土家族青年男子通过参与上述体育活动来展示自己强健的身体、高超的运动能力与优秀的劳动能力，以博得自己心仪女子的爱情。在这些体育活动中能够获胜的男子自然受到大多数女子的青睐，也很容易获得自己的爱情。除此之外，还举行“斗马”、“斗鸡”、“斗牛”等活动。女孩子可以从“斗牛”、“斗鸟”“斗马”、“吹芦笙”等节目的表演中选择自己喜欢的勤劳勇敢的小伙子，并向他发出继续联系的信号。

图6－5　来凤县百福司镇舍米湖村吹芦笙　赵春红摄

三、我国传统节日村落农民体育活动项目的分类

通过调研发现，湘鄂渝黔四省边区村落农民在传统节日里进行的体育活动内容丰富多彩、活动形式多样，大多是从生产实践、战斗技能、宗教祭祀中转化而来，蕴含着深厚的中华民族传统文化内涵。通过调研和访谈所得的有关文字、图片资料，根据湘鄂渝黔四省边区村落农民体育活动的外显性特征和功能，并在一定程度上借鉴项群训练理论对运动项目的分类方法，对湘鄂渝黔四省边区传统节日村落农民体育活动进行了归类分析，虽然这一分类并非十分科学，但是从一定意义上看却有助于我们从宏观上整体了解和把握村落农民体育活动项目的发展状况，以便更好地分类管理和开展村落农民体育活动。

图6－6　保靖县葫芦镇艺术节鼓舞　梅湘宁摄

（一）表演类

这里所言的表演类传统节日村落农民体育活动，主要是指湘西地区的民间艺人在节庆佳节表演传统体育项目和技

能的一种活动。表演类传统节日村落农民体育活动主要包括舞龙、舞狮、跳鼓舞、百戏与杂技类等项目。例如，苗族的跳鼓就是最具民族特色的传统体育活动之一，此项活动对增进身心健康有很大益处，深受苗族村落农民喜爱，表演跳鼓的民间艺人必须脚跳手击，腰旋体转，多用内功，讲究气质，充分展现了苗族村民矫健美的风采。

（二）竞技类

这是一种以竞赛体力、技巧、技能为内容的体育活动。此类体育活动项目数量众多，范围广泛，且具有极强的竞争性和对抗性，适于竞技比赛，如“射弩”、“荡秋千”、“高脚马”、“扳手劲”等，这些活动可用于两人或群体竞赛，可明显地分出高低。此类体育活动有的已被列入全国少数民族传统体育运动会的比赛项目，如“高脚马竞速”、“龙舟竞赛”等。从性质和表现形态划分，此类体育活动可分为体能竞速类、命中类、角力制胜类等三类。

1. 竞速类

指湘鄂渝黔四省边区的村落农民借用或自制体育器材在陆地或者水中以比速度来决定胜负的比赛项目。主要项目有“赛马”、“高脚马竞速”、“龙舟竞赛”等。如“高脚马”（踩高脚），一种是在长棍的尺把高处绑一截横木，做一双“高脚”，双脚分踏上去，双手双臂持棍走路，另一种把绑横木的短棍捆在脚掌及小腿上走路，赛速度。

2. 命中类

以中靶多少来评定成绩的体育活动项目。常见项目有“抽陀螺”、“射弩”、“打飞棒”等。“抽陀螺”（打得罗）是村落儿童最喜爱的技巧运动。这种运动，工具制作简单，易学，活动量不大，最适合儿童青少年参加。

3. 角力制胜类

指以赛力或借用一定的工具进行力量较量为主的对抗性活动。主要项目有扭扁担、抱腰杆、扳手劲等。如扭扁担是两个人面对面站立，同用左手和右手（也可用单手）拿着扁担的两端，顺时针扭，比手力。

图6－7　龙山县华塘乡茶亭村春节农民运动会

（三）娱乐类

娱乐类传统节日村落农民体育活动是一种以闲暇消遣、健身娱乐为主要目的民俗性体育活动。其着重于满足村落农民的身心需要和情感愿望，具有简单易行、随意性较强的特征，因自娱自乐的消遣性与游戏性的活动方式而深受村落农民喜爱。

1. 嬉戏娱乐类

嬉戏娱乐类是一种以娱乐消遣为主要目的的传统体育活动。该类活动项目规则不太严格，主旨以嬉戏、娱乐为主。此类体育活动主要包括两个方面，一是少年儿童根据自身的身体和心理特点进行的活动，寓娱乐与健身为一体，具有很强的娱乐性和趣味性，如“舂跷跷板”、“蒙蒙狗”、“丢手绢”等。二是与生活有密切关联的寓娱乐于生活礼俗中的活动，如婚礼中的“陪十姊妹”、“陪十兄弟”，八月十五“偷瓜”、修房中的“偷梁”等，体现出了浓厚的生活气息。

2. 歌舞娱乐类

歌舞娱乐类是村落农民在基本的生产活动之外获取快乐的一种非功利性活动，该类活动以集体性活动为主，集表演、娱乐、健身为一体，具有较强的锻炼体魄和陶冶性情的功能。如摆手舞、铜铃舞、茅谷斯等都属此类。湘西土家族村落农民的“茅谷斯”被誉为我国民族戏剧的活化石，同时也是湘鄂渝黔四省边区村落农民自古以来的一种锻炼方式。“茅谷斯”表演者披扎稻草，模仿长毛的原始人，表演时双膝微屈，臀部下沉，全身不停抖动，谓之“里立克斯”（土家族语抖跳蚤），然后抖动着全身碎步进退表演“哩嘎”（挖土），“捍那易”（播种）、“利布哈”（打谷）等与劳动生产情节相关的活动。整个表演过程运动量极大，全身各部位都得到了充分的锻炼。而“摆手舞”则既是一种民族舞蹈，也是一项动作优雅，村落男女老幼皆宜的健身活动。①

图6－8　龙山县贾市乡兔吐坪村茅谷斯祭祀活动

（四）武术气功类

武术气功类传统节日村落农民体育活动是村落农民以武术和气功为练习内容的一种体育活动方式。武术气功类活动在湘鄂渝黔四省边区村落的兴起是有一定的客观原因的。其一：湘鄂渝黔四省边区山青水秀，空气清新，到处是练功习武的好场所；其二：御敌和与大自然斗争的需要促成了湘鄂渝黔四省边区村落农民练武的风气。湘鄂渝黔四省边区处在武陵山区，山大、野兽多，加上人烟稀少，湘鄂渝黔四省边区的村落农民要在恶劣环境中求生存，就必须学会御敌和与大自然作斗争。

调研发现，目前收集的土家拳术有“粘功”、“策手”、“点穴”等53套，器械39门，稀有民间武术兵器33种，气功以硬气功为主，还有“太极功”、“铁头功”、“帕子功”等。武术气功类活动现已成为湘鄂渝黔四省边区村落农民平日生活中的一部分，例如恩施芭蕉侗族乡的侗族村落农民喜好武术，会打板凳拳、梅花镖等20多套拳路，近年来，善于创新的侗族村落农民把板凳拳改编成用于传统节日表演的板凳龙，深受百姓喜爱。

① 刘少英．湘西少数民族传统体育的审美特征［J］．体育文化导刊，2002（6）：48～49.

（五）宗教祭祀类

宗教祭祀类传统节日村落农民体育活动是湘鄂渝黔四省边区的村落农民在特定日子里举行祭祀时以某种身体活动方式所开展的传统庆典活动，其既是一种独特的情感表达方式，也是一种文化传递方式。传统庆典活动反映了一个民族的文化内涵，折射出了湘鄂渝黔四省边区不同民族的社会历史和文化变迁的轨迹。从祭祀活动中纪念或崇拜的对象上看，主要有自然崇拜、祖先崇拜、鬼神崇拜和英雄崇拜等类型。如苗族的的爬高坡节，主要祭奠苗族的祖先和祈求来年风调雨顺，节日期间在有声望的老人带领下爬上山顶，吹响牛角和树皮号，通知龙王。从现代体育运动的角度来看，这实质上就是一种登山活动。

四、我国传统节日村落农民体育活动开展的优势分析

（一）具有深厚的群众基础

调研发现，在传统节日这一特定的时间和氛围里，村落农民常常很乐意去参与体育活动，除了相关行政部门有组织有领导的活动以外，还时常表现为一种非组织、非领导的主观热情的自发性体育行为。可见，传统节日里村落农民体育活动的开展，业已具备了较深厚的群众基础，这亦是传统节日村落农民体育活动自发地得以开展的前提。一般而言，只要村落农民主观上愿意参加体育活动，就能通过其成员间连锁式的情意感染，临时组建运动队开展一些体育活动或比赛，如新年的舞龙舞狮队、端午节的龙舟队、正月十五的高跷队等等。传统节日村落农民体育活动的参与对象广泛、内容丰富、形式多样，可谓深受村落农民的喜爱，具有深厚的群众基础，不仅积淀了村落民俗文化，还加强了村落精神文明的建设。

（二）具有极强的娱乐性和亲和力，宜于在村落开展

不少村落农民体育活动依据自然资源和气候条件，结合各地历史文化和生产生活特点而产生。许多村落农民体育活动项目在内容和形式上，与村落农民的信仰、生活方式和农闲时间紧密结合，深受村落农民的喜爱。在传统节日中开展村落农民体育活动，可以吸引众多的村落农民参与，具有明显的娱乐性、表演性和观赏性，显现出极强的亲和力和吸引力。如踢毽子、拔河、放风筝、摔跤、扳手腕、扭秧歌等常常是村落农民在传统节日中喜闻乐见的体育活动项目。这些体育活动项目具有

形式多样、娱乐性强、简单实用、老少皆宜的特点，既是我国传统文化习俗的一种表现形式，同时又依附于传统文化习俗，加上对器材场地和技术要求不高，所以深受广大村落农民喜爱，并宜于在村落开展。

图6－9　龙山县华塘乡茶亭村春节农民运动会

（三）内容丰富，经济实用，场地设施易于满足

传统节日村落农民体育活动内容十分丰富，不仅包括不同年龄段的村落农民体育活动项目，如成人活动打山棋、顶杠、扳手腕、扭扁担、摔跤等，儿童少年的活动跳房子、踢毽子、跳绳、捡石子、打陀螺等，也包括不同民族的村落农民体育活动项目，如苗族的摆手舞、土家族的茅谷斯、侗族的抢花炮等，还包括不同组织形式的村落农民体育活动项目，如集体性活动拔河、龙舟竞渡、舞狮、舞龙等，个体性活动摔跤、举重、爬竿、举石锁等。此外，还在吸收借鉴现代体育项目（如篮球、羽毛球、健美操等）和农民趣味运动会（如运粮比赛、滚轮胎等）内容的基础上而发展并形成了一些现代体育活动项目，这些项目伴随着全民健身运动的推广和农民体育健身工程的推进，日益充实到现代村落传统节日活动中。上述诸多活动项目对场地设施要求不高，所需经费较少，这是在当前我国村落体育设施建设相对滞后，条件相对较差的条件下开展村落农民体育活动的一种有效途径。

图6－10　龙山县华塘乡茶亭村春节农民运动会

五、我国传统节日村落农民体育活动田野纪实

在传统节日期间开展体育活动，历来受到广大村落农民的喜爱。春节的舞龙狮、清明节的踏青、端午节的划龙舟、中秋节的踏月、重阳节的登高等是村落农民生活中特有的一种文化形式，这些活动通过传统节日的大舞台得以继承与发展，这些活动不仅具有表演、娱乐、健身等作用，还具有教化村落农民，联系乡里，显示村落实力等功能。本课题对湘鄂渝黔四省边区专门就传统节日中村落农民体育活动进行了田野调查，走访了龙山县、花垣县、永顺县、来凤县等多个县的村落，将依据我国传统节日的时序先后，选择现存的、重要的和具有代表性的村落农民体育活动，从普同性节日文化和区域性节日文化两个层面报告田野调查的结果，并着重论述传统节日村落农民体育活动的文化渊源及其社会功能。

（一）普同性节日

普同性节日是指在全国范围内许多地区和民族都欢度，并且大体上有一些相同或较为接近的民俗活动方式。常见的普同性节日有春节、清明节、端午节、中秋节、重阳节等。

1. 春　节

（1）舞狮

舞狮是村落农民在春节的一项重要活动内容之一。由于狮子的外形雄壮，威武有力，具有百兽之王的美誉，因此，村落农民对狮子具有一种特殊的感情，认为狮子能给他们带来幸福和欢乐，往往把它作为权利和威严的象征、驱邪的祥物。所以舞狮被视为新年求吉祥、讨吉利的一种喜庆仪式。①据考察获悉，春节前，湘鄂渝黔四省边区各县市的文化局号召并下发春节活动文件到各乡镇文体中心站和村级活动组织中心，由各村的村长和民间艺术爱好者组织舞狮的演练。舞狮讲究技巧和武术功底，动作套路比较多，一般由2到3名年轻力壮的小伙子组成。他们一般都有师承关系，要先拜师，才能学艺。当地村落农民把精通狮子灯的人称为“狮头”，舞狮队即由狮头带领操练。表演者不仅要有娴熟的基本功，而且要配合默契，否则不能上场表演。舞狮队的活动经费来源比较有限，主要靠民间集资，由乡镇企业赞助，一般出资数千，也有自愿捐款的村落农民，每家都捐出5～50元不等，甚至更多，政府村委的支出最多在800元左右，演出所得的红包用作购买器材、服装、车费、住宿费和餐饮费。新年伊始，舞狮队在鼓、锣、钹等打击乐的配合下，先在本村进行纳吉除邪的仪式，以祈求神灵保佑家业兴旺。接着再去邻村和镇里，进行迎神、祭祖表演。当狮子走到村民门前时，主人要燃放鞭炮表示欢迎，他们认为狮子是驱邪的祥物，只要它到过这家门前就预示着这一家在今年里全家平安无事、升官发财，所以即使家庭经济条件不好的村民，也会在表演过后给狮子队红包，红包一般是根据自己家的情况给，有的给十元、有的给二十元不等。最后，在村里空地进行拳脚表演，以展示他们的功夫和演技。所到之处，爆竹连天，热闹非凡。从正月初六到正月十三，舞狮队将代表村、乡镇政府进城给各单位、私企、个体户拜年，还参加每年举办的狮王争霸赛。表演的场所常常是县城的体育馆或者广场。舞狮也是春节期间特有的广场娱乐活动，根据舞狮赛演的程序，舞狮团首先进行的是铜锣表演，舞狮团将通过锣鼓表演充分展示自己的形象与实力。随后，参加狮王争霸的狮子一起亮相，在现场观众面前尽显自己的风采，在表演的最后时刻，一起面向观众，行“三拜”大礼，即：一拜天、二拜地、三拜人和，以此祝福现场的所有人富贵吉祥，大吉大利。表演中均展示着大气磅礴、锣鼓喧天、热烈红火、喜气洋洋的气氛和场景，抒发了人民群众欢快振奋的情感。据访谈了解，2008年龙山县春节参加演出的舞狮队有桶车乡的舞狮队、兴隆街乡的舞狮队、白羊乡的舞狮队、民安镇的舞狮队、石羔镇的舞狮队以及靛房镇的土家摆手锣鼓队等多支队伍。春节期

① 雷军蓉．龙狮运动训练［M］．北京：北京体育大学出版社，2005：6.

间，共有上千名的村落农民参加演出，观众达几万人。①

图6－11　保靖县清水坪乡大桥村村民春节期间进城表演　梅湘宁摄

（2）舞龙

湘鄂渝黔四省边区位于湘西北，地处武陵山脉腹地。历史上，该地区的村落农民都是地道的农耕民族，生活上自给自足，经济上以生产水稻、粟类、豆类和烤烟等农作物为主。水是农业生产的命脉，由于古代生产力落后，科学知识匮乏，他们对雨水的降落、贮存和利用不能正确认识，而把风调雨顺的憧憬寄托于莫须有的龙王身上。他们认为，只有讨得龙王的欢喜，才会风调雨顺、五谷丰登。所以，在一年之始的春节期间要舞龙灯，虔诚地向龙王表示希望丰收的心愿，含有祈雨祈福的意味。②据调查得知，湘西的舞龙具有一定的规模，形式也比较讲究。如“龙头蚕身灯”就由“龙”的头和“蚕”的身与尾组成。制作考究，形体小巧，头尾能屈能伸，宛转灵活。竹圈联成蚕身，绳索系其内，白布蒙其外，外用红绿彩环缠身，由三个舞技出众的民间艺人分别持头、腰、尾三个部分执要。③“龙头蚕身灯”一般都是成对出行。出灯前，每对灯都要下到江河边“吸水”（意为保证雨水充足），然后再逐门逐户祝福吉祥，舞到家门前就暂时停下来，龙头频点向主人拜年祝福，然后再上下翻腾，左盘右旋。这时，主人就鸣放鞭炮以示欢迎，鞭炮放得越多，舞

① 访保靖县清水坪乡大桥村支部书记张贵彪（张贵彪，男，土家族，时年44岁，2008年2月在保靖县城采访）.

② 巫瑞书．南方传统节日与楚文化［M］．武汉：湖北教育出版社，1999：48.

③ 民俗：龙的传说［EB/OL］．http：//www.360doc.com/content/060715/08/142_156497.html，2008－11－21.

龙队的表演就会越长久热烈，并有所答谢，一般是裹着钱的“红包”或糖果香烟等。在龙山县，还有些地方舞“草龙”，草龙是由稻草、柳条和青藤扎成，夜晚舞耍时，龙身上满插香火，因而又称“香龙”或“香火龙”，舞龙结束时，还要在喧天的锣鼓鞭炮声中，恭恭敬敬地将草龙送到江河溪流之中，其用意是让龙回龙宫，以保佑今年风调雨顺。①

图6－12　龙山县石羔镇冲天村村民春节期间在县城巡演

2. 清明节

清明一到，气温升高，是春耕春种的大好时节，在一年的季节变化中占有特殊的地位。因此清明节对村落农民来说非常重要。清明节是感伤的节日，祭祖和扫墓是其主要内容。按照传统习俗，远离家乡的农民都要在清明节前夕赶回来为已故的亲人扫墓。扫墓时，携带已故亲人生前爱吃的酒食果品和纸钱等物品到墓地，将食物供祭在亲人墓前，再将纸钱焚化，为坟墓培上新土，然后叩头行礼祭拜，以祈求祖先保佑幸福平安，仪式完成后要在坟上插一支魂幡或者新折的柳枝（表示后继有人）。如果是新葬者，一般不进行祭扫，并流行着“三年不挂清”的农谚。村落农民在清明节祭拜祖先，悼念已逝亲人的习俗除了讲究禁火、扫墓以外，还开展踏青、荡秋千、放风筝、拔河等体育活动。相传这是因为在寒冷的冬天，要禁火吃冷食，怕有些老弱妇孺耐不住寒冷，也为了防止寒食冷餐伤身，所以大家就来参加一些体育活动，以锻炼身体。可见，清明节既是一个纪念祖先、追怀故人的节日，也是一个体验大自然的美丽、与大自然融为一体的节日，还是一个参与踏青、荡秋

① 访龙山县石羔镇冲天村民间艺人田金兰（田金兰，女，土家族，时年39岁，2008年2月在冲天村采访）.

千、放风筝等体育活动而充满欢声笑语的特色节日，充分体现了我国村落农民“慎终追远”、“敦亲睦族”的优秀传统和天人合一的社会理想与人生态度。

3. 端午节

自古以来，在我国传统节日中，端午节一直是重要节日之一。首先，其传承的时间长，没有易名改观的嬗变；其次，流行的地域最广泛，凝集了许多民族、地区的文化因子，节日内容日益丰富；再次，节日活动的文化渊源大多涉及一些民族的重大事件或历史人物；最后，保存下来的节俗颇为古老、完整、独特，具有重要的社会价值。端午节的习俗主要有包粽子、龙舟竞渡、艾浦悬门、采药斗草等民族活动。其中龙舟竞渡是人们在端午节祭祀图腾神——龙的活动中的一项重要的内容，龙舟竞渡的习俗在我国南方广阔的江河湖海、港湾溪流之畔开展得非常广泛。据实地考察得知，2008 年湖南省龙山县洗车河古镇由当地农民自发组织了第 8 次端午龙舟赛，参赛的 10 支队伍均是由镇内的农民组成的。龙舟一般是在小端午（五月初五）正十二点隆重祭祀下水，小端午至大端午（五月十五），天天都有比赛，每天下午晚饭后，洗车河周边村寨，男女老少，几乎全家人都要到河边看龙舟比赛。除进行龙舟比赛之外，还开展了斗牛、赛马、跳鼓舞等体育活动，参与者与观众多的时候可达数千人。①这些群才荟萃、异彩纷呈的体育活动，对于当地的道德教化、娱乐审美、民族团结、经济发展、社会和谐等方面都产生了一定的积极作用。

图 6－13　龙山县洗车河镇村民端午节龙舟赛　曾祥辉摄

① 访龙山县洗车河镇洗车河村村民彭少元（彭少元，男，苗族，时年 55 岁，2008 年 7 月在洗车河村采访）.

4. 中秋节

农历八月十五是中秋节，中秋节时正值秋收，村落农民要收新谷、酬农神、庆丰收。在湘西少数民族地区的德夯苗寨，村落里的青年男女除了祭月、拜月和赏月之外，还要参与跳月、踏月、远足等体育活动来寻觅佳偶。圆月当空，青年男女都要到村落的空地上进行跳月活动，跳月活动中还要击响团圆鼓，击鼓者必须脚跳手击，腰旋体转，模仿猴、鸡、雀展翅等动作，还将村落农民的生活生产场景以鼓舞动作再现。在团圆鼓的伴奏下，青年男女跳起摆手舞，用情歌互答，相互寻找心上人，互有爱意的情侣借着月光远足到竹林里、山坡上，特别喜欢到村落附近的小溪畔踏月，因为他们想借小溪河水的清澈透明，向对方暗示要像清水和月亮一样，心地纯洁明亮，愿结百年之好。① 中秋时节，不仅是团圆佳节，也是情侣们互诉爱情的好时机，更是村落农民感谢农神的绝好时机。因此，可以说，中秋节是多民族多元文化的融合与结晶，既是流行于全国各民族的传统文化节日，也是一个蕴涵着深厚民族心理的节日，还是体现了中国人重视人伦与家族血缘关系的传统文化节日，而跳月、跳鼓舞、摆手舞、踏月、远足等体育活动则成了中秋节习俗中不可缺少的元素。

5. 重阳节

农历九月初九，为传统的重阳节。重阳节最重要的节日活动之一，即是登高。故重阳节又名登高节。登高习俗最初起源于平地居民，在原始居民观念中，异于平川的高山属于神奇之地，登临高处，意味着接近了天神，因此也就便于获得神佑。这种登高习俗后来传播到全国。近年来，全国各地的村落农民将敬老、娱乐等内容置于重阳节中，使重阳节有了新的内涵，既是怀念亲人的时节，也是关爱老人的节日。重阳日，湘鄂渝黔四省边区的村落农民在登高出行前，饮菊花酒，佩戴装有茱萸的红色布囊，以驱邪避疾、防瘟魔。然后在有声望的老人或村长的带领下，爬到村落附近最高的山顶，吹响芦笙，通知天神或祖先，祈求赐予吉祥。重阳时节，秋收已完，农事相对比较休闲，也正是山里的野果、药材等植物成熟的季节。仪式完毕之后，有的村落农民便在山上采集野果、药材和供副业用的植物原料；有的村落农民进行围猎野兔、野鸡、野猪等活动；还有的村落农民便在此时放风筝，在山顶借着向上的风力，竞放风筝。② 登高习俗由最初的原始信仰和祖先崇拜逐渐演变成一项民间综合性的郊外娱乐活动，这些娱乐活动从体育的视角来看，其健身与健心

① 访吉首市矮寨镇德夯村村民龙菊花（龙菊花，女，苗族，时年45岁，2008年7月在德夯村采访）.
② 访来凤县百福司镇兴安村村民田连刚（田连刚，男，苗族，时年55岁，2008年8月在兴安村采访）.

性特点已日益明显。

（二）区域性的节日

区域性节日是指某些少数民族或者部分地区过的一些节日，如土家族的赶年、侗族的花炮节和苗族的赶秋等，其内容独特，蕴含深邃。

1. 土家族村落农民过“赶年”

湘鄂渝黔四省边区汉族村落农民一般都在农历腊月三十过大年。但是土家族村落农民却要提前一天过年，所以称为过“赶年”。过“赶年”的民俗活动同汉族等民族的春节习俗比较起来，既有某些相似的地方，又有一些独特之处。最具有民族特色的就在于正月间土家族村落农民跳摆手舞。每个土家族村民聚居的村落均有一个专供跳摆手舞的摆手堂，摆手堂里设有土王庙，庙前是空旷的坪场，坪场中栽有杉树，树上挂有彩灯。在过“赶年”的夜里，坪场边烧起大火，抬上木鼓，在二胡、唢呐、牛角、树皮长号等乐器的伴奏下，村落农民不分男女老少围着旺火唱调

图6－14　来凤县百福司镇舍米湖村赶年摆手舞活动　赵春虹摄

年歌，跳摆手舞，扮“茅谷斯”，跳鼓舞，舞龙，舞狮，表演武术，打秋千，此外还有踩高跷对抗表演，吹芦笙，跨河沟等活动。[①] 这种过年的红火亢奋、朴野喧嚣的景观和氛围，同汉族春节庄重热烈的气氛相比，又是另外一种情调、风趣。土家族过“赶年”的习俗生动地体现了土家族的气质和风尚，也为华夏民族文化，尤其是为我国的传统节日民俗文化，增添了绚丽和深邃的文化内涵。

---

① 访来凤县百福司镇舍米湖村村民向国才（向国才，男，土家族，时年33岁，2008年8月在舍米湖村采访）.

2. 侗族村落农民的花炮节

三月三的侗族花炮节，主要活动内容即是抢花炮。抢花炮前先进行男女老少游花炮、扛红猪、彩礼的游行，其中，侗族青年小伙子盛装的礼枪队伍最为独特、壮观、引人注目。花炮节将燃放花炮四樽，其中女炮一樽。抢花炮时在炮口上放一个象征吉祥的小铁圈，然后燃放铁炮，以燃放铁炮为动力，将铁炮冲上高空，落地时各个寨子的村落农民代表队蜂拥争夺，场面激烈，抢得花炮者将得到酒、猪肉和蛋等物质奖品。获奖的村落农民将这些物质奖品抬回去，便和村落里的老人及队友共同聚餐庆贺。这种荣誉并不是属于个人的，而是属于整个村落。抢花炮这一竞技项目增进了村落农民之间的团结与交往，也加强了村落与村落之间的交流。抢过花炮以后，还有民歌演唱、芦笙舞表演、侗戏、彩调演出、放排炮和踩歌堂等多种多样的群众性传统文化活动。① 花炮节充分显示出侗族和其他各族村落农民的民族气质和艺术天赋，把花炮节刚健雄武的拼抢与柔美婉丽的歌舞结合起来，增添了传统节日的风采和韵味，展示出村落农民骁勇善战、顽强拼搏、好歌尚乐的民族特性，突出地表现了侗族村落农民所特有的喜爱宁静、柔美的民族气质。可见，侗族花炮节不仅具有强身健体、愉悦身心的作用，还起到了传承优秀民族传统文化的功效。

图6－15　恩施芭蕉乡枫香坡侗族村抢花炮活动　赵春虹摄

3. 苗族村落农民的赶秋节

每年农历七月的立秋，是湘鄂渝黔四省边区苗族村落农民欢庆丰收的传统节

① 访恩施市芭蕉乡枫香坡侗族村村民彭武华（彭武华，男，侗族，时年34岁，2009年3月在枫香坡侗族村采访）.

日。立秋这天，除了苗寨的村落农民以外，其他民族村落农民也来到墟场上，观看并参加赶秋。墟场上锣鼓喧天，歌声萦绕。赶秋节的主要活动是打秋千。秋千有“四人秋”、“八人秋”和“十二人秋”。首先，挑选德高望重的老爹、阿婆来扮演“秋公”、“秋婆”，在人们的欢呼声中，分别擎着一个饱满的玉米棒和一把金黄的稻穗，来到秋台上，向人们报告一年的收成，祝贺庄稼获得丰收。尔后，“秋公”、“秋婆”接着宣布“开秋”。青年人争先恐后地涌上秋千。秋千架有10多米高，呈纺车形状，有相互错开的八架车辐，每架可坐一人。送秋人用力推动，秋千旋转起来，越转越快，人们发出阵阵欢呼。突然，送秋人用力顶住秋千横木，秋千嘎然而止，上面的人纷纷往下跳。按习惯，最后被停在秋千上的人要高声唱歌。有的青年人有意停在上面，趁机用歌声向恋人吐露心曲。除了打秋千外，还有苗族的鼓舞、舞狮子、舞龙灯、蚌壳舞、上刀梯、歌台赛歌等民族传统活动，让人目不暇接，其场面热闹非常。秋场上男男女女摩肩接踵，笑语盈盈。青年男女则利用“赶秋节”，物色情侣，歌郎歌娘成双结队，跑到秋场最边缘，大展歌喉，互吐衷情。[①]随着现代社会的发展，赶秋节现今还新增了一些现代体育项目，如篮球赛、象棋赛和趣味运动会等体育活动，这些体育活动的开展增进了民族地区村落农民的团结与和谐。

图6－16　保靖县葫芦镇尖岩村苗寨赶秋节　梅湘宁摄

综上所述，不论是普同性的传统节日，还是区域性的传统节日，都是展示民俗文化艺术的大舞台。村落农民体育活动是传统节日文化活动必不可少的组成部分。

① 访保靖县葫芦镇尖岩村村民梁燕丽（梁燕丽，女，苗族，时年26岁，2009年1月在尖岩村采访）.

它强化、渲染了传统节日文化活动欢娱的氛围，将传统节日文化活动的热闹气氛推向极致，欢娱了村落农民的身心，加强了彼此间的交流，增强了村落社区组织的团结，维护了村落社会的和谐，传承了村落民俗文化，保证了民族的繁衍和进步发展。同时也促进了不同地域、不同村落民俗文化的相互认同，实现了跨地域、跨文化交流，扩大了不同村落间男女交友通婚的地域范围，拓宽了村落风俗文化的传播范围和农民视野，加大了信息量的交流与获取。我国传统节日中的村落农民体育活动正成为各个村落民俗文化展演的窗口和相互了解认识的平台，弥补了因文化差异而难以达成的跨地域、跨文化交际问题。在我国传统节日村落农民体育活动场域的积极影响下，湘鄂渝黔四省边区的村落正呈现出和谐、团结、活跃、昌盛、稳定的发展局面。

六、我国传统节日村落农民体育活动开展的时代意义

（一）发挥特有的全民健身功效，提高村落农民健康水平

湘鄂渝黔四省边区村落属于贫困山区，自然条件“先天不足”，环境较差，表现为村落基础设施薄弱，水利、交通、通讯、市场、教育、卫生等基础设施落后，村落农民生活水平相当低，加上健身意识的淡薄，他们认为天天劳作，不用专门进行体育锻炼。所以在当地村落农民的体育健身意识还没有得到改观之前，着力于健身的目的去推广体育运动，可能效果并不理想。在我国传统节日中，以民俗活动为主要内容的体育活动，以其丰富的文化内涵和民间习俗，迎合了众多村落农民的心理需求，对发展村落农民体育具有潜在优势，在一定程度上可以弥补现今全民健身运动在当地村落推广的不足，发挥特有的“全民健身功效”。

（二）丰富村落农民业余文化生活，协调人际关系，促进边区村落的和谐稳定

近年来，国家取消了农业税，虽然湘鄂渝黔四省边区农村经济水平有所提高，但是村落农民依然像往常一样忙于生计，遵循着“日出而作、日落而息”的传统生活操守。据调查显示，村落农民在传统节日中才有空闲时间开展业余活动，但是却没有合适的娱乐活动，节日期间的业余文化生活相对较少，要么聚在一起闲聊，要么沉溺于赌桌和酒桌。在传统节日开展的文体活动，如跳摆手舞、斗地龙、舞龙、舞狮、篮球赛等，把村民从赌桌和酒桌带入到体育活动中，可以强化村落农民

同家庭、家族、家乡的感情联系，满足村落农民对安全感、归属感的需求。通过在村落开展集体性体育活动，如2009年春节在龙山县桂塘村举行的湘鄂渝黔四省边区篮球运动会，亦加强了村落农民之间的相互沟通、交流，培养了竞争协作、团结的精神，形成了良好的邻里关系，消解了村落农民之间潜在的冲突和矛盾，增进了村落和社会的和谐与稳定。

图6－17　龙山县桂塘镇春节边区运动会

（三）传承民族传统文化，增强村落农民的凝聚力

传统节日实质上是一个传承高度浓缩的中华文化的有效载体。传统节日中的村落农民体育活动是传承民族传统文化的一种有效途径和方式，具有凝聚民族智慧、引领文化承继的历史使命。凝聚就是团结，凝聚力就是团结力。村落农民体育活动具有特有的文化认同功效和魅力，无疑是一种通融村落农民关系、增强村落农民团结的凝聚剂。例如传统节日中的划龙舟、抢花炮、篮球赛等活动，多是以村落为参赛单位，参赛者除了有强烈的求胜心理外，还伴有集体荣誉感。在这类富有竞技性的活动中，集体内各成员能相互配合和协作往往是比赛成功的关键。即使旁观的村落农民也会不自觉地融入活动的情境之中，并通过参与相关活动认识、了解、切身体悟本民族的历史和文化。可见，传统节日中的村落农民体育活动，不仅传承了民族传统文化，还增强了村落农民的凝聚力。

七、促进我国传统节日村落农民体育发展的对策与建议

（一）提高认识、加强宣传，从实情出发弘扬传统节日村落农民体育文化传统

湘鄂渝黔边区属民族贫困地区。近几年，随着西部大开发和扶贫攻坚政策的深入开展，湘鄂渝黔贫困地区在逐渐减少，贫困人口逐年下降。脱贫后的村落农民在物质生活水平提高后，对精神文化和体育生活的需求也随之而来。中国共产党十六届五中全会把“生产发展、生活宽裕、乡村文明、村容整洁、管理民主”作为社会主义新农村建设的重要目标，对农村体育也明确提出：“推动实施农民体育健身工程，开展多种形式的群众喜闻乐见、寓教于乐的文体活动”。湘鄂渝黔边区村落农民体育的发展也必须充分响应国家的相关政策号召，大力宣传国家开展全民健身和农民体育健身工程的系列利民、惠民政策，同时，湘鄂渝黔边区村落农民体育的发展必须考虑当地经济发展水平和物质生活水平的实际状况，坚持因地制宜，分类指导的原则，要注重区别各个村落的特点，实行一村一策，要保持鲜明的民族特色，保持独特的地域特征，保持传统的文化精髓，在此基础上，大力弘扬传统节日村落农民体育文化传统。

（二）坚持继承与发展相结合，与时俱进地开展传统节日村落农民体育活动

在传统节日中，村落农民体育活动是以民族传统体育项目为主要内容来开展的，如摆手舞、跳鼓舞、舞龙、舞狮、划龙舟、茅谷斯等。这些项目是与村落的自然环境、生产方式、行为方式和生活习俗相融合的，活动的内容和形式是在民族自身历史进程中逐步创造和发展起来的，是历年来传承下来的文化精品，如摆手舞、茅谷斯素来被称为湘鄂渝黔四省边区土家族和苗族传统文化的“活化石”。这些项目充满了浓郁的乡土特色和民族特色，不仅对场地器材的要求较低，资金耗费较少，而且有着广泛的群众基础，已经深深地融入了村落农民的生活，成为了他们必要的文化生活方式，深受村落农民的喜爱。因此，继承传统节日村落农民体育文化传统也即是发扬优秀民族传统文化的一种体现。现今，在继承的基础上，还要着力于发展，进行大胆的改革创新，把民族传统体育文化和现时代新兴体育文化元素结合起来，以民族传统体育活动内容为主，引进现代体育运动项目，普及体育科学知

识，糅合一些简便易行、科学有效的体育健身方法，可以根据村落农民的体育需求和科学健身性原则对传统节日体育活动进行适当的改编，既保持民族特色和地域特色，又增强其健身性、娱乐性、易行性和科学性，使其更充满吸引力和活力，展示新形势下村落农民体育既现代又乡土的魅力，创造出适应现代体育发展规律的村落农民体育文化。

（三）加强领导和制度建设，提高对传统节日村落农民体育活动的管理水平

要发展传统节日村落农民体育活动，湘鄂渝黔四省边区的基层政府，尤其是县、乡镇的文体站和村民委员会等基层行政管理机构，必须发挥其应有的行政领导力量，加强引导，要不断健全村落农民体育的各项政策制度，从上到下自成体系，实行有力的制度保障，要将传统节日村落农民体育工作纳入议事日程，积极筹措经费，做好长期规划，要把发展村落农民体育事业纳入新农村建设的发展规划，作为社会主义新农村精神文明建设的重要组成部分和争创文明村落的重要内容，积极鼓励和支持那些健康的具有民族特色和地域特色的村落农民体育活动的广泛开展，不断加大对村落农民体育的扶持力度，建立人性化、规范化和系统化的管理制度，促进传统节日村落农民体育的长足发展。

（四）加强保护和利用，重视民间组织的作用，大力开展各种竞技比赛活动

传统节日中的体育活动是村落农民文化生活的重要组成部分，也是展示湘鄂渝黔四省边区少数民族文化的重要途径。现今，由于社会经济的发展，时代的变迁，村落农民的思想观念发生了变化，村落农民特别是青年人对传统节日体育活动的态度比较冷淡，没有过去那般热情，有些传统节日村落农民体育活动在一些村落已经逐步减少，甚至停止或几近消失。为此，各级政府的体育和文化部门应该给予必要的扶持和引导，将传统节日村落农民体育活动作为宝贵的非物质文化遗产加以保护和利用，民间自身也应该树立“保护是为了发展，在利用中更好地保护”的新观念，充分利用那些带有生活情趣的民族传统体育活动，将更多的民族色彩和感情注入到传统节日村落农民体育活动中，不断丰富村落农民体育活动内容和传统节日文化生活。

传统节日村落农民体育活动的组织者，是传统节日村落农民体育活动得以顺利组织实施的中坚力量，他们对村落社会经济、政治、文化的交流和村落农民之间关

系的改善具有重要的作用，是建设社会主义新农村和创建和谐社会的强有力支持者。因此，应充分重视并发挥民间组织者的资源优势，在村落农民中积极组建各种民间体育团体（如远近闻名的湖北省来凤县百福司镇舍米湖村的摆手舞团队），对作出突出贡献的民间艺人予以表彰，利用民间组织力量，发挥其服务民间、传承文化、维护村落和谐进步的作用，进而推动传统节日村落农民体育活动的持续、健康发展。

传统节日村落农民体育竞赛活动的开展，是促进村落农民体育更好、更快发展的有力杠杆。各个村落要充分利用传统节日的机会，自身的人力资源、设施资源，以村寨为单位，村镇间相互联合，彼此协作，组织和举办各种竞技比赛活动。如春节组织舞龙舞狮大赛、篮球赛，三月三组织抢花炮比赛，清明节举行拔河比赛，端午节组织划龙舟大赛，重阳节组织登山比赛等，以扩大村落农民参与体育活动的辐射面，让更多的村落农民参与到传统节日体育活动中来。

第七章　村落农民体育活动的意愿与态度研究——基于湖北省若干村落的调研

2005 年 10 月，党的十六届五中全会通过的《中共中央关于制定国民经济和社会发展第十一个五年规划的建议》中明确指出："建设社会主义新农村是我国现代化进程中的重大历史任务，要按照'生产发展、生活宽裕、乡风文明、村容整洁、管理民主'的要求，坚持从各地实际出发，尊重农民意愿，扎实稳步推进新农村建设。"① 建设社会主义新农村是党的十六届五中全会提出的在新时期贯彻落实科学发展观、全面建设小康社会、构建和谐社会的一项重大战略举措。要实现这个目标，既要推进现代农业建设、深化农村改革、增加农民收入，也要积极统筹城乡发展，大力发展农村各项社会事业，特别是要进一步加强精神文明建设。

不言而喻，农村体育是农村社会事业和精神文明建设的重要内容之一。从一定意义上而言，在新的社会背景下，没有农村体育的和谐发展，社会主义新农村建设是不全面的，离开了农村体育的发展，也必然违背农村社会和谐发展的客观要求。诚然，在社会主义新农村的建设中，要发展农村体育，必须举全国之力，营造和谐的体育氛围，充分调动农民参与体育活动意愿与态度的积极性。只有这样，我国推出的一系列的利民健身工程，如"全民健身工程"、"亿万农民健身运动"、"农民体育健身工程"等，才能成为现阶段新农村建设的"民心工程"。

本章基于对湖北省部分村落农民的调研，考察了村落农民体育活动的意愿与态度问题，以期为新农村建设背景下我国村落农民积极体育活动意愿与态度的培育提供参考。

---

① 蔡薇萍．准确把握新农村建设的深刻内涵［N］．农民日报，2006－1－14.

一、相关概念的界定

（一）意愿、需要、体育需要与体育动机

意愿指的是人们的心愿和愿望，就农民参与体育活动的意愿而言，则是指农民参与体育活动的心愿和愿望。意愿是行为最直接的决定因素，一个能准确度量意愿的指标，将会给出最好行为的预测。① 农民参与体育活动的行为是建立在对体育活动的意愿和认识态度之上的。

需要是个体因缺乏某种东西而引起的内部紧张状态和不舒服感，它反映有机体内部环境或外部条件的稳定要求。需要以一定的方式影响人的体验、思维和意志。根据个人对客体倾向性原则为基础可把需要分为物质需要、精神需要和人们认识和美的享受的需要。② 需要使人产生欲望和驱力，并引起活动。

体育需要是指人对体育运动的各种客观要求在心理上的反映。它是体育生活精神方面的一个基本内容，也是一切体育生活行为产生的主要心理动力基础。③ 一般而言，农民参与体育活动的需要包括生理的、心理的和社会性需要。从生理学视角来看，参与体育活动能够满足强身健体、防止生理机能衰退等需要；从心理学视角上看，参与体育活动能够满足改善情绪、预防焦虑、治疗抑郁等不良心理状态及防止心理机能衰退等需要；从社会学视角上看，参与体育活动能够满足增进沟通与理解、社交等需要。

体育动机是指在运动需要的推动下，促使人参与体育活动的内部动力。研究表明④：体育动机是在运动需要的基础上产生的，人的运动需要只有达到一定的强度时，才能成为推动其参加体育活动的内部动力。如果运动需要的强度只是被“模糊地意识到”，那么，它仅仅表现为运动的意向。当运动需要的强度进一步提升，个体才能“清楚地意识到”是什么使自己感到不安和想用什么手段来满足这种需要，这种“清楚地意识到”并想加以实现的需要，就表现为运动的愿望。运动愿

---

① 席薇，张丽辉，于涛等．天津市初婚夫妇生育意愿分析［J］．中国公共卫生，2000，16（5）：23 ~ 36.

② 杨宗义主编．体育心理学［M］．重庆：西南师范大学出版社，1991.

③ 张子沙，张外安，李向北．城市中学生体育生活方式的社会学窥探［J］．体育科学，1990（6）：15.

④ 马启伟．体育心理学［M］．北京：高等教育出版社，1996.

望还不足以导致行动，只有在运动需要非常强烈，并在一定的诱因和影响之下，使运动需要与活动相互结合时，这种运动需要才表现为体育动机。

基于上述分析，笔者认为研究农民参与体育活动的意愿与需要，不仅能有效地预测农民的体育行为，而且能为今后农民体育工作的开展提供参考。

（二）态度与体育态度

态度是心理学领域中的一个概念范畴。迄今为止，国内外对它的界定尚未达成统一认识。有学者研究认为：态度（Attitude）是个体对特定社会客体以一定方式做出反应时所持有的稳定的、评价性的内部心理倾向。[①] 也有人认为：态度通常指通过学习形成的影响个体行为选择的内部状态，它是个人的一种潜在的但又是稳定的反映和对某种特定事物的情感方向和强度的行为倾向。还有研究认为：态度是个体对于某种事件和现象（社会的或非社会的）所特有的一种协调一致的、有组织的、习惯化的心理反应。[②]

体育态度从属于态度概念，体育态度是指个体对体育活动所持有的评价、体验和行为倾向的综合表现[①]。体育态度由三个方面组成，即认识成分、情感成分和意向成分。认识成分指个体对态度对象的知觉、理解、信念和评价；情感成分是个体对态度对象在评价基础上产生的情绪情感体现；意向成分是个体对态度对象意欲表现出来的行为，它是由认识和情感成分决定的，也是行为的直接准备状态，还是态度与行动的联系部分。体育态度包括人们对体育活动目的、意义、价值的理解和评价，对体育活动的情感体验以及体育活动的行为反应。体育态度是后天获得的，具有一定的指向性和相对稳定性，它也是一种内在结构，体育价值是体育态度的基础。有研究表明[②]：体育态度是在体育参与行为中并对此行为进行肯定或否定评价的基础上产生的，是由对这一行为表现相联系的有价值的结果或贡献的主要信念决定的。本章对村落农民参与体育活动的态度进行研究，在一定程度上即是为了了解村落农民对参与体育活动的价值判断。

社会心理学认为：态度能影响行为，它关系到人们的自觉性和主动性。一些心理学家认为："态度是刺激与反应之间的中介因素"，"无论任何事，若有强烈的态度，则态度——行为一致性将增加。"因此，研究村落农民参与体育活动的态度，可以有效预测村落农民参与体育活动的行为。

---

① 马启伟．体育心理学［M］．北京：高等教育出版社，1996.

② 祝蓓里主编．体育心理学新编［M］．上海：华东师范大学出版社，1995.

二、调研的基本情况

（一）调研对象

本专题探讨的是村落农民参与体育活动的意愿与态度问题，调研对象涵盖湖北省罗田、黄梅、潜江、天门、仙桃、襄樊、宜昌、荆州、恩施、十堰、随州、石首、黄冈、咸丰、武汉、公安等16个县（市）的部分村落农民。

（二）调研方法

根据课题研究的需要，自行设计了半封闭式的《湖北省村落农民参与体育活动的意愿与态度调查问卷表》，并对问卷的效、信度进行了检验。聘请了10位体育社会学专家对问卷的内容和效度进行检验。其中有7位专家对问卷的内容和效度表示满意，3位专家认为基本满意。并根据专家提出的意见，对问卷进行了校正。因此，本问卷具有较高的效度。信度检验，采用“再测法”检验其信度，课题组成员隔月进行了两次调查（2007年8月、9月），前后两次结果相关系数 $r=0.79$，表明问卷表的信度较高。然后确定正式问卷，采用分层随机抽样和入户调查的方式对湖北省广大农村地区的调查点进行问卷调查和实地考察。共发放问卷1000份，回收问卷863份，其中有效问卷786份，有效问卷回收率为91.08%。

走访了华中师范大学中国农村问题研究中心、部分高校体育社会科学研究中心或基地，对20多名有关专家和负责人进行了咨询。

三、结果与分析

（一）调查对象的基本情况

在被调查的农民中，从性别比例看，男性占49.62%，女性占50.38%；从婚姻状况看，未婚者占27.86%，离婚或丧偶者占16.92%，已婚农民最多，占55.22%。年龄比例中，18~35岁的居多，约占30.03%，其次是46~60岁者，约占调查总人数的22.01%，最少的是60岁以上的，只占12.47%；从文化程度来看，小学文化程度以下的人最多，约占30.15%，其次是小学文化程度，约占25.95%，最少的是大专及大专以上文化程度，约占12.47%；从经济收入来看，家庭年收入在30000元以上的最少，约占16.03%，10000元以上~20000元的人数最多，约占27.86%；从职业结构来看，普通农民所占比例最大，约31.68%，其次是农村教师，约占23.79%，最少的是村干部，约占12.08%。

表7-1　调查对象的基本情况

	选项	人数	百分比（%）
性别	男	390	49.62
	女	396	50.38
婚姻状况	未婚	219	27.86
	已婚	434	55.22
	离婚或丧偶	133	16.92
年龄结构	18岁以下	123	15.64
	18~35岁	236	30.03
	36~45岁	156	19.85
	46~60岁	173	22.01
	60岁以上	98	12.47
文化程度	小学文化以下	237	30.15
	小学文化	204	25.95
	初中文化	136	17.31
	高中或中专文化	111	14.12
	大专及大专文化以上	98	12.47
家庭年收入	5000元以下	129	16.41
	5000元~10000元	164	20.87
	10000元以上~20000元	219	27.86
	20000元以上~30000元	148	18.83
	30000元以上	126	16.03
职业身份	普通农民	249	31.68
	村干部	95	12.08

续 表

农村教师	187	23.79
工人	113	14.38
其他	142	18.07

（二）村落农民对新农村体育的认知

认知是指人们获得知识、应用知识或信息加工的过程，它是人类最基本的心理过程，其包括感觉、知觉、记忆、想象、思维和语言等。人脑接受外界输入的信息，经过头脑的加工处理，转换成内在的心理活动，进而支配人的行为，这个过程就是信息加工过程，也即认知过程。本研究以“农民体育健身工程”为参照对象，从两个方面考察了湖北省村落农民对新农村体育的认知程度：

一方面是，湖北省村落农民对“农民体育健身工程”的认知程度。在被调查的农民中，对2006年在全国范围内启动的“农民体育健身工程”“非常了解”者仅占1.7%，这一数据较之课题组对湖北省“农民体育健身工程”试点村农民的相应调查降低了15.7个百分点。“非常了解”“农民体育健身工程”的农民多是农村教师（尤其是参加过培训的农村体育教师）或村干部，特别是湖北省“农民体育健身工程”试点村的农村教师或村干部，他们了解的主要途径是电视或报纸、期刊、杂志等。有高达58.3%的农民对“农民体育健身工程”的内容“完全不知道”或“根本没有听说过”，这一部分农民多来自湖北省边远贫困地区，其调查结果比湖北省农民体育健身工程试点村农民对同一问题的回答结果高出43.9个百分点。以上对比结果显示，湖北省农村体育的宣传普及工作存在明显的地域性差异，尤其是边远贫困地区的农民体育宣传工作趋近于空白状态。

另一方面是，湖北省村落农民对实施“农民体育健身工程”的必要性和内容的认知水平。湖北省村落农民对实施“农民体育健身工程”必要性的认知水平在很大程度上决定了湖北省村落农民的体育行为。调查中发现，有32.3%的农民认为“非常有必要”实施“农民体育健身工程”，该数据较之课题组对湖北省农民体育健身工程试点村调研中农民的相应回答降低了11.0个百分点。有9.2%的农民对“农民体育健身工程”的基本内容完全了解，这一数据结果与北京市农民

18.42%①的数据比例相比还有一定差距。出现上述差异的原因可能是囿于湖北省仍有许多农村地区（尤其是农民体育健身工程的非试点区）对“农民体育健身工程”及国家出台的一系列的与群众体育事业相关的亲民利民政策的宣传力度不到位，积极性不够，加之其经济发展滞后于我国发达地区等诸多因素的影响所致。

（三）村落农民参与体育活动的意愿与态度

农民参与体育活动的意愿与态度是现阶段农村体育的发展能否适应和满足农民体育需求的直接反映，同时，农民所反映的状况，也为湖北省乃至全国新农村体育发展的进一步深化提供了依据。本研究中村落农民参与体育活动的意愿与态度，主要以村落农民对“发展新农村体育的需要”、“集资或义务修建体育场地设施的态度”、“花钱参加体育活动的态度”和“农村定期开展体育活动的态度”4个因子为指标。为了进一步揭示湖北省村落农民参与体育活动的现状，笔者将其与前人相近研究②的部分指标结果进行了比较分析。调查结果显示，有35.6%的村落农民认为新农村建设中“非常有必要”发展新农村体育，仅有5.1%的人认为“完全没有必要”发展新农村体育。这两项研究数据结果比前人相近问题的研究结果分别高出13.9个百分点和降低2.7个百分点；有50.2%的人“愿意”集资或义务参与修建体育场地设施，这一数据较之前人的相近问题的研究结果高出18.8个百分点。32.8%的人选择了“偶尔可以”，“不愿意”的仅占17%；有51.9%的人“愿意”花钱参与体育活动，剩下的绝大部分选择了“偶尔可以”或“不愿意”，这一结果与前人相近研究结果基本一致；有74.6%的人认为“有必要”在村或乡定期开展体育活动，其中认为“非常必要”的占总调查人数的19.6%，认为“没有必要”的仅占总人数的6.7%。基于上述结果，笔者认为新农村建设背景下湖北省村落农民参与体育活动的主体意识在不断增强，参与体育活动的意愿与态度有了较大的改善。

湖北省村落农民参与体育活动的良好意愿与态度的形成，与湖北省近年来重视农村体育的发展不无关系。从1995年《全民健身计划纲要》的出台，到2006年“农民体育健身工程”在全国范围内全面启动，湖北省为响应国家的号召，积极开展和组织了一系列有利于促进湖北省体育事业发展的工程或活动，特别是2003年

---

① 邹丽．两打两晒探新路，农民体育健身工程一举多得［N］．中国体育报，2006-05-11.

② 方春妮，田静，王健．华中地区农民体育健身现状调查与分析［J］．西安体育学院学报，2006，23(3)：20~26.

至2006年这4年间的建设成果尤为显著。2003年，湖北省体育局提出，湖北省乡镇体育器材投放要"消除空白，扶贫、树立典型"，全省当年投放357个小篮板，279个乒乓球台。① 2004年，该省体育局、农业厅在全省农村采取政府适当扶持、村组出地、农民出工的办法实施"两打两晒（赛）工程"，每年以村为单位，逐步在全省农村无偿为农民修建一批综合运动场，让农民农忙时能打粮晒粮，农闲时能打球赛球。2005～2006年间，湖北省体育局和农业厅共投入公益金200万元作为启动资金，引导建设标准篮球场并配置篮球架、乒乓球台、象棋桌、单双杠等健身路径和体育设施150多套，并在全省69个村庄，新建综合运动场（以水泥篮球场为主）69个，共44800m²。另据调查显示，通过12年坚持不懈地贯彻落实《全民健身计划纲要》、开展"亿万农民健身活动"，湖北省农民的健身意识普遍增强，体育组织建设日趋完善，每天坚持进行20分钟以上体育锻炼的人数高达951750人，占被调查人数的47.2%，人均拥有体育场地0.63m²，所调查的乡镇都设有文体站（文体服务中心）和农民体育协会。② 毋庸置疑，已有的建设基础是激发湖北省农民较好的体育意愿与态度的动力源和催化剂，也是湖北省农民参与体育活动的意愿与态度发生积极转变的动因所在。

（四）村落农民最喜爱的体育活动项目

课题组对湖北省村落农民最喜爱的体育活动项目的调查结果显示："休闲活动"占调查人数的33.8%，"球类活动"占27.9%，"健美运动"占14.5%，"民族民间体育活动"占12.1%，"体育欣赏"及其他占11.7%。2004年湖北省农民体协对全省17个市、州、林区的36个全国"亿万农民健身活动"先进乡镇进行问卷调查和座谈，其结果显示③：湖北省农民最喜爱的体育项目中名列前三的是篮球、乒乓球和中国象棋，其他受欢迎的项目还有健身舞（操、秧歌）、长跑、舞龙舞狮、门球、龙舟、拔河、田径、腰鼓等。针对上述有关农民最喜欢体育活动的两次调查结果的差异性，笔者认为可归因于两个方面：一方面在于研究对象的区域范围不同，本课题组研究对象侧重于湖北省一般的农村村落，湖北省农民体协则偏重于湖北省农民体育活动先进的乡镇；另一方面在于调查内容的差异，本研究根据需要已对众多体育项目作了概括性处理，例如将散步、慢跑、登山、旅游、棋牌等归

① 邹丽．两打两晒探新路，农民体育健身工程一举多得［N］．中国体育报，2006－05－11．
② 马艺华．湖北农民体育协会调查显示：农民最爱篮、乒、象［N］．中国体育报，2004－02－02．
③ 曹彧．在思考中工作，湖北农民体协秘书长王觉非［N］．中国体育报，2005－10－20．

为“休闲活动”，而后者的调查内容则具体到项目本身。

（五）村落农民参与体育活动的意愿与态度在部分人口学变量上的相关分析

为了进一步研究村落农民参与体育活动的意愿与态度，笔者对性别、婚姻状况、年龄结构、文化程度、家庭年收入和职业身份等6个人口学变量与村落农民参与体育活动的意愿与态度的相关性进行了分析。

1. 不同性别、婚姻状况和年龄结构的村落农民参与体育活动的意愿与态度分析

表7－2　部分人口学变量上村落农民参与体育活动的意愿与态度的均数比较

		对发展新农村体育的需要		对集资或义务修建体育场地设施的态度		对花钱参与体育活动的态度		对农村定期开展体育活动的态度	
		M	*SD*	*M*	*SD*	*M*	*SD*	*M*	*SD*
性别	男	3.1154	0.6724	2.7038	0.6179	2.3154	0.6313	3.0077	0.6848
	女	2.9103	0.6260	2.1682	0.5136	2.4199	0.6325	2.7091	0.6910
婚姻状况	1	2.9669	0.6120	2.4963	0.6212	2.0096	0.6194	2.8713	0.7743
	2	3.1384	0.6158	2.5094	0.5131	2.1648	0.5374	2.9497	0.6897
	3	2.5714	0.7354	2.0816	0.6697	1.8000	0.7801	2.6122	0.7534
年龄结构	1	3.1143	0.5056	2.4654	0.6543	2.1017	0.5270	3.0649	0.6676
	2	3.0619	0.6493	2.4851	0.6593	2.0243	0.6942	3.0583	0.6070
	3	2.6216	0.6212	2.3974	0.6915	1.9985	0.6303	2.9045	0.7168
	4	2.9054	0.6337	2.4271	0.5380	2.0043	0.7561	3.0424	0.6058
	5	3.0788	0.6089	2.3634	0.7659	1.9972	0.7587	3.0086	0.7048

注：婚姻1表示已婚，2表示未婚，3表示离婚或丧偶；年龄1表示18岁以下，2表示18～35岁，3表示36～45岁，4表示46～60岁，5表示60岁以上

表7－3　不同性别、婚姻状况和年龄结构的村落农民参与体育活动的意愿与态度的相关分析

	性别	婚姻状况	年龄结构	对发展新农村体育的需要	对集资或义务修建体育场地设施的态度	对花钱参与体育活动的态度	对农村定期开展体育活动的态度
性别	1	.094*	.013	-.158**	-.280**	.087	-.184**
婚姻状况		1	.236**	.206**	.273**	.149**	.172**
年龄结构			1	-.136**	-.079	-.081	-.102*

注：* $p<0.05$；** $p<0.01$

表7－2、表7－3的结果显示：（1）从性别来看，在“发展新农村体育的需要”、“集资或义务修建体育场地设施的态度”和“农村定期开展体育活动的态度”3个指标上，男性得分平均数高于女性，并在“发展农村体育的需要”、“集资或义务修建体育场地设施的态度”、“农村定期开展体育活动的态度”上表现出显著性差异（$p<0.01$），仅在“花钱参与体育活动的态度”一项指标上，女性略高于男性，但未表现出显著性差异。产生性别差异的原因可能在于男性较女性农民有更高的体育需求，他们更愿意义务或集资修建体育场地设施和参与定期组织的体育活动。依据我国《国民体质测定标准》，对全国成年人群体质进行评价，结果显示：男性农民平均优秀率为10.7%，不合格率为17.2%；女性农民的优秀率为8.4%，不合格率为21.2%。① 这一结果可以从男女农民在体育活动的态度上找到答案，农村男性农民体育需求较女性高，他们从事体育锻炼的可能性也就较女性大，他们的体质状况因而好于女性。（2）从婚姻状况上看，农民在“发展新农村体育的需要”、“集资或义务修建体育场地设施的态度”、“花钱参加体育活动的态度”、“农村定期开展体育活动的态度”4个指标的得分上，未婚者大于已婚者，离婚或丧偶者最低，并在4项指标上均表现出显著性差异（$p<0.01$）。从心理学的视角来看，影响离婚或丧偶农民参与体育活动的意愿和态度的主因可归因于心理问题。离婚使当事人陷入感情和心理危机，常表现出自卑、孤僻和仇恨心理。美国心理学家霍尔

① 郭素萍．中国农民占体育人口的8.4%，平均体质低于城市［EB/OL］．http：//www.china.com.cn/chinese/kuaixun/1168540.htm，2006－03－29.

姆斯和瑞赫研究发现[1]，配偶死亡带给老年人的心理痛苦是最大的，遭遇丧偶的老年人疾病突发率和死亡率都远远高于一般老年人。因而，社会应给予离婚或丧偶者更多的关注和理解，让他们积极加入到有益身心健康的文体娱乐活动中，以达到缓解和消除他们的不健康心理；（3）从年龄结构上看，在“发展新农村体育的需要”的态度得分上，由高到低依次顺序为18岁以下者、60岁以上者、18～35岁者、46～60岁者和36～45岁者；在“集资或义务修建体育场地设施的态度”得分上，18～35岁者最高，18岁以下者次之，其次是46～60岁者和36～45岁者，60岁以上者最低；在“花钱参与体育活动的态度”得分上，18岁以下者最高，18～35岁者次之，其次是46～60岁者，36～45岁者再次之，60岁以上者最低；在“农村定期开展体育活动的态度”得分上，18岁以下者最高，18～35岁者次之，其次是46～60岁者，60岁以上者再次之，36～45岁者最低。从年龄结构的总体上看，在“发展新农村体育的需要”态度上表现出“中间冷、两头热”的态势。35岁以下的农民体育需要较高，特别是18岁以下的群体，他们主要由学生组成，农村学校体育的开展，使他们的体育态度与意愿表现得更加积极；36～45岁的农民群体对体育的意愿和态度最冷淡；60岁以上的农民体育需求迫切，但其中特殊群体——丧偶或离婚的老人，对体育活动的意愿和态度却表现异常冷淡。各年龄段农民对“集资或义务参与修建体育场地设施的态度”、“花钱参与体育活动的态度”上未表现出显著性差异。

2. 不同文化程度、家庭年收入和职业身份的村落农民参与体育活动的意愿与态度分析

表7－4　部分人口学变量上村落农民参与体育活动的意愿与态度的均数比较

		对发展新农村体育的需要		对集资或义务修建体育场地设施的态度		对花钱参与体育活动的态度		对农村定期开展体育活动的态度	
		M	*SD*	*M*	*SD*	*M*	*SD*	*M*	*SD*
文化程度	1	2.2800	0.6595	1.8400	0.6232	1.4500	0.6248	2.3067	0.6022
	2	2.9556	0.6857	2.1778	0.6507	2.0889	0.6892	2.8000	0.6944
	3	2.9633	0.6394	2.4220	0.6157	2.2385	0.6113	2.8440	0.6350

① 李玲．帮老年人走出丧偶之痛［N］．健康时报，2006－11－06.

续　表

		对发展新农村体育的需要		对集资或义务修建体育场地设施的态度		对花钱参与体育活动的态度		对农村定期开展体育活动的态度	
		M	*SD*	*M*	*SD*	*M*	*SD*	*M*	*SD*
	4	3. 1062	0. 5896	2. 6460	0. 6323	2. 3982	0. 6716	2. 9822	0. 6812
	5	3. 2899	0. 5562	2. 7609	0. 6403	2. 4362	0. 5209	3. 1304	0. 6923
家庭年收入	1	2. 5672	0. 6492	1. 9104	0. 4959	1. 6164	0. 6943	2. 4319	0. 5984
	2	2. 9126	0. 6486	2. 4078	0. 5039	2. 1962	0. 6962	2. 7573	0. 6017
	3	3. 1149	0. 6247	2. 5316	0. 5226	2. 4172	0. 5848	4. 0923	0. 6658
	4	3. 0570	0. 6346	2. 6322	0. 5591	2. 4538	0. 6233	3. 0345	0. 6225
	5	3. 1692	0. 5531	2. 6923	0. 5664	2. 2136	0. 5461	2. 9494	0. 6549
职业身份	1	2. 6842	0. 6564	2. 0902	0. 6107	1. 7563	0. 6642	2. 5564	0. 6996
	2	3. 3889	0. 6485	3. 0500	0. 6458	2. 0031	0. 6883	2. 9760	0. 6485
	3	3. 4500	0. 6504	2. 9306	0. 5930	2. 0738	0. 5880	3. 2083	0. 6701
	4	2. 6912	0. 6749	2. 2941	0. 6629	1. 9987	0. 6833	2. 6765	0. 6811
	5	4. 0584	0. 5064	2. 4731	0. 5171	2. 0175	0. 5084	3. 1999	0. 6277

注：文化程度 1 表示小学以下，2 表示小学，3 表示初中，4 表示高中/中专，5 表示大专及以上；家庭年收入 1 表示 5000 元以下，2 表示 5001～10000 元，3 表示 10001～20000 元，4 表示 20001～30000 元，5 表示 30000 元以上；职业身份 1 表示普通农民，2 表示村干部；3 表示农村教师；4 表示工人；5 表示其他

表7-5　不同文化程度、家庭年收入和职业身份的村落农民参与体育活动的意愿与态度的相关分析

	文化程度	家庭年收入	职业	对发展新农村体育的需要	对集资或义务修建体育设施的态度	对花钱参与体育活动的态度	对农村定期开展体育活动的态度
文化程度	1	.307**	.261**	.380**	.330**	.333**	.318**
家庭年收入		1	.355**	.227**	.222**	.248**	.239**
职业身份			1	.102*	.091*	.165**	.145**

注：* $p<0.05$；** $p<0.01$

由表7-4、表7-5可以看出：（1）从文化程度上来看，在“发展新农村体育的需要”、“集资或义务修建体育场地设施的态度”、“花钱参与体育活动的态度”、“农村定期开展体育活动的态度”4个指标的得分上，由高到低依次排序为大专及以上、高中/中专、初中、小学和小学以下。总体上看，农民文化程度越高，对农村体育的发展需求就越大，参与集资或义务修建体育场地设施和花钱参与体育活动的态度就越积极，定期参与农村开展的体育活动的意愿就越强。文化程度与农民的职业身份、收入状况以及“发展新农村体育的需要”、“集资或义务修建体育场地设施的态度”、“花钱参与体育活动的态度”、“农村定期开展体育活动的态度”4个指标上呈现显著性差异（$p<0.01$），这说明我国在新农村建设过程中，以“科教兴体”、“文化兴农”为战略是完全必要而迫切的。（2）从家庭年收入来看，在“发展新农村体育的需要”的态度得分上，家庭年收入为“30000元以上”者最高，“10001~20000元”者次之，其次是“20001~30000元”者，“5001~10000元”者再次之，“5000元以下”者最低；在“集资或义务修建体育场地设施的态度”得分上，“30000元以上”者最高，“20001~30000元”者次之，其次是“10001~20000元”者，“5001~10000元”者再次之，“5000元以下”者最低；在“花钱参与体育活动的态度”得分上，“20001~30000元”者最高，“10001~20000元”者次之，其次是“30000元以上”者，“5001~10000元”者再次之，“5000元以下”者最低；在“农村定期开展体育活动的态度”得分上，“10001~20000元”者最高，“20001~30000元”者次之，其次是“30000元以上”者，“5001~10000元”者再次之，“5000元以下”者最低。总体来看，家庭年收入越

高，农民对发展新农村体育的需求程度就越高，农民参与农村体育活动的意愿与态度就越积极。(3) 从农民职业身份来看，在“发展新农村体育的需要”的态度得分上，“其他”最高，“农村教师”次之，其次是“村干部”，“工人”再次之，“普通农民”最低；在“集资或义务参与修建体育场地设施的态度”的得分上，“村干部”最高，“农村教师”次之，其次是“其他”，“工人”再次之，“普通农民”最低；在“花钱参与体育活动的态度”和“农村定期开展体育活动的态度”的得分上，“农村教师”最高，“其他”次之，其次是“村干部”，“工人”再次之，“普通农民”最低。在统计786个样本含量中，普通农民、工人、农村教师（含87%的支教人员）、村干部和其他分别占总调查人数的31.68%、14.38%、23.79%、12.08%和18.07%。

在以上5类人群中，普通农民对参与农村体育活动的意愿与态度积极性最差，造成这一现状的原因是多方面的，农民的文化程度普遍偏低和相对滞后的农村经济状况可能是主要的因素。村干部在“集资或义务参与修建体育场地设施的态度”上表现的最为积极，但却在“农村定期开展体育活动的态度”上表现出较差的积极性。“两打两晒（赛）”工程的实施虽然极大地调动了村干部参与农村体育场地设施建设的积极性，但由于缺乏积极引导，农村体育活动的组织开展工作举步维艰。村干部缺乏开展农村体育活动的积极性，可能一方面是因为部分干部受“等、靠、要”思想痼疾的束缚，而不愿主动去安排体育工作；另一方面可能是一些村干部认为：“开展农村体育活动就得花钱，而一些农村并不富裕，很难抽出较多的钱来兴办村里的体育事业。”① 农村教师参与农村体育活动的积极性最强，这与当前国家的教育政策不无关系。为响应教育部的号召，大量的高校毕业生，特别是毕业于师范院校体育教育专业的学生，投身到农村支教工作中来，他们不仅给农村学校教育带来了新的希望，而且把国家开展学校体育的新思想引入到农村的学校体育建设中来。加之，湖北省启动了“农村教师素质提高工程”，以华中科技大学、武汉大学、华中师范大学、湖北大学、武汉理工大学、中国地质大学等七所高校为基地，对来自湖北省农村地区的中小学教师进行再教育培训，其中农村体育教师作为农村学校体育教学工作的代表，对农村体育教师进行培训是“农村教师素质提高工程”的应有之义。目前，湖北省共有中小学体育教师15000人，仅2005年就有来自湖北省谷城、房县、孝昌等16个地区的600名农村乡镇中小学体育教师来到

① 曹申义，游建华．农村体育莫入误区［N］．中国体育报，2004-11-17.

武汉体育学院参加培训。[①] 可见，出现农村教师参与体育活动的意愿与态度较好的现状也就不足为怪了。

（六）村落农民参与体育活动的意愿与态度在部分人口学变量上的多元回归分析

为了进一步预测人口学变量对村落农民参与体育活动的意愿与态度的影响，笔者建立了两个解释性回归模型，其因变量分别是村落农民对“发展新农村体育的需要”程度和村落农民对“花钱参加体育活动的态度”水平。而这两个解释性模型的自变量组群，则是人口学变量组成的自变量。笔者对影响因变量的因素进行了假设。使用多元线性回归模型来进行统计计算。由于图7－1和图7－2的标准化频次分布直方图显示，因变量呈现出明显的正态分布，符合模型所要求的正态分布前提，因此，在正式运算前，无须对因变量做转化处理。

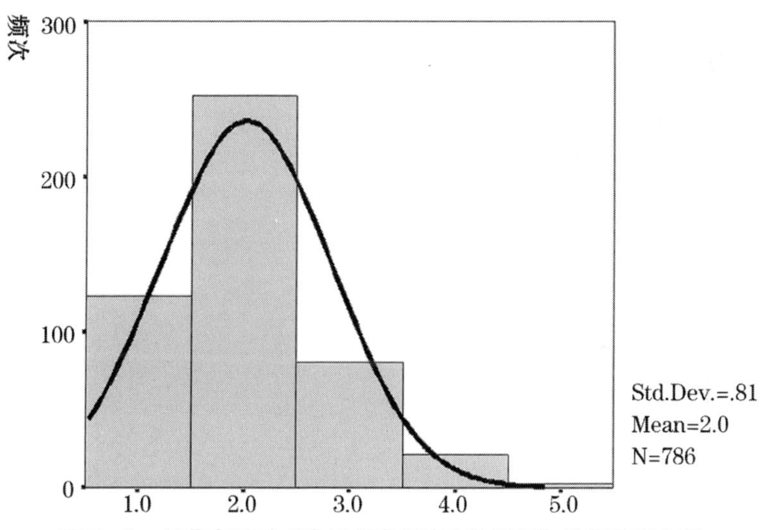

图7－1 村落农民对“发展新农村体育的需要”的频次直方图

① 田全喜，杨万杰．湖北600农村体育教师来到武汉体育学院受训［N］．中国体育报，2005－08－03.

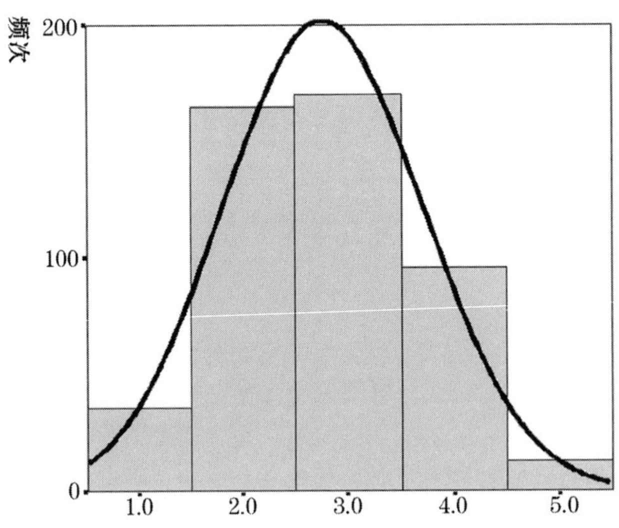

图7-2　村落农民对“花钱参与体育活动的态度”的频次直方图

表7-6　Model Summary 常用统计量

模型	相关系数	判定系数	调整的判定系数	回归估计的标准差
1	.413	.331	.300	.642
2	.413	.324	.301	.641
3	.412	.324	.303	.641
4	.408	.327	.301	.641

表7-7　不同人口学变量上村落农民对“发展新农村体育的需要”的回归模型检验（N=786）

模型		平方和	自由度	均方	F	P值
1	回归	102.565	6	25.261	18.223	.000（a）
	残差	520.301	779	.584		
	总平方和	622.867	785			
2	回归	102.414	5	27.016	21.442	.000（b）

续　表

模型		平方和	自由度	均方	F	P 值
	残差	520.451	780	.583		
	总平方和	622.867	785			
3	回归	102.233	4	29.642	26.255	.000（c）
	残差	520.632	781	.583		
	总平方和	622.867	785			
4	回归	101.295	3	17.432	33.722	.000（d）
	残差	521.571	782	.584		
	总平方和	622.867	785			

注：预测变量：人口学变量；因变量：村落农民对“发展新农村体育的需要”

表7-8　不同人口学变量上村落农民对“发展新农村体育的需要”的回归结果

模型		未标准化回归系数		标准化回归系数	T 值	P 值
		系数 B	系数标准误	系数 Beta		
1	常数	2.366	.241		9.802	.000
	性别	-.071	.053	-.059	-1.356	.176
	年龄结构	-.023	.034	-.037	-.687	.493
	婚姻状况	.065	.032	.099	2.020	.044
	文化程度	.187	.031	.322	5.949	.000
	家庭年收入	.183	.069	.112	2.633	.009
	职业身份	.012	.023	.025	.523	.601
2	常数	2.395	.235		10.214	.000
	性别	-.073	.052	-.061	-1.398	.163
	年龄结构	-.019	.033	-.030	-.574	.566

续 表

模型		未标准化回归系数		标准化回归系数	T 值	P 值
		系数 B	系数标准误	系数 Beta		
	婚姻状况	.059	.030	.090	1.966	.050
	文化程度	.187	.031	.322	5.957	.000
	家庭年收入	.183	.069	.113	2.649	.008
3	常数	2.485	.174		14.248	.000
	性别	-.067	.051	-.056	-1.308	.192
	婚姻状况	.056	.030	.084	1.890	.059
	文化程度	.197	.026	.340	7.614	.000
	家庭年收入	.181	.069	.112	2.625	.009
4	常数	2.581	.158		16.284	.000
	婚姻状况	.062	.029	.094	2.129	.034
	文化程度	.193	.026	.333	7.508	.000
	家庭年收入	.190	.069	.117	2.761	.006

1. 回归模型（一）：影响村落农民对“发展新农村体育的需要”的主要因素

以表7-1所列的6个变量为自变量（分别为性别、年龄结构、婚姻状况、文化程度、家庭年收入、职业身份），使用SPSS统计软件，以Backward（即后退法）方式进行多元回归模型的运算。经过4步回归分析，剔除p值最大的3个其贡献率在统计学上不具显著意义的变量之后，最终得到最为理想的回归模型4：

村落农民对“发展新农村体育的需要”（Y）与人口学变量（X）的线性拟合模型为：

$Y_1 = 2.581 + 0.062X_1$；$Y_2 = 2.581 + 0.193X_2$；$Y_3 = 2.581 + 0.190X_3$

从表7-6至表7-8的回归模型4可以看出，在我们假设的6个自变量中，只有3个自变量即文化程度、家庭年收入和婚姻状况，经检验证实对村落农民“发展新农村体育的需要”这个因变量有影响作用，具有统计学上的显著性，与我们假设的农民“文化程度”、“家庭年收入”和“婚姻状况”这三个自变量对因变量具有影响的假设相一致。

从表7－6回归模型4所示的调整的判定系数为0.301来看，这3个自变量结合在一起，共解释掉我们在因变量上所观察到的30.1%的差异。在表7回归模型4中F（3，782）＝33.722，P＜0.001，表明上述3个自变量的组合对因变量取值的预测作用在统计学上呈显著性水平。

此外，从表7－8回归模型4中的Beta系数来看，文化程度对因变量取值的影响最大（Beta系数为0.333），且方向为正，这和我们的假设一致，其余2个自变量的预测方向和我们假设均一致。

表7－9　ModelSummary常用统计量

模型	相关系数	判定系数	调整的判定系数	回归估计的标准差
1	.370	.238	.133	.726
2	.370	.238	.199	.725
3	.370	.238	.200	.725
4	.368	.237	.201	.724
5	.367	.235	.202	.724

表7－10　不同人口学变量上村落农民对“花钱参与体育活动的态度”的回归模型检验（N＝786）

模型		平方和	自由度	均方	F	P值
1	回归	106.624	6	33.663	12.543	.000（a）
	残差	612.300	779	.783		
	总平方和	718.927	785			
2	回归	106.574	5	35.618	15.068	.000（b）

续 表

模型		平方和	自由度	均方	F	P值
	残差	612. 350	780	. 782		
	总平方和	718. 927	785			
3	回归	106. 328	4	38. 501	18. 784	. 000 （c）
	残差	612. 596	781	. 781		
	总平方和	718. 927	785			
4	回归	105. 954	3	43. 264	24. 912	. 000 （d）
	残差	612. 970	782	. 780		
	总平方和	718. 927	785			
5	回归	105. 364	2	28. 844	37. 009	. 000 （e）
	残差	613. 560	783	. 779		
	总平方和	718. 927	785			

注：预测变量：人口学变量；因变量：村落农民对“花钱参与体育活动的态度”

表7－11　不同人口学变量上村落农民对“花钱参与体育活动的态度”的回归结果

模型		未标准化回归系数		标准化回归系数	T值	P值
		系数B	系数标准误	系数Beta		
1	常数	3. 590	. 288		12. 466	. 000
	性别	. 058	. 083	. 031	. 701	. 483
	年龄结构	－. 016	. 063	－. 011	－. 251	. 802
	婚姻状况	. 024	. 040	. 033	. 596	. 552
	文化程度	. 173	. 037	. 255	. 618	. 000

续　表

模型		未标准化回归系数		标准化回归系数	T 值	P 值
		系数 B	系数标准误	系数 Beta		
	家庭年收入	. 119	. 039	. 154	3. 075	. 002
	职业	. 020	. 028	. 035	. 732	. 465
2	常数	3. 620	. 262		13. 830	. 000
	性别	. 022	. 040	. 030	. 560	. 576
	婚姻状况	. 060	. 082	. 031	. 725	. 469
	文化程度	. 173	. 037	. 255	4. 630	. 000
	家庭年收入	. 120	. 038	. 155	3. 138	. 002
	职业	. 020	. 028	. 034	. 716	. 474
3	常数	3. 720	. 191		19. 469	. 000
	婚姻状况	. 057	. 082	. 030	. 693	. 488
	文化程度	. 185	. 031	. 272	5. 933	. 000
	家庭年收入	. 114	. 036	. 147	3. 119	. 002
	职业	. 024	. 027	. 042	. 902	. 368
4	常数	3. 815	. 133		28. 777	. 000
	文化程度	. 188	. 031	. 277	6. 085	. 000
	家庭年收入	. 115	. 036	. 149	3. 177	. 002
	职业	. 023	. 027	. 040	. 870	. 385
5	常数	3. 784	. 128		29. 627	. 000
	文化程度	. 192	. 030	. 283	6. 328	. 000
	家庭年收入	. 125	. 035	. 161	3. 602	. 000

2. 回归模型（二）：影响村落农民对“花钱参与体育活动的态度”的主要因素

以表7－1所列的6个变量为自变量（分别为性别、年龄结构、婚姻状况、文化程度、家庭年收入、职业身份），使用SPSS统计软件，以Backward（即后退法）方式进行多元回归模型的运算，经过5步回归分析，剔除p值最大的4个其贡献率在统计学上不具显著意义的变量之后，最终得到最为理想的回归模型5：

村落农民对“花钱参与体育活动的态度”（Y）与人口学变量（X）的线性拟合模型为：

$Y_1 = 3.784 + 0.192X_1$；$Y_2 = 3.784 + 0.125X_2$

从表7－9至表7－11的回归模型5可以看出，在我们假设的6个自变量中，只有2个自变量即文化程度和家庭年收入，经检验证实对村落农民“花钱参与体育活动的态度”这个因变量有影响作用，具有统计学上的显著性，与我们假设的农民“家庭年收入”和“文化水平”这两个自变量对因变量具有影响的假设相一致。

从表7－9的回归模型5所示的调整的判定系数为0.202来看，这2个自变量结合在一起，共解释掉我们在因变量上所观察到的20.2%的差异。在表7－10的回归模型5中 $F(2, 783) = 37.009$，$P < 0.001$，表明上述2个自变量的组合对因变量取值的预测作用在统计学上呈显著性水平。

此外，从表7－11的回归模型5中的Beta系数来看，文化程度对因变量取值的影响最大（Beta系数为0.283），且方向为正，这和我们的假设一致，另一个自变量的预测方向也和我们假设相一致。

四、结论与建议

（一）结　论

结论一：从性别的总体上看，男性农民参与体育活动的意愿和态度较女性强，他们更加乐于集资或义务参与体育场地设施的建设和积极参与农村定期组织的体育活动，但在花钱参与体育活动上表现没有女性积极。

结论二：从婚姻状况的总体上看，村落农民在“发展新农村体育的需要”、“集资或义务修建体育场地设施的态度”、“花钱参与体育活动的态度”、“农村定期开展体育活动的态度”4项评价指标的得分上，未婚者高于已婚者，已婚者高于离婚或丧偶者。

结论三：从年龄结构的总体上看，村落农民对“发展新农村体育的需要”呈现出“中间小、两头大”的态势，表现为35岁以下的村落农民体育需要较高，特别是18岁以下的群体，他们主要由学生组成，农村学校体育的开展，使他们的体育态度与意愿表现得更为积极；36～45岁的村落农民群体对体育活动的意愿和态度最为冷淡；60岁以上的村落农民体育需求较为迫切，但其中的特殊群体——丧偶或离婚老人，对体育活动的意愿和态度却表现异常冷淡。各年龄段村落农民在“集资或义务参与修建体育场地设施的态度”、“花钱参与体育活动的态度”上未表现出显著性差异。

结论四：从文化程度的总体上看，文化程度越高的村落农民对“发展新农村体育的需要”就越大，参与集资或义务修建体育场地设施和花钱参与体育活动的态度就越积极，定期组织体育活动的意愿就越强。

结论五：从经济收入的总体上看，家庭年收入越高，村落农民对新农村体育发展的需要程度就越高，村落农民参与体育活动的意愿与态度就越积极。

结论六：从不同职业身份的总体上看，农村教师参与农村体育活动的积极性最强，工人居其次，普通农民的积极性最差。在“农村集资或义务修建体育场地设施的态度”得分上，村干部得分最高，但在“农村定期组织体育活动的态度”得分上看，村干部表现还不够积极。

结论七：村落农民对“发展新农村体育的需要”的回归分析结果显示：婚姻状况、文化程度、家庭年收入三个自变量组合对村落农民“发展新农村体育的需要”（因变量）取值的预测作用显著，其中文化程度对因变量取值的影响最大。

结论八：村落农民对“花钱参与体育活动的态度”的回归分析结果显示：文化程度、家庭年收入两个自变量组合对村落农民“花钱参与体育活动的态度”（因变量）取值的预测作用显著，其中文化程度对因变量取值的影响最大。

（二）建　议

1. 应把培养“消极群体”积极的体育活动意愿与态度作为村落农民体育工作的重中之重

本研究中的“消极群体”是指那些对村落体育活动的参与持懈怠，甚至轻视的意愿与态度，与“积极群体”的意愿与态度大相径庭的那部分村落农民群体。课题组研究认为，这类群体主要包括女性、离婚或丧偶者、中年人、低收入者及低文化层次者。农村体育的和谐发展不仅受经济、文化、宗教习俗等影响，还受到农村社会群体差异性的制约。调查结果显示，“消极群体”是制约“农民体育健身工程”实施和实现的一大“瓶颈”。经济学上的“木桶效应”告诉我们：维持木桶容量整体水平的是最短的一块木板。不难发现，“消极群体”正是实现村落农民体育全面发展过程中急需加长的一块木板。因此，村落农民体育的整体发展既要发挥“积极群体”的先锋带头作用，也要重视“一般群体”的中流砥柱效应，更要提高和加快“消极群体”的发展格调与步伐。不调动村落“消极群体”参与体育活动的意愿和态度的积极性，实现村落农民体育的快速发展和整个农村体育的全面发展只能是纸上谈兵。因而，村落农民体育的发展应把培育“消极群体”积极的体育活动意愿与态度作为工作的重中之重，坚持科学发展观，走全面、协调、可持续发展之路。

2. 拓宽农村体育经费来源渠道，为促进村落农民形成参与体育活动的积极意愿与态度提供资金保障

拓宽农村体育经费来源渠道已成为农村体育工作亟待解决的问题。为解决农村体育经费难的问题，有学者提出①：在筹集农村体育经费的过程中，应充分发挥政府的主导作用；鼓励乡镇企业积极投资农村体育事业，充分发挥其模范带头作用；加大宣传力度，积极引导农村居民的体育消费观念和健康意识；加快农村体育产业化进程，通过市场鼓励，积极拓宽农村体育经费来源渠道；充分利用和开发本地区的体育资源，发挥特色项目，不断增强自我筹集资金能力等措施。这些措施不仅有利于减轻国家的财政负担，进一步拓宽农村体育经费的来源渠道，形成以国家财政为主，社会支持为辅，个人、集体、企业及其他组织共同参与的多元化格局，就村落农民体育的发展而言，还能为培养村落农民参与体育活动的良好意愿与态度提供充足的资金保障。

3. 大力发展村落教育，打破牵制村落农民体育活动良好意愿与态度形成的瓶颈

农民良好体育态度与意愿的形成必然受到认知水平的制约，因此，采取优先发展农村教育的策略则显得十分必要。有报道指出，目前我国农民平均受教育年限只有7.3年（城市为10.3年），全国有92%的文盲、半文盲分布在农村。② 农民的整体文化程度偏低，给体育健身的宣传增添了难度。另有研究显示，不同学历的人群中体育人口存在较大差异，受过高等教育的人群中，其体育人口的比例是受过初等

---

① 骆秉全，孙文．多元化筹集农村体育经费问题研究［J］．体育科学，2007，27（4）：31～38.

② 谢勇强．温总理报告对体育提出要求，政协委员建言献策［N］．中国体育报，2006－03－07.

教育的5倍以上，是文盲人群的900倍以上。[①] 本研究的回归分析结果也显示：在6个自变量中，文化程度对村落农民对“发展新农村体育的需要”和“花钱参与体育活动的态度”的影响最大。由此可见，如若离开农村村落教育的发展，村落农民体育的可持续发展便成了无本之木、无源之水。因而，发展村落农民体育要把村落教育摆在优先发展的战略地位。要发展村落教育，就现实来看在政府的教育投入中要加大对农村基层村落的投入比重，在中央和地方各级政府的年度财政预算中要优先落实农村各级教育资金。此外，还应加大对农村村落教育投入的监督，使我国经济的快速发展，能够更快更好地服务于基层村落农民最关心的教育问题上来。事实上，农村教育的发展不仅仅是经费问题，教育导向、管理体制、师资来源等也是一系列亟待解决的问题。因此，明确农村教育的发展导向，完善基层教育管理体制，进一步推进免费师范生教育的改革步伐，让更多的高校毕业生投身于农村基层（尤其是偏远贫困地区）支教，充实农村基层教师队伍，乃不失为提高基层农民的认知水平、促进基层农民形成良好的体育意愿与态度的重要举措。

4. 在村落中加强农村体育的宣传力度与广度，营造良好的健身氛围，提高村落农民对“农民体育健身工程”的认知水平，为培养村落农民参与体育活动的积极意愿与态度扫清障碍

农村体育的发展离不开宣传，村落农民参与体育活动的良好意愿与态度的形成，更需要广泛的宣传，为此，笔者提出了以下具体措施，以期为培养村落农民参与体育活动的积极意愿与态度创造条件。

（1）采取多渠道、多形式、多角度深入而广泛地宣传政府对农村体育建设的举措与指导思想，如通过广播、电视、报刊、杂志、网络等媒介进行宣传，积极引导村落农民树立“体育健身”、“体育保健”等意识，为村落农民参与体育活动营造良好的体育语境。

（2）在元旦、春节、元宵节等节假日，有计划、有组织地在农村举办“农民健身宣传日”、“篮球赛”、“舞龙灯”、“扭秧歌”等文体活动，充分利用会议、横幅、标语、黑板报、图片展、宣传橱窗、宣传画册等形式，宣传农民体育健身工程的目的、意义，以便在乡村范围内营造浓厚的健身氛围。

（3）新闻媒体应把农村和农民体育的宣传工作摆在重要位置，如增设农民健身、农民特色体育活动等专栏，加大对农村体育组织工作开展较好的村落（特别

---

① 钟赋春．影响农村乡镇体育发展的因素及对策研究［J］．武汉体育学院学报，2006，40（10）：11～14.

是“农民体育健身工程”的试点村）的报道力度，让农村和农民体育的先进文化与先进事迹走进村落农民（特别是“农民体育健身工程”的非试点村村民），为村落农民参与体育活动提供正确的舆论导向。

（4）创建体育文化中心户，选择一批热爱体育、关心公益事业、家庭和睦、群众关系好并具备一定条件的农户作为“农民体育健身工程”实施的主力军。在乡镇党委、政府，体育部门和村委会联合出资购买报刊、科技文化图书、体育器材等举措的扶持下，将满足上述条件的农户组建为体育文化中心户。然后，以体育文化中心户为纽带，带动与扶持周边农户参与到农民体育活动中来，让先进的文化与体育健身知识走向村落家家户户，形成一户带十户，十户传百户的良性循环机制。乡镇政府和村委会还应抓住国家全面启动“农民体育健身工程”这一契机，力争把体育文化中心户创建为聚体育健身、政策宣传、法制教育、科技普及和卫生咨询等活动于一体的农村信息网络中心。

5. 完善村落体育健身服务体系，为激发和培养村落农民参与体育活动的良好意愿与态度服务

村落体育健身服务体系的主要内容包括体育设施、团队组织、体质监测和信息咨询等几个方面。为健全村落体育健身服务体系，笔者提出以下几个具体实施策略：

（1）各级政府应加大对村落体育基础设施的投入和资金整合力度，建立与新农村体育健身服务体系相适应的财政保障机制。应动员社会各界力量，鼓励农民自愿投工投劳，形成多渠道投入的局面。

（2）建立以“乡镇政府和村委会为主导、民间组织为中介、村落农民为主体”的三位一体化的村落基层体育组织管理体系，使村落农民体育活动的组织开展制度化、规范化。

（3）建立“村与村、乡与乡、镇与镇”之间的长效合作机制，共同集资成立村落农民体质监测站。定期为村民进行免费的体质监测（测试内容可包括身高、体重、握力、肺活量、俯卧撑、台阶试验等），并组织专业人员对监测结果进行评估。

（4）乡镇政府和村委会应积极引进社会体育指导员、体育师范类大学毕业生、心理咨询师等人员，建立村落体育健身信息咨询中心，来解决村民日益增长的体育健身需求与村落体育健身信息服务体系建设相对滞后之间的矛盾。

6. 以村落农民体育竞赛为杠杆，培养和激发村落农民参与体育活动的积极意愿与态度

村落农民体育的发展离不开村民的积极参与，提高村落农民参与体育活动的兴趣，可以村落农民体育竞赛为杠杆。现代奥林匹克运动创始者顾拜旦曾有过这样一个设想："为了吸引100个人参加体育锻炼，必须有50个人从事竞技运动；为了吸引50个人从事竞技运动，必须有20个人接受专门训练；为了吸引20个人接受专门训练，必须有5个人具备创造非凡成绩的能力。"① 这一设想与我国农民体协综合部主任毕福林的提法基本一致，即"举办体育活动和体育比赛，不仅给群众提供了亲身参与、体验体育的机会，而且可以起到示范作用，吸引人们参加体育锻炼。因此，体育比赛不仅是群众体育的重要组成部分，而且是提高群众体育整体水平的重要手段。"可见，村落农民体育赛事的举办，有利于吸引更多的村民参与体育运动。因此，在村落定期举行体育竞赛活动，有助于促进村落体育的整体水平，拓宽村落农民群众的体育参与面，促使村落农民形成积极的体育意愿与态度。

① Allen Gettmann：《The Olympics：A History of the Modern Games》，Urbana and Chicago：University of Illinois Press，2002.

第八章 村落农民体育生活方式的研究——以湖北省挖沟村为个案

2009年中央一号文件再次锁定“三农”，这是中央从2004年以来连续第六年将一号文件的落脚点锁定于“三农”领域，也是新中国建国以来决策层对“三农”的最长关注周期，充分彰显出“三农”问题已成为现今我国整体发展战略以及和谐社会构建的重中之重。2009年中央一号文件指出：“做好2009年农业农村工作，具有特殊重要的意义。扩大国内需求，最大潜力在农村；实现经济平稳较快发展，基础支撑在农业；保障和改善民生，重点难点在农民。2009年农业农村工作的总体要求是：全面贯彻党的十七大、十七届三中全会和中央经济工作会议精神，高举中国特色社会主义伟大旗帜，以邓小平理论和‘三个代表’重要思想为指导，深入贯彻落实科学发展观，把保持农业农村经济平稳较快发展作为首要任务……”①可见，实现农村经济又快又好发展，既是我国新农村建设的核心，也是实现和谐社会的必需。有学者提出，新农村建设与和谐社会的构建需把发展农村经济与提高农民生活质量并举，不能把农村体育当作富裕起来以后才能考虑的事情，迈向“新农村”，不仅强调农民生活水平的普遍提高，还包括积极的生活态度和健康的生活方式。②

早在1978年，联合国科教文组织颁布的《体育运动国际宪章》中明确提出，体育是提高生活质量的重要手段。1994年世界卫生组织（WHO）和国际运动医学联合会联合召开国际会议，提出“使体育成为健康生活方式的基石”的基本任务。1995年国际体育科学研讨会上，日本学者佐伯聪夫又提出了体育生活方式的概念，其认为：作为21世纪的体育应该是“总体体育”，是一种文化生活方式，即体育

---

① 新华社北京2月1日电．中共中央国务院关于2009年促进农业稳定发展农民持续增收的若干意见［EB/OL］．http：//www. gov. cn/jrzg/2009－02/01/content_ 1218759. htm，2009－02－01.

② 虞重干，郭修金．农村体育的根基：村落［J］．武汉体育学院学报，2007，41（7）：1～5.

生活方式。① 不言而喻，在新农村建设中，大力培养农民体育生活方式，乃不失为提高农民生活质量与营造和谐新农村的重要手段。

一、农民体育生活方式——生活方式理论研究的新视野

我国生活方式研究虽已走过20多个年头，但与国外研究相比仍滞后20余年。②③ 改革开放后，我国生活方式的研究开始萌芽，历经20多年的发展，生活方式的研究已触及到社会各个领域。梳理我国体育生活方式的相关研究后，不难发现，大多数研究群体多聚焦在市、县一级，缺少一种“眼光向下”的研究视野，因而忽视了最需关注的群体之一——农民群体。已有研究认为：体育生活方式是一种健康文明的生活方式。④ 毋庸置疑，在新农村建设背景下进行有关农民体育生活方式的研究，将成为现时期我国生活方式理论研究的新视野。

为此，本研究以基层村落农民为视角，选取挖沟村为个案（由于该村农民体育生活方式范畴的结构已初见端倪），来探讨农民体育的生活方式问题。借以苗大培的研究，该村农民体育生活方式可从三个方面得以映衬：1. 体育活动主体健身与参与意识日益增强。2007年至2008年，课题组对挖沟村240位不同家庭的农民就“发展新农村体育的必要性”、“集资或义务修建体育场地设施的态度”、“花钱参与体育活动的态度”和“农村定期开展体育活动的态度”四项指标进行了问卷调查。结果发现：该村有91.5%的农民认为在新农村建设中有必要发展农村体育、82.9%的农民愿意集资或义务修建体育场地设施、77.3%的农民愿意花钱参与体育活动、75.6%的农民认为“有必要”在农村定期开展体育活动。上述结果无一不表明该村农民有着较高的体育参与热情。2. 体育活动的条件逐渐成熟。笔者主要从5个方面进行考察：第一，环境优越。挖沟村隶属于长江中下游地区仙桃市彭场镇，与仙桃共享“体操之乡”的美誉。体育场地与公共体育基础设施初具规模，人均场地面积1.56m^2，比全国第五次体育场地普查平均水平高出0.56个百分点；第二，农村经济发展迅猛。2007年该村不仅建成了千亩蔬菜基地，提升了农田水利设施，完成了建设农业科技展示园的预期目标，而且通过招商引资吸引6家企业

---

① 苗大培．论体育生活方式［J］．天津体育学院学报，2000，15（3）：6～8.

② 马姝文．西方生活方式研究理论综述［J］．江西社会科学，2004（1）：242～247.

③ 王雅林．生活方式的理论魅力与学科建构——生活方式研究的过去与未来20年［J］．社会学研究，2003（3）：57.

④ 苗大培．论体育生活方式［J］．天津体育学院学报，2000，15（3）：6～8.

落户该村，这为该村经济的持续发展奠定了坚实基础；第三，农村体育文化事业发展开始起步。象棋、舞狮、花鼓是该村农民闲暇与节日的重要活动，篮球、羽毛球、台球、乒乓球等亦深受村民的喜爱，印证了传统体育文化与现代体育文化在该村得以传承与发展；第四，农村教育事业发展步入正轨。课题组2007年的调查发现，九年义务教育在该村已全面落实，义务教育入学率达100%，文盲率仅为5.3%；第五，农村基层组织建设不断加强。调查显示，2007年该村严格按照“五个好”要求，大力实施“双培双带”工程，培育了一支高素质、充满生机活力的后备村干部队伍，在村党支部中，大学生干部比例已达50%。3. 体育活动形式丰富多彩。调查发现，该村所开展的体育活动包罗万象，不仅包括传统体育项目如花鼓、舞狮、划龙舟等，还包括现代体育项目如乒乓球、羽毛球、健美操、篮球等。

根据研究需要，课题组编制半封闭式的《农民体育生活方式调查问卷》进行调查。问卷信度：调查表重测信度 $r=0.81$。问卷效度：对12位相关专家进行调查，有9位专家对问卷的内容和效度表示满意，3位专家认为基本满意。表明本课题调查所用问卷具有较高的信、效度。研究对象：随机选取挖沟村240位不同家庭的农民（其中村干部12名）为对象。发放问卷240份，回收问卷240份，其中有效问卷240份，有效问卷回收率为100%，为确保问卷填写的真实性，主要采用入户面对面问卷访问与访问员读录法，并对所得数据进行统计学处理。

二、新农村建设中培养农民体育生活方式的必要性

（一）培养农民体育生活方式是新农村体育发展的内在要求

新农村建设是一项复杂而宏伟的民心工程，其所涉及的内容包括政治、经济、文化等诸多领域。研究认为，发展新农村体育是建设社会主义新农村的题中之义。[①] 党的十六届五中全会提出新农村要按照“生产发展、生活宽裕、乡风文明、村容整洁、管理民主”的要求进行建设，而农村体育作为推进农村生产发展、生活宽裕、乡风文明、村容整洁、管理民主的文化力，正以其独特的风姿和魅力推动着新农村建设。不言而喻，要大力发展新农村体育，积极培养农民的体育生活方式也就成了新农村体育发展的内在要求。

① 胡庆山，王健．新农村建设中发展“新农村体育”的必要性、制约因素及对策［J］．体育科学，2006，26（10）：21～26.

（二）培养农民体育生活方式是构建和谐新农村的必需

1. 农民体育生活方式是削弱农村黑恶势力生存土壤的有力武器

据挖沟村所属的彭场镇派出所一位负责人介绍："改革开放前夕至20世纪90年代，曾处理过挖沟村的一些不讲法制，以强凌弱，甚至家族势力与基础政权相抗衡的恶性案件。"此外，笔者从几位当地土生土长的老人的口述中得知了一些挖沟村的历史，囿于改革开放初期，基层组织比较薄弱，凝聚力不强，致使挖沟村黑恶势力死灰复燃，特别是20世纪80～90年代，当地的一些家族黑恶势力采用强买强卖等非法手段争夺建筑工地、基础设施建设等权力，造成基层出现无序的状态，严重破坏了挖沟村的民主与法制建设。面对黑恶势力的作乱，培养农民体育生活方式能有效破坏其生存土壤。理论上看，现代社会心理学有关人类攻击性理论认为，人具有一种与生俱来的攻击性，与一切动物的攻击性一样，是一种保护自我存在的必要条件[①]，而体育活动作为现代文明社会最重要的人类发泄攻击性的场所，已成为社会控制社会稳定和发展的安全阀。[②] 实践上看，一方面，通过村干部组织体育活动，不仅能够充分发挥村党支部的先锋堡垒作用和扩大党员的先锋模范作用，更有利于发挥基层组织的协调和引导作用，强化两极建设管理机构的能力，从而增强基层组织抵御黑恶势力的能力；另一方面，农民参与体育活动，尤其是参与有规则的集体体育竞赛项目，从一定意义上讲，对提高农民的自我约束能力与凝聚力，推进农村民主法制建设均有着重要的意义。

2. 农民体育生活方式是抵制部分农民沉迷赌博、迷信等不健康生活方式的有效手段

世界卫生组织认为："人的健康长寿15%取决于遗传，10%取决于社会条件，8%取决于医疗条件，7%取决于自然环境，而60%取决于其生活方式。"[③] 据此，可以认为不健康的生活方式是影响人类健康的最大"毒瘤"。然而，据挖沟村彭村长介绍，从改革开放到新农村建设提出以来，麻将、扑克始终是挖沟村村民最主要的闲暇娱乐方式，其中还夹杂着如掷色子、炸金花、赌九点等赌博性活动，加之部分村民科学文化素质偏低，这些给封建迷信、邪教等伪科学活动的滋生提供了温床，"法轮功"曾在该村的蔓延就是铁证。笔者对挖沟村240位农民进行访谈发

---

① 吴增基．现代社会学［M］．上海：上海人民出版社，1998：68～87.

② 卢元镇．体育社会学［M］．北京：高等教育出版社，2001：69～71.

③ 杨秉辉．人是否健康长寿，60%取决于其生活方式［N］．解放日报，2005－01－04.

现：随着农村基础教育改革的深化和普及、新农村建设的推进，农民体育健身工程的贯彻落实，参与体育活动在该村越来越受到农民的青睐，并逐渐成为农民闲暇生活方式的主流，赌博、迷信等伪科学活动逐渐没落。可见，农民体育生活方式的形成，不仅使农民从传统不良生活方式的桎梏中解放出来，更为科学健康文明的生活方式的孕育提供了新的土壤。

3. 农民体育生活方式是增进“党群关系”、“干群关系”、“群群关系”的桥梁

农民体育生活方式是连结党群关系、干群关系、群群关系的枢纽。课题组就“培养农民体育生活方式对人际关系的影响”在挖沟村村民中进行了问卷调查。结果显示，有66.7%的村干部认为培养农民体育生活方式有利于疏通党群关系，提升党的形象，增加农民对“两委”（村党支部和村委会）的满意度；有79.5%的村民认为农民体育生活方式的形成，能够加强群众与干部、群众与群众之间的密切联系与沟通。可见，农民体育生活方式的形成为搭起“党群关系”、“干群关系”、“群群关系”的沟通桥梁起到了积极的推动作用。

4. 农民体育生活方式是引领农民向健康文明价值观转变的导航灯

和谐新农村的建设需要健康文明的价值观引导，而农民体育生活方式作为一种健康文明的生活方式，则正是引导农民树立健康文明价值观的关键所在。美国社会学家丹尼尔·贝尔指出：“生活方式通常有一套价值观为之辩护。”① 毋庸讳言，体育生活方式也不例外。那么，什么样的体育价值观才能推动和谐新农村的建设呢？这一问题可以从挖沟村村民体育价值观的变迁中找到答案。笔者采用刘德佩教授设计的人与体育的关系及其紧密程度的等级量表②，对挖沟村240位不同家庭的农民进行了调查，结果表明，他们中持B级体育观的比例最大为72.5%，余下依次为C级14.6%、A级7.9%、D级5.0%。他们认为若是在改革开放前调查结果会大相径庭，结果是持D级体育价值观的比重最大，为89.6%，剩下依次为B级5.0%、C级3.3%、A级2.1%。比较前后体育价值观的变迁，不难发现，随着农民体育的生活化进程的加速，农民对体育的认知程度不断加深，农民的体育价值观也由D级（相斥）向B级（锻炼）方向挺进，这也正预示着一种健康文明价值观正引领着和谐新农村的建设。

---

① 丹尼尔·贝尔．资本主义文化矛盾［M］．北京：商务印书馆，1989：46.

② 刘德佩．体育价值观念的形成与变迁［J］．体育科学，1987（3）：16.

5. 农民体育生活方式是摈除文化冲突，促进农村文化和谐的催化剂

现今人类社会的文化冲突正日益加剧。正如瓦茨拉夫·哈韦尔所言“文化的冲突正在增长，而且如今比以往任何时候都更危险”。美国人类学家克拉克洪在《文化概念：一个重要概念的回顾》一文中，对文化作了精辟概括，“文化是指某个人类群体独特的生活方式。”①诚然，农民体育生活方式也是一种文化。这种文化在挖沟村的社会变迁中正以传统文化为根基，不断的推陈出新，新旧文化的交融已得到农民的普遍认同。从挖沟村的实地调查发现，一些传统的体育风俗习惯，如花鼓、舞狮、腰鼓、武术等，一直流传至今，并与娱乐射击、台球、篮球、羽毛球、乒乓球、健美操等现代体育元素交相辉映共同成为农民闲暇时间的“伴侣”。透过这一现象，笔者认为这正是中国传统的体育文化与现代体育文化的相互渗透与碰撞而产生的一种体育文化融合现象。可以肯定，伴随着农民体育生活方式的推广与普及，文化冲突将逐步走向消亡，农民的体育文化认同感将进一步加深，这将有助于化解文化冲突，促进农村文化的和谐发展。

三、影响农民体育生活方式形成因素的 Logistic 回归分析

（一）影响农民体育生活方式形成的因素

结合相关研究②，本研究选取以下 13 项指标作为影响农民体育生活方式形成的因素：收入水平（以 2006 年彭场镇农民人均纯收入 4000 元为标准）、文化程度（以九年义务教育为标准）、体育宣传、健身意识、职业状况、体育组织、婚姻状况、体育消费、体育风俗习惯、体育场地设施、闲暇时间、社会体育指导员、评价机制。

将调查表中影响农民体育生活方式形成的相关因素进行编码与数量化（见表8－1）。

---

① 李庆霞著．社会转型中的文化冲突［M］．哈尔滨：黑龙江人民出版社，2004：31.

② 苗大培．论体育生活方式［J］．天津体育学院学报，2000，15（3）：6～8.

表8-1　影响农民体育生活方式形成的因素编码和数量化标准

因素	变量	数量化
体育生活方式	Y	无体育生活方式0　有体育生活方式1
收入水平	X_1	人均纯收入4000元/年以下0　人均纯收入4000元/年以上1
文化程度	X_2	初中以下0　初中以上1
体育宣传	X_3	无0　有1
健身意识	X_4	无0　有1
职业状况	X_5	无0　有1
体育组织	X_6	无0　有1
婚姻状况	X_7	无0　有1
体育消费	X_8	无0　有1
体育风俗习惯	X_9	无0　有1
体育场地设施	X_{10}	无0　有1
充足的闲暇时间	X_{11}	无0　有1
社会体育指导员	X_{12}	无0　有1
体育生活方式评价机制	X_{13}	无0　有1

备注：0表示反应变量显阴性结果；1表示反应变量显阳性结果

表 8－2　影响农民体育生活方式形成的多元 Logistic 回归分析参数表

因素	参数估计值	标准误	标化参数值	OR 值	95%CI（OR）		P 值
					低	高	
X_8	2.1468	0.7212	2.7381	8.64	3.06	21.42	<0.05
X_9	1.8654	0.4812	2.8376	6.53	2.49	16.83	<0.05
X_4	1.7372	0.4350	3.6276	5.65	2.31	13.34	<0.05
X_2	1.1330	0.2359	3.1247	3.26	1.93	5.08	<0.05
X_6	1.0147	0.1846	2.9259	2.74	1.89	3.91	<0.05
X_{13}	0.9893	0.1361	2.4274	2.38	1.86	2.92	<0.05
X_{10}	0.9126	0.1021	2.6325	2.13	1.80	2.76	<0.05

（二）Logistic 回归结果与分析

以收入水平、文化程度、体育宣传、健身意识、职业状况、体育组织、婚姻状况、体育消费、体育风俗习惯、体育场地设施、闲暇时间、社会体育指导员、评价机制这 13 项因素作为回归自变量，农民体育生活方式 Y 作为回归因变量，变量进入水准 $a=0.05$，变量剔除水准 $\beta=0.10$，作多元二项 logistic 回归分析（后退法），结果选入 7 个变量：即农民体育生活方式形成的相关因素为 X_8（体育消费）、X_9（体育风俗习惯）、X_4（健身意识）、X_2（文化程度）、X_6（体育组织）、X_{13}（体育生活方式评价机制）、X_{10}（体育场地设施）（见表 8－2）。

体育生活方式形成因素包括自然、社会和人的自身因素。① 从理论上而言，体育消费、体育风俗习惯、健身意识、文化程度、体育组织、体育生活方式评价机制、体育场地设施都是影响农民体育生活方式形成的重要因素。二项 logistic 回归分析所筛选的 7 项指标亦实际证实了这 7 个方面，表明实证分析结果与理论分析相一致。

① 苗大培．论体育生活方式［J］．天津体育学院学报，2000，15（3）：6～8.

四、促进农民体育生活方式形成的若干建议

（一）广辟农民收入渠道，培育农民体育消费意识，提高农民体育消费水平

笔者认为，体育消费水平是影响农民体育生活方式的关键所在。为提高农民体育消费水平，增加农民收入是根本。为增加农民收入，可借鉴挖沟村的四大措施：①调整农业产业结构；②增产增收；③劳务增收；④减负增收。在广辟农民收入渠道的同时，要针对农民体育消费意识淡薄、消费水平低的现状，激发农民体育消费意识，积极培育消费主体。总之，提高农民体育消费的整体水平是推进农民体育生活方式形成的当务之急。

（二）秉承农民体育风俗习惯，建立农村体育创新机制

囿于受传统旧有习俗的影响，农民体育风俗习惯中夹杂着一些落后、愚昧的带有迷信色彩的内容。因此，建立农民体育创新机制，对传统的农村体育风俗习惯进行扬弃，制止带有迷信色彩的活动，保留健康的体育风俗习惯，促进农民体育风俗习惯的秉承与发展，是一条现实的可行之路。如澄海市从 1998 年起禁止“社日”游神赛会后，“社日”改成了“乡庆”，保留了游神赛会过程中的灯谜、舞狮、潮州大锣鼓等健康的民俗文化活动，创作了“双龙舞”、“龙虾舞”、“金狮舞”和“娱蛤舞”，这一创新使迷信色彩的活动得以摈除，健康的农民体育风俗习惯得以秉承。

（三）借“全民健身与奥运同行”的东风，开展“四有三结合”的体育系列活动，建立农民体育文化周与体育节制度，强化农民健身意识

“全民健身与奥运同行”系列活动形式多样、规模盛大、分布广泛，将吸引全国空前数量的群众参与到体育运动中来。借北京奥运会的后期辐射效应，在广大农民群众中开展“四有三结合”的体育健身和娱乐系列活动，不失为现有的一条佳途。“四有”指有新意、有特色、有趣味、有文化，“三结合”是指要与农村劳动生产、文化生活、农村实际情况相结合。此外，还要建立农民体育文化周与体育节制度，使体育活动扎根于农民的日常生活，潜移默化地强化农民健身意识。

（四）大力发展农村教育事业，特别是要加强农村学校体育的建设

有报道指出，目前我国农民平均受教育年限只有7.3年（城市为10.3年），全国有92%的文盲、半文盲分布在农村。① 研究显示，不同学历的人群中体育人口存在较大差异，受过高等教育的人群中，其体育人口的比例是受过初等教育的5倍以上，是文盲人群的900倍以上。② 可见，没有农村教育事业的振兴，农民体育生活方式的形成是不切实际的。要促进农民体育生活方式的形成，必先抓好农村学校的建设，尤其是农村学校体育的发展。因为农村学校不仅是发展农村教育事业的前沿阵地，更是培育终身体育意识和强化健康教育的重要场所。

（五）加强农村体育组织建设，建立农民体育生活方式的评价体系

我国体育组织长期以来只到县市一级便嘎然中断，城市与农村之间存在的组织断层怎样弥合，体育组织的触角怎样畅通无阻地伸到农村，是体育界讨论多年的话题。③ 笔者认为，可以建立以乡镇文体站为龙头的体育联合组织及各村设立的文体分站为主干的体育分会组织，由村民委员会负责文体分站的具体工作，并积极鼓舞和凝聚民间体育组织力量，建立"少、中、老年人"三位一体的协会，依托协会和农村体育中心户组织农户开展"四有三结合"的体育竞赛、健身、表演等活动，使体育活动成为农民日常生活中不可分割的一部分，借以疏通体育组织通向农村的渠道，打破农村体育组织的"真空"状态。此外，有研究认为，体育生活方式的评价体系是体育生活方式的填补和提高，建立体育生活方式评价体系可使体育生活方式更加规范化。④ 据此，还要建立农民体育生活方式评价体系。

（六）加大农村体育场地设施的投入与管理力度

我国农村体育场地设施投入的相对滞后，已成为农民体育开展的一大羁绊。历史经验表明，无论是具有全国特征的"争创体育先进县活动"、"亿万农民健身活动"、"农民体育健身工程"等活动，还是具有地方特色的"两打两晒（赛）工

① 谢勇强．温总理报告对体育提出要求，政协委员建言献策［N］．中国体育报，2006－03－07.

② 钟赋春．影响农村乡镇体育发展的因素及对策研究［J］．武汉体育学院学报，2006，40（10）：11～14.

③ 谢勇强．乡镇体育组织应该怎样建？［N］．中国体育报，2007－10－26.

④ 苗治文，韩军生，王晓红．体育生活方式评价指标体系的研究［J］．体育科学，2006，26（8）：25～28.

程”、“万村体育健身工程”、“小康体育‘八个一’工程”等活动，都在不同程度上反映了政府的相关政策对农村体育场地设施建设的促进作用。然而，农村体育场地设施建设仅有政府的支持与投入是不够的，还需要完善后期的管理。挖沟村的调查表明，该村体育场地设施建设与我国农村文化设施建设如出一辙，彰显出“重投入、轻管理”的弊端。因此，各级政府对农村体育场地设施建设应采取“一手抓投入，一手抓管理，两手都要硬”的政策，完善农村体育场地设施建设与管理环节的衔接，使其成为促进农民体育生活方式形成的重要载体。

第九章 村落自发性体育活动群体识别研究——以河北省部分村庄为例

自哈佛大学教授梅奥通过霍桑试验首次提出非正式组织群体概念以来，学术界对非正式组织群体的研究已不断深入，对非正式组织群体的管理已成为人本管理的重要内容之一。非正式组织群体是隐性的，不易识别的，而识别是对其进行疏导、管理的基础。非正式组织群体识别的研究是自发性体育活动群体研究的基础，在农村体育活动群体中，如果无法识别自发性体育活动群体组织，就根本谈不上对其进行管理。本章对村落自发性体育活动群体组织的识别进行了实证研究，以期为村落农民体育的发展与管理提供借鉴与启示。

一、相关理论研究回顾

英国的 S. Tyson 和 T. Jackson（2003 年）提出了群体识别理论，为非正式组织群体的识别奠定了一定的基础。对群体进行识别的三种特征为：共同的命运、（多方面）共性、（距离上的）临近。[①] 正是利用了这些指标，使人们得以判断群体是否存在，或者仅仅是一些相互独立的个体的简单集合。由于文化背景在非正式组织群体的研究中成为越来越重要的因素，用西方的群体识别理论对我国农村村落的自发性体育活动群体组织进行识别是有局限性的，因为西方群体识别理论是以西方文化以及西方的人际关系为基本平台，而中国文化和人际关系与西方有着本质的不同。所以，不能完全照搬西方的理论。

国内体育界在这方面也有相关的研究，但没有对自发性体育活动群体组织进行识别的论证，只是从概念上进行区分识别。吕树庭、卢元镇[②]认为，自发性体育活

① ［英］S. TYSON，T. JACKSON. 组织行为学精要（第 2 版）［M］. 北京：中信出版社，2003：129.

② 吕树庭，卢元镇. 体育社会学教程［M］. 北京：高等教育出版社，1995：74～75.

动群体识别特征是：共同的爱好、共同利益、感情与友谊。陈则兵①认为，自发性体育活动群体识别特征是：满足体育需求、是否自愿结合、团队。孟凡强②认为，自发性群众体育组织识别特征是：共同的爱好、共同利益、感情与友谊、不受“建制”部门的影响和制约、自主管理。李凤新③认为，自发性体育活动群体组织识别特征是：不属于政府的组成部分、健身娱乐活动、地域性自主性体育组织。王学增、张春燕④认为，非正式体育群体识别特征是：结构比较松散、非正式的关系、感情为纽带、人数弹性较大。上述研究主要是从有关概念和组织结构角度对自发性体育活动群体的特征进行识别和辨析，虽然定性地指出了自发性体育活动群体识别的特征，但是尚缺乏实证研究的支持。

二、研究假设的提出

本章基于对群体识别理论、组织行为学等相关理论和已有研究成果的梳理，结合调查访谈，提出 5 个针对农村自发性体育活动群体组织识别的特征变量，即群体效应特征、情感特征、距离临近性特征、交往特征、“领袖”识别特征。利用这 5 个特征变量来判断自发性体育活动群体组织生存状态。

（一）群体效应特征

组织行为学认为，自发性体育活动群体组织中没有成文的规章制度，人们的行为主要是由心理默契的群体归属来约束。“群体效应特征”变量是由组织行为学理论中组织特征变量——“乐群性”演绎得来。因此，假设 1：农民自发性体育活动群体通过乐群性形成群体效应。

（二）情感特征

在群体识别理论中（多方面）共性是指群体中的个体在某些方面行为相同或

① 陈则兵．社会转型时期我国民间体育组织的发展研究［J］．成都体育学院学报，2002，28（4）：27~29.

② 孟凡强．自发性群众体育组织成因的理论探讨［J］．体育学刊，2006，13（2）：59.

③ 李凤新．民间体育社团组织在中国体育结构转型中的作用［J］．山东体育科技（自然科学版），2006（11）：28.

④ 王学增，张春燕．体育群体概念的思辨与非正式体育群体的社会学意义［J］．聊城大学学报（自然科学版），2005（2）：74.

类似。自发性体育活动群体具有情感归属，成员是因共同的爱好、相近的性格等情感方面的相似性而聚合，主要靠相互的感情需要来维系，人们往往喜欢和自己某方面相同或相似的人在一起。自发性体育活动群体存在的重要原因之一，就在于农民在一起互相有心理安慰、消除了独处时的孤独感，在一起锻炼的欢快气氛消除了陌生感。假设2：农民自发性体育活动群体具有情感特征。

（三）距离临近性特征

此特征变量是由群体识别理论的组织特征变量——“（距离上的）临近”演绎而来。在群体识别理论中，距离临近是指群体中个体之间的生活空间很临近，在生活中，自发性体育活动群体的形成范围往往是在个体生活空间的小范围内，一般都是在本村或邻村一小片范围内形成的。除了距离近以外，他们的价值观基本相同，无话不谈，还有心理方面的接近。故假设3：自发性体育活动群体具有距离临近性特征。

（四）交往特征

在中国农村，自发性体育活动群体是以血缘关系、地缘关系、趣缘关系为主要的联系纽带，结交的人数少、规模小、成员之间经常发生面对面的交往，因而组成了具有较亲密的人际关系和较浓厚的感情色彩的群体。即使在高度组织化的今天，自发性体育活动群体组织仍有很大的活动空间，特别是农村村落的自发性体育活动群体组织，无论是数量，还是能量影响方面，都远比政府规范的正式体育组织（农民体协）的交往更为深厚、更为重要。故假设4：自发性体育活动群体存在着交往特征。

（五）“领袖”识别特征

仅仅依靠传统的群体识别理论对非正式组织进行识别是不全面的。识别自发性体育活动群体，还要抓住自发性体育活动群体的其他特征，中国有句古话：“群龙以首聚”，在中国人日常生活中常常有跟随和附庸某一特定人物的现象，组织行为学将这样的人物称为“魅力型领袖”。所以，如果能发现这样的关键人物——“魅力型领袖”，就较容易判断出围绕着他或她的群体，故假设5：判别自发性体育活动群体的“领袖”是识别非正式组织的重要环节。

三、调研的基本情况

（一）调研对象

调查对象是河北省农村村落范围内自发性体育活动群体的村民，样本的选取采用分层（河北省 11 个城市分成 11 层）强度抽样（以方便调查为前提抽取样本）的方法。

本研究把农村村落自发性体育活动群体的个体特征分为：性别、年龄、学历、月收入水平。从调查对象的个体特征分布来看，年龄特征中 40 岁以上的人数比例占 60.19%；学历结构中初中以下的人数比例占了近 85%；月收入水平结构中 600 元以下的人数占了近 65%。由此可见，农村自发性体育活动群体的年龄偏大、学历偏低、收入偏少（见表 9－1）。

表 9－1　河北省村落自发性体育活动群体的基本情况统计一览表

	性别			年龄段							
	男	女	合计	10～19 岁	20～29 岁	30～39 岁	40～49 岁	50～59 岁	60 岁以上	平均值	标准差
人数	509	664	1173	48	250	169	322	249	135	41.84	14.72
%	43.39	56.61	100	4.09	21.31	14.41	27.45	21.23	11.51		

文化程度

文化程度	没文化	小学	初中	高中或中专	大专	本科及以上	合计
人数	94	246	405	246	116	66	1173
%	8.01	20.97	34.53	20.97	9.89	5.63	100

月收入水平

月收入	没收入	100 元以下	101～300 元	301～600 元	601～1000 元	1001 元以上	合计
人数	340	74	145	197	214	203	1173
%	28.99	6.31	12.36	16.79	18.24	17.31	100

（二）调研方法

问卷设计过程中参考了侯小伏的国家社科基金项目《中国社团组织的现状、发展趋势及对策研究》的问卷设计，徐碧琳的国家自然科学基金课题项目系列论文中的问卷设计，王名的《中国社团改革》研究中所使用的“联合国区域发展中心非营利组织调查问卷”的问卷设计，黄亚玲的《论中国体育社团》的相关问卷。本研究应用李克特五点量表法设计问卷，以问卷调查与访谈调查为主、结合个案研究，应用SPSS统计软件建立数据库文件并进行数据分析，具体使用方法包括：针对量表的项目分析、因素分析、信度检验，并为验证假设进行了描述性统计分析，为研究不同的特征人群在不同假设上的差异，应用了单因素方差分析（One Way—ANOVA）。2008年1月~2月，通过邯郸学院、邯郸职业技术学院以及河北工程大学三所高校的180名农村学生放假回家带走和返校带回问卷的方式，对183个村庄的自发性体育活动群体的部分成员1500人进行了问卷调查和非结构性访谈，回收1464份，其中有效问卷1173份，有效率为80.1%。调查前对发放问卷的大学生进行分期分批的筛选和培训，为方便调查并保证问卷完成的质量，学生只针对本村或邻村的活动群体进行调查。

四、结果与分析

（一）村落自发性体育活动群体识别特征变量的因子分析

村落自发性体育活动群体识别特征量表的项目分析结果表明，各题项的决断值都显著（$P<0.001$,）不用剔除题项。通过对非正式组织识别特征量表21个题项的因子分析，KMO值为0.873，适合做因子分析；用主成分法提取因子，并进行方差极大法旋转，以特征根大于和等于1为标准进行因子分析，得到5个因子，但由于题项2、7、10、14、15、17（题号为问卷中的题项编号）在其他因素上具有负荷，且较为接近，因此予以删除；对删除后剩余的15个题项再进行因子分析，获得5个因子，且题项和因子间的关系没有变化。按假设及因子结果分析，将上述5因子命名为：F1群体效应、F2情感因子、F3距离临近性、F4交往因子、F5“领袖”识别（见表9-2）。

表 9－2 河北省村落自发性体育活动群体因子分析结果转轴后因子成分矩阵一览表

题项	Component				
	F1 群体效应	F2 情感因子	F3 距离临近性	F4 交往因子	F5 领袖识别
Q21 加入健身小组比个人锻炼的效果好	.703	.153	.135		
Q11 您愿意与健身小组成员共同发展	.626	.201		.173	.132
Q20 加入健身小组对您很重要	.617		.342	.138	.142
Q16 您与其他健身小组成员一起锻炼积极性高	.595		.117	.342	
Q13 您在健身小组锻炼感受到了参与乐趣	.594	.182		.315	.109
Q4 在健身小组锻炼能消除陌生感		.806	.101	.119	.143
Q5 在健身小组锻炼能消除孤独感	.212	.787	.131	.119	
Q6 在健身小组锻炼能获得心理安慰	.237	.559	.415	.135	
Q1 您在遇到困难或家庭琐事向健身小组的朋友倾诉诉诉		.172	.757		
Q3 您与健身小组成员无话不谈		.180	.753		
Q12 健身小组成员对体育健身的价值观相同	.199		.492	.487	.108
Q8 健身小组能够满足您社会交往的需要		.168	.160	.755	
Q9 健身小组成员间能够互相合作	.245	.159		.707	
Q18 您能分辨健身的精神领袖（健身带头人）		.127		.175	.888
Q19 您愿意服从健身带头人的领导	.461		.190		.630

注：为便于农民理解，自发性体育活动群体在问卷调查中用“健身小组”替代；小于 0.1 的值在上表中未显示。

（二）村落自发性体育活动群体识别特征变量的均值分析

通过对村落自发性体育活动群体识别特征变量的描述性统计分析及对量表进行可靠性分析（见表 9－3），基于对假设的描述性统计分析得到如下结论：

1. 假设 1 群体效应变量成立

群体效应变量的均值为 3.8941，也就是说，在我国文化背景下，自发性体育活动群体通过心理契约形成的群体一般具有强吸引力。自发性群体的成员感觉到了明显的群体效应和归属感，群体锻炼的气氛、积极性和效果是个人锻炼无法与之相比的。

表9－3　本研究各假设均值描述性统计分析及量表可靠性分析结果一览表

特征变量	题项	均值	均数标准误差	均值	均数标准误差	各分量表α值	总量表α值
群体效应	Q21	4.0000	0.0225	3.8941	0.0153	0.7186	0.8351
	Q11	3.9872	0.0208				
	Q20	3.8252	0.0220				
	Q16	3.7349	0.0231				
	Q13	3.9233	0.0232				
情感因子	Q4	3.8303	0.0207	3.8106	0.0173	0.7099	
	Q5	3.8764	0.0217				
	Q6	3.7229	0.0228				
距离临近性	Q1	3.4126	0.0264	3.3876	0.0195	0.5999	
	Q3	3.2916	0.0257				
	Q12	3.4595	0.0263				
交往因子	Q8	3.6829	0.0230	3.7877	0.0181	0.5644	
	Q9	3.8926	0.0203				
“领袖”识别	Q18	3.7818	0.0222	3.7310	0.0199	0.5783	
	Q19	3.6803	0.0253				

注：量表答案选项中非常不同意用1表示，非常同意用5表示，得分越高，越支持假设，当均值>3时，认为基本支持假设。

访谈记录9－1：（主题“集体锻炼与自己在家练有什么区别呢?”部分对话内容）

F：在家不想练，没有气氛，家儿呆着不是这儿疼就是那儿疼，反正不忒舒坦，来这儿扭起来，啥事没有了，你说。

E：是啊，年岁大了，自己在家里闲着没事干，自己练没意思，也不会练呢，来这儿练有人教给（咋练），这就是我们的事儿，跟上班似的。我们一说排练，那精神着呢，有事儿不能来呀，在家里也不踏实，总惦着这边，开扭了吧，演哪儿出（哪个节目的意思）呢？哈哈，心不在焉的。

L：以前，我自己在家儿没人说话，成天没精打采的，心情也不好，瞅谁都长气。天天没有个笑脸儿，我儿子为这事儿天天数落我，你就不能有个笑脸，好像我们都欠你200块钱似的。你说我真高兴不起来。我老伴走得早，孩子们一上班走，就我一人在家，连个说话的都没有，电视成天看，我也不爱看咧，我也不会打牌。有秧歌队了，这下好啦，大姐也帮我跟我儿子说啦，我儿子也同意我来扭啦。但有一条，就是我不能误了做饭。我也欢气多了，成天就想着来扭啊，跟老姐们在一起有的拉（聊天）。这段时间，我回家总是唱着回去，我儿子说我："我说老妈，别人欠你那200块钱还清啦？"哈哈，我知道咋回事，我不理他。原来我瞅谁都长气，现在呢，只要我认识的，我老远都给人家打招呼，他们就问我，你家有啥喜事啊？这么欢气！我告诉他们是因为集体扭秧歌，他们不信。

群体生活是社会的本质，是人的本能。100多年前，达尔文在其《人类的由来》一书中重复了古希腊哲学家亚里士多德的思想，"谁都会承认人是一个社会性的生物。……独自一人的禁闭是可以施加于一个人的最为严厉的刑法的一种。"① 世界著名心理学家麦独孤更加明确指出，"合群"是人的一种本能。② 社会学家邓伟志教授认为："一个人没有加入任何一个社团，就意味着被边缘化，就意味着被社会所抛弃，就算不上现代人。"③ 中国文化是伦理文化，几千年的"礼、义、仁、德"教育形成了中国人特有的思维方式和行为方式；另外，中国传统文化具有"强群体主义"特征，有自己独特的个体——群体概念。由于中华民族是以农耕为主的民族，长期的集体劳动磨炼形成了强调集体主义、集体利益大于个人利益的文化底蕴。研究表明：群体效应是农民群体共同加工、融合而沉淀成的一种心理效益，在群体效应作用于农民群体个体时，产生了超越于个体相加之和的、为个体成员所没有的、更能反映群体效应本质的观念力量，这种群体效应除了在相互作用中他人的心理行为能转换为自己的外界刺激而引起相似和相同的心理行为反应外，还

① 达尔文．人类的由来［M］．北京：商务印书馆，1993：57.

② 郑杭生．社会学概论新修（第三版）［M］．北京：中国人民大学出版社，2003：130.

③ 邓伟志．中国社团的现状及发展趋势［J］．上海行政学院学报，2004（6）：81.

有在长期群体活动中已经形成的群体环境对群体、成员个体的一种看不见、摸不着的心理影响力。①

随着农村经济的快速发展，体育健身的社会性价值日益凸显，农村居民体育健身需求日益高涨，健身意识日渐强烈，这使得更多的人们有了体育健身参与的愿望和冲动。但是，受我国传统文化的熏陶和影响，公众视野下“标新立异”的个人行为一般有悖于人们习惯的行为价值取向，当一些喜闻乐见和易于普及的健身方法（如秧歌、健身操、健身舞等）以个人锻炼的形式呈现于社会公众面前之时，其行动者往往要承受较大的心理压力。因此，在尚未形成自发性体育活动群体的环境里，部分人参与体育健身的愿望与冲动往往因身边缺乏氛围而被悄然阻断或被扼杀于萌芽状态。自发性体育活动群体的形成，使体育健身个人行动带上了群体行为的色彩，从而彻底消除了个体行动者的心理障碍，并在其心理上产生了强烈的“归属感”，这使得各种各样的健身行为在公众视野下变得自然和理所当然。个人单独不敢表现的行为，在群体中则敢于表现，一个人在独处时很少做的事情，在群体中却做了。就是说，个人在群体中变得大胆起来。这是由于归属感和认同感使个体把群体看做是强大的后盾，在群体中无形地得到了一种支持力量，从而鼓舞了个人的信心和勇气，唤醒了个人的内在潜力，做出了独处时不敢做的事情，并且当群体成员表现出与群体规范的一致行为，做出符合群体期待的事情时，就会受到群体的赞扬，从而就使个体感到其行为受到了群体的支持。这种赞扬和支持，主要体现在个人心理感受上，一个动作，一个眼神，一种表情，甚至仅仅是同伴在场，都可以成为促进作用而被个体体会到，从而强化其行为。② 非正式结构体育社团的形成，既满足了人的“合群”本能需要，又满足了人们日益增长的体育健身需求。据此可以认为，自发性体育活动群体功能的复合，增强了健身行为的外部诱力。

此时的自发性体育活动群体，既是满足人们健身需求的手段，同时又架起了满足农民“乐群性”本能的桥梁。为此，一部分本来对体育健身无强烈需求的人出于“乐群性”驱使，逐渐喜欢并加入到这一群体中来。从访谈中可以看到，任各庄舞蹈秧歌队的一些参与者就是受“乐群性”的驱使，使她们间接成为了体育健身参与者。而“健身性”特殊的文化氛围，特别是被强化的“生命在于运动”的价值取向和群体意志，使这部分间接参与者不可避免地受到其持续的、潜移默化的

---

① 周成林，章建成．北京奥运会对增强沈阳市民凝聚力心理因素的研究［J］．体育科学，2006，26（10）：18.

② 沙莲香．社会心理学［M］．北京：中国人民大学出版社，2008：206～208.

影响，并随着健身行为受益效应的显现，这部分体育健身的间接参与者也将逐渐成为体育健身的直接参与人。因此，群体效应是促使村落自发性体育活动群体发展壮大的直接驱动力。

2. 假设2 情感因子成立

情感因子变量的均值为3.8106，可以判定假设2得到了很好的支持。即我国村落自发性体育活动群体具有情感特征。情感因素得到特殊的关注是因为在现在社会中其重要性越来越高。我们每天都要面对人际间、团队间的冲突，生活的质量、家庭的价值以及人权变得越来越重要了，因此在对人类行为进行研究时，情感因素所扮演的角色也越来越重要了。村落农民在这个自发的体育活动群体中可以获得一种友谊，一种认同和支持的环境，获得私人友好群体的保护，增加心理的安全感，满足了人的情感需要的心理特征，得到了一种人权的尊重。群体能够创造一种团结轻松的气氛，使个体的孤独和陌生感得以消除，从而获得一种心理安慰，这样就形成了一种保护个人的情感、志趣和利益的吸引力。

而群体一旦形成，个体则会以群体为准则，进行自己的活动、认知和评价，自觉维护群体的利益，并为群体内的其他成员在情感上发生共鸣，显出相同的情感、意志的行为以及所属群体的特点和准则。调查发现，村落的健身小组成员往往是具有共同爱好和兴趣，或者是有相同或相似经历的个体。他们之间能够互相关心爱护，谁该来没来，都会互相询问，谁家有难事，大家会争相帮忙，谁家亲友过世，都会悲伤不已。

访谈记录9-2：（主题“你们之间的感情好吗?”部分对话内容）

H：在这儿锻炼啊，还认识这些老姐们，拉嗑儿（聊天的意思）有人听，几天不见啊，还想呢?

M：去年年后我发烧了十几天，检查了哪儿也没有毛病，打针输液就是不好，我都心思我不行了，都是这帮老姐们天天来看我，有时还拎着东西来，结果阎王爷就没收我，后来就好了，我忒感谢她们啊。

B：我们这帮人啊，别看年龄大了，劲头足着呢。没事天天练，爱好啊，扭起来还乐呵，谁有个啥事啊、头疼脑热的不来了，我们都得知道，问问咋回事呢?严重的话，我们都走礼儿（拎礼物去看望），都是我们队里的一员不是，我们之间感情好着呢。

村落地处偏僻之所，远离城市的繁华热闹，文化娱乐生活很是单调。因此，积压的孤独、寂寞、烦躁、苦闷等消极情绪较少有排解之道。为维持村落的稳定和有序，传统文化是倾向于对个性的压抑和控制的，只有在体育活动中，能够寻找到合乎村落规范的发展渠道，释放积累的不良情绪。正如麦克卢汉所言①，“传统游戏是我们心灵生活的戏剧模式，给各种具体的紧张情绪提供了发泄的机会”，其意义在于，农民参与或观看具有游戏性的活动时，得以缓解日常生活的压力，哪怕只是暂时地投入到其中，为之激动。体育活动可以转移注意力和宣泄劳作堆积的不良情绪，是由其天然的解敝功能决定的。所以，许多农村地区虽然环境艰辛，却有着较多的歌舞娱乐和游戏活动。

从外显性特征来看，自发性体育活动群体仅仅是一个由几个人、十几人、几十人、上百人组成的群体健身活动组织。但实际上，由于自发性体育活动群体中关系网格的多元性，使自发性体育活动群体不仅仅成为满足人们健身需求的公共场所，同时也搭建了一个排遣个人孤独和情感交流的大众平台。调查显示，自发性体育活动群体以20人以内的小群体居多（占到了95.82%），他们是一个面对面的直接接触和互动的群体，成员间的交往比较频繁，关系比较密切，无陌生感，心情愉悦，心理感受较深，由于他们之间的相互了解，情感方面很容易沟通，且人数较多的大群体成员间在情感归属和交流方面弱于小群体。中国有句古话“物以类聚，人以群分”，农民由于个人在情趣、爱好、经历、社会背景等方面的一致性而自发形成体育活动群体，他们间的这种相似性使得自发性体育活动群体具有情感特征。

3. 假设3距离临近性变量成立

距离临近性变量的均值为3.3876，表明自发性体育活动群体距离临近性的特征显著。该特征主要表现在空间和心理邻近两个方面。

其一是空间临近。在农村村落，因健身小组的自身结构和地理上的间隔，导致自发性体育活动群体一般在本村内部形成并存在。如果健身小组的锻炼地点距离太远，那么常常较易打击村民健身的积极性。

访谈记录9-3：

问：听说你们秧歌队还加入了**市老年体协了?

L：是啊，有几个是05年冬天吧，大部分是07年夏天8月份吧，每人往市里儿交了十来块钱吧?

问：十几啊?

① 罗湘林．对一个村落体育的考察与分析［J］．体育科学，2006，26（4）：86~95.

L：不一样，好像……有的19，有的17，有的15 。

问：发证吗？

L：发，每人交一张彩色照片，有老年协会的红章。

问：谁推荐你们加入的呢？

L：他们上面（市里）的人下来联系，完了他们就加入了。

问：市老年体协远吗？

L：不近啊，我们一块坐车到供电局，转几路到凤凰山，再走500米就到了。从任各庄坐车到供电局1块5毛钱，从白寺口坐车到供电局1块，我们为了省5毛钱，就走到白寺口坐车。(白寺口距任各庄约1公里)

K：我们在村附近有自行车都可以了，上市里儿？挺费事的，有的时候还晕车，花钱受罪，哼！(很生气的样子)

A：可不，老这么跑，花钱不说，等到了老年体协，我们也快没劲儿了。

调查中发现，自发性体育活动群体成员虽然不仅仅局限于本村内部，但是一个自发性体育活动群体的成员绝大部分是来自本村。在唐山市的任各庄村，健身秧歌队早期有邻村成员，后来由于该村人数渐多，其“魅力型”领袖（队长）就不让外村的人来了。

访谈记录9－4：（主题“这个队的人都是来自哪里的呀？”部分对话内容）

M的老伴：我们整个队吧现在都是本庄儿的，原来有一个呢是外庄儿的，小四十了，都叫她小东北儿（东北人），原来跟着扭着，后来啊一次给蒙牛乳业（广告演出）出演后合影照相，人数数差了，正好少洗了一张，没有她的，队长不好意思的，还把自己的那张给她了，队长说啊我们庄儿的人太多了，忘记给你洗了，她可能光听“人太多了”，后来她就不来了。

大队管理人员：长期在这儿打篮球的差不多大部分是本庄儿的，因为我们庄儿的张书记（村支部书记）爱好打球，他们互相之间都有联系，啥时候打球他们自己定。偶尔也有外庄儿的，那是放假时这庄儿的大学生们带来的同学，或者在外头上班的同事，他们不常来，长期来打球的村民都是本庄儿的，外庄儿的他们也不认识。

由此可见，村落自发性体育活动群体的距离比较近，太远了不便于交往，例如交通不方便、需要花费多余的钱（虽然不多，但对于收入水平不高的农民无疑极大地阻碍了其健身的积极性），等。因此，建设村民身边的体育健身场所和组织，是吸引他们参加体育锻炼的有效途径。

其二是心理距离临近。自发性体育活动群体中的成员大都是一个村的，在一起长大，彼此的家庭状况、社会背景等相互了解得很清楚，即知根知底，彼此有话，说深说浅，怎么说都行。就像费孝通先生在《乡土中国》中对农民的描述："……他们连臭味都是一样的。"① 自发性体育活动群体成员具有共同的体育价值观，其思维方式和行为方式比较接近，甚至连心理感觉都比较接近。在个案调查中发现，群体成员用的比较频繁的词是"我们"，典型的群体心理表现在参加群体的成员间"我们"的情感上，用"我们"来区别群体以外的其他群体的心理，"我们"的情感足以说明了其彼此之间心理距离的邻近性。

4. 假设4交往因子成立

交往因子变量的均值为3.7877。自发性体育活动群体成员间有交往的需要，在这个群体中农民可以通过交往来让别人了解自己，同样也可以从别人的语言或情绪表达中了解别人，彼此间交往密切，互相合作，相互信任，为在体育活动中的合作奠定了基础。马斯洛（A. H. Maslow，1908～1970）的需要层次理论给了我们很多的启示，他把需要分为五大类，并按其所发生的前后次序分为五个层次：（1）生理的需要；（2）安全的需要；（3）社交的需要；（4）尊重的需要；（5）自我实现的需要。其中社交需要包含两层意思：一是指个人需要与同事、同伴保持良好的关系，希望得到友谊、忠诚和爱情。人人都希望得到别人的爱，同时也需要爱别人。二是指人需要有所归属，即成为某个集团或群体的成员，被团体接纳，能关心和帮助别人，同时得到别人的关心和帮助。② 这类需要对大多数人来说是最强烈的需要，如果得不到满足就可能影响人的心理健康。访谈中发现，自发性体育活动群体成员自认为他们是一个集体，他们会关心和爱护集体中的同伴，把同伴当成是好朋友，生活中能够互通有无，在活动中碰到不愿意做的事情，也能和小组成员通力合作完成"魅力型"领袖或村领导布置的演出或表演等任务。

访谈记录9－5：（主题"演出中有的角色不好，你们都愿意演吗?"部分对话内容）

D：是，既然我们大伙儿参加了这个队，我们就得演好。队长啊平时什么角儿

① 费孝通．乡土中国［M］．北京：生活·读书·新知三联书店，1985：35.

② 曹杰．行为科学［M］．北京：科学技术文献出版社，1987：54.

都让我们练，猪八戒、白骨精、坏人等角儿我们都能演。到时候不管哪个节目谁都能上，有学不会的，谁先学会了谁就是老师，下边手把手的教啊。我们已经把名声打出去了，我们能演好，我们就努力争取把最好看的姿势给大伙看，虽然我们都是爷奶辈的人了，但我们不服输，我们相信，只要大伙心齐，啥角色我们都能演，是不？呵呵……

F：去看我们出演的人四里八庄儿的都有，我们互相合作，互相提醒，就想着把节目演好，我们演好了，好有人请我们（去演出）啊（靠实力宣传自己）。

大伙都附和：是啊，是啊。

自发性体育活动群体特殊的文化氛围使其中的行动者普遍对健身活动具有喜欢、愉悦、追求、崇尚等顺向心理；同时，自发性体育活动群体中追求健身效应的群体利益与个体利益的一致性，使得自发性体育活动群体中行动者的内聚力普遍增强，对周边人群的影响力也普遍提高，社会交往的范围不仅仅限于社团内部，而因为自发性体育活动群体的存在不断的扩大。据笔者调查，自发性体育活动群体的客观存在，在向周边人群昭示大众文化生活发展趋向的同时，自发性体育活动群体每个成员都有一个庞大的人际关系网络，他们常常把健身的“心得”和“效果”现身说法地传递给身边的亲朋好友、街坊邻居等，甚至劝说和带领他们参与其间，这极大地提高了自发性体育活动群体对周边人群影响的实效性。自发性体育活动群体的存在，使体育健身方法的信息流动由算术级叠加向几何级增长跃升。在通常情况下，健身方法与技术的信息流向往往是教练或辅导者向运动参与人方向流动。但在自发性体育活动群体环境中，健身方法与技术的信息流向往往是相互的、交叉的、立体的，特别是在一些以简单健身技术为活动内容的自发性体育活动群体内，其信息流向更是体现出相互性、交叉性、立体性。这种健身者之间的互教互学大大缩短了健身方法传播的时间，缩减了人力、财力投入，因此，自发性体育活动群体的交往特征在一定程度上降低了健身方法传播的社会运行成本。笔者通过对该地（任各庄及附近的肘各庄、宋各庄、孙家庄、田庄、光新庄子、泥河子、陈庄子等村）健身活动的长期观察和比较分析发现，尚未形成自发性体育活动群体的村庄与形成自发性体育活动群体的村庄相比较，同一村庄自发性体育活动群体形成前与形成后相比较，其体育健身参与的人数比例及其参与的次数和质量，较未形成自发性体育活动群体前有大幅度的提高和改善。事实上，在2001年《中国群众体育现状调查结果报告》公布的制约全民健身参与的“主诉主、客观原因”中，有相当一部分原因，如“缺乏兴趣”、“担心他人讥笑”、“没有必要”、“不懂锻炼方法”等，都将因自发性体育活动群体的存在，其制约性被削弱，甚至被消解。可见社交不仅是人的一种需要，也是自发性体育活动群体的现存条件以及扩大影响范围的一种重要手段。个案研究中的任各庄秧歌队由于其社交功能的不断扩展及实现，四里八庄儿的村民们都知道，甚至于2008年10月13日在任各庄村举行了来自全国29个秧歌队的汇演，多家媒体争相报道，这里面社交的功能是功不可没的。

5. 假设5“领袖”识别成立

“领袖”识别变量的均值为3.7310。自发性体育活动群体内部常会有一个自然领导，其形成没有任何权利任命过程，是在长期的生活或娱乐中自然形成的，他们大都善于协调成员间的关系，有较强的组织管理能力和影响力，即有较大的权威。一般担当领导角色的人要充满活力、有干劲、坚定自信，责任感强，有事业心，有某些突出的品行和能力，社会背景较好，如接受过高等教育和良好的社会地位，智商较高，喜爱交际，善于言谈，能够与人合作或者积极参与集体活动并做出了重大贡献。调查显示，村落农民自发性体育活动群体中多数人能分辨出“健身小组”中谁的能力最大，对该领导喜爱、信任，同时愿意服从此人的领导，这说明在农村村落中确实存在着“非正式领导”，因此识别出这样的“领袖人物”，也就较容易分辨出围绕着他或她的自发性体育活动群体。从社会学角度分析，有家庭伦理这种非正式结构在起作用的因素。不言而喻，缺乏现代素质的自发性体育活动群体建立现代科层制规范的可能性是比较小的，于是就把现成的家庭伦理规范移植到自发性体育活动群体中去，从而使相当一部分群体活动的组织管理带有浓厚的家庭色彩。于是，作为村落自发性体育活动群体的精神领袖的管理监督职能也就较易发挥好，其民主性、灵活性及其内在的活力是我国正式结构体育社团（农民体协、体育协会等）所不及的。研究中的个案——任各庄舞蹈秧歌队的突出表现离不开其健身领导的精心组织和管理。

访谈记录9-6：（主题“你们的秧歌队开展的这么好，一定有人组织吧?”部分对话内容）

M：是啊，张国环是头儿，但是一开始她不是，开始的时候是我们几个人商量的，但她的技术好，学什么像什么（她的闺女和儿子都是歌舞团的），每次演出和排练她都打头（在前面），技术好，表情也好，就推她当队长了，队长定时间啥时候练，我们就啥时候练。

J：其实要是张国环不锻炼的话，我们的队儿也就散了，前一段时间，她去她闺女家帮着看孩子，住了两个星期，我们的队伍就没有人管了，也没有人教了，新花样儿也学不成，就有点散了。

B：对对对，没有她还真不行，我学个花样特别笨，愿意跟着她一起练，她脾气好，有耐心，我们学着也开心，她说今天几点在哪儿就在哪儿练，大伙都积极支持她。

上述访谈结果显示，非正式领袖对整个自发性体育活动群体的存在和发展起着极其重要的作用。

（三）不同个体特征变量与自发性体育活动群体识别特征变量的单因素方差分析

在因子分析的基础上，利用个体特征变量和自发性体育活动群体识别特征变量进行方差分析（见表9－4）。

1. 不同性别的群体在情感因子变量上差异具有显著性

在略高于95%的水平下，情感因子变量在不同性别上的差异具有显著性，而对群体效应、距离临近性、交往因子、“领袖”识别等变量影响则不具有显著意义。统计分析结果显示，女性的均值（3.84）大于男性的均值（3.77）。可见，在我国村落自发性体育活动群体中，女性形成的情感特征往往更加强烈，可能因为女性更多愁善感，更愿寻求他人的帮助，更容易信任他人，害怕孤独，而男性这方面的需求则相对较弱。长期以来，受农耕文化的影响，男性在我国社会处于主导地位，男性往往是农村生产的主力，有大男子主义倾向的男性居多。因此，男性受利益、志向等因素的影响较大。而女性的社会地位是在近50年才逐渐得以提高，开始从家庭走向社会的。因此，我国女性责任意识的磨砺和积累的历史明显短于男性，女性更多的只是因情感而聚合，这也就使得女性形成的自发性体育活动群体的情感因素往往高于男性。

表9－4　个体特征变量与自发性体育活动群体识别特征变量方差分析一览表

个体特征值		群体效应			情感因子			距离邻近性			交往因子			"领袖"识别		
		均值	F值	.sig	均值	F值	.sig	均值	F值	.sig	均值	F值	.sig	均值	F值	.sig
性别	男	3.87	1.448	0.229	3.77	4.703*	0.030	3.40	0.497	0.481	3.81	0.741	0.389	3.70	1.587	0.208
	女	3.91			3.84			3.38			3.77			3.75		
年龄	10～19岁	3.72	3.320**	0.006	3.60	2.365*	0.038	3.25	0.751	0.585	3.89	1.756	0.119	3.46	4.597***	0.000
	20～29岁	3.86			3.82			3.38			3.85			3.62		
	30～39岁	3.89			3.85			3.43			3.80			3.79		
	40～49岁	3.86			3.76			3.37			3.73			3.73		
	50～59岁	3.95			3.84			3.40			3.75			3.84		
	60岁以上	4.01			3.88			3.43			3.83			3.76		
文化程度	没文化	3.91	1.293	0.264	3.85	0.774	0.568	3.40	3.324**	0.006	3.63	1.356	0.238	3.63	2.416*	0.034
	小学	3.95			3.83			3.48			3.78			3.82		
	初中	3.85			3.77			3.32			3.80			3.77		
	高中或中专	3.91			3.84			3.44			3.81			3.70		
	大专	3.88			3.80			3.27			3.82			3.59		
	本科及以上	3.92			3.84			3.49			3.79			3.72		
月收入水平	没收入	3.92	1.019	0.405	3.82	1.255	0.281	3.37	1.218	0.298	3.82	2.548*	0.026	3.73	0.397	0.851
	100元以下	3.83			3.71			3.32			3.68			3.70		
	101～300元	3.88			3.85			3.48			3.68			3.80		
	301～600元	3.85			3.78			3.33			3.74			3.74		
	601～1000元	3.93			3.77			3.41			3.84			3.73		
	1001元以上	3.89			3.87			3.41			3.85			3.70		

注：* 表示 $P<0.05$，** 表示 $P<0.01$，*** 表示 $P<0.001$。

表 9－5　不同年龄段的人群加入自发性体育活动群体的时间统计一览表

年龄		3 个月前	6 个月前	1 年前	2 年前	3 年前	Total	Chi－Square Tests
10～19 岁	人数	19	13	6	4	6	48	df＝20
	%	39.58	27.08	12.50	8.33	12.50	100.00	$\chi^2=47.10$
20～29 岁	人数	93	38	48	23	48	250	P＝0.0005
	%	37.20	15.20	19.20	9.20	19.20	100.00	
30～39 岁	人数	47	38	40	22	22	169	
	%	27.81	22.49	23.67	13.02	13.02	100.00	
40～49 岁	人数	112	63	55	44	48	322	
	%	34.78	19.57	17.08	13.66	14.91	100.00	
50～59 岁	人数	68	57	62	20	42	249	
	%	27.31	22.89	24.90	8.03	16.87	100.00	
60 岁以上	人数	23	29	39	11	33	135	
	%	17.04	21.48	28.89	8.15	24.44	100.00	

2. 不同年龄的群体在群体效应、情感因子、领袖识别变量上差异具有显著性

统计分析结果表明（表 9－4），群体效应、情感因子、领袖识别变量在不同年龄组上差异具有显著性，距离邻近和交往特征变量在不同年龄组中差异不具有显著性。

在 99% 的水平下，群体效应变量在不同年龄组上差异具有高度的显著性。统计分析结果表明（见表 9－4），随年龄增长群体效应有递增的趋势。经均值的多重比较得知，10～19 岁与其他年龄组（40～49 岁除外）之间的差异具有显著性。年龄大的比年龄小的群体效应更明显，可能是年龄小者的社会阅历较浅，对事物的认识还比较片面、肤浅，随着年龄的增长，对事物的认识趋向于多元化、深入化，年龄大的人更能意识到健身小组带来的群体健身效应比个人要好，更能看清楚群体锻炼的效果对个人的好处，更愿意和更需要成为小组的一员，对社团的需求和归属感更加强烈。10～19 岁与 40～49 岁年龄组在群体效应变量上的差异不具有显著性的原因可能与他们加入群体的时间相对其他年龄段较短有关（见表 9－5：近 40% 该年龄段的人是在 3 个月前加入群体的）。

在略高于95%的水平上，情感因子变量在不同年龄组上的差异具有高度的显著性。一般而言，一个人在一生中可以同时或先后参加几个不同的群体，其产生归属感最强烈的是对他的生活、工作和其他方面影响最大的那个群体。一般来讲，人们对家庭的归属感比对工作群体的归属感强烈得多。统计分析结果表明，10～19岁和40～49岁年龄组的情感特征较低，其他各年龄组的均值明显高于前两个年龄组。原因可能是10～19岁正是上学的年龄段，学生们的情感归属可能主要在学校、班级的比例较大，在农村村落自发性体育活动群体中的情感归属较弱；而40～49岁年龄组的农民正是家庭的顶梁柱，他们要养家糊口，是家庭经济建设的主要发展者，其更多的情感无疑会倾注于事业上，和其他年龄组相比不太需要在自发性体育活动群体中寻找心理安慰。此外，也可能与这两个年龄组加入群体的时间相对较短有关，多重比较（方差不齐性——用Tamhane方法）结果显示，这两个年龄组与60岁以上组的加入时间之间的差异具有显著性，他们加入群体的时间短，小组成员彼此之间的感情交往深度有限，情感归属不强烈也在情理之中。

在99.9%的水平下，领袖识别变量在不同年龄组上差异具有高度的显著性。多重比较（方差不齐性——用Tamhane方法）结果显示，10～19岁组、20～29岁组与50～59岁组在领袖识别变量上有差异。年龄小者生活阅历、社会经验相对较少，再加上加入自发性体育活动群体的时间不长，对事物的认识不深刻，也不全面，在领袖的识别上低于高年龄组也就不足为怪了。随着年龄的增大和生活阅历的丰富，人们对领袖在自发性体育活动群体中的效应认识将更加深入全面，更加深信有领袖才能更好地促进群众体育组织的发展。

3. 不同学历水平的群体在距离临近性和领袖识别变量上差异具有显著性

在99%的水平下，不同学历水平的人群在距离临近变量上差异具有高度的显著性。统计分析结果表明，村落农民在本村或邻村形成自己的锻炼群体的可能性较大。主要是因为共同的血缘和地缘关系，心理上的邻近感助其形成了一个体育活动群体。多重比较（方差齐性——用S－N－K方法）的结果显示，大专、初中学历与小学学历的村民相比，在距离邻近变量上差异具有显著性，他们在本村以外的人群中形成自发性体育活动群体的可能性稍大。这主要因为不同学历水平的人所从事的职业存在较大的差异（见表9－6），小学学历者从事农业劳动的占了75.61%，比初中和大专从事农业劳动的总比例数（42.47%＋6.03%）还多。初中和大专学历的主要从事农业以外的职业，交际面相对较宽，受其从事职业圈即业缘的影响，容易在本村以外的其他领域形成自发性体育活动群体。

表9-6 村落自发性体育活动群体中不同学历水平的人的职业统计一览表

职 业		没文化	小学	初中	高中或中专	大专	本科及以上	Total
农业劳动者	人数	73	186	172	57	7	5	500
	%职业	14.60	37.20	34.40	11.40	1.40	1.00	100
	%文化程度	77.66	75.61	42.47	23.17	6.03	7.58	42.63
农民工	人数	10	40	92	41	2	3	188
	%职业	5.32	21.28	48.94	21.81	1.06	1.60	100
	%文化程度	10.64	16.26	22.72	16.67	1.72	4.55	16.03
雇工	人数	5	5	45	34	10	1	100
	%职业	5	5	45	34	10	1	100
	%文化程度	5.32	2.03	11.11	13.82	8.62	1.52	8.53
农民知识分子	人数	0	3	25	49	66	43	186
	%职业	0.00	1.61	13.44	26.34	35.48	23.12	100
	%文化程度	0.00	1.22	6.17	19.92	56.90	65.15	15.86
个体劳动者与个体工商户	人数	1	5	44	47	16	4	117
	%职业	0.85	4.27	37.61	40.17	13.68	3.42	100
	%文化程度	1.06	2.03	10.86	19.11	13.79	6.06	9.97
私营企业主	人数	2	2	9	10	4	5	32
	%职业	6.25	6.25	28.13	31.25	12.50	15.63	100
	%文化程度	2.13	0.81	2.22	4.07	3.45	7.58	2.73
乡镇企业管理者	人数	0	0	2	1	3	1	7
	%职业	0.00	0.00	28.57	14.29	42.86	14.29	100
	%文化程度	0.00	0.00	0.49	0.41	2.59	1.52	0.60
农村管理者	人数	0	2	12	4	1	1	20

续　表

职　业		没文化	小学	初中	高中或中专	大专	本科及以上	Total
	%职业	0	10	60	20	5	5	100
	%文化程度	0.00	0.81	2.96	1.63	0.86	1.52	1.71
其他	人数	3	3	4	3	7	3	23
	%职业	13.04	13.04	17.39	13.04	30.43	13.04	100
	%文化程度	3.19	1.22	0.99	1.22	6.03	4.55	1.96
Total	人数	94	246	405	246	116	66	1173
	%职业	8.01	20.97	34.53	20.97	9.89	5.63	100
	%文化程度	100	100	100	100	100	100	100

不同学历水平的领袖识别变量差异具有显著性，多重比较（方差不齐性——用Tamhane方法）结果显示，只有小学与大专学历的成员在领袖识别上的差异具有显著性。小学学历的人群主要从事农业生产劳动，交际面和知识面都相对处于劣势，比较需要群体的认同，在群体中占有较大的比例（见表9－6），同时他们也普遍认同群体领导的组织和管理；而大专学历的人从学历层次上处于相对较高的位置，知识面较宽，比较自信，对于村落自然形成的体育活动群体领袖（学历水平很可能低于大专）的认同度相对较弱。因为学历在村落环境中还是与个人的身份地位、学识水平以及受尊重的程度密切相关的。许多试验结果证明，被试越是认为自己有知识、有能力，就越不容易屈服于群体的压力（大伙对领袖的认同），一个人把他的身份与群体成员的身份进行比较，看谁的地位更高一些，看谁更具有“专家权威性”，其结果也影响着他对自发性体育活动群体领袖的认同度。① 其他学历者在该变量上均值的差异不具有显著性。

4. 不同收入水平的群体在交往特征变量上差异具有显著性

在高于95%的水平下，不同收入水平的群体在交往特征变量上差异具有显著性，而在群体效应、情感特征、距离临近特征、“领袖”识别等变量上的表现具有形似或相同性。统计分析结果显示，没收入者和月收入在601元以上者交往特征更

① 沙莲香．社会心理学［M］．北京：中国人民大学出版社，2008：206～208.

明显，可能是由于没收入者没有工作，在家里的时间较多，在健身小组中与人交往的需求相对于有工作和有收入者更强烈，比有工作者更需要在健身群体的人际交往和合作中来满足其社会交往的需要；现今，月收入在601元以上者仍然是收入水平很低的，他们可能整天忙于工作、养家糊口，交往的时间被占用，交往的需要可以在除了家庭和工作之外的农村自发性体育社团中得到满足。

五、结论及启示

通过以上实证分析，原来假设的5个自发性体育活动群体识别特征变量均显著。对这些变量的显著性进行了排序，依次为群体效应、情感特征、交往特征、“领袖”识别和距离临近性特征。要识别村落自发性体育活动群体，可以从以上五个方面来证实。识别了自发性体育活动群体，还要根据群体中个体特征的不同采取不同的管理方法和措施，更好地促进村落农民体育活动的开展。

第一，不同性别的群体在情感特征变量上的差异具有显著性。女性在组织中的情感特征比男性更强烈，男性的尊严矜持、传统世俗观念和面子是妨碍他们情感外泄的首要因素。从管理非正式组织的角度出发，首先要让男性克服世俗观念的束缚，把自发性体育活动群体当成是缓解压力的渠道；其次，体育部门要针对男性的特点，创编和开发适合不同兴趣爱好、形式多样的健身项目，让他们根据自己的年龄和身体状况进行选择；再次，要有意识、有计划地在社会体育指导员培训中增大男性的比例，通过他们来积极引导和带动男性农民的体育健身；最后，村落管理者要尽量给男性创造一些适宜的体育群体活动，避免他们在空闲时间里精神文化的缺失，避免由于男性宣泄渠道的不均衡而造成社会不稳定。

第二，不同年龄段的群体在群体效应、情感特征和领袖识别变量上的差异具有显著性。因此，要区别对待不同年龄组的自发性体育活动群体，给予20岁以下和40～49岁组的群体更多的关注、宣传，他们是新农村建设的主力军和未来的建设者，培养他们在体育群体中锻炼的意识和习惯，使他们对群体效应的认同度加强，以便更好地识别和发展此类自发性体育活动群体，进一步增强健身效果。从管理非正式组织的角度出发，首先，应不断完善各年龄组自发性体育活动群体的组织体制，使村落体育有限的资源如经费、场地、器材等得到合理有效的使用和管理，使各年龄组自发性体育活动群体的群体效应和健身效果达到最佳，逐渐向正式结构体育社团组织（农民体协、老年体协）变迁。其次，随着农民的体育健身娱乐文化生活日益多元化，村落管理者应该注意最大限度地发挥其积极作用，同时要尽一切力量约束、减少其消极作用。由于村落农民体育的管理体制尚不完善、不健全，可能造成某些体育活动不能如期开展，农民的体育群体效应和情感需要不能得到满足，进而成立或参与另一些非正式结构群体（包括一些非法性群体组织），甚至可能成为其中的激进力量。此外，还应该重视自发性体育活动群体“领袖”的作用，利用“魅力型”领袖传递组织管理信息，保证村落农民体育活动有组织地定期开展。

第三，不同月收入水平的群体在交往特征变量上的差异具有显著性。自发性体育活动群体的交往特征不仅满足了成员间的交往需求，同时也是群体进一步发展壮大的先决条件。成员间的互相交往可以大大缩减健身方法推广的社会运行成本，维持农民健康的心理状态。从管理非正式组织的角度出发，首先要尽量成立各种业余体育锻炼团体，因为村落自发性体育活动群体组织产生并存在的原因主要在于农民的社会交往需要和想从事体育活动的需要在农村体育的正式组织中不能得到满足。所以，基层体育相关部门和农村领导应主动、积极地了解信息，及时成立各种业余体育健身团体等，满足不同收入水平群体的体育活动需要和社会交往需求。此外，把各层次合理的自发性体育活动群体组织起来，这类群体的存在可能成为正式结构体育社团（如农民体协）的必要的、有益的补充，更好地为完成农村体育发展的整体目标和任务以及满足广大农村体育爱好者的合理需求服务。

第四，不同学历水平的群体在距离临近性和领袖识别变量上的差异具有显著性。大专和初中学历者较其他学历者更有可能在本村外的业缘人群中形成自发性体育活动群体，且彼此之间的心理距离不如其他学历者的地缘性体育活动群体近。因为这类自发性体育活动群体的隐蔽性较强，识别难度大，应着重关注此类自发性体育活动群体并进行识别，而不应仅仅把注意力局限在村内部。小学学历和大专学历的人群对领袖的认同上差异具有显著性。从管理非正式组织的角度出发，首先，要注意自发性体育活动群体中的高学历者，注意最大限度地利用其知识和能力，发挥其积极作用，同时要尽一切力量约束、减少其消极作用，能够使其服从群体领袖的领导，促进群体的和谐发展。其次，村领导积极参与一些自发性体育活动群体的活动，现在的农村领导一般都具有较高的文化水平，从某种意义上说，村领导加入自发性体育活动群体，并逐渐成为群体的领袖，这样做可以达到三个目的：一是通过村领导的参与，可以更加真实、广泛地了解农民的喜好和社会心理需求，使村领导对体育工作的决策过程和结果更加合理化、科学化、民主化；二是发挥村领导的影响力、号召力和模范作用，可以树立正气，引导自发性体育活动群体组织和正式结构体育社团在发展目标和任务上保持一致；三是可以及时了解本村与附近村庄的自发性体育活动群体的动态，更好地进行动态控制，在这种情况下，农民往往在自觉或不自觉中寻求一种新的整合，逐渐向“合法”体育组织（如农民体协）靠近。

第五，中国农村村落自发性体育活动群体所起的重要作用将在很长一段时间内客观存在，并且随着社会分工的细化及人们相互之间依赖程度的加强，而显得越来越重要，有效性的自发性体育活动群体能够承接微观的体育社会服务和管理职能。建议在有关政策与制度创新等方面为促进村落自发性体育活动群体组织行为发生、发展，提供需求、资源与合法性等的激励与支持；政府部门可明确农村自发性体育活动群体在设立、登记、注册、监管方面的规定，尽量做到降低门槛、减少限制、加大监管力度；民政部门和体育部门要深入基层，树立服务意识，尽量方便农民的健身组织申请、登记和注册，这样既有利于自发性体育活动群体登记注册，又便于有关部门统一掌握和监管，及时发现、取缔各类非法组织，总之要用正确、科学的处理方法，调动一切积极因素为社会主义新农村体育的建设和管理服务。

第十章　农民体育健身工程实施现状及展望——以湖北省试点行政村为例

一、前　言

自2004年中共中央一号文件锁定“三农”问题以来，“三农”问题已连续六年成为中央“一号文件”关注的主题词。2006年，中共中央把建设社会主义新农村写入了“十一五”规划中，将建设社会主义新农村作为我国21世纪前叶发展的重大战略任务。进入“十一五”规划以来，社会主义新农村的建设步入快车道，逐渐从过去单纯解决增加农民收入，解决农民温饱问题转向“既要推进现代农业建设、深化农村改革、增加农民收入，也要积极统筹城乡发展，大力发展农村各项社会事业，加强精神文明建设”① 的多视角全方位的综合治理和建设阶段。

农村体育事业作为发展和繁荣农村文化事业不可或缺的环节，理应肩负培养和塑造“有文化、懂技术、会经营”的新型农民的责任。为此，继1995年推出全民健身运动后，国家体育总局专门针对我国农村体育事业发展的瓶颈和矛盾，于2006年在全国试点推行农民体育健身工程。该工程“以行政村为主要实施对象，以经济、实用的小型公共体育健身场地设施为重点，把场地建到农民身边，同时推动农村体育组织建设、体育活动站（点）建设，广泛开展农村体育活动，构建农村体育服务体系。体育场地建设的标准是一块混凝土标准篮球场，配备一副标准篮球架和两张室外乒乓球台。”② 由此可见，农民体育健身工程不仅意在改善由于“城乡二元结构”所造成的农村公共体育服务及体育资源匮乏的局面，更是从“人

---

① 国家关于社会主义新农村建设的若干意见［EB/OL］. http：//news. sina. com. cn/c/2006 - 02 - 21/17429163813. shtml.

② 体育总局关于实施农民体育健身工程意见的通知［EB/OL］. http：//news. aweb. com. cn/2006/3/31/14553413. htm.

本位”的视角思量整个农村公共体育服务体系的建构和完善。从这点上看，农民体育健身工程的实施与推行意在与整个社会主义新农村的建设接轨，不仅“治标”，更在“治本”。

当前，国家体育总局已在八省（山东、湖北、浙江、广西、重庆、陕西、河南、江西）进行了试点工作。本章的研究聚焦于地处我国长江中下游地区的湖北省。湖北省位于我国中部地区，地势平坦，土地肥沃，全省农村人口约占全省人口的60%，是中部地区一个典型的农业大省。尽管改革开放以来，湖北省在党的各项政策引导下，其政治、经济、文化建设均取得了令人瞩目的成绩，其中湖北省经济综合竞争力由2004年的全国第18位上升到2006年的全国第14位，2006年经济总量达到7947亿元。[①]然而，作为农村文化事业重要内容的农村体育文化事业的发展尚显相对滞后。“十五”期间，据湖北省第五次体育场地普查显示，乡（镇）村现有体育场地814个，有体育场地的乡（镇）村578个，人均体育场地面积仅有0.6 ㎡，远远低于全国人均1.03 ㎡的水平。[②] 2005年湖北省农民体质调查结果表明：农村人群的体质不合格率是城市人群的两倍左右，农村和城市人群体质不合格率比男性分别为11.3%和6.8%，女性分别为12.6%和5.2%；农村人群体质优秀率大大低于城市人群，农村和城市人群优秀率比男性分别为12.4%和18.8%，女性分别为9.7%和17.8%；体质综合指数，湖北省城市人群为102.53（该指数越高越好），排全国的第7位，而该省农村人群为99.35，排全国的第17位。[③] 不难发现，湖北省农村体育的发展与其经济社会的整体进步存在着比较明显的反差，面临着严峻的形势。因此，抓住新农村建设的宝贵机遇，大力推行农民体育健身工程，乃不失为“十一五”期间发展湖北省农村体育事业的明智之举。

2006年是湖北省推行农民体育健身工程的第一年，也是农民体育健身工程得以推广和蓬勃发展的关键之年。认真总结农民体育健身工程试行三年多来的有益经验和教训，具有十分重要的理论及实践意义。从理论上来说，可以总结农村体育事业特有的活动规律及特点，可以在一定程度上弥补长期以来体育理论界对农村体育研究的不足，为形成一套科学、系统的农村体育理论提供一定的参考；从实践上来说，研究湖北省农民体育健身工程的实施现状，不仅能通过查缺补漏的方式推动湖

① 中国各省经济实力排名［EB/OL］. http://post.baidu.com/f? kz=266697652.

② 黄银华. 湖北省体育场地设施现状研究［J］. 武汉体育学院学报，2005（12）：34~37.

③ 乡土体育和谐农村，湖北省启动农民体育健身工程［EB/OL］. http://www.hb.xinhuanet.com/newscenter/2006-10/16/content_8263396_2.htm.

北省农村体育事业的发展，更可以将得到的有益经验和教训辐射到中部其他兄弟省（市），为整个中部地区乃至全国农村体育事业的发展提供借鉴和启示。

本专题立足于实践调查，主要通过问卷调查和实地访谈的方式深入到业已实施农民体育健身工程的试点行政村进行调查，辅以咨询及访谈相关专家、学者、政府官员，了解最新的研究成果及实施动态，尤其关注农民体育健身工程在实施过程中面临的困境及矛盾。本研究旨在以一种较为直观、凝练的方式，探讨和分析当前湖北省农民体育健身工程实施过程中出现的症结问题及原因，从已有的经验和目前的现状中展望未来农民体育健身工程的发展前景，并提出相应的对策及建议，为进一步推动农民体育健身工程的深入实施提供一定的理论支持和实践参考。

二、调研的基本情况

（一）调研对象

以农民体育健身工程的实施为研究对象，以湖北省农民体育健身工程试点村的农民及相关体育行政部门的官员为主要调查对象，以期了解农民群体参与健身活动基本情况，及其对农民体育健身工程的认知、态度和评价。

（二）调研方法

本研究采用抽样调查的方式，对湖北省300多个农民体育健身工程试点行政村进行随机抽样，分别选取了鄂州、武汉5个农民体育健身工程试点行政村的300名农民作为调查对象进行了问卷调查，本次调查的问卷制作充分咨询了有关专家的意见并进行了修改和调整，经过效度和信度检验能满足社会学调查的要求。本次调查共发放问卷300份，回收问卷284份，回收率为94.6%，其中有效问卷248份，有效问卷回收率为87.3%。

通过和湖北省体育局及当地政府主管体育的行政官员以座谈、访谈的方式，了解当地开展农民体育健身工程的具体实施方法、内容、途径以及实施过程中面临的问题，以期全方位、多视角地审视当前农民体育健身工程的实施现状。

三、调查结果及现状分析

（一）湖北省农民体育健身工程实施基础及现状概述

自2003年湖北省农业厅、省体育局、省农民体育协会联合下发《关于加快发展全省农民体育事业的通知》以来，湖北省农民体育事业进入了新的发展时期。全省的农村体育工作以乡镇为重点，以面向基层、服务农民为根本，以开展全民健身活动为基础，不断加快农村体育设施建设步伐。从2003年开始，湖北省结合体育“三下乡”，省农业厅、省体育局联合推出亲民、便民的“两打两晒（赛）工程”，四年内共修建村级水泥篮球场69个，新增场地面积44880㎡；为支持“老、少、边、穷地区”及三峡库区体育事业的发展，先后投入体彩公益金3739万元用于体育设施建设①；2004年，湖北省体育局推出了湖北体育“三下乡”即“体育科普知识、体育器材和体育竞赛三下乡”和百万农民健身活动，当年新建40个文体站和中心以及一批健身指导站；至2005年，共向全省300个乡镇捐赠适合农村生产生活特点的大众健身器材，为全省31个行政村各建一个综合性运动场并配备一套健身器材，新建10个国民体质监测点并创建农民体育特色乡镇20个，农民体育基地30个。②可见，上述工作的开展为农民体育健身工程的实施奠定了良好的基础。

2006年，湖北省农民体育健身工程开始启动。据湖北省分管农民体育健身工程的行政官员介绍，湖北省2006年一次性投入2690万元（其中国家发改委和国家体育总局援建300万元现金和240万元健身器材）用于新建农村体育场地设施。省体育局投入体彩公益金900万元，省发改委和省农业厅各投入50万元，各地投入相应的配套资金，援建“农民体育健身工程”国家级试点项目300个、省级700个。与此同时，各地通过体彩公益金及多方筹资开展市级“农民体育健身工程”的建设。另有相关资料显示，2007年湖北省计划总投资2140万元，其中1000万元用于援建农民体育健身工程1000个（主要是配备器材），培训农村体育骨干或

① 两打两晒探新路，农民体育健身工程一举多得［EB/OL］. http：//www. sport. org. cn/newscenter/other/2006 – 05 – 11/853074. html

② 湖北体育三下乡暨百万农民健身活动启动［EB/OL］. http：//www. cnhubei. com/200404/ca450330. htm.

培训农村社会体育指导员200名和社区一级社会体育指导员100名；600万元用于援建全民健身活动中心4个；400万元用于援建全民健身路径工程100个；100万元用于国民体质测试人员培训和器材配置；40万元配套国家级社区体育俱乐部建设。预计到2010年，湖北省农民体育健身工程力争全省五分之一以上的建制乡（镇）、村建成一个混凝土标准篮球场，配备一副标准篮球架和两张室外乒乓球台，基本消除体育健身场地设施空白乡镇，惠及农民600余万；力争全省五分之一以上的建制乡（镇）、村建有健身指导站点或体育协会，每4500名农村居民拥有一名等级社会体育指导员；力争全省五分之一以上的建制乡（镇）、村经常开展体育活动，体育人口逐年增加。①

不难发现，湖北省农民体育健身工程的实施不但具备了一定的基础，而且正稳步向前推进。然而，在本次以农民体育健身工程实施后农民初步的感知、行为、态度为主要内容的实地调研中，仍然发现湖北省农民体育健身工程实施中存在着诸多现实问题，需要进一步改进和完善。

（二）调查对象的基本情况分析

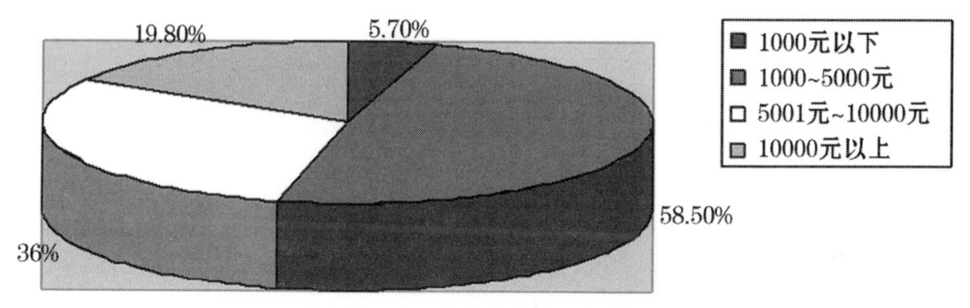

图10－1　家庭人均年收入状况

在被调查的对象中，男性人数略高于女性人数，分别为56.30%和43.70%。从调查对象的总体年龄分布状况来看，以中青年为主体，50岁以上的老年人占少数，具体为：18～30岁占总人数的25.50%，31～40岁占35.20%，41～50岁为27.10%，50岁以上年龄段的人占12.10%。由图10－1可以看到，家庭人均年收入的主体人群在1000元与10000元之间，人均收入不到1000元以及超过10000元

① 乡土体育和谐农村，湖北省启动农民体育健身工程［EB/OL］. http://www.hb.xinhuanet.com/newscenter/2006－10/16/content_8263396_2.htm.

占相对较少部分。在被调查对象中，家庭人均年收入 1000 元以下的占总人数的 5.70%，1000 元～5000 元之间的为 58.50%，5001 元～10000 元占到了 36.00%，家庭人均年收入达到 10000 元以上的为 19.80%。

（三）农民对体育及农民体育健身工程认知、态度情况分析

认知的范围相当广泛，主要包括知觉、记忆、理解和思维，对个体行为起着重要的作用。

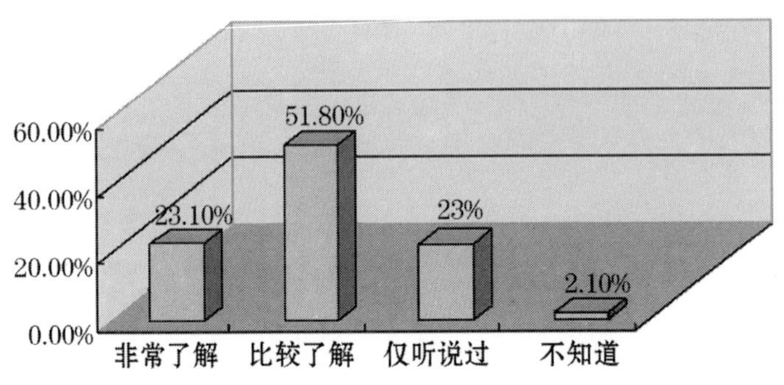

图 10－2　农民对社会主义新农村建设的了解程度状况

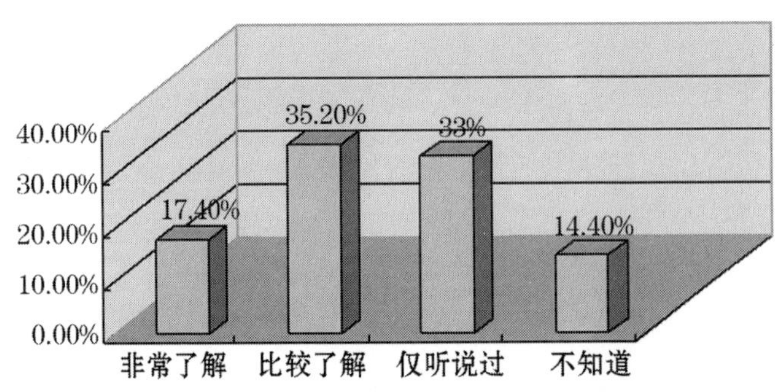

图 10－3　农民对农民体育健身工程的了解程度状况

图 10－2 和图 10－3 表明，无论是对于社会主义新农村建设，还是对农民体育健身工程建设，受试对象都有着一定的了解。认知的主体区间停留在“仅听说过”及“比较了解”的程度，具体来看，“不知道”社会主义新农村建设的人占到了调查总人数的 2.10%，而“不知道”农民体育健身工程的人数比例则达到了 14.40%；“听说过”和“比较了解”社会主义新农村建设的人数百分比为 74.80%，“听说过”及“比较了解”农民体育健身工程的人数占到了总人数的

68.20%；而"非常了解"社会主义新农村建设的仅为23.10%，"非常了解"农民体育健身工程的也只有17.40%。从以上数据可以粗略地发现，人们对社会主义新农村建设的认知程度高于对农民体育健身工程的认知程度。这种现象可以从两个方面理解：一方面，由于社会主义新农村建设的推行较之农民体育健身工程的推行时间更长，宣传的力度更大，涉及农民群众的利益面更广，因而成为农民日常生活中较为关心的话题，对其了解也就更加深刻；另一方面，由于农民体育健身工程是通过体育文化建设这个途径来推行，而这种新的途径由于长期以来在农村地区倍受冷漠使得农民群众接受起来需要一个过程。

表10－1　对社会主义新农村建设的认知程度与农民体育健身工程认知程度的相关性分析

	对社会主义新农村建设的认知	对农民体育健身工程的认知
对社会主义新农村建设的认知	1	0.658**
对农民体育健身工程的认知	0.658**	1

**P＜0.01

2006年国家体育总局为贯彻落实中共十六届五中全会精神和《中共中央 国务院关于推进社会主义新农村建设的若干意见》（中发［2006］1号），在"十一五"期间推动实施了农民体育健身工程。可见，农民体育健身工程是作为社会主义新农村建设的配套工程和一项内容而出台实施的。不可否认，新农村建设关系到农村群众生活的方方面面，农民对其关注程度要高于对农民体育健身工程的关注程度，在当前农村社会发展的现有水平下是不难理解的。然而，农民对社会主义新农村建设和农民体育健身工程这两者的认知程度却存在着紧密的联系。如表10－1所示，通过皮尔森相关关系分析发现，农民对社会主义新农村建设认知程度与对农民体育健身工程的认知程度呈显著性相关，相关系数为0.658。这意味着农民对社会主义新农村建设的关注和认知高度影响着对农民体育健身工程的认知水平，也为新农村建设中加强农民体育健身工程的宣传提供了有益的启示。

（四）农民体育健身工程实施前后农民对体育场地设施的评价与态度分析

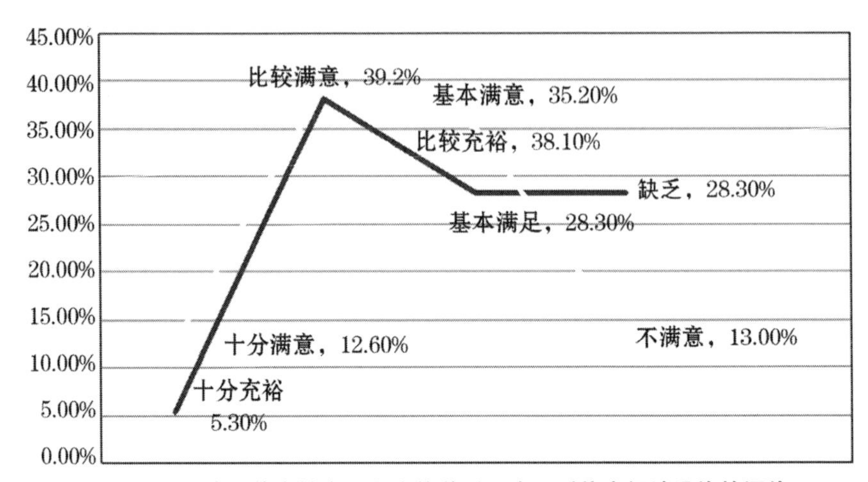

图 10－4　农民体育健身工程实施前后，农民对体育场地设施的评价

从图 10－4 可以看到，总体上农民对近年来体育场地设施的改善持肯定态度，基本上能满足他们的健身锻炼需求。在农民体育健身工程实施前，对于体育场地设施数量的评价，仅有 5.30% 的人认为场地设施“十分充裕”，认为“比较充裕”和“基本满足”健身需要的人分别占 38.10% 和 28.30%，而认为体育场地设施“缺乏”的人占到了 28.30%。农民体育健身工程实施后，对体育场地设施持“十分满意”态度的农民占到了 12.60%，持“比较满意”及“基本满足”态度的农民分别占 39.20% 和 35.20%，对场地条件认为“不满意”的人占 13.00%。从农民体育健身工程实施前后的对比来看，群众对体育场地设施的满意度有所提高，不满意度明显下降。

（五）农民体育健身工程实施后，农民的体育行为与方式分析

如图 10－5 所示，可以发现农民群众参加体育锻炼的总体情况较好，但“从不参加”与“经常参加”体育锻炼的均少于“偶尔参加”的人数，表现出“两头少、中间多”的特点。据相关研究表明，如果将 1 周参加 2 次锻炼以上，每次锻炼时间在 30 分钟以上者定为经常参加者（即体育人口）；平均 1 周参加 1 次锻炼者，

定为参加者，平均每月锻炼1～2次者定为偶尔参加者，平均1年参加体育锻炼不足10次者定为很少或不参加者。[①] 那么本调查结果中，经常参加体育锻炼的人占总人数的15.80%，“有时参加”和“偶尔参加”的占71.20%，“从不参加”体育锻炼的人数占13.00%。尽管农民体育健身工程实施后，农民群众参加体育锻炼的总体情况较好，但是“经常参加”体育锻炼的人数比例还是偏低，如何将“偶尔参加”和“有时参加”转化为“经常参加”的人群，是农民体育健身工程深入推广与实施的进程中尚待探讨和研究解决的问题。

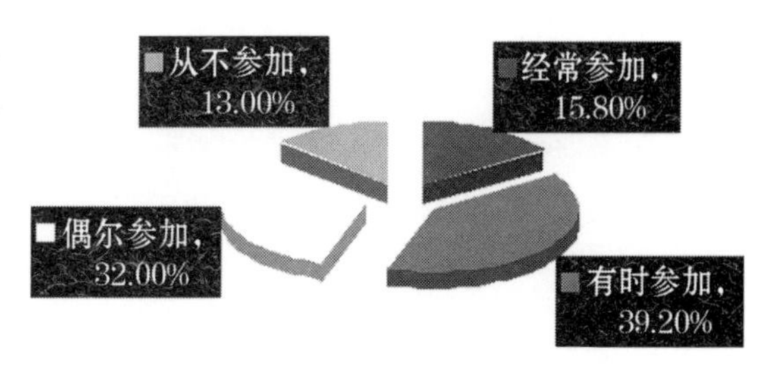

图10－5　农民体育健身工程实施后，农民参加体育活动的状况

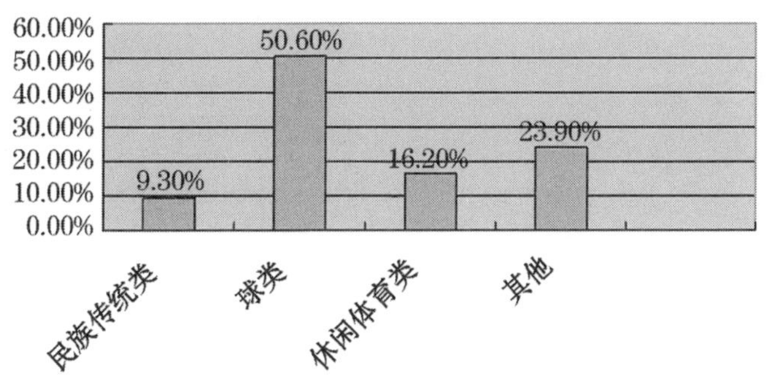

图10－6　农民参加体育活动的方式

如图10－6、图10－7所示，通过对农民参与体育活动的方式和影响农民参加体育活动的因素进行分析可知，球类运动是当前农民参与体育活动的主要方式，约占总人数的50.60%；而选择休闲体育类活动（如健身走、慢跑等）和民族传统体育类活动的人则并没有预期的高，仅分别为16.20%和9.30%；没有特定方式参加体育活动的人数占到了23.90%。这一结果可能与农民体育健身工程建设的内容有关，同时也表明，农民体育健身工程实施后对农民体育活动的方式产生了积极的影响。而对于影响人们参加体育锻炼的原因，有19.40%的人认为是缺乏组织，有

① 方春妮，田静，王健．华中地区农民体育健身现状调查与分析［J］．西安体育学院学报，2006，23（3）：20～26.

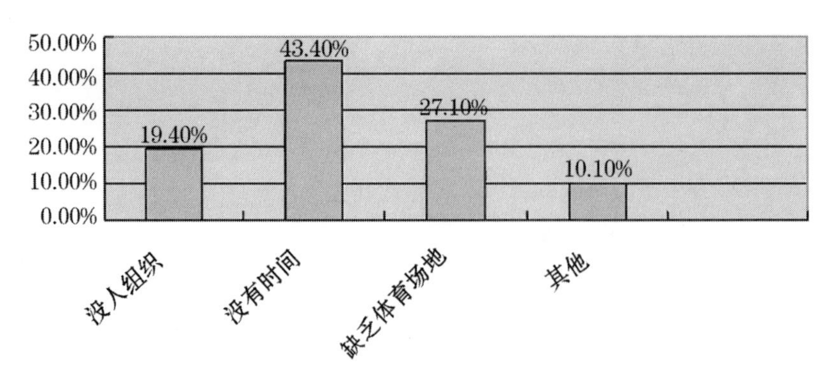

图 10－7　影响农民参加体育健身活动的因素

43.40%的人认为是没有时间，而27.10%的人则认为是缺乏足够的体育场地影响了他们参与体育锻炼，选择其他原因的人占到了10.10%。客观上看，这种现状与当前农村社会经济、文化的发展水平较低密不可分。参加体育活动“没有时间”则源于农民为了发展经济而将大部分时间投入到经济生产中去，所剩的闲暇时间、精力都无法满足他们参与体育活动的需要，而“没人组织”与“缺乏体育场地”被农民认为是影响参与体育活动的重要因素，则在于当前农村体育事业发展的不够完善和协调，同时农民体育健身工程又无法在短时间内让所有农民受益。因而，农民体育健身工程的深入推广应注重与农民群体特有的生产及生活方式相结合。

（六）农民对农民体育健身工程实效性的评价

如图10－8、图10－9所示，人们对农民体育健身工程的实效性持肯定态度，其中有43.30%的人认为实施农民体育健身工程“十分必要”，有45.30%人认为“有必要”，而认为“无所谓”及“没必要”的仅分别为11%和0.4%。此外，农民体育健身工程实施一年多来，有45.30%的人认为有助于“强身健体”，33.20%的人认为“丰富了业余文化生活”，12.60%的人认为“促进了交往”，觉得“没好处”及有“其他”作用的分别为2%和6.9%。

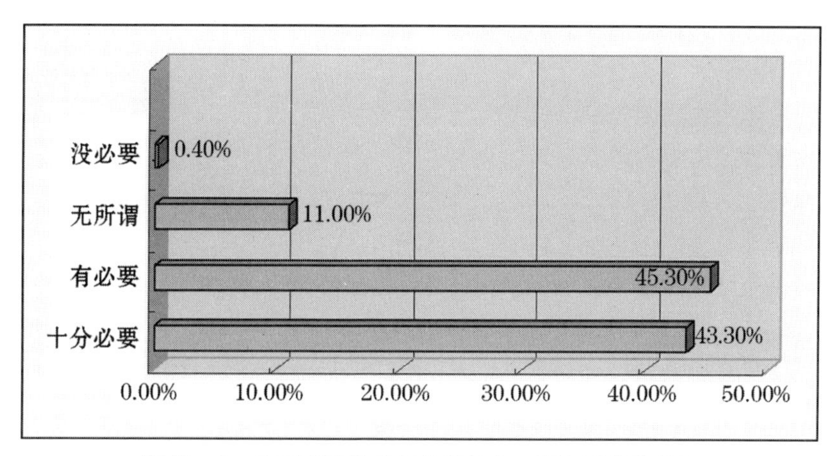

图 10－8　农民对实施农民体育健身工程必要性的认知

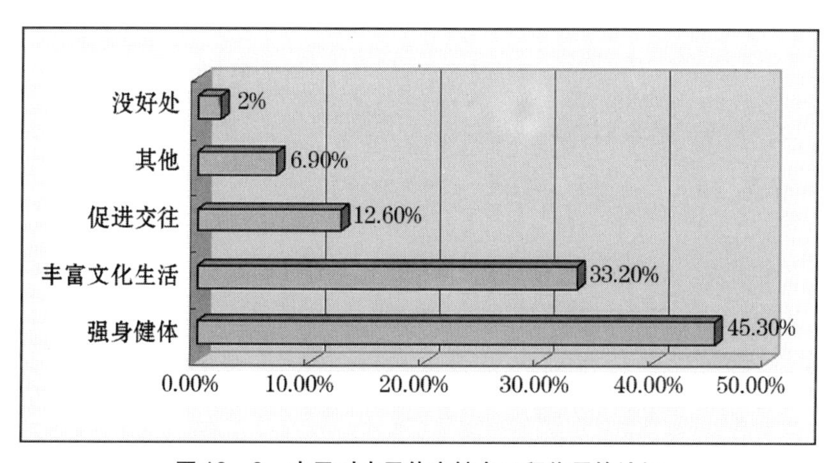

图 10－9　农民对农民体育健身工程作用的认知

四、影响湖北省农民体育健身工程实施的原因分析

（一）农民经济收入状况钳制农民的体育参与

正如前述基本情况中显示，当下农民人均经济收入状况不容乐观，这无疑会影响到农民参与体育活动的行为和方式，并可能会影响农民体育健身工程推行的深度

与广度。

根据国家统计局湖北调查总队最新调查显示，湖北省农民收入去年出现快速增长，农民人均纯收入去年（2006 年）达到 3400 元以上①，本次调查的数据也表明，农民体育健身工程试点村农民的家庭人均年收入有半数达到了全省的平均水平，但和“城镇居民人均 9803 元的收入”② 水平相比差距仍然明显，况且还尚有一部分人群并未达到全省的平均水平。当下，城镇居民“花钱买健康”的观念方兴未艾，健身路径、健身文化广场、健身中心等体育健身场所几乎成了人们日常生活的必去休闲场所，体育健身锻炼日益成为人们的日常习惯。反观农民，其却不得不为争取更多的经济收入而放弃许多休闲时间。试想当农民经过长时间劳动而精疲力竭时，主动去参与体育锻炼，去体验运动带来的身心愉悦显然是不合逻辑的。当然这种现状是由某些历史和现实原因导致且短时间内无法彻底解决的。无疑，城乡居民收入的反差导致了两种群体思想观念、生活方式的迥异。

但令人可喜的是（如表 10－2 所示），通过皮尔森相关系数分析，本研究发现农民家庭人均年收入（从高至低排序）与农民体育场地器材消费意愿（从强至弱排序）呈显著性正相关，即家庭收入越低人们体育消费意愿越低，反之亦然。这也意味着农民对体育的参与是随着其经济状况好坏而波动，即农民的经济状况决定他们的体育意愿及参与行为。因而，有效提高农民收入，切实改善农民生活水平是提高农民体育意识，促进农民体育健身工程开展的根本措施和途径。

表 10－2　家庭人均年收入与农民对体育场地器材消费意愿的相关性分析

	家庭人均年收入（从低至高排序）	农民体育场地器材消费意愿（从强至弱排序）
家庭人均年收入	1	－0.138*
农民体育场地器材消费意愿	－0.138*	1

*P＜0.05

① 2006 年湖北省农民年均纯收入达到 3400 元［EB/OL］. http://info.cnhubei.com/2007－06/14/cms373845article.shtml.

② 湖北经济年度统计白皮书 百户家庭有 1.7 部私车［EB/OL］. http://finance.sina.com.cn/g/20070201/10083303119.shtml.

（二）农民体育健身工程宣传力度的不足

党的十六届五中全会提出了“建设社会主义新农村”的重大任务，其视角直击农民关心的“民主、民生”两大主题，提出了“生产发展，生活宽裕，乡风文明，村容整洁，管理民主”的目标。这直接触及广大农民的根本利益，事关广大农民的福祉。因而，社会主义新农村建设的每一步动态或举措都受到了人们的期待和关注。本调查的结果也验证了这一结论，农民对社会主义新农村的动态关注度较高。社会主义新农村建设的内容包括农村的政治、经济、文化等多个领域，理所当然地包括了包含农村体育在内的公共文化事业的建设。但长久以来，体育事业或体育文化在广袤的农村大地上得不到足够的重视和关注却是一个不争的事实，在农民体育健身工程实施近两年后其“知名度”仍未达到理想的效果。本调查结果显示，仍有近一半的群众对于农民体育健身工程的认知停留在“仅听说过”和“不知道”的程度上。究其原因，一是，农民体育健身工程的宣传力度不足，主流媒体的“曝光度”相对较少；二是，农民体育健身工程的宣传方式略显“粗线条”，不够明细化；三是，传统思想的桎梏及农民现有的文化素质相对不高，限制着农民对农民体育健身工程的理解。

值得重视的是，农民体育健身工程作为发展农村体育公共事业的一项重要举措，绝不仅仅是发展农村体育公共文化事业的“助推剂”，其题中之义更是涵盖了“生产发展、生活宽裕、乡风文明、村容整洁、管理民主”的新农村建设的五大目标。正如前文分析到，对“建设社会主义新农村”的认知与对“农民体育健身工程”的认知存在显著性相关。这也给了我们启示：社会主义新农村建设因“直击”民生、民主而备受关注，那么当我们推广农民体育健身工程时何尝不向农民揭示农民体育健身工程本有的“题中之义”，让更多的农民认识农民体育健身工程关注民主、民生的本质属性呢。正所谓，名不正而言不顺，言不顺则事不成。只有让更多的农民老百姓认知和理解农民体育健身工程，才能充分发挥其应有的功效。因而，寻找何种途径和方式宣传农民体育健身工程值得我们深思。

（三）体育场地设施的相对缺乏

国家体育总局在《关于实施农民体育健身工程的意见》中明确提出，“农村公共体育场地设施建设的基本标准是：一块混凝土标准篮球场，配备一副标准篮球架和2张室外乒乓球台。在此基础上，提倡经济条件较好，人口较多的地区在尊重农民意愿的前提下，增加面积、器材及设施，形成体育文化广场，更好地满足农村体育文化生活需求。”诚然，上述“基本标准”的要求既是当前农民体育健身工程实施的重点，同时也是难点。就笔者走访调查的试点村来看，完成“一块混凝土标准篮球场，配备一副标准篮球架和2张室外乒乓球台”的基本配置要求已不成问题，有些条件较好的试点行政村甚至毗邻文化广场，这也完成了“更好地满足农村体育文化生活需求”的目标。不可否认，这与当前农民体育健身工程的试点都是经济条件相对较好的行政村，当地政府足够重视也有能力承担经济上的投入息息相关。

但在调查中，我们发现仍有近半数的受访者认为体育场地设施仍需改进，笔者认为原因主要是：其一，目前许多试点村的篮球场、乒乓球台建在与试点村毗邻的学校中，这在一定程度上实现了社会与学校在体育场地上的资源共享。当然，这也确实节约了公共资源，避免了场地建设资金的重复投入，但我们还应注意，由于学校教育的特殊性，学校体育场地许多时候都不能向社会开放，即使到了开放时间也可能由于场地资源的有限而难以满足人们的体育需求。其二，随着农民收入的逐渐提高，其生活方式逐渐与城市居民的生活方式趋同，过于单调的体育场地器材必然无法满足人们更高层次的体育需求，而体育健身俱乐部、健身中心这些更高层次的体育消费场所在试点村却相对缺乏。其三，由于当前农民体育健身工程刚刚起步，许多场地设施的建设还不能一步到位，资金投入与工程建设仍需要一个转化过程。正因如此，才致使实施农民体育健身工程近两年后，人们对于体育场地设施的状况仍然表示“需要改进”的态度。

（四）体育组织的弱化，体育人才的紧缺

农民体育健身工程得以顺利推广急需建立一种长效机制，而长效机制的建立需要有相应的组织及人才的保证。笔者在本次调查中与多位分管农民体育健身工程的体育局领导以及基层干部进行了交谈。在交流中他们一致认为，在推行农民体育健身工程的过程中抛开体育场地设施紧缺的矛盾，目前最大的瓶颈就是体育组织的弱化以及专业体育人才的紧缺。

目前农村体育的行政架构属于典型的垂直型行政架构，即由省、市、县、乡镇和村分管群众体育的干部包揽农民体育的各项事务，而缺少甚至没有属于社会性质的农民体育社会团体协助管理。显然，当前农民体育管理的模式滞后于社会化群众体育管理模式的要求，不适应农民体育发展的需要。此外，农民体育专业管理人才和农民体育社会指导员供应严重不足，许多体育专业毕业的大学生不愿意到条件艰苦的农村工作，而部分农村行政官员由于知识结构、专业素质所限又达不到农民体

育发展的要求，导致出现了当前农民体育专业人才的紧缺的状况。

（五）资金投入相对不足，投资方式较为单一

当前农民体育健身工程的资金投入几乎是政府行为，来源渠道主要是中央及地方政府的财政投入，其中主要是体育彩票公益金的投入为主。这种政府拨款办体育的方式是由我国国情决定的。但随着我国经济、社会的发展以及体育体制改革的不断深入，这种完全由政府投资办体育的行为已无法满足体育发展的需要，尤其是在我国体育投资结构不平衡的现状下（偏重于竞技体育的投入），群众体育特别是农民体育的发展就更需要社会力量的参与。

当下，在大中城市中，全民健身热潮高涨，体育产业蓬勃发展，体育服装、体育竞赛表演市场、体育健身俱乐部等高消费的体育产业方兴未艾，社会资本、社会资源参与体育的热情及力度不断增加，体育产业日益成为我国国民经济一个新的增长点。但为何社会力量参与农民体育的范围和力度如此之小？笔者以为，其一，主要在于资本的逐利性与农民体育的公益性之间的矛盾。社会资本参与体育的根本目的就是追逐经济利益，当人们的体育需求转化为体育消费时，社会资本则看到了商机，它们就像嗅觉敏锐的“猎犬”蜂拥而至，于是政府投资与社会资源投资参与的局面就会形成。而目前农村体育则以公益性为主，商业价值和利润相对较少，对于社会资本来说无法实现其投资效益的最大化，因而社会资本的投入就少甚至无投入。其二，农民体育健身工程作为惠及面广，涉及广大农民群众切身利益的庞大工程，本应具有硕大的商业价值，但由于刚刚启动不久，其自身的品牌价值、商业利益、市场效应尚未形成气候，因而其对社会资源的吸引力就相当有限。其三，农村经济相对较弱，人们的消费欲望特别是诸如体育消费这样的非必需性消费欲望较弱，在很大程度上也造成了社会资源投入的“真空”状态。

五、前景展望及对策建议

（一）前景展望

1. 农民体育健身工程的惠及面不断扩大，逐渐步入发展的“深水区”

根据湖北省农民体育健身工程整体规划的要求，湖北省“到2010年，力争全省五分之一以上的建制乡（镇）、村建成一个混凝土标准篮球场，配备一副标准篮球架和两张室外乒乓球台，基本消除体育健身场地设施空白乡镇，惠及农民600余

万；力争全省五分之一以上的建制乡（镇）、村建有健身指导站点或体育协会，每4500名农村居民拥有一名等级社会体育指导员；力争全省五分之一以上的建制乡（镇）、村经常开展体育活动，体育人口逐年增加。”从上述规划中，我们不难发现农民体育健身工程已趋向发展的“深水区”，农村公共体育服务的“触角”已伸向更多农民群众。

此外，我们还可以看到，“十一五”期间农民体育健身工程仍会以体育基础设施的建设和完善为“主体”，以体育人才引进、政策宣传为“两翼”继续推广实施。如果我们将农民体育工程视为一个多阶段，全方位的系统工程的话，很显然目前乃至整个“十一五”期间的农民体育健身工程的建设都应只算作是“一期工程”或“初级阶段”。这样的定位从现实的角度来看是不无道理的。当前，我国农村体育基础设施条件不够完善，农村公共体育服务体系不够健全，体育文化事业不够繁荣是一个不争的事实。据“第五次全国体育场地普查”统计，我国现有体育场地85万多个，其中仅有8.18%分布在乡（镇）村。可见，广大农村的体育场地设施还是相当贫乏的，与城市体育城地设施的数量形成了明显的反差。因此，要解决乡村体育场地实施的问题也就非一朝一夕之事，这也决定了农民体育健身工程要分期、分阶段地实施。政府在推行农民体育健身工程时，也应注重软实力的扩充，把引进体育人才，创建多元农民体育协会组织，做好政策宣传等作为该工程重要的配套建设内容。较之于当前急需解决的体育场地问题，这些“软件体系”的配备实则更加重要。因而，农民体育健身工程的实施只是手段，而最终目的是要推动农村体育事业的发展，推进全民健身运动的普及，而这仅依靠体育设施这一硬件是难以实现的，更需要“软件体系”发挥作用。

2. 农民体育健身工程与全民健身运动的融合化趋势

从某种意义上说，农民体育健身工程是继全民健身运动推出后专门针对我国社会主义新农村建设所提出的一项群众性健身工程，是对全民健身运动的一种补充。从整体上来看，农民体育健身工程从属于全民健身运动的范畴之内，但在实施对象、服务重点、特有属性（或功能特点）等方面上是有所区别的。具体来讲，其一，实施对象上的差异。全民健身运动实施对象虽涵盖了全体民众，但在实际推行中其重点实施对象还是以城镇居民，特别是经济条件好，社会环境优越的城市居民为主，走的是“城镇化”道路，而农民体育健身工程则是直接以“行政村”为单位为广大农民群众服务的。其二，服务重点的不同。实践表明，全民健身运动经过十余年的发展已形成了较为完善的公共体育服务功能。从“全民健身路径工程”，到“全民健身活动中心”，再到“雪炭工程”，最后到“全民健身活动基地”，这四种建设模式的相继推出，无不昭示着我国全民健身运动的热潮正步步升温，广大民众特别是城市居民已将健身锻炼融入到自己的日常生活并视之为不可或缺的一部分。换言之，当下全民健身运动在大中城市中的主要服务功能已不仅仅是体育场地设施建设，而是逐步转向“软实力”的增强，即通过合适的方式和途径将“终身体育”、“日常体育”等观念和思想传递给更多普通民众，让更多的民众欣然接受并将这些思想和观念转化为行动。反观广大农村，其连基本的体育设施都十分缺乏，再加之现代化通讯、通信方式的落后使得先进的体育观念和思想无法畅通地渗融，体育文化的繁荣也就缺乏最基本的生存土壤。因而，农民体育健身工程的适时推出，其首要服务功能也就是建设和完善农民体育健身的场地和设施，力图解决农民群众“要锻炼、无场地”的尴尬局面。

那到底是什么原因造成全民健身运动无法惠及到广大农村地区，而农民体育健身工程未来之路又将是怎样，最终会和全民健身运动“并轨而行”吗？这些无不是萦绕在当前决策者、研究者心头的一道道思考题。为了探究其深层次原因，若再把研究的视角定位于体育事业的内部似乎难得深解，不妨将研究的视角转向我国当前整个社会结构的变迁及现代化进程中去，也许可窥见一斑。陆学艺先生在《当代中国社会阶层研究报告》中提到“尽管中国已经是一个中等水平的工业化国家，1999 年第一产业在中国的 GDP 中只占 17.3%，但是中国城市化水平却低于世界平均水平（46%），只有 35%，严重滞后于工业化，由此引起了一系列经济，社会问题，阻碍了经济社会的健康协调发展”。[1] 在一个高速发展的现代化社会中，较低的城市化水平也从某种意义上反映出城乡之间在经济水平、社会面貌、文化观念的差异性有逐步拉大的趋势。特别是当下，在社会主义新农村建设的进程中，现代与传统，时尚与古朴，开放与保守，竞争与自封这些元素无时无刻不上演着激情的碰撞，然而在还没有完全剔除阻隔城乡之间互动，妨碍城乡互利的桎梏之前，传统、古朴、保守、自封仍会是农村社会的主旋律，呈现在我们面前的景象也是我们经常提到的“城乡分治、一国两策”的局面，从社会学的角度来看，这无疑也是全民健身工程无法惠及到广大农村的重要原因。

正如上文所分析，全民健身运动与农民体育健身工程理应本属“一家”，只是由于当前特定的社会现实和制度而出现了“城乡分治”的现象。尽管如此，我们仍需要用一种发展的眼光看待农民体育健身工程的发展轨迹和前景。一方面，未来会有大量农村人口将迁往城市，这种人口转移的趋势会促进“两个工程”的交叉

---

① 陆学艺．当代中国阶层报告［M］．北京：社会科学文献出版社，2002：178.

与融合。16年前，著名经济学家张五常先生预言过："假若中国在20年后有足以炫耀的经济表现，以我个人的保守估计，在这20年间必须要有三四亿人口从农村迁徙到城里去"，大量农村人口向城市的输入也意味着更多的农民群众将受益于全民健身运动，从某种意义上来说，这将促进"两个工程"在实施对象上的相互交叉与融合。另一方面，随着我国城镇化水平的逐步提高以及社会主义新农村建设步伐的加快，农村变化日新月异，农民收入不断提高。据有关统计表明，"2006年农村居民人均纯收入3587元，比2002年增长44.9%，人均生活现金支出由2002年1468元提高到2006年的2415元，增长了64.6%。"[①] 农村居民收入和消费水平的相对性增加，无疑从侧面反映出当前农民整体生活水平呈现出上升的趋势，与城镇居民生活水准的差距也将逐步缩小。就笔者调查的农民体育健身工程试点村来看，如鄂州市凤凰街、西山街的多个行政村基本上都实现了农村城镇化的升级，村容村貌可谓旧貌换新颜，许多农村居民的生活方式与城市居民也相差不大，随着农民体育健身工程的实施和推广，体育的多元功能也渐渐为农民群众所接受，人们的体育需求也呈现出不断增长的趋势。可以预见，随着城镇化步伐进一步加快，农村居民日益增长的体育需求与体育公共服务职能相对滞后的矛盾将不可避免。换言之，仅从当下农民体育健身工程所提出的修建乒乓球台、篮球场这些最基本的举措来说是不能满足群众未来健身需求的。因而，农村体育公共服务与城市趋同理应是大势所趋，全民健身运动与农民体育健身工程并轨而行的前景也将赫然清晰。

3. 农民群众体育意识将不断增强，体育参与度呈上升趋势

随着农民体育健身工程的推进，在国家体育总局下发的《关于实施农民体育健身工程的意见》中明确提出了农民体育健身工程的实施目的，即"引导广大农民形成健康、科学、文明的生活方式，使我国农村经常参加体育锻炼的人数明显增加"。可见，农民体育健身工程从根本上来说体现了以民为本，一方面旨在通过农民体育健身工程这个平台来改善农民的身体素质，健康状况；另一面，通过注入体育文化来改善农村"文化贫困"的现象，使广大农民能更新观念，改善精神面貌，接纳健康的、科学的生活方式，最终使广大农村实现"乡风文明"。

基于现实，我们应理性地看到当前许多农村地区仍笼罩着封建文化、低俗文化，乃至糟粕文化的"乌云"。卜挂算命、看风水、做道场等封建陋习夹杂着黄、赌、毒这些现代糟粕冲击着"文化赤贫"的农村地区。倘若任其发展，后果将不

① 农业和农村经济社会发展再上新台阶［EB/OL］. http: //www. gov. cn/gzdt/2007 - 09/25/content_760930. htm.

堪设想。因此，农民体育健身工程适时的推出，旨在将体育文化渗透到广大农村，利用这样一种文化“抗生素”来抵御这些“文化毒瘤”的侵袭。当然，通过何种途径，采用何种方式使体育文化来达到应有的“抗生素”效应值得我们进一步的深思。我们不妨先从心理学角度分析那些“文化毒瘤”流行的成因，进而推导出体育文化用何等方式“登场”最适合。20世纪初法国著名心理学家勒庞在其巨著《乌合之众》中这样分析群体观念的接纳方式：“给群体提供的无论是什么观念，只有当它们具有绝对的，毫不妥协的和简单明了的形式时，才能产生有效的影响。”①换言之，那些封建文化、糟粕文化正是采取了这样一种具有绝对性，简单明了的形式，披上了形象化的外衣才在广大农村甚嚣尘上，兴风作浪。显然，这样的局面一方面反映了现代科学文化在我国农村范围内的虚空与缺省，另一方面也暴露出健康、科学的文化在农村还没有找到一种让广大农民欣然接受的传播方式和途径。

体育作为一种特有的文化现象，不仅仅具有绝对性和通俗化的“外衣”，其特有的健身、娱乐、交际等内隐式功能更是其他文化现象所不可比拟的。众所周知，体育的许多手段源于宗教，源于传统，源于人们沿袭了几千年的生产和生活方式，从这个意义上说体育文化是具有绝对性和通俗性的。这也表明，从心理学的角度来看，体育文化具备了容易被群体接受的“先天条件”。当前体育文化之所以仍未在农村地区形成“气候”，与部分农民仍持有“体育无用论”的错误思想是不无关系的。但在调查中，我们可喜地看到，通过农民体育健身工程一年来的试点运行，试点村的农民对体育认识有了明显的提高，主动参与体育锻炼的意识逐渐增强。这也说明，农民体育健身工程为体育文化在农村地区普及与流行搭建了一个良好的平台，同时也为农村文化注入一股新鲜“血液”提供了新的管道。

（二）对策建议

1. 关注民生，增加农民收入，提高农民体育消费水平，激发农民融入农民体育健身工程的实施

我们知道，体育需求与体育消费是人们参与体育健身活动的两大互动因子，两者相互联系，相互促进。当人们的体育需求达到一定程度就会导致体育消费行为的发生，反过来当人们进行了体育消费又能增加人们的体育需求。因而，适当刺激农民的体育消费有助于增加农民的体育需求。而无论是农民的体育需求还是体育消费

① 勒庞．乌合之众［M］．北京：中央编译出版社，2000：44.

都取决于两个方面的因素：一方面取决于农民的经济能力，另一方面取决于农民的体育态度。因而，要让广大农民自觉参与并融入到农民体育健身工程中，理应更多的关注民生，要千方百计地增加农民的收入水平，改善农民的消费结构，引导农民对农民体育健身工程的实施形成积极的态度。

农民体育健身工程作为一个全方位、多视角的平台应将关注的视角投到民计、民生上。如当前农民体育健身工程的场地建设的招投标可适当做出政策上的倾斜，鼓励有能力的农村国有（或集体）企业进行投标或工程承建。通过这样的方式不仅可以让农民得到经济上的实惠，也让他们在自己建设的场地上进行健身锻炼，从而获得情感上的寄托，进而也能刺激他们的体育需求。

2. 以人为本，因地制宜，加大宣传力度，扩大农民体育健身工程的影响力

随着我国改革开放以及现代化进程的不断深入，农村面貌日新月异，农村社会阶层发生了深刻变化。农村社会不再是清一色的务农农民，广大农民已经分化为包括“农业劳动者、农民工雇工、农村知识分子、个体劳动者、个体工商户、私营企业主、乡镇企业管理者、农村管理者”在内的八个社会阶层①，他们在职业、收入、思想观念、生活方式、文化程度等方面大相径庭，必然导致其对农民体育健身工程的理解、态度、接受及参与方式也大不相同。此外，由于地域经济文化的差异性，不同地区的农民接收外来信息的方式也各不相同。经济条件好的地方接通了网络电视、广播、甚至互联网等现代传媒手段，而经济条件差的地方只有通过报纸、杂志等纸质媒体以及村内广播等互联性相对滞后的媒介方式与外界进行信息交流。

正如前文所分析，当前农民体育健身工程要被广大农民认同和接受，最基本的途径就是要为自己“正名”。然而，面对不同社会阶层的参与主体，以及不同地区的实施对象时，采取何种宣传方式以期获得最佳效果显得至关重要。笔者以为，理应按照以人为本，因地制宜的原则，结合农民的乡土情谊，采用形式新鲜、主题明了、内容实际的方式进行宣传。首先，加大运用传统媒介的力度。如制作农民体育健身工程的专题宣传报道，使广大农民通过报纸、电视、广播这些信息媒介工具进一步了解或认识农民体育健身工程。其次，还可以采用流动宣传的方式。将全民体质监测车开进农村，请专家为农民的体质状况“就诊把脉”，这样能使农民体育健身工程更加贴近农民生活，使农民体育健身工程成为人们心中的“利民工程”。同时，还可以利用流动宣传车，通过做宣传板报，普及运动科普知识以及组织大专院校的健美操专业的学生为农民表演大众健美操等多种手段。上述简洁明了的形式可

① 陆学艺．当代中国阶层报告［M］．北京：社会科学文献出版社，2002：160～198.

以让农民更加直观地接触和了解现代体育文化，深入了解农民体育健身工程。最后，组织开展“村际”体育交流活动，如湖北省2007年举办的“村村乐农民篮球联赛”，该项赛事历时近半年，吸引了全省2573个代表队参赛，比赛多达6572场，参赛运动员28600人，观众则达到高达200万人次。[①] 今后还可结合农民传统习俗，乡土情谊开展诸如“村际龙舟比赛”、“村际乒乓球赛”等农民喜闻乐见的体育运动赛事。通过长期实践和经验总结，可将这些赛事列为农民体育健身工程宣传、推广的长效机制坚持下去。

3. 完善体育管理组织结构，吸纳人才，建立群众性体育文化组织，构建农民体育多级管理体系

全国农民体育协会“十一五”工作规划明确提出“要逐步形成并完善省、市、县、乡镇四级农民体育协会组织体系”[②]，显然，这是管理者从政府管理角度提出的发展目标。当下，在省（或市）级的体育管理组织中都设立了专门的群众体育管理部门，并辅以社会性的农民体育协会对农村体育工作进行管理和指导。然而，到了村落，就鲜有专门设立的负责农民体育活动的机构或组织，更谈不上民间性的体育文化组织存在了。从当前的形势来看，基层农民体育文化组织的建立和完善势在必行。首先，县、乡、村一级行政部门应从发展社会主义新农村的文化阵地，构建和谐新农村的角度来审视农民体育事业，应设立农民体育管理部门，并划拨专项经费保证体育行政部门的正常运行。其次，省市级的体育主管部门应对民间性农民体育文化组织加强指导，为它们提供财力和物力，以及技术和政策上的支持。最后，“省、市、县、乡镇”四级农民体育协会组织应通力合作，吸纳和培养优秀体育人才为农民体育健身工程服务。目前，湖北省社会体育指导员国家级92人，一级1611人，二、三级近2.5万余人。[③] 总体而言，湖北省各级社会体育指导员的数量颇为壮观，然而当前的体育人才却很少向农村流动，这就需要体育管理部门通盘考虑，给予政策上的适当倾斜，加大资金的投资力度，解决体育人才的后顾之忧，为体育人才自由流动创造和谐的氛围和环境。

4. 拓宽筹资渠道，吸引社会资源参与，形成政府与社会合力并举的局面

一个国家的体育体制在一定程度上决定该国的体育经费来源和结构。我国目前

---

① “体彩杯”2007年湖北省村村乐农民篮球联赛落幕［EB/OL］. http://www.hbsport.gov.cn/html/news/24675661.html.

② 农民体协：“十一五”建成全国农民体育服务体系［EB/OL］. http://news.aweb.com.cn/2006/3/31/14483054.htm.

③ 群众体育［EB/OL］. http://www.hbsport.gov.cn/Html/history/2005/15942210.html.

仍然沿用的是“举国体制”，这种体育体制最大的特点就是政府统一组织和管理体育事务，因而导致体育经费的来源也比较单一，属于国家“拨款型”，即以中央和地方政府财政拨款为主要来源。从前文对农民体育健身工程的概述中也可以看到，其资金来源以地方政府投入为主并辅以中央政府的拨款，而社会资源的参与却几近空白。如众所知，我国是一个发展中国家，国家财力有限，尤其是面对其他急待解决的社会问题时，体育事业的发展仅靠国家财政的“输血”是难以保持其更快、更好地发展的。再加之，农村体育长期倍受漠视而造成的发展上的缺口，仅仅依靠农村力量，仅仅局限在农村范围内部是无法解决的，需要借助外部力量，需要与整个社会结合在一起才能得到解决。因而，面对这样的困境，就更需要拓宽财源，多渠道向社会筹集体育经费。例如，既可以鼓励一些属于公有经济范畴的乡镇或集体企业进行赞助，还可以努力发掘当前正在崛起的私营经济的潜力。与此同时，通过广告赞助以及税费优惠的形式吸引一些有实力的厂商慷慨解囊，利用农民体育健身工程所具有的社会效应、广告效应、品牌效应来吸纳社会资源。总之，在农民体育健身工程的实施中，要形成国家与社会合力并举的局面，以促进农民体育健身工程更快、更好地发展。

第十一章　不同区域村落农民体育的调查与分析

本课题对我国村落农民体育现状的实证考察，既致力于从“点”上进行“个别”现状扫描，也注重从“面”上进行“一般”状况透视。如果说前面六章（第5~10章）侧重于从个案的视角，通过实地调研，以部分省市（县）为例对村落农民体育的相关重要问题进行了专题实证分析，那么本章将从一般的视角，以抽样调查的方式，在全国范围内分别抽取东、中、西部部分省份开展较大规模的问卷调查，以弥补纯个案研究解释力的局限，使得个案研究与大范围一般性问卷调查相得益彰，最终力求本课题对我国村落农民体育的实证分析有内容、有深度、有广度。

为了全面了解和深入把握新农村建设中我国村落农民体育的现状，采用分层随机抽样的方式，分别抽取了我国东部的山东省、江苏省、浙江省和江西省，中部的湖南省、湖北省和河南省，西部的广西省、四川省和陕西省共十个省份作为调研对象。

根据课题研究的需要，课题组自行设计了半封闭式的《新农村建设中我国村落农民体育现状调查问卷》进行调查，并对问卷的信效度进行了常规检验。问卷效度采用经验评价方法进行检验，聘请了7位相关专家对问卷的内容与效度进行了检验，其中有4位专家认为该问卷设计合理，3位专家认为基本合理，并根据专家的建议对问卷进行了部分修改和校正，以确保问卷具有较高的效度。信度检验，采用“再测法”检验其信度，课题组成员隔月进行了两次调查，前后两次结果相关系数 $r=0.83$，表明问卷的信度较高。

问卷的发放由课题组对调查人员进行专门培训后进行，东、中、西十省共发放问卷6000份，回收问卷5728份，问卷回收率为95.5%，其中有效问卷4736份，有效问卷回收率为82.7%。

下面将分区域进行具体阐述，并综合各区域的调研结果，对我国村落农民体育的一般性现状问题进行总结。

一、鲁、苏、浙、赣四省村落农民体育的现状分析

（一）调研的基本情况

1. 调研对象

以鲁苏浙赣四省村落农民体育活动现状为研究对象。以华东四省部分村落所居住的农民为调研对象，调查范围涉及到山东省（潍坊市、淄博市、临沂市、枣庄市、济宁市、滨州市、烟台市、泰安市、青岛市、莱芜市、德州市、日照市等）、江苏省（宿迁市、宿豫市、东海市、睢宁市、泗洪市、南海市、徐州市等）、浙江省（绍兴市、嘉兴市、湖州市等）、江西省（抚州市、九江市等）等4省下属的24个地（市）所属的207个村落。

2. 调研方法

在调查中课题组采用抽样调查的方式，根据本课题调查的目的、调查的规模、调查对象的特点等实际情况，在考虑华东四省的地理位置、人口分布、区域经济发展特点的基础上，对分别位居山东省、江苏省、浙江省和江西省村落的部分调查点进行了问卷发放。此次调查共发放问卷1400份，回收问卷1197份，回收率为85.5%，其中有效问卷1048份，有效问卷回收率为87.6%。

笔者在发放问卷过程中，采用田野作业法，多次进驻不同的村落，深入田间地头对与研究有关的问题直接与当地村落农民进行交流，以取得最直接、最真实的资料。

（二）结果与分析

1. 东部4省调查对象的基本情况

在被调查的村落农民中，男性占58.6%，女性占41.4%；18～35岁年龄阶段所占的比例最多，为43.5%，其次为36～45岁年龄阶段，为23.7%，46～60岁占18.1%，60岁以上村落农民占7.9%，18岁以下的村落农民所占比例最小，为6.8%；受教育方面，初中文化程度最高，占32.3%，其次为高中或中专文化程度，占28.4%，再次为高中以上文化程度，占15.6%，小学文化程度的占13.9%，小学文化程度以下的人数最少，为9.8%；在家庭人均年收入上，3001～5000元的比例最高，占到30.5%，余下依次是：1000～3000元的占27.9%、8000元以上的占17.6%、5001～8000元的占13.2%，收入在1000元以下的所占比例最低，

为10.8%。

从四省单独数据分析来看，山东省、江西省与鲁苏浙赣四省总体基本特征除在数值上有点波动之外，总体上基本保持一致；江苏省被调查村落的农民18～35岁年龄阶段的高达52%，其他特征分布与总体数据基本一致；在浙江省被调查的村落农民中，收入在1000～3000元的占40.8%，但在8000元以上的占到21.7%，在受教育程度方面具有高中或中专文化程度的村落农民所占比例也高于其他三个省市。

2. 东部4省村落农民的体育认知现状

（1）村落农民对“新农村建设”、“农民体育健身工程”及“全民健身计划纲要”的认知现状

①村落农民对“新农村建设”、“农民体育健身工程”及“全民健身计划纲要”的认知存在地区差异

表11－1　东部4省村落农民对“新农村建设”、“农民体育健身工程”和“全民健身计划纲要”的认知情况（%）

地区	新农村建设					农民体育健身工程					全民健身计划纲要				
	很了解	比较	基本	听说过	不知道	很了解	比较	基本	听说过	不知道	很了解	比较	基本	听说过	不知道
山东	4.8	15.4	39.0	26.3	14.5	2.7	8.7	19.1	27.9	41.6	1.2	9.9	18.7	30.3	39.9
江苏	3.9	18.1	40.2	30.9	6.9	0.5	8.3	15.2	37.3	38.7	1.5	10.8	5.4	38.7	43.6
浙江	1.3	24.8	56.7	15.3	1.9	1.3	8.9	25.5	51.6	12.7	1.3	5.7	17.8	51.0	24.2
江西	0	8.3	54.1	26.1	11.5	0	0	10.8	45.9	43.3	0	1.9	9.6	29.3	59.2

从表11－1可以看出，在对相关政策的认知程度上存在较大差异。如：在“新农村建设”方面，浙江省“比较了解”的比例高于其他地区，江西省“很了解”的人数为0，对其“完全不知道”选项上的认知差距也较大，以山东省为最高；在对“农民体育健身工程”的认知上，山东省在“很了解”选项上优于其他省份，在“很了解”及“比较了解”选项上江西省所占比例为0，在“基本了解”及“仅听说过”两个选项上，浙江省占有优势，对农民体育健身工程“完全不知道”的人数江西省最多；在“全民健身计划纲要”方面，对这一“纲要”持“很了

解”态度的村落农民在五个选项中所占比例最少，在四省中所占比例最高的江苏省也仅有1.5%，而江西省在这一选项上的比例为0，持“比较了解”态度的村落农民所在省份中，最高比例仅占10.8%，对此“纲要”表现出“基本了解”态度的，浙江省高于其他三省，对此计划“完全不知道”的江西省所占比例最高，达59.2%。

可见，村落农民对“新农村建设”、“农民体育健身工程”及“全民健身计划纲要”的认知地区差异明显。这说明，各地政府在“新农村建设”、“农民体育健身工程”及“全民健身计划纲要”等相关政策的贯彻执行方面，农村体育的管理、宣传方面存在较大差距，因此，依法治体，加强“新农村建设”、“农民体育健身工程”及“全民健身计划纲要”等政策法规在农村地区的贯彻落实及宣传教育应成为今后工作的重点。

造成上述差异的原因比较复杂：1）地区文化差异。虽都处华东地区，但各地文化的不同对村落农民参与体育活动产生很大的影响。如山东乃“孔孟之乡”、“礼仪之邦”，受此影响让民众产生极大的“受众”影响，邻里乡亲对他们的评价极为重要，尤其在不发达村落地区，一项运动只有当大多数人都能接受的时候，才能在民间开展，对与之相关的政策的了解也是如此；而在江浙地区，处在我国开放的前沿，受外来文化“冲击”较大，经济的发达，民众的富足，使得人们有条件追求物质以外的精神享受，体育也就渐渐的走进他们的生活，随着各种文化的相互融合，这些运动也成为本地文化生活的重要组成部分，进而对与之相关的政策方面的内容也逐渐受到他们的关注。2）经济原因。虽说都处在我国经济最发达的地区，但省情的不同影响了民众参与体育活动的热情。山东虽具有较大的经济总量，但人口众多使得人均收入与江浙地区差距较大。众所周知，经济基础是一切社会公共活动的前提，没有经费作保障，诸如体育基础设施、社会体育组织的运行、体育设备的管理、体育人员的经费等都无法保障，体育活动的开展就成为空谈，因此，经济条件无疑也是影响民众认知水平的重要因素。

②男性村落农民群体的认知倾向高

如表11-2所示，对国家开展“社会主义新农村建设”了解程度上，“很了解”、“比较了解”以及“基本了解”的人数比例上男性均高于女性，而在“仅听说过”和“完全不知道”方面女性高于男性；在对“农民体育健身工程”的认知情况调查中，男性在“很了解”、“基本了解”和“仅听说过”的选项上所占比例均高于女性，而女性对农民体育健身工程“完全不知道”的人数比例远高于男性，在“比较了解”选项上略占优势；在对“全民健身计划纲要”的认知方面，男性在对全民健身计划的认知上，持“很了解”及“仅听说过”的比例高于女性，而在“比较了解”、“基本了解”两个选项中占据劣势。

表 11－2　不同性别的村落农民对“新农村建设”、“农民体育健身工程”和“全民健身计划纲要”的认知情况（%）

性别	新农村建设					农民体育健身工程					全民健身计划纲要				
	很了解	比较	基本	听说过	不知道	很了解	比较	基本	听说过	不知道	很了解	比较	基本	听说过	不知道
男	3.6	18.4	46.4	23.0	8.6	1.8	7.2	19.1	39.8	32.1	1.5	7.0	14.5	41.2	35.8
女	3.0	13.2	40.8	28.3	14.7	1.6	8.3	17.3	29.0	43.8	0.7	10.8	15.9	25.6	47.0

从以上数据分析可以看出，男性群体对相关政策的了解情况和认知水平整体上高于女性。本研究认为，男性的社会性优于女性，中国几千年的封建社会制度，使得“男尊女卑”、“重男轻女”的封建传统思想至今仍然存在，特别是在我国落后的农村地区依然严重，男性是家庭的“顶梁柱”，家里大大小小的事情必须男性做主，这也无形中赋予男性更多的社会责任。所以，他们对社会发生的重大变化、国家推行的种种政策的敏感性高于女性，这也从一定程度上说明了男性群体在认知程度上的优越性。

③中青年村落农民对“新农村建设”、“农民体育健身工程”及“全民健身计划纲要”的认知需求表现更为强烈

表 11-3 不同年龄的村落农民对“新农村建设”、“农民体育健身工程”和“全民健身计划纲要”的认知情况（%）

年龄（岁）	新农村建设					农民体育健身工程					全民健身计划纲要				
	很了解	比较	基本	听说过	不知道	很了解	比较	基本	听说过	不知道	很了解	比较	基本	听说过	不知道
<18	4.2	5.6	35.2	39.4	15.6	1.4	11.3	22.5	19.7	45.1	2.8	7.0	12.7	38.0	39.5
18~35	3.3	21.7	45.2	21.1	8.7	2.4	11.4	24.6	29.6	32.0	1.4	14.5	21.1	24.8	38.2
36~45	2.4	14.1	51.2	23.0	9.3	2.0	6.4	12.1	48.0	31.5	0.8	5.6	11.7	43.1	38.8
46~60	5.8	11.5	40.5	31.1	11.1	0.5	1.6	14.2	40.0	43.7	0.5	2.1	10.0	33.2	54.2
>60	0	12.1	32.5	28.9	26.5	0	10.3	8.4	32.5	57.8	0	1.2	6.0	20.5	72.3

由表 11-3 可知，对“社会主义新农村建设”“很了解”的村落农民各年龄阶段均处于较低水平，对此“基本了解”的 36~45 岁年龄段所占比例最高，18~35 岁年龄段在“比较了解”方面占有优势，相比较而言，18 岁以下，60 岁以上的村落农民对新农村建设这一消息的“感冒”程度较低。18~45 岁年龄段的村落农民在农村是家庭生活的“顶梁柱”，是建设农村的生力军，在维持生计，奔小康的道路上，他们更需要了解前沿信息，因此他们成为最了解新农村建设的主体人群是在情理之中；从另一方面说，这也为社会主义新农村建设的顺利推行储备了人才资源。

对“全民健身计划”政策“很了解”的村落农民中，18 岁以下的群体所占比例最高，这可能与这一人群的求学经历有关；在“比较了解”及“基本了解”的选项上，18~35 岁年龄阶段的村落农民所占比例均高于其他年龄段人群，且在“完全不知道”选项上所占比例最低；36~45 岁年龄段村落农民在“仅听说过”的选项上优于其他年龄段人群；对此“纲要”“完全不知道”的人群，60 岁以上的村落农民群体占的人数比例最高。

结果分析发现，在对“新农村建设”、“农民体育健身工程”及“全民健身计划纲要”的了解情况和认知方面，18~35 岁年龄段的村落农民群体优于其他年龄段的群体，其次分别为 36~45 岁、46~60 岁，18 岁以下与 60 岁以上年龄阶段的村落农民的了解和认知情况较低。众所周知，18~35 岁年龄段的群体，是当今社会发展的生力军，也是建设社会主义新农村的排头兵，年轻有朝气，他们中的大部分都接受过正规的九年义务教育，知识方面的优势使得他们在对事物认知方面具有其他年龄阶段村落农民所没有的优势，有较强的学习和实践能力；35～46岁年龄段的村落农民，被认为是"成熟、有主见"的群体，生活的经历使他们的经验优于18～35岁年龄段的群体，但农村过重的生活负担使其无心从事学习，更新观念，因此，在对事物的认知方面逐渐落后；这两个群体是当今建设新农村的生力军，虽存在不同程度的问题，但细心"培养"将来定能为新农村建设做出贡献。

相对于以上群体来说，18岁以下的村落农民要么是在读书的学生或者刚刚高中毕业踏入社会（在调查中占很少一部分），长期生活在学校，对农村社会的发展、国家惠农政策的推行自然了解不是很多，另一部分则多数中途退学，缺少知识的积累，对社会事物的认知水平自然处于较低的水平，整体上这一年龄阶段的村落农民对政策的了解和认知不容乐观；而对于60岁以上的村落农民群体，与城市相同阶段的人群相比，在农村60岁以上的人群被传统的认为已经是安享晚年的时候，"看孩子、下象棋、遛鸟、聊天"是对当前农村这一人群的真实描述，生活已经不再赋予他们养家糊口的社会责任，因此对于时事的关心也常常容易被其忽略，出现这种情况也属情理之中。但伴随着社会的进步，信息传播速度的加快，村落农民主体意识的增强和"老龄化"时代的到来，社会主义新农村建设也需要他们的积极参与。

④高学历村落农民对"新农村建设"、"农民体育健身工程"及"全民健身计划纲要"表现出较高的认知度

从表11－4可以看出，在对"社会主义新农村建设""很了解"以及"比较了解"的村落农民中具有高中以上文化程度的均高于其他群体；"基本了解"的具有高中或中专文化程度的村落农民优于其他学历的村落农民，具有初中以及高中以上文化程度的村落农民也占有较高的比例；而"完全不知道"这一政策的，具有小学以下文化程度的村落农民所占比例最高。对"农民体育健身工程""很了解"、"比较了解"以及"基本了解"的具有高中以上文化程度的村落农民均高于其他群体；而对这一政策"完全不知道"的人群中具有小学以下文化程度的村落农民占据多数。对"全民健身计划纲要""很了解"的选项中，具有高中或中专文化程度的村落农民所占比例最高；在"比较了解"及"基本了解"的选项中，具有高中以上文化程度的村落农民均高于其他；而在"完全不知道"的选项上，小学以下文化程度的群体所占比例最高，且这一群体在其他四个选项上所占比例最低。

表 11 –4　不同文化程度的村落农民对“新农村建设”、“农民体育健身工程”和“全民健身计划纲要”的认知情况（%）

文化程度	新农村建设					农民体育健身工程					全民健身计划纲要				
	很了解	比较	基本	听说过	不知道	很了解	比较	基本	听说过	不知道	很了解	比较	基本	听说过	不知道
小学以下	1.0	7.8	25.2	38.8	27.2	0	2.9	4.9	20.4	71.8	0	1.9	1.9	12.6	83.6
小学	0.7	8.9	31.5	34.9	24.0	0	2.1	11.6	32.2	54.1	0	2.1	8.9	24.7	64.3
初中	2.7	10.1	50.0	26.3	10.9	0.7	4.7	16.3	44.2	34.1	0.9	6.5	12.4	42.9	37.3
高中或中专	4.0	22.8	51.7	19.2	2.3	3.0	10.7	24.5	38.6	23.2	2.1	11.7	18.1	37.9	30.2
高中以上	7.4	28.8	41.1	16.6	6.1	4.2	16.0	25.8	23.9	30.1	1.8	17.2	28.8	35.0	17.2

从以上数据分析可见，文化程度与村落农民对“新农村建设”、“农民体育健身工程”及“全民健身计划纲要”的了解程度有关，且表现出较高的相关性（如表 11 –5）。文化程度越高的村落农民在新农村建设上表现出的关注性越高，反之，则越低。具体表现为：具有高中以上和高中或中专文化程度的村落农民对以上政策的了解和认知水平上优于其他群体，具有小学及小学以下文化程度的村落农民对政策的了解和认知程度上选择“完全不知道”选项的比例占有绝对优势。分析可知，一个人的认知水平与文化程度有着密切的关系，文化程度越高，知识结构越趋于合理，同时，对社会事务的敏感性也较强，能从不同的角度对同一事物进行分析，这在一定程度上实现了人们对正确与虚假事物的判断，有利于人们选择正确的方向发展。但是，调查显示，目前农村具有高学历的人数较少，还需国家及地方政府采取措施，让村落农民积累更多的知识，提高认知水平。因此，采取积极措施，提高村落农民的文化水平，有利于社会主义新农村建设进程的顺利推进。

表 11－5　村落农民的文化程度与其对“新农村建设”、“农民体育健身工程”及“全民健身计划纲要”认知的相关性分析（%）

因素	新农村建设	农民体育健身工程	全民健身计划纲要
文化程度	0.349**	0.278**	0.388**

注：**代表 P ＜ 0. 01

⑤不同收入水平村落农民对“新农村建设”、“农民体育健身工程”及“全民健身计划纲要”的认知程度

表 11－6　不同收入水平的村落农民对“新农村建设”、“农民体育健身工程”和“全民健身计划纲要”的认知情况（%）

收入水平	新农村建设					农民体育健身工程					全民健身计划纲要				
	很了解	比较	基本	听说过	不知道	很了解	比较	基本	听说过	不知道	很了解	比较	基本	听说过	不知道
<1000	2.6	6.1	29.8	33.3	28.2	0.9	2.7	11.4	25.4	59.6	0	1.7	7.9	23.7	66.7
1000～3000	2.1	15.4	43.8	24.7	14.0	1.0	5.5	20.5	33.2	39.8	0.4	6.8	16.1	33.2	43.5
3001～5000	4.7	13.8	50.6	25.6	5.3	1.2	5.3	16.3	42.8	34.4	0.9	6.9	12.5	39.4	40.3
5001～8000	2.2	21.0	39.1	28.3	9.4	2.8	8.0	17.4	40.6	31.2	0	6.5	15.9	43.5	34.1
>8000	4.3	24.5	45.7	17.9	7.6	3.3	17.8	23.4	28.3	27.2	4.3	20.1	21.7	29.3	24.6

如表 11－6 所示，在对“社会主义新农村建设”这一政策“比较了解”的群体中，家庭人均年收入在 8000 元以上的所占比例最高，而其在“仅听说过”方面所占比例最低；家庭人均年收入在 1000 元以下的群体在“仅听说过”及“完全不知道”两个选项上所占的比例均高于其他。在对“农民体育健身工程”的认知方面具体表现为：在对此政策“很了解”的选项上，家庭人均年收入在 8000 元以上的群体所占比例最高，且随着收入水平的逐渐减少人数比例逐渐降低，并在“比较了解”及“基本了解”的选项上也均高于其他收入水平的村落农民；家庭人均

年收入在1000元以下的群体在“完全不知道”选项上所占比例最高，且随着收入水平的不断提高，所占比例逐渐降低；对“全民健身计划纲要”“很了解”、“基本了解”以及“比较了解”的选项中，家庭人均年收入在8000元以上的群体均高于其他；对此“纲要”“仅听说过”的村落农民，家庭人均年收入在5001～8000元的村落农民所占比例最高；家庭人均年收入在1000元以下的村落农民对此“纲要”在“完全不知道”选项中所占比例最高，而在其他四个选项中均占有最低的比例。

由此可见，村落农民的收入水平影响村落农民对“新农村建设”、“农民体育健身工程”及“全民健身计划纲要”的了解和认知水平。具体表现为：在对相关政策的了解和认知水平上，家庭人均年收入在8000元以上的村落农民总体上高于其他收入水平的群体，家庭人均年收入在5001～8000元的村落农民次之，收入水平在1000元以下的村落农民对政策的了解情况上选择“完全不知道”这一选项的比例较多，其认知水平低于其他收入水平的群体。结果分析可知，经济基础决定上层建筑，有了雄厚的经济做后盾，才能实现体育的发展和普及。随着改革开放30年来中国经济的飞速发展，处在沿海经济地带的华东地区经济社会面貌发生了翻天覆地的变化。如何借助这一经济发展平台更快地提高村落农民的收入水平，更好地完善农村的相关体育配套设施，提高村落农民参与体育活动的质量和水平，是当前面临的一项重要任务。

（2）村落农民对体育活动功能的认知情况

①总体情况

从被调查的情况看，认为体育活动的主要作用是“强身健体”的村落农民群体所占比例最高，为57.4%；其次是“休闲娱乐”功能，占19.9%，认为是“满足兴趣爱好及其他”、“和劳动一样，没有特殊作用”的人群分别占总人数的12.8%、8.2%，对“满足交往需要”的作用的认可度最低，仅占1.7%。可见，“强身健体”是多数村落农民对体育功能最直观的认识，把体育跟劳动看作是一回事的人数比例相对较低，说明村落农民对体育的认可有很大提高，但对体育交往等“时尚”功能的认知方面水平较低。

②对体育活动功能认知程度的部分人口学变量的差异性分析

1）不同年龄阶段的村落农民对体育活动功能的认知上存在差异

表 11－7　不同年龄阶段的村落农民对体育活动功能的理解（%）

年　龄	强身健体	休闲娱乐	满足交往	满足兴趣	和劳动一样
18 岁以下	56.3	18.3	1.4	22.6	1.4
18～35 岁	50.2	27.2	1.5	16.9	4.2
36～45 岁	63.7	14.9	2.0	10.5	8.9
46～60 岁	59.5	14.2	2.1	7.4	16.8
60 岁以上	74.7	9.6	0	2.4	13.3

如表 11－7 所示，从不同年龄阶段村落农民对体育活动功能的理解情况来看，60 岁以上的群体在“强身健体”选项上占有最高的比例，而在“休闲娱乐”、“满足交往”及“满足兴趣及其他”选项上均低于其他群体。这一群体由于受年龄因素影响，健康的身体成为他们关心的最主要因素，参加体育锻炼、强身健体已成为该群体多数人的首要选择，相比于其他年龄群体，该年龄段村落农民社会性需求逐渐减弱，社会活动的参与度逐渐减少，因此，对体育活动的“时尚”功能关注度自然处于较低水平。相比之下，18 岁以下年龄段的村落农民，初入社会，急于了解社会，对一切新鲜事物都充满好奇，出于追求时尚的心理，使其对体育“时尚”功能的关注度高于其他群体成为必然，基于此他们在对待体育与劳动的区别上相比其他群体而言表现出较低的认可度。

18～35 岁年龄群体在对体育活动的“休闲娱乐”功能上优于其他群体；而在对“体育与劳动一样，没有特殊作用”的选项上 46～60 岁年龄段的村落农民占有比例最大，这可能是由于高强度的田间耕作，长期没有体育活动的生活环境，加上该年龄阶段自身对体育的理解程度较差所致。

为了确定年龄不同对体育活动功能的认知是否存在影响，采用单因素方差分析（One－way ANOVA）所得结果（$F = 19.303$，$P < 0.01$）显示，不同年龄群体间对体育活动功能的认知存在显著差异，进一步通过 LSD 事后检验结果表明（如表 11－8 所示）：18 岁以下的村落农民与 18～35 岁、46～60 岁以及 60 岁以上的年龄群体对体育活动功能的认知上存在显著性差异，而与 36～45 岁年龄段群体不存在显著性差异；18～35 岁年龄段村落农民与 18 岁以下和 60 岁以上年龄群体在对体育活动功能认识上存在显著差异，而与其他群体无显著性差异；36～45 岁年龄群体与 60 岁以上村落农民群体在体育活动功能的认知上存在显著性差异，与其他群体不存在显著性差异；46～60 岁年龄段群体与 18 岁以下和 60 岁以上村落农民群体

存在显著性差异，与其他群体无显著性差异；60岁以上村落农民与其他四个群体都存在显著性差异。

表11-8 年龄不同的村落农民群体间对体育活动功能认知差异的方差分析

年　龄	18岁以下	18~35岁	36~45岁	46~60岁	60岁以上
18岁以下	——	0.39*	0.17	0.55*	0.51*
18~35岁	0.39*	——	0.22	0.16	0.90*
36~45岁	0.17	0.22	——	0.38	0.68*
46~60岁	0.55*	0.16	0.38	——	1.06*
60岁以上	0.51*	0.90*	0.68*	1.06*	——

注：* 表示 $P<0.05$　$F=19.303$　$P=0.000$

2）高学历村落农民群体注重体育休闲

由表11-9可知，文化程度影响村落农民自身对体育活动功能的认知程度。具体表现为：在对"强身健体"选项上都表现出较高的认知水平，而具有高中或中专文化程度的群体占有优势；在对"休闲娱乐"功能的认知方面具有高中以上文化程度的群体所占比例高于其他，而在"体育和劳动一样，没有特殊作用"的选项上所占比例最低；对于体育活动"满足交往"的功能各文化程度间都表现出很低的认知水平，具有小学以下文化程度的村落农民所占比例为0；在"满足兴趣爱好及其他"的功能选项上具有高中以上文化程度的村落农民所占比例最高；具有小学以下文化程度的村落农民在对体育活动"和劳动一样，没有特殊作用"的选项上占有最高的比例，而在"满足兴趣爱好及其他"和"休闲娱乐"的功能选项上均低于其他群体。

表11-9 不同文化程度的村落农民对体育活动功能的理解（%）

文化程度	强身健体	休闲娱乐	满足交往	兴趣及其他	和劳动一样
小学文化以下	54.4	9.7	0	4.8	31.1
小学文化	47.9	23.3	1.4	12.3	15.1
初中文化	63.0	16.0	2.7	11.5	6.8

续　表

文化程度	强身健体	休闲娱乐	满足交往	兴趣及其他	和劳动一样
高中或中专	64.1	19.1	1.7	12.8	2.3
高中及以上	44.2	33.1	0.6	21.5	0.6

表 11－10　文化程度不同的村落农民群体间对体育活动功能认知差异的方差分析

文化程度	小学文化以下	小学文化	初中文化	高中或中专	高中以上
小学文化以下	——	0.28*	0.04	0.34*	1.16*
小学文化	0.28*	——	0.24	0.06	1.44*
初中文化	0.04	0.24	——	0.30	1.20*
高中或中专	0.34*	0.06	0.30	——	1.50*
高中以上	1.16*	1.44*	1.20*	1.50*	——

注：* 表示 $P<0.05$　$F=29.451$　$P=0.000$

为了确定文化程度不同对体育活动功能的认知是否存在影响，采用单因素方差分析（One－way ANOVA）所得结果（$F=29.451$，$P<0.01$）显示，各不同学历层次间对体育活动功能的认知存在显著差异，通过进一步 LSD 事后检验结果表明（如表 11－10 所示）：具有小学以下文化程度的村落农民与具有小学文化程度、高中或中专文化程度以及高中以上文化程度的村落农民在对体育活动功能的认知方面存在显著性差异，而与具有初中文化程度的村落农民不存在显著性差异；具有小学文化程度的村落农民与具有小学以下文化程度及高中以上文化程度的村落农民在对体育活动功能的认知方面存在显著性差异，而与其他两个群体无显著性差异；具有初中文化程度的村落农民与具有高中以上文化程度的群体在体育活动功能的认识上存在显著性差异，与其他群体无显著性差异；具有高中或中专文化程度的村落农民与具有小学以下文化程度和高中以上文化程度的村落农民存在显著性差异，与其他群体无显著性差异；具有高中以上文化程度的村落农民与其他四个群体均存在显著性差异。

3）不同收入水平的村落农民对体育功能的认知存在差异

由表 11－11 可以看出，不同收入水平的村落农民在“强身健体”的功能选项上都占有较高的比例且基本持平，家庭人均年收入在8000元以上的村落农民略占优势；在“休闲娱乐”功能方面，家庭人均年收入在1000～3000元的村落农民所占比例均高于其他群体。

表11－11　不同收入水平的村落农民对体育活动功能的理解（%）

收入水平	强身健体	休闲娱乐	满足交往	兴趣及其他	和劳动一样
1000元以下	57.0	18.4	0	11.4	13.2
1000～3000	56.8	23.3	1.0	7.9	11.0
3001～5000	57.2	15.0	1.9	17.8	8.1
5001～8000	52.9	18.8	2.9	20.3	8.1
8000元以上	57.5	19.9	1.6	12.9	8.1

在“满足交往需要”的选项上各不同收入群体均表现出很低的认知程度，家庭人均年收入在1000元以下的村落农民所占比例为0；在对体育活动“满足兴趣爱好及其他”功能选项上，家庭人均年收入在5001～8000元的村落农民表现较大的认可度；家庭人均年收入在1000元以下的村落农民在“体育和劳动一样，没有特殊作用”的选项上所占比例均高于其他群体。

表11－12　收入水平不同的村落农民群体间对体育活动功能认知差异的方差分析

收入水平	1000元以下	1000～3000元	3001～5000元	5001～8000元	8000元以上
1000元以下	——	0.03	0.52	0.04	0.54*
1000～3000	0.03	——	0.49	0.01	0.57*
3001～5000	0.52	0.49	——	0.48	1.06*
5001～8000	0.04	0.01	0.48	——	0.58*
8000元以上	0.54*	0.57*	1.06*	0.58*	——

注：*表示 $P<0.05$　$F=4.773$　$P=0.001$

为了确定收入不同对体育活动功能的认知是否存在影响，采用单因素方差分析（One－way ANOVA）所得结果（$F=4.773$，$P<0.01$）显示，不同收入群体间对体育活动功能的认知存在显著差异，通过进一步LSD事后检验结果表明（如表11

－12 所示）：家庭人均年收入在 1000 元以下、1000 ~ 3000 元、3001 ~ 5000 元以及 5001 ~ 8000 元的村落农民均与家庭人均年收入在 8000 元以上的村落农民在对体育活动功能的认知方面存在显著性差异，家庭人均年收入在 1000 元以下、1000 ~ 3000 元、3001 ~ 5000 元以及 5001 ~ 8000 元村落农民群体之间在认知上不存在显著性差异。

4）不同性别的村落农民对体育活动功能的认知存在差异

如表 11 －13 所示，在对体育活动“强身健体”和“满足兴趣爱好及其他”的功能的认知上，男性高于女性；而在“休闲娱乐”和“满足交往需要”选项上，女性略占优势，但在认为“体育和劳动一样，没有特殊作用”的认识上，女性高于男性。

表 11 －13　不同性别的村落农民对体育活动功能的理解（%）

性别	强身健体	休闲娱乐	满足交往	兴趣及其他	和劳动一样
男	61.4	18.7	1.1	15.0	3.8
女	51.8	21.7	2.3	9.9	14.3

（3）村落农民群体对影响自身身体健康因素的理解

在对影响村落农民自身身体健康最重要问题的调查中，认为是“体育锻炼”的所占比例最高，为 36.0%，其次是“医疗保障”，占 26.8%，认为“饮食结构”和“休息”是最重要的问题的分别占 19.6% 和 15.4%，认为是“其他”的所占比例最小，为 2.2%。调查中发现，年龄、文化程度以及收入等不同的村落农民群体，对影响身体健康因素的理解各有差异。

1）不同年龄村落农民对影响自身身体健康因素的理解倾向存在差异

如表 11 －14 所示，对于不同年龄的村落农民在理解影响自身健康因素的调查中，60 岁以上的群体认为“医疗保障”是最重要的问题，而在对其他因素的认知方面均低于其他四个年龄群体，这一群体，特别是在农村，传统的劳作方式引起的疾病，加上年龄增大身体抵抗能力减弱的原因，使得这一群体成为“易得病”人群，医疗保障对他们来说是最大、也是最关心的问题；在“饮食结构”选项的理解中，18 ~ 35 岁、36 ~ 45 岁以及 46 ~ 60 岁年龄段群体认知比例基本一致，这三个群体是当前农村社会发展的中坚力量，“持家，挣钱”是他们最关心的问题，提高生活水平质量亦是其比较关注的问题；此外，46 ~ 60 岁年龄段群体在“休息”的选项上略占优势，这一群体的村落农民大部分还从事田间耕作，但由于年龄的偏大，体力方面自然不如从前，与年龄小的群体相比他们更想多点时间“休息”。

18岁以下的村落农民认为“体育锻炼”是当前身体健康最重要的问题的人数占有很大优势，一方面是年轻有精力，生活压力相对较小；另一方面随着传媒的不断发展，体育赛事直播家喻户晓，加上体育比赛本身的魅力，自然吸引他们在业余时间亲身享受这些运动。

表11－14　不同年龄阶段的村落农民对影响自身健康因素的理解（%）

年　龄	饮食结构	医疗保障	体育锻炼	休息	其他
18岁以下	9.9	1.3	77.5	9.9	1.4
18～35岁	21.1	17.3	47.6	11.4	2.6
36～45岁	21.4	24.2	29.4	22.6	2.4
46～60岁	21.5	41.1	12.1	23.2	2.1
60岁以上	9.6	75.9	10.8	2.5	1.2

表11－15　年龄不同的村落农民群体间对影响自身健康因素的理解差异的方差分析

年　龄	18岁以下	18～35岁	36～45岁	46～60岁	60岁以上
18岁以下	——	0.70*	0.50*	0.15	0.07
18～35岁	0.70*	——	1.20*	0.55*	0.77*
36～45岁	0.50*	1.20*	——	0.65*	0.43*
46～60岁	0.15	0.55*	0.65*	——	0.22
60岁以上	0.07	0.77*	0.43*	0.22	——

注：*表示 $P<0.05$　$F=62.534$　$P=0.0001$

为了确定年龄不同对影响自身健康因素的理解是否存在影响，采用单因素方差分析（One－way ANOVA）所得结果（$F=62.534$，$P<0.01$）显示，不同年龄群体间对影响自身健康因素的理解存在显著差异，并通过进一步LSD事后检验结果表明（如表11－15所示）：18岁以下的村落农民与18～35岁和36～45岁年龄段村落农民在影响自身身体健康因素的判断上存在显著性差异；18～35岁和36～45岁年龄阶段的村落农民与其他村落农民群体均存在显著性差异；46～60岁以及60

岁以上村落农民与18～35岁和36～45岁年龄段村落农民存在显著性差异。

2）知识积累影响村落农民的判断，高学历者对“体育锻炼”认同度高

表11－16　不同文化程度的村落农民对影响自身健康因素的理解（%）

文化程度	饮食结构	医疗保障	体育锻炼	休息	其他
小学文化以下	12.6	70.9	9.7	6.8	0
小学文化	16.4	43.2	20.5	15.1	4.8
初中文化	21.0	23.7	32.2	20.4	2.7
高中或中专	20.1	12.1	49.0	16.8	2.0
高中以上	22.7	17.8	50.3	8.0	1.2

由表11－16可以看出，村落农民的文化程度对其在自身身体健康影响因素的判断上产生影响，具体表现为：在“饮食结构”选项上，具有高中以上文化程度的村落农民认为其最重要，众所周知，科学健康的饮食可以均衡体内所需的营养元素，避免因某种营养物的缺乏引起身体病变，但这需要保健方面的知识做基础；认为“医疗保障”是最重要问题的具有小学以下文化程度的村落农民所占比例最高；在对“体育锻炼”选项的认知方面随着文化程度的提高人数逐渐增加，可见，知识结构的不同，对体育锻炼的理解也不同，在体育本身最直接、最基础的健身作用上的认知也存在差异，因此，增加村落农民的知识积累有利于体育在农村的开展；认为“休息”是目前最重要的问题的具有初中文化程度的村落农民人数最多。

表11－17　文化程度不同的村落农民群体间对影响自身健康因素的理解差异的方差分析

文化程度	小学文化以下	小学文化	初中文化	高中或中专	高中以上
小学文化以下	——	0.82*	0.28*	0.16	0.28
小学文化	0.82*	——	1.10*	0.66*	0.53*
初中文化	0.28*	1.10*	——	0.44*	0.56*
高中或中专	0.16	0.66*	0.44*	——	0.12
高中以上	0.28	0.53*	0.56*	0.12	——

注：* 表示 $P<0.01$　$F=42.270$　$P=0.000$

为了确定学历对影响自身健康因素的理解是否存在影响，采用单因素方差分析（One－way ANOVA）所得结果（F＝42.270，P＜0.01）显示，不同文化程度群体间对影响自身健康因素的理解存在显著差异，进一步通过 LSD 事后检验结果表明（如表 11－17 所示），不同的文化程度在影响村落农民自身身体健康因素的认知上存在差异。具有小学以下文化程度的村落农民与具有小学文化以及初中文化程度的村落农民在认知上存在显著性差异；具有小学文化程度以及具有初中文化程度的村落农民与其他群体均具有显著性差异；具有高中或中专文化程度及高中以上文化程度的群体与具有小学和初中文化程度的群体均存在显著性差异，但这两者之间不存在显著性差异。

3）“医疗保障”仍是左右低收入群体身体健康的关键因素

表 11－18　不同收入水平的村落农民对影响自身健康因素的理解（%）

收入水平	饮食结构	医疗保障	体育锻炼	休息	其他
1000 元以下	8.8	45.6	28.1	14.0	3.5
1000～3000	20.5	34.6	32.5	10.7	1.7
3001～5000	22.8	21.6	34.7	17.8	3.1
5001～8000	21.7	21.0	37.0	18.1	2.2
8000 元以上	17.4	16.3	47.8	17.4	1.1

表 11－18 说明，收入水平在村落农民对身体健康影响因素的判断上产生影响。具体表现为：认为“医疗保障”是当前最重要问题的村落农民随着收入增加人数逐渐减少；把“体育锻炼”当作是最重要问题的村落农民，则随着收入增加而增加；在“休息”因素的认知上，家庭人均年收入 5001～8000 元的村落农民所占比例最多；把“饮食结构”认为是主要问题的则是家庭人均年收入在 3001～5000 元的村落农民；在“其他”方面，家庭人均年收入水平在 1000 元以下的村落农民占有最高的比例。

为了确定收入对影响自身健康因素的理解是否存在影响，采用单因素方差分析（One－way ANOVA）所得结果（F＝11.170，P＜0.01）显示，不同收入水平群体间对影响自身健康因素的理解存在显著差异，进一步通过 LSD 事后检验结果表明（如表 11－19 所示）：家庭人均年收入在 1000 元以下的村落农民与家庭人均年收入在1000～3000元的群体存在显著性差异；家庭人均年收入在1000～3000元的村落农民与家庭人均年收入在1000元以下、3001～5000元以及5001～8000元的村落农民存在显著性差异，而与家庭人均年收入8000元以上群体无显著性差异；家庭人均年收入在8000元以上的群体与其他四个群体均无显著性差异。

表11－19　收入水平不同的村落农民群体间对影响自身健康因素的理解差异的方差分析

收入水平	1000元以下	1000～3000元	3001～5000元	5001～8000元	8000元以上
1000元以下	——	0.48*	0.11	0.09	0.32
1000～3000	0.48*	——	0.59*	0.57*	0.16
3001～5000	0.11	0.59*	——	0.02	0.43
5001～8000	0.09	0.57*	0.02	——	0.41
8000元以上	0.32	0.16	0.43	0.41	——

注：*表示 $P<0.01$　$F=11.170$　$P=0.000$

由以上分析可知，村落农民收入水平不同对不同选项表现出的认知水平也不尽相同，收入水平较低的村落农民对医疗保障的依赖性较大；而在通过体育锻炼增强自身健康上，收入水平较高的群体，表现出较高的认同度。

4）“饮食结构”在女性健康观念中占据优势

由表11－20可以看出，村落农民的性别不同，在影响自身身体健康因素选项上表现出不同的认知情况：在“医疗保障”、“体育锻炼”及“休息”的选项上男性均高于女性；而在“饮食结构”及“其他”选项上女性比例高于男性比例，这可能是由于部分女性更加注重体态的保持与塑造，因而更加注重“饮食结构”的合理性。

表11－20　不同性别的村落农民对影响自身健康因素的理解（%）

性别	饮食结构	医疗保障	体育锻炼	休息	其他
男	16.1	27.4	38.9	16.1	1.5
女	24.4	26.0	31.8	14.3	3.5

3. 东部4省村落农民的体育意愿分析

本研究对村落农民的体育意愿主要从以下几个方面进行分析：花钱参与体育健身活动的意愿、新农村建设中是否支持发展基层乡村的农民体育事业的意愿以及是否愿意投资修建村里的公共体育健身设施的意愿。

改革开放三十年来的发展，使我国经济发生了翻天覆地的变化。村落农民的生活水平得到大幅改善，特别是沿海经济发达地区，村落农民的生活更加富裕。但是，有钱并不代表每一个人都愿意去进行健身消费，都愿意为农村发展集资修建公共场所，都愿意出资修建所在村的公共体育健身设施。

调查中发现，从宏观层面来说，传统的体制严重影响了村落农民生活方式和观念的变化，如“二元户籍制度”，使城市跟农村之间在地域、文化、生活方式等方面产生严重隔阂。但在微观层次的机制中，村落农民的性别、年龄、文化程度、收入等因素也影响着村落农民的意愿，这些因素决定着村落农民在社会结构中的位置。

因此，假设认为，具有较高的文化程度以及收入水平较高的中青年男性更倾向于支持农村体育事业的发展。

为检验该假设，将使用的变量如下：

因变量：村落农民花钱参加体育健身活动的意愿。它来自问卷调查中的“就您的身体状况而言，您愿意花钱去参加体育健身活动吗?”，请调查对象谈自己的想法是“非常愿意”、“比较愿意”、还是“偶尔愿意”，以及“不是很愿意”、“完全不愿意”。在模型分析时，将前3项合成“愿意”，后两项合成“不愿意”。

村落农民是否支持发展基层乡村的农民体育事业的意愿。它来自问卷调查中的“您认为在新农村建设中发展基层乡村的农民体育事业有必要吗?”这一问题，提供给调查对象的选项是“非常必要”、“必要”、“有点必要”以及“不太必要”、“没有必要”。在模型分析时，将前三项合称为“必要”，将后两项合称为“不必要”。

村落农民是否愿意投资修建公共体育健身设施的意愿。它来自调查问卷中“为了发展您村的体育事业，您愿意投资修建村里的公共体育健身设施吗?”这一问题，提供给调查对象的选项是“非常愿意”、“比较愿意”、“勉强愿意”还是“不愿意”、“完全不愿意”。在模型分析时，将前三项合成“愿意”，后两项合成“不愿意”。

另外，为便于研究，将调查问卷中关于村落农民文化程度的五个选项：小学以下文化程度、小学文化程度、初中文化程度、高中或中专文化程度、高中以上文化程度。将第一项与第二项合并为小学及小学以下文化程度，将最后两项合并为高中及高中以上文化程度。

根据前面的假设，自变量主要有村落农民的性别、年龄、文化程度以及收入水平。根据已有的研究成果，将通过如下变量来定义村落农民的社会经济地位。

变量1：性别。性别不同，对社会事物变化的感知度存在差别，这方面男性优于女性。这在前面的研究中已经分析。这里假设，在农村男性在“花钱参与体育健身”、“支持乡村基层体育事业发展”及“愿意投资修建所在村的体育基础设施”的意愿高于女性。

变量2：年龄。生活在农村中的居民，年龄不同使得他们在思维方式、看问题的角度方面表现出差异。如，中青年村落农民是当前农村建设的主体力量，家庭及社会赋予的责任使得他们对相关的政策具有较高的期盼度和感知性；老年群体已是安享晚年时间，对社会问题的关心相对较弱；18岁以下的群体，刚入社会，对一切都充满好奇。因此，这里假设，中青年村落农民群体在“花钱参与体育健身”、“支持乡村基层体育事业发展”及“愿意投资修建所在村的体育基础设施”的意愿具有积极倾向性。

变量3：文化程度。已有研究发现，文化程度高的群体对事物的感知及认识具有优越性。这里假设，文化程度越高，对“花钱参与体育健身”、“支持乡村基层体育事业发展”及“愿意投资修建所在村的体育基础设施”意愿的倾向性越大。

变量4：收入水平。已有的研究发现，村落农民的收入水平越高，他们在生活中的消费支出越多，除去本身子女教育、医疗保险、农资投入等支出之外，还有较多的盈余支付其他如娱乐性的消费等，而收入水平较低的村落农民在家庭基本的投入上就显得捉襟见肘，在其他方面的消费就可想而知。因此，这里假设，家庭人均年收入水平越高的村落农民在“花钱参与体育健身”、“支持乡村基层体育事业发展”及“愿意投资修建所在村的体育基础设施”意愿性越强。

本研究所使用资料的基本情况如表11－21所示：

表 11 -21 调查对象及变量的基本情况

变 量	基本情况	
性 别	男性，614 人，58.6%	女性，434 人，41.4%
年 龄	平均值，38.51	标准差，13.156
文化程度	小学及以下，249 人，23.7% 初中，338 人，32.3%	高中及以上，461 人，44%
收入水平	平均值，4227.60	标准差，2883.594
意 愿		
花钱健身	愿意，565 人，53.9%	不愿意，483 人，46.1%
体育事业	愿意，966 人，92.2%	不愿意，82 人，7.8%
投资设施	愿意，811 人，77.4%	不愿意，237 人，22.6%

笔者将前述自变量纳入不同模型进行逻辑斯蒂回归分析，均通过了显著检验。这一分析是通过数学转换将因变量的概率函数用自变量来线性表达，然后通过对方程中自变量发生比率的考察来确定，在控制其他变量的情况下，某变量的一个单位变化对因变量发生比带来的变化，从而了解自变量对因变量的作用。① 因此这一分析方法要优于相关分析和方差分析。

（1）对自身花钱参加体育健身活动的意愿分析

笔者将性别等不同变量纳入不同模型对村落农民花钱参加体育健身活动的意愿进行逻辑斯蒂回归分析得出四种模型。四种回归模型均通过了显著性检验。如表 11 -23 所示。

模型一中纳入的是文化程度变量。从表 11 -22 可以看出，在控制其他变量不变的情况下，与具有“初中文化”以及“小学及小学以下文化程度”的村落农民相比，具有“高中及高中以上文化程度”的村落农民花钱参加体育健身活动的相对意愿较高，且与具有“初中文化程度”和“小学及以下文化程度”的村落农民群体之间存在显著性差异。

模型二中是纳入年龄作为自变量。如表所示，①村落农民的年龄在是否愿意花

① 毛振华等．社会学与和谐社会［D］．中国社会科学院科学研究所博士后论文集，北京：社会科学文献出版社，2007：7.

钱健身方面不存在差异。②与“高中及高中以上”文化程度相比，“初中文化程度”的村落农民在花钱参加体育健身活动方面的意愿较低，且与“高中以上文化程度”的村落农民存在差异。

模型三中是以收入为自变量进行多元回归分析。数据分析发现，① 村落农民的收入水平与在花钱参加体育健身的意愿方面不存在差异。② 村落农民年龄与其是否愿意花钱参加体育健身的意愿存在显著性差异。

表 11－22 村落农民花钱参加体育健身活动意愿的回归分析模型

模 型	因素	B	S. E.	Wald	df	Sig.	Exp（B）
模型一	文化程度			101. 735	2	. 000	
	小学及以下	1. 748**	. 174	101. 345	1	. 000	5. 743
	初中	. 671**	. 148	20. 465	1	. 000	1. 955
	回归系数	－. 789	. 100	61. 656	1	. 000	. 454
模型二	年龄	. 018	. 006	9. 111	1	. 003	1. 018
	文化程度			49. 142	2	. 000	
	小学及以下	1. 419	. 203	48. 721	1	. 000	4. 131
	初中	. 563*	. 153	13. 535	1	. 000	1. 755
	回归系数	－1. 372	. 219	39. 332	1	. 000	. 254
模型三	收入	. 000	. 000	6. 338	1	. 012	1. 000
	年龄	. 017**	. 006	8. 395	1	. 004	1. 018
	文化程度			40. 501	2	. 000	
	小学及以下	1. 313	. 207	40. 056	1	. 000	3. 716
	初中	. 529	. 154	11. 825	1	. 001	1. 698
	回归系数	－1. 056	. 251	17. 763	1	. 000	. 348

续 表

模 型	因素	B	S. E.	Wald	df	Sig.	Exp（B）
模型四	性别女性	.288*	.138	4.368	1	.037	1.333
	收入	.000	.000	5.851	1	.016	1.000
	年龄	.020	.006	10.685	1	.001	1.020
	文化程度			34.898	2	.000	
	小学及以下	1.237*	.211	34.532	1	.000	3.445
	初中	.498*	.155	10.346	1	.001	1.645
	回归系数	-1.549	.346	20.046	1	.000	.212

注：1. Variable（s） entered on step 1：文化程度 . 2. Variable（s） entered on step 2：年龄 . 3. Variable（s） entered on step 3：收入 . 4. Variable（s） entered on step 4：性别 . 性别是以男性作为参照组；文化程度是以高中及以上作为参照组

* 表示 $P<0.05$　** 表示 $P<0.01$

表 11-23　村落农民对花钱参与体育健身意愿回归模型的方差检验

模 型	Chi-square	df	Sig.
模型一	112.567	2	.000
模型二	9.097	1	.003
模型三	6.394	1	.011
模型四	4.371	1	.037

模型四中纳入的是性别自变量。可以看出，①男性群体在花钱参加体育健身的意愿方面好于女性。②村落农民的收入水平在是否愿意花钱参加健身方面不存在显著性差异。③在文化程度方面，“高中及高中以上文化程度”的村落农民在花钱参加体育健身方面的意愿更强，且与具有“小学及以下文化程度”和“初中文化程度”的村落农民群体存在差异。

通过上面的分析可以看出，在控制其他变量的情况下，村落农民的性别、年龄、文化程度对村落农民是否愿意花钱参加体育健身方面均具有显著性影响。但是，中青年村落农民具有更大的倾向性没有进一步得到证实；村落农民的收入变量没有在任何一个模型中通过检验，即没有证实收入越高越倾向于花钱参加体育健身。

在方差分析中，“愿意”花钱参加体育健身的村落农民家庭人均年收入是4678.12元，“不愿意”者的家庭人均年收入为3700.58元，整体组间差异通过显著性检验（F = 30.776，df = 1，P = 0.000）。但在本研究中为什么没有得到验证呢？通过以“家庭人均年收入”作为因变量进行线性回归分析可知，收入水平与年龄与文化程度呈线性关系，且显著性明显。（t = 5.455，p = 0.003）

可见，村落农民的文化程度越高，年龄越大，收入相应的就越高。因而，方差分析表明的两变量间的关系，其实是由年龄、文化程度所导致的。

分析结果表明，村落农民的性别、年龄、文化程度、收入水平都能影响村落农民在花钱参加体育健身方面的抉择。

（2）对在新农村建设中支持发展基层乡村村落农民体育事业的意愿分析

表11－24　村落农民对是否支持发展基层农村体育事业意愿回归分析模型

模　型	因素	B	S. E.	Wald	df	Sig.	Exp（B）
模型一	文化程度			25.959	2	.000	
	小学及以下	1.489**	.298	24.946	1	.000	4.432
	初中	.718	.315	5.186	1	.023	2.051
	回归系数	－3.203	.240	177.477	1	.000	.041
模型二	收入	.000	.000	4.578	1	.032	1.000
	文化程度			17.538	2	.000	
	小学及以下	1.285	.310	17.163	1	.000	3.614
	初中	.652	.317	4.219	1	.040	1.919
	回归系数	－2.713	.319	72.394	1	.000	.066

注：1. Variable（s）entered on step 1：文化程度 . 2. Variable（s）entered on step 2：收入 . 文化程度是以高中及以上作为参照组*表示 P <0.05　**表示 P <0.01

本研究中，笔者将村落农民的年龄、性别、收入、文化程度纳入不同模型对村落农民是否愿意在新农村建设下发展基层乡村的体育事业进行逻辑斯蒂回归分析。

两个模型均通过显著性检验（见表 11 -25）。

表 11 -25　村落农民对是否支持基层农村体育事业意愿的回归模型的方差分析

模　型	Chi - square	df	Sig.
模型一	27.157	2	.000
模型二	4.998	1	.025

模型一中纳入的是文化程度变量。如表 11 -24 所示，可以看出，在控制其他变量不变的情况下，文化程度对村落农民是否愿意在新农村建设下发展基层乡村的体育事业方面有显著影响。具体表现为：与“小学及以下文化程度”相比，“高中及高中以上文化程度”的村落农民的倾向性更大一些，且两者之间存在显著性差异。

模型二中是将村落农民的家庭人均年收入作为变量。可以看出，在控制其他变量不变的情况下，收入与村落农民是否愿意在新农村建设下发展基层乡村的农民体育事业方面不存在差异。

通过以上分析发现，在控制其他变量不变的情况下，只有文化程度和收入水平进入回归方程，但通过显著性检验的只有文化程度变量，收入水平没有通过检验。

在方差分析中，“愿意”在新农村建设下发展乡村体育事业的村落农民的家庭人均年收入为 4318.24 元，“不愿意”者的家庭人均年收入为 3159.76 元，整体的组间差异通过检验（$F = 12.332$，$df = 1$，$P = 0.000$）。通过以“收入”作为因变量的线性回归分析可知，村落农民的文化程度与收入水平呈线性关系，且通过显著性检验。（$t = 7.780$，$p = 0.012$）

因此，方差分析表明，两者之间的关系可能是由于文化程度引起。

结果表明，村落农民的文化程度、收入水平影响村落农民是否愿意在新农村建设下发展乡村体育事业的倾向性。

（3）对投资修建农村公共体育设施意愿的分析

表 11－26　村落农民对出资修建本村公共体育健身设施意愿回归分析模型

模　型	因素	B	S. E.	Wald	df	Sig.	Exp（B）
模型一	文化程度			68. 684	2	. 000	
	小学及以下	1. 511**	. 187	65. 421	1	. 000	4. 531
	初中	. 501**	. 191	6. 890	1	. 009	1. 650
	回归系数	－1. 843	. 136	184. 809	1	. 000	. 158
模型二	性别	. 626	. 155	16. 370	1	. 000	1. 870
	文化程度			62. 960	2	. 000	
	小学及以下	1. 456**	. 189	59. 656	1	. 000	4. 291
	初中	. 464	. 192	5. 834	1	. 016	1. 591
	回归系数	－2. 729	. 265	105. 969	1	. 000	. 065
模型三	收入	. 000	. 000	4. 205	1	. 040	1. 000
	性别	. 621**	. 155	16. 069	1	. 000	1. 861
	文化程度			49. 029	2	. 000	
	小学及以下	1. 339**	. 196	46. 604	1	. 000	3. 814
	初中	. 426**	. 194	4. 845	1	. 028	1. 531
	回归系数	－2. 432	. 300	65. 925	1	. 000	. 088

注：1. Variable（s）entered on step 1：文化程度 . 2. Variable（s）entered on step 2：性别 . 3. Variable（s）entered on step 3：收入 .

性别是以男性作为参照组；文化程度是以高中及以上作为参照组。

*表示 P<0. 05　**表示 P<0. 01

表 11－27　村落农民对是否愿意出资修建本村公共体育设施意愿回归模型的方差检验

模　型	Chi－square	df	Sig.
模型一	69.503	2	.000
模型二	16.425	1	.000
模型三	4.320	1	.038

在本研究中，笔者将村落农民的年龄、性别、文化程度及收入水平引入回归方程对村落农民是否愿意投资修建所在村的公共体育健身设施进行逻辑斯蒂回归分析。三种回归模型均通过显著性检验（如表 11－27 所示）。

模型一中引入的是文化程度变量。由表 11－26 可知，在控制其他变量不变的情况下，与具有“小学及小学以下文化程度”和“初中文化程度”的村落农民相比，“高中以及高中以上文化程度”村落农民的倾向性更大；且两者与“高中及以上文化程度”的村落农民群体之间均存在显著性差异。

模型二中纳入的是性别变量。可以看出，在控制其他变量不变的情况下，①性别在村落农民是否愿意出钱修建所在村的公共体育健身设施方面不存在显著性影响。② 与“高中及高中以上文化程度”相比，“小学及以下文化程度”的村落农民的倾向性更低一些，且与具有“高中及高中以上文化程度”的村落农民群体存在显著差异。

模型三中是将村落农民的收入作为变量。在其他控制变量不变的情况下，①男性群体在是否愿意修建所在村的公共体育健身设施方面优于女性群体。② 村落农民的收入水平在此方面不存在显著性影响。

通过上面的分析可以看出，在控制其他变量的情况下，村落农民的性别、文化程度对其在是否愿意投资修建所在村公共体育设施方面存在影响。年龄因素没有进入回归方程，说明在此方面不存在影响。但在分析中发现，收入因素始终没有通过显著性检验，即没有证实收入越高越倾向于出资修建公共体育健身设施。

通过前面分析可知，经过方差分析可得，收入水平与村落农民的年龄、文化程度呈线性关系。因此，收入水平与因变量之间的关系可能是由于文化程度的变化所引起的。

结果分析表明，村落农民的性别、文化程度、收入水平影响他们在对是否愿意出资修建所在村的公共体育健身设施方面的判断。而年龄因素的影响在研究中没有得到证实。

综上所述，村落农民的性别、年龄、文化程度、收入水平等因素单独或者交叉组合影响着他们在“花钱参与体育健身活动”、“是否支持在基层发展农村体育事业”及“投资修建所在村的公共体育设施”意愿方面的判断。

4. 东部4省村落农民参与体育活动的锻炼行为分析

（1）总体情况

体育锻炼行为是指人们在内因与外界环境的相互作用下，有目的、有意识地利用闲暇时间、采用体育手段和方法，在特定的活动场所，为谋求身心健康或达到某种目的而进行的身体活动。① 本研究的体育行为主要从活动频率、活动持续时间、活动内容、活动场所等方面来考虑。调查发现：

表11－28　不同省份村落农民参加体育活动的频率（%）

地　区	山东省	江苏省	浙江省	江西省
N	322	118	97	70
每周1～2次	28.6	36.1	6.1	34.3
每周3次以上	25.6	16.5	8.1	18.4
每月1～3次	28.9	26.8	30.7	19.6
每年1～3次	16.9	20.6	55.1	27.7

在活动频率方面，每月参加1～3次的人数最多，有169人，占27.8%；每周活动1～2次的人数有163人，占26.9%；每年活动1～3次的人数有154人，占25.4%；每周活动3次或3次以上的人数有121人，占19.9%。在每次活动持续时间方面，30～45分钟的人数比例最多，占总人数的32.8%；其次为30分钟以下的，占23.4%；再次为1小时以上至2小时以下的占22.9%；46分钟至1小时的占16.5%；活动时间在2小时以上的人数最少，仅占4.4%。在不同省份体育活动频率方面（表11－28），山东省村落农民每月活动1～3次和每周活动1～2次的人

① 汤国杰，丛湖平．社会分层视野下城市居民体育锻炼行为及影响因素的研究［J］．中国体育科技，2009，45（1）：139～143.

数较多；江苏省每周活动1~2次的人数最多；浙江省每年活动1~3次的人数最多；在江西省则是每周1~2次的人数最多。各省村落农民每次参加体育活动的持续时间见表11-29。

表11-29　不同省份村落农民每次参加体育活动的持续时间（%）

地　区	山东省	江苏省	浙江省	江西省
N	322	118	97	70
30分钟以下	25.2	28.9	18.6	26.1
30~45分钟	35.1	45.4	20.3	36.3
46分钟~1小时	15.7	6.2	35.5	14.6
1~2小时	17.1	15.4	25.4	5.2
2小时以上	6.9	4.1	0.2	17.8

在对村落农民最常参加的体育活动的调查中发现，喜欢参加球类活动（如乒乓球、羽毛球、篮球、排球、足球等）的村落农民人数最多，占总数的43.2%，其次是喜欢散步、慢跑、爬山活动的村落农民，占28.7%，再次为喜欢体育欣赏（如通过电视转播或现场观看比赛、通过报纸阅看体育新闻等）的村落农民，占14.8%，喜欢健美操、形体的人数占7.7%，经常参加民族民间体育活动（如气功、太极拳、民族舞、扭秧歌等）的人数最少，仅占5.6%。

在对村落农民参加体育活动场所的调查中，表示“在所在村的免费活动场所”的人数最多，占总人数的53.9%；其次是在“田间路边、山地河流旁边等自然环境下”的，占25.2%；再次为在“家里”的，占14.0%，到“镇（乡）里的收费健身场所”的占4.9%；在“所在村的收费场所”的比例最小，仅占2.0%。基于上述结果，笔者认为：村落农民参与体育活动的主观意识在不断增强，体育锻炼行为存在不同程度的差异。

表 11－30　不同省份村落农民经常参加的体育活动的内容（%）

地　区	山东省	江苏省	浙江省	江西省
N	322	118	97	70
散步、慢跑等	32.8	25.8	15.2	37.1
健美操、形体等	6.6	14.4	6.8	5.7
球类活动	42.3	39.2	58.5	24.4
民族民间活动	4.8	6.2	9.3	1.4
体育欣赏	13.5	14.4	10.2	31.4

从各省的情况来看（表 11－30、11－31），在活动内容方面，倾向于散步、慢跑、爬山以及球类活动的村落农民各省都占有较大的比例；在健美操、形体以及民族民间体育活动方面江苏、浙江两省较另外两省比例较高；喜欢体育欣赏的村落农民中，江西省所占比例最高。笔者在调查中发现，对于不同的运动项目爱好的群体有所差异。如老年人比较热衷于散步、慢跑、爬山等体育活动；年轻人比较倾向球类活动；对于体育欣赏，中青年男性是最主要的关注群体；健美操、形体等活动年轻女性居多；少数民族聚集区以及老年群体比较倾向民族民间体育活动。

表 11－31　不同省份村落农民经常参加的体育活动的场所（%）

地　区	山东省	江苏省	浙江省	江西省
N	322	118	97	70
村免费场所	45.9	67.0	72.9	40.0
自然条件下	32.1	17.5	14.4	20.0
家里	13.8	13.4	7.6	28.6
村收费场所	1.6	1.0	5.1	0
镇乡收费场所	6.6	1.1	0	11.4

在活动场所方面，选择在“所在村的免费场所活动”的人数占多数，而选在“村镇收费场所活动”的人数很少；但不同地域之间在选择上也存在差异，如选择在“家里”和“镇乡收费场所活动”的村落农民，江西省占的比例最多，而选择在“田间、溪流等自然条件下活动”的村落农民，山东省最多。

笔者在调查中发现，四个省份都处于华东经济发达地区，村落农民的温饱问题早已解决，大部分地区已经提前进入小康社会，但很少发现自然村落有收费的健身场所，即使像山东寿光市、邹平县等全国名列前茅的百强县也很少出现，大多数地区只有到县城或者市里才能找到几个健身场所。当然，不同的地域之间也存在差异，例如在江西省，村落农民比较喜欢“搓麻将”，在这些地方的自然村发现有不少村落都有收费的“麻将室”，但却极少见到收费的体育活动场所，故该省选择到村收费场所活动的人数比例为零也就不足为奇了。

（2）体育锻炼行为与人口学变量的相关性分析

本研究主要从性别、年龄、文化程度、收入等部分人口学变量方面对村落农民群体的体育锻炼行为进行研究。(结果显示表 11－32 至表 11－36)

1）从性别来看，在活动的持续时间及活动内容方面男性的平均得分均高于女性，而在活动的频率及活动场所的选择上女性的得分高于男性。在活动频率、活动持续时间、活动内容等行为上均与性别具有高度相关性（$P<0.01$），在活动场所的选择上也存在相关性（$P<0.05$）。产生性别差异的原因可能主要有：①体质状况不同，男性被视为家庭的主要劳动力、“顶梁柱”，对自身健康状况的关注程度较高，针对性要求更强烈，且男性本身的体质比女性要强（2005 年我国国民体质检测报告结果显示：男性农民平均优秀率为 10.7%，而女性为 8.4%；不合格分别为男性 17.2%，女性 21.2%①），参加体育活动的项目中，适合男性活动（如篮球、足球等）远多于女性，因此在活动的持续时间、活动内容上得分高于女性。②女性在体育活动方面虽比较重视内容的选择，但大多时候是选择自身感兴趣且适合的项目，并且在锻炼场所的选择上更关心环境的安全性及景观效应以及生态的良好状况等方面，活动方式的选择上也多采取低强度、高频率的形式。

2）从不同的年龄情况来看，不同年龄群体在活动频率上存在显著性差异（$P<0.01$），在活动持续时间和活动内容两项指标上也存在相关性（$P<0.05$）。活动频率方面随着年龄的增加逐渐增多，但在 60 岁以上年龄群体出现“拐点”。这可能与各年龄段体质状况对体育健身的需求不同有关；在持续时间上，18 岁以下的群体得分最高，这一群体大部分主要由学生组成，农村学校体育的开展及充足的课余时间，为他们长时间持续活动提供了条件；在活动内容的选择方面，60 岁以上的群体内容相对比较单一，这与他们这一年龄段的特点基本相符；在活动场所的选择上不同年龄阶段之间不存在显著差异。

① 郭素萍．中国农民占体育人口的 8.4%，平均体质低于城市［EB/OL］．http//www.china.com.cn/chinese/kuaixun/1168540.htm.

3）从不同的文化程度来看，在活动频率、活动内容及活动场所的选择上各学历层次均存在显著性差异（P＜0.01），而在活动持续时间上不存在显著性差异。村落农民群体的活动频率从具有小学文化程度的群体开始随着学历层次的增高逐渐降低，这个可能与他们所从事的职业有关，在村落，高学历的群体，工作、活动时间相对比较固定，零碎的时间较少，而学历层次比较低的群体大多没有固定职业，相比较而言，零散时间较多，活动的随意性强，因此，活动频率较高；在活动内容与活动场所的选择上高学历层次的群体占有优势，学历高，知识层次、社会见识自然处于更高水平，这对人们的生活方式、思维方式都会产生很大影响。

4）从不同收入水平来看，活动频率与村落农民的家庭人均年收入水平基本上是反其向而行。在农村，收入较高的群体，大多数时间都用在工作、“跑生意”挣钱上，这部分群体，真正进行体育锻炼的机会很少；在活动内容的选择上，高收入群体得分相对较高，这可能与他们有更好的经济条件去享受高层次的体育休闲运动有关；不同的收入水平群体在这两项指标上的差异均具有非常显著性的差异（p＜0.01），而在活动持续时间及活动场所的选择上不存在显著性差异。

表11－32 不同性别村落农民参加体育活动锻炼行为差异（$\bar{x}\pm s$）比较

性别	活动频率	持续时间	活动内容	活动场所
男	3.34±1.538**	2.68±1.178**	2.81±1.301**	1.73±1.065*
女	3.88±1.393**	2.23±1.195**	2.49±1.380**	1.90±1.094*

注：*P＜0.05；**P＜0.01

表11－33 不同年龄村落农民参加体育活动锻炼行为差异（$\bar{x}\pm s$）比较

年龄	活动频率	持续时间	活动内容	活动场所
＜18	2.55±1.602**	2.77±1.225*	2.65±1.203*	1.56±0.732
18～35	3.36±1.446**	2.31±1.142*	2.67±1.240*	1.83±1.162
36～45	3.81±1.359**	2.70±1.255*	3.00±1.324*	1.88±1.057
45～60	4.11± +1.319**	2.74+ ±1.233*	2.93±1.563*	1.94±1.111
＞60	3.57±1.782**	2.65±1.136*	1.43±1.042*	1.16±0.374

注：*P＜0. 05；**P＜0. 01

表 11－34　不同文化程度的村落农民参加体育活动锻炼行为差异（$\bar{x} \pm s$）比较

文化程度	活动频率	持续时间	活动内容	活动场所
小学以下	3.96±1.608**	2.86±1.206	1.51±0.989**	1.24±0.495**
小学	4.21±1.286**	2.30±1.218	2.43±1.513**	1.62±0.837**
初中	3.67±1.516**	2.52±1.914	2.81±1.383**	1.87±1.043**
高中或中专	3.42±1.405**	2.65±1.215	2.80±1.241**	1.77±1.130**
高中以上	2.79±1.396**	2.34±1.157	2.85±1.260**	1.93±1.193**

注：* P<0.05；** P<0.01

表 11－35　不同收入水平的村落农民参加体育活动锻炼行为差异（$\bar{x} \pm s$）比较

收入（元）	活动频率	持续时间	活动内容	活动场所
<1000	3.32±1.746**	2.33±1.191	2.03±1.425**	1.46±0.618
1000～3000	3.86±1.488**	2.37±1.189	2.65±1.322**	1.71±0.902
3001～5000	3.65±1.057**	2.71±1.204	2.87±1.349**	1.99±1.203
5001～8000	3.54±1.394**	2.54±1.191	2.90±1.391**	2.00±1.218
>8000	3.11±1.307**	2.49±1.205	2.71±1.175**	1.63±1.064

注：* P<0.05；** P<0.01

表 11－36　不同性别、年龄、文化程度、收入水平的村落农民参加体育活动锻炼行为差异的相关性分析

变量	活动频率	持续时间	活动内容	活动场所
性别	0.179**	－0.177**	－0.116**	0.074*
年龄	0.202**	0.079*	－0.72*	－0.028
文化程度	－0.256**	－0.48	0.207**	0.179**
收入水平	－0.102**	0.039	0.207**	0.029

注：* P<0.05；** P<0.01

5. 影响东部4省村落农民参与体育活动的因素分析

（1）体育资源配置严重不足

随着改革开放的不断深入，我国的经济总量不断增加，人民的生活水平得到大幅提高，这是我国经济发展给国民带来的实惠。但囿于“二元户籍分割”体制的影响，出现“城乡分治”、“一国两策”的现象。城乡间公共资源配套比例严重失衡，特别是与村落农民生活息息相关的基础设施的建设明显滞后。村落体育场地设施、活动场所的严重缺乏，导致村落体育活动开展困难，极大地挫伤了村落农民参加体育活动的热情和积极性，严重影响了村落体育的发展。从目前来看，农村体育场地设施的缺乏是制约这些地区农村体育发展的重要因素之一。在针对这些地区农村体育设施现状的调查中发现，认为所在村体育场地与设施“十分充裕”的仅占1.3%，认为“比较充裕”的占5.8%，认为“基本满足需要”的占11.4%，认为“有点缺乏”的占24.7%，而认为“非常缺乏”的人数高达56.8%，可见，这些地区农村体育场地设施的建设严重滞后，因此，政府应当加大对农村体育场地设施的建设和投入，尽快消除影响体育发展的这块“短板”。

（2）村落体育活动组织机构缺失及社会体育指导员数量严重不足

农村村落体育组织机构及社会体育指导员是村落开展体育活动、提高村落农民参与体育活动积极性的重要组成因素，这些因素的缺失或者不足将会严重制约村落农民体育活动的顺利开展，同时也将大大降低村落农民参与体育活动的热情。在鲁苏浙赣四省针对这些方面的调查中发现，在政府为村民组织体育活动的频率方面，每村“平均每年1次”的占17.7%，“平均每年2~6次”的占16.5%，“平均每月1次”的村仅占1.9%，“平均每周1次”的占4.3%，“从来不组织”的村占59.6%；在对村落农民参与体育活动的组织形式的调查中，表示“个人自由活动”的占52.9%，表示“村里组织的活动”的占10.2%，表示“小组（队）组织的活动”的占15.0%，表示“与家人一起活动”的占13.0%，表示“其他”的占8.9%。可以从侧面看出，农村体育组织机构严重的缺失或者存在“无为”表现，形同虚设；另据调查发现，在体育活动指导方面，认为“从未有人指导”的占37.2%，认为“很少有人指导”的占29.9%，认为“偶尔有人指导”的占22.6%，认为“一般有人指导”的占8.2%，认为“总是有人指导”的占2.1%，说明村落社会体育指导员的配备是村落体育发展的一个“盲区”。

（3）村落农民体育健身意识薄弱、对体育的功能缺乏正确的认识

体育意识是体育行为的基础，否则就不可能有体育行为。在调查中发现，有不少村落农民认为，体育的功能“和劳动一样，没有特殊作用”，他们普遍认为干农

活本身就是一种体育运动。另外在对“影响村落农民自身参与体育活动的最主要因素的调查”中，村落农民在“对体育运动兴趣不大”的选项上得分较高；在对村落农民农闲时的生活安排的调查中发现，参加体育健身活动排在看电视、报纸，打牌、搓麻将，和乡亲聊天之后，位居调查选项的倒数第二位。可见，村落农民由于受自身体育健康知识储备、狭隘观念的影响，缺乏对体育功能的正确理解和参与体育健身的意识，缺乏自觉投入和参与体育活动的意识。

（4）余暇时间制约村落农民体育健身的质量

众所周知，经济条件和余暇时间是村落农民参与体育健身活动的保证。随着社会的不断进步，村落农民的生活条件大幅改善，特别是党和政府对“三农”工作的重视，农村的经济状况发生了翻天覆地的变化，这为村落农民体育的开展提供了经济上的支撑。在对影响村落农民参与体育活动最主要因素的调查中，“经济条件”因素已不是制约村落农民参与体育活动的最主要因素，仅占 14. 1%；多数调查者认为“空闲时间”是制约他们从事体育活动的主要因素，排在所有影响因素的第一位，其次为“场地设施”因素。

经济社会的不断发展，也带来了人们生活节奏的加快，追求更高层次物质生活享受成为更多村落农民向往的生活，对于富有的群体，这一追求足以占去生活中大部分的空暇时间，体育健身也就无从谈起；至于无钱一族，空闲时间挣钱改善生活才是真理，体育活动对他们来说也似“天外来物”，重视程度可见一般。因此，在注重提高村落农民收入水平和改善村落农民生活条件的同时，更应该保证村落农民能有充足的时间参加体育健身运动，才是推动村落农村体育前进的“引擎”。

在对影响村落农民参与体育活动最主要因素的调查中，认为“经济条件不允许”的占14. 1%；认为“没有空闲时间”的占35. 7%；把“没有场地器材”作为最主要影响因素的占 34. 7%；认为“生理疾病、身体疲劳”的占 4. 8%；认为“对体育运动兴趣不大”的占10. 7%。

可见，经济条件作为制约村落农民参与体育活动影响因素的作用已经弱化，没有“空闲时间”和“场地器材的制约”渐渐成为主导；这说明改革开放三十年的经济成果给广大村落农民带来实惠，物质的充裕、经济的富足，对生活的追求的欲望已不是当前消费水平所能满足。在追求“年轻化”的浪潮中，体育运动所蕴含的意义使多数富足者趋之若鹜。但是，社会竞争的激烈、生活节奏步伐的加快，使他们难有更多的空闲时间去从事体育运动，这在一定程度上影响了村落农民参与体育活动的质量。

（5）地区差异制约村落农民体育的发展

山东、江苏、浙江、江西四省同处我国经济相对发达的华东地区，从经济总量来看，在全国名列前茅。改革开放三十年沿海经济的飞速发展给当地居民带来实惠，人民的生活水平大幅提高。但由于各省经济发展体制机制、民俗文化、人口结构的不同导致各省之间的地区差异明显。在经济方面，山东省2007年经济总量虽居全国第二，但由于人口众多，人均值低于江浙两省（2007年省山东人均生产总值27723元、江苏31010元、浙江37130元；从农民的人均纯收入来看，山东4985元、江苏6561元、浙江8265元、江西4098元）①②③④，江西省整体上远滞后于其他三省。经济基础决定上层建筑，村落农民收入水平的多少直接影响着他们选择消费的方式。因此，山东、江西两省在选择“经济条件不允许”选项上的比例高于江浙两省在情理之中；在“没有空闲时间”参与体育锻炼的人群中，浙江省高于其他省份，这与浙江省经济社会发展方式不无关系。众所周知，浙江民企遍布各地，浙商遍布全国，享誉全国的“温州模式”、令人垂涎的“义乌小商品城”等无不显示着浙江的富饶。笔者在此次调查中发现，多数村落农民家里都有小加工厂，极少村落农民在农闲之余外出打工，这也是让笔者在别的省份无法看到的场景，浓厚的商业氛围充斥着浙江大地，竞争激烈的商业环境让无数农民为自己的事业不停地忙碌奔波，空闲时间对他们意味着奢侈。政府财力的充裕是解决公共体育设施不足问题的可靠保障。在调查中发现浙江省村落的体育基础设施相对比较完善（如表11－37至表11－39所示），这为村落农民体育的开展提供了活动的载体，只要政府稍加引导，定会提高村落农民体育活动的质量。与其形成鲜明对比的江苏省则在“场地器材缺乏”上比例较高，发达的经济，富裕的农民，却缺乏满足当地民众参与体育活动所必需的场地设施（如表11－38所示，认为场地与设施非常缺乏的占74.1%），这与当地政府“以民为本”的体育意识和体育组织机构的缺失有很大关系。（如表11－39所示，从来不组织体育活动的占84.3%），这充分体现了该省村落农民的健身需求与场地设施极度匮乏和当地政府组织“无为”的现实情况

① 姜大明．山东省2008年政府工作报告［R］．山东省第十一届人民代表大会第一次会议，2008－1－20.

② 罗志军．江苏省2008年政府工作报告［R］．江苏省第十一届人民代表大会第一次会议，2008－1－25.

③ 吕祖善．浙江省2008年政府工作报告［R］．浙江省省第十一届人民代表大会第一次会议，2008－1－25.

④ 吴新雄．江西省2008年政府工作报告［R］．江西省第十一届人民代表大会第一次会议，2008－1－23.

之间的矛盾。

表 11－37　不同省份村落农民对影响自身参与体育活动因素的理解（%）

影响因素	山东省	江苏省	浙江省	江西省
经济条件	17.7	4.4	7.7	17.2
空闲时间	35.5	25.5	43.3	36.3
场地器材	33.0	53.9	31.8	28.0
生理原因	3.7	4.4	7.6	7.0
运动兴趣	10.1	11.8	9.6	11.5

表 11－38　不同省份农村体育场地与设施情况（%）

选　项	山东省	江苏省	浙江省	江西省
十分充裕	1.2	3.4	0	0
比较充裕	5.5	3.9	12.1	1.9
基本满足	9.9	3.9	35.7	0
有点缺乏	27.6	14.7	40.8	6.4
非常缺乏	55.8	74.1	11.4	91.7

表 11－39　不同省份村落农民所在村组织体育活动的频率（%）

频　率	山东省	江苏省	浙江省	江西省
平均每年 1 次	11.1	3.9	47.7	24.4
平均每年 2～6 次	17.5	7.4	29.3	8.8
平均每月 1 次	2.7	1.5	0	2.5
平均每周 1 次	1.9	2.9	1.3	15.9
从来不组织	66.8	84.3	21.7	48.4

（三）结　论

1. 村落农民对“新农村建设”、“农民体育健身工程”、“全民健身计划纲要”的认知程度整体偏低，各群体间认知程度存在差异

数据显示，村落农民对“新农村建设”、“农民体育健身工程”及“全民健身计划纲要”的认知水平整体偏低，且对“新农村建设”、“农民体育健身工程”以及“全民健身计划纲要”的认知表现出不同的倾向，具体表现为对“新农村建设”认知水平相对较高，“农民体育健身工程”次之，“全民健身计划纲要”相对最低。

各群体间差异表现在：男性的认知水平高于女性，主要体现在其社会性更加突出；高中以上文化程度的村落农民以上政策的认知程度更加深入和全面；18～35岁年龄段的村落农民群体的认知水平优于其他年龄段；家庭人均年收入水平高的村落农民群体在以上相关政策的认知上相对于其他收入群体表现出较强的“敏感性”；鲁苏浙三省村落农民在以上政策的认知程度上好于江西省。

2. 不同群体对体育功能的认知存在差异，“强身健体”仍是最直观的体现

结果显示，“强身健体”功能仍是村落农民共同的认可，但不同群体间存在差异。18～45岁的中青年群体参与体育活动内容趋向多样化；高学历群体更加倾向参加休闲体育；低收入群体对体育的认识仍停留在“体育锻炼跟劳动一样，没有区别”上，高收入群体则更倾向通过体育活动满足自己的兴趣；男性群体注重体育的“健身功能”，女性则希望通过体育锻炼进行休闲娱乐。

3. 村落农民对影响健康因素的判断因背景不同存在差异，且表现出不同的倾向

调查显示，村落农民对影响健康的因素的判断受学历、年龄、性别及收入水平等因素的制约，且表现出不同的倾向。具体为：年龄大、学历低以及家庭人均年收入水平较低的群体，对“医疗保障”的依赖程度较高；而在“体育锻炼”方面，年龄小、学历层次高以及收入水平高的群体表现出较高的积极性；在“饮食结构”选项上，文化程度较高的村落农民占有优势，相比之下女性群体更偏向此选项；在“休息”选项上，46～60岁年龄段所占比例较高。

4. 收入较高的中青年男性村落农民群体表现出较强的体育意愿倾向

根据对鲁苏浙赣四省村落农民在“是否愿意花钱参加体育健身”、“是否愿意在新农村建设中发展基层农民体育事业”以及“是否愿意投资修建所在村的公共体育设施”等方面的“意愿”调查，笔者分别从村落农民的性别、年龄、文化程度、收入水平等影响因素对其意愿进行多元回归分析，分析表明：村落农民的性别、年龄、文化程度及收入水平等因素单独或交叉组合作为影响因素制约着村落农民在“花钱参与体育健身”、“支持发展基层乡村农民体育事业”及“投资修建所在村的公共体育健身设施”等方面意愿上的判断，并在此基础上得出结论：收入水平较高的中青年男性群体在“花钱参与体育健身”、“支持发展基层乡村农民体育事业”及“投资修建所在村的公共体育健身设施”等方面表现出较高的意愿倾向。

5. 村落农民的体育锻炼行为受年龄、文化程度等人口学因素影响明显

通过村落农民的性别、年龄、文化程度、收入水平对其参加体育活动时的持续时间、活动内容、活动频率等体育锻炼行为的影响进行方差分析得出：村落农民的体育锻炼行为受其性别等人口学因素的影响明显，具体表现为：在活动的持续时间及活动内容方面男性的平均得分均高于女性，而在活动的频率及活动场所的选择上女性的得分高于男性；活动频率方面随着年龄的增加逐渐增多，但60岁以上群体出现“拐点”。这可能与各年龄段体质状况对体育健身的需求不同有关；在持续时间上，18岁以下的群体得分最高，在活动内容的选择方面，60岁以上的群体内容比较单一；在活动场所的选择上不同年龄阶段的差异没有统计学意义；活动频率随着学历层次的增加逐渐降低，在活动内容与活动场所的选择上高学历层次的群体占有优势；从不同收入水平来看，活动频率与村落农民的家庭人均年收入水平基本上是反其向而行，在活动内容的选择上，高收入群体得分相对较高。

6. 制约村落农民参与体育活动的因素呈现多元化

经济条件不再是制约村落农民参与体育活动的最主要因素，制约村落农民体育活动开展的因素朝多元化发展。具体表现：（1）农村体育资源配置严重不足；（2）农村体育活动组织严重缺失、体育社会指导员数量极度匮乏；（3）村落农民体育健身意识薄弱，对体育的功能缺乏正确认识；（4）“没有空闲时间”影响村落农民参与体育活动的质量；（5）地区差异影响村落农民体育的发展等。农村体育场地与设施建设的落后、政府组织在村落体育活动组织管理上的“缺位”，严重影响了村落农民体育健身的质量，阻碍了村落体育的发展，充分表现出村落农民健身的欲望与场地设施的缺乏、体育活动组织管理上的“缺位”及之间的矛盾。

二、湘、鄂、豫三省村落农民体育的现状分析

（一）调研的基本情况

1. 调研对象

以湘、鄂、豫中部三省村落农民体育的现状为研究对象，调查涉及36个县（区）、72个乡（镇）、144个村落，共1548位村落农民。其中男性895人，占57.82%，女性653人，占42.18%。

2. 调研方法

采用分层随机抽样和入户调查的方式，对湖南、湖北和河南三省广大农村村落地区进行问卷调查和实地考察。共发放问卷2100份，回收问卷2042份，有效问卷1548份（其中，湘卷463份、鄂卷555份、豫卷530份），有效问卷回收率为75.81%。

就有关村落地区的体育组织情况、体育经费的投入、体育场地建设的状况等问题，对部分乡镇体育工作站或文体工作站的负责人及一些村干部进行了访谈。

（二）结果与分析

1. 调查对象的基本情况

在被调查的中部三省村落农民中，男性村民占多数，约57.82%；从年龄结构来看，18～35岁的村民最多，占29.4%，其次是36～45岁的村民，占调查总人数的23.6%，最少的是60岁以上的村民，仅占13.6%；从受教育程度来看，初中文化程度的人最多，占36.2%，小学文化程度以下和高中文化程度以上的人较少，呈倒U形曲线；从家庭人均年收入来看，人均年收入在8000元以上的最少，约占9.4%，1000～3000元的人数最多，占37.8%。

2. 三省村落农民的体育认知与态度

（1）村落农民对新农村建设、全民健身计划及农民体育健身工程的认知情况

调查显示：在回答“是否了解新农村建设”时，被调查的村落农民中认为“很了解”者占4.7%，“比较了解”者占15.5%，“基本了解”者占35.7%，“仅听说过”者占28.6%，“完全不知道”者占15.5%。可见，多数村落农民对新农村建设已经有了一定程度上的理解，但仍有相当一部分村落农民对新农村建设了解甚少或全然不知，这一状况需要引起足够重视。

1995年国务院颁布并实施了《全民健身计划纲要》，这对我国群众体育事业的发展，特别是对我国村落农民体育的发展而言，无疑具有里程碑式的意义。调研中发现，中部三省村落农民对全民健身计划的认知情况较差，在回答“是否了解全民健身计划”时，选择“仅听说过”和“完全不知道”者合计高达70.8%，选择“很了解”和“比较了解”的分别仅占2.6%和11.1%。可见，虽然我国推行并实施《全民健身计划纲要》已有十余年的时间，但我国绝大部分村落农民对这一利民政策知之甚少，这可能主要归因于我国对《全民健身计划纲要》的宣传重心还尚未真正深入农村基层。加之，当前乡（镇）、行政村体育机构及农村体育组织还很不健全，全民健身宣传的主体缺失，使得全民健身的宣传工作异常艰巨。有研究表明，被调查的乡（镇）中，乡（镇）政府没有全民健身体育领导机构、没有乡镇干部分管体育工作、没有农民体协及其他农民体育组织的分别占52.3%、47%和63%；被调查的行政村中，没有村级体育领导机构、没有村干部分管体育及没有村农民体育组织的分别达到84.3%、74.8%和86.9%，个别省这几项“没有”的比例甚至超过90%。[①] 可见，农村基层可能囿于财力、人力、物力等多方因素，导致《全民健身计划纲要》这一惠民政策还尚未真正贯彻落实到我国广大农村基层村落。

2005年国家体育总局在新农村建设的战略背景下，提出了推行“农民体育健身工程”的发展思路和实施计划，次年农民体育健身工程在全国范围内试点启动，可谓标志着一场真正意义上的最基层农民体育工程的诞生。然而，令人遗憾的是，在走访的部分村落中，当问及村落农民对农民体育健身工程的了解情况时，绝大部分村落农民对农民体育健身工程的了解程度几近空白或仅是听说而已，即使是地方村干部对农民体育健身工程非常了解的人也是凤毛麟角。此次对中部三省抽样调查所显示的有近73.4%的村落农民对农民体育健身工程表示“仅听说过”和“完全不知道”的选择结果，充分证明了村落农民对该惠民政策的了解程度之低。

综上分析可见，降低新农村建设、全民健身计划、农民体育健身工程等惠民利民政策的宣传重心，扫清农村基层尤其是广大村落这一宣传死角，是今后农村和农民体育宣传工作的重中之重。

（2）村落农民对体育锻炼的作用和身体健康问题的认知情况

村落农民对体育锻炼作用的认知在一定程度上反映了村落农民参与体育活动的

---

① 郁俊，杨建营，李萍美等．浙苏皖赣鲁农民享有基本体育服务现状调查与对策研究［J］．体育科学，2006，26（4）：22～25.

动机。调查发现，有47.9%的村落农民认为“体育锻炼和劳动一样，没有特殊作用”，有29.4%的村落农民认为“体育锻炼有强身健体的功能”，有18.3%的村落农民认为“体育锻炼有休闲娱乐的功能”，余下4.4%的村落农民认为体育锻炼有“社交、教育等其他功能”。研究结果表明，部分村落农民对体育锻炼的多元功能已经有了一定的认识，但是仍有较大比例的村落农民对体育锻炼的功能在认识上存在着谬误，将体育锻炼与生产劳动对身体的作用等同视之。正因为部分村落农民对体育锻炼的功能存在认知偏差，也致使这些村落农民对参与体育锻炼缺乏积极主动性，甚至根本没有意识参与体育健身活动，这也从某种层面说明了要发展村落农民体育，应着重提升村落农民的体育健身意识及其对体育锻炼功能的正确认知水平。

在回答“对您的身体健康而言，目前最重要的问题是什么”时，选择“医疗保障”的村落农民所占比例最高，达34.2%，这与目前我国新型农村合作医疗制度的大力实施及村落农民的积极参与是分不开的。据卫生部2007年11月12日公布，截至该年9月30日，全国开展新型农村合作医疗的县（市、区）达到2448个，占全国总县（市、区）的85.53%，参加新农合人口7.26亿，参合率为85.96%。据统计，东部地区有653个县（市、区）开展新农合，占东部地区县（市、区）总数的93.69%，参加新农合人口2.23亿，参合率为89.58%；中西部地区有1795个县（市、区）开展新农合，占中西部县（市、区）总数的82.91%，参加新农合人口5.03亿，参合率为84.44%。[①] 其次，村落农民把“饮食结构”和“休息”分别放在影响身体健康问题的第二和第三位，其所占比例分别是24.6%和19.3%。这说明目前中部地区村落农民的饮食问题及面朝黄土背朝天的艰辛劳作的现状尚未根本改变。最后，“其他”被排在第四位，“体育锻炼”则被放在最尾。虽然很难说体育锻炼是影响村落农民身体健康最重要的因素，因为不同健康状况、不同生活水平、不用劳作程度的村落农民对促进自身健康的需求是不同的，但是可以肯定，体育锻炼理应是影响村落农民身体健康状况的一个重要因素，然这与现实中村落农民对体育锻炼增进自身健康相对较低的认可度却形成了鲜明的反差。

（3）村落农民对参与体育活动的态度、花钱参加体育活动及投资修建村公共体育健身设施的态度

社会心理学研究认为，态度能够影响人的行为，态度越强烈，则态度和行为的

① 中国人权网．中国7.2亿农业人口参加新型农村合作医疗［EB/OL］．http：//www.human rights.cn/cn/zt/xwgzrd/2007/xxnchzyl/index.htm.

一致性也就越强。① 因此，研究村落农民的有关体育态度，可以有效地预测村落农民的体育行为。调研结果显示，在问及村落农民对“您是否愿意参加村落体育活动”时，认为“非常愿意、愿意、比较愿意”者合计占被调查总人数的67.6%，“不怎么愿意、很不愿意”合计占被调查总数的32.4%，这一结果表明大部分村落农民对参与体育活动的态度还是比较积极的；对“您是否愿意花钱参与体育健身活动”时，选“非常愿意、比较愿意、偶尔可以”者合计仅占被调查总数的36.3%，而选“不愿意、完全不愿意”者合计达到了被调查总数的63.7%，这一结果无疑在一定程度上反映了我国现阶段广大村落经济基础仍然十分薄弱的现实；对“您是否愿意投资修建村里的公共体育健身设施”时，持“非常愿意、比较愿意、勉强愿意”态度的村落农民仅占被调查总人数的49.5%，持“不愿意、完全不愿意”态度者却合计高达50.5%。村落农民是否愿意投资修建村里的公共体育健身设施，可以在很大程度上反映村落农民对发展村落农民体育的需求水平，然而，调查结果显示仍有超出一半的村落农民对投资修建村里的公共体育健身设施持否定的态度，这表明我国仍有相当部分的村落农民对发展村落农民体育的需求并不高，参与村落农民体育发展的积极性尚有待提高。从上述村落农民对参与体育活动、花钱参加体育活动及投资修建村公共体育健身设施态度的调研中可知，中部三省大部分村落农民对参与体育活动持积极的态度，但可能由于受经济、小农意识、文化、教育等多种因素的影响，多数村落农民对花钱参与体育活动和投资修建公共体育健身场所持较为消极的态度。

3. 部分人口学变量上三省村落农民对发展村落农民体育的意愿情况

（1）不同性别的村落农民对发展村落农民体育的意愿

有研究认为，男女两性群体在接受教育和参与社会经济生活方面存在的差异状况、社会体育管理体制、政策和社会主流性别文化，是促使社会体育参与中性别不平等与差异产生的重要社会因素。② 中国社会在不同的历史时期男女两性之间存在的不平等现象已成为不争的客观事实。在传统社会，女性社会体育活动一直是在一种缝隙中发展，女性参与社会体育活动显示出一种显性的边缘化状态，而且其产生更多的是由于国家或社会对广大女性社会体育参与权利与机会的公开剥夺与压制所造成的。因此，传统社会时期社会体育活动参与中的性别差异是一种男性独尊、女性卑微的显性性别不平等。在计划经济时期，男女两性参与社会体育表现出一种在

① 俞国良．社会心理学［M］．北京：北京师范大学出版社，2006.

② 潘丽霞．中国社会体育参与中的妇女与性别差异［M］．北京：北京体育大学出版社，2008.

国家行政力量强制干预下维持着的浅层次的、非常态的、表面的平等，这样一种由外部力量作用而造成的而非内生自发的“同质”现象，实际上决非真正意义上的平等，而是一种否定和抹煞生理与个性差异的、实质上的性别不平等。在社会转型过渡期，社会体育参与中依然存在性别差距，致使男女两性不能平等地享受社会进步与体育事业发展带来的“实惠”，男女两性在社会体育发展过程中所获取的利益并不均等。同时，囿于其产生原因和表现的隐性化，使其常以一种不易觉察的，甚至是科学的、友好的形式存在，因此当代社会体育参与中的性别差异是一种隐性的、潜在的性别不平等。正因为存在男女性别差异与不平等现象，也直接造成了不同性别群体对发展社会体育意愿上有所不同。社会体育如此，作为我国社会体育的一个分支——村落社区体育是否也存在男女性别上的差异呢？为此，课题组对中部三省部分不同性别的村落农民参与村落农民体育的意愿进行了调研分析，旨在回答这一问题。

调查结果显示（见表 11 - 40、表 11 - 41），从性别上看，对“发展村落农民体育的意愿”，男性村落农民得分平均数高于女性村落农民，且表现出非常显著性差异（$p < 0.01$）。这一结果表明我国不同性别的村落农民在村落农民体育的参与上存在着差异性，进一步印证了我国不同历史时期男女性别在社会体育的参与上存在不平等现象。男性村落农民对发展村落农民体育的意愿较女性村落农民强，其从事体育锻炼的可能性也因此高于女性村落农民，因而极有可能出现男性村落农民的体质优于女性村落农民的现象。这一点从 2005 年我国国民体质监测结果中不难得以证实。2005 年国民体质监测结果显示，我国男性农民平均优秀率为 10.7%，不合格率为 17.2%；女性农民的优秀率为 8.4%，不合格率为 21.2%。[①] 可见，如何促进女性村落农民参与体育活动乃是当前和今后发展村落农民体育的一项重要工作。

（2）不同年龄结构的村落农民对发展村落农民体育的意愿

从年龄结构上看（见表 11 - 40、表 11 - 41），村落农民对“发展村落农民体育的意愿”得分上呈现出“中间低、两头高”的态势，且表现出非常显著性差异（$p < 0.01$）。这一结果与 2001 年《中国体育报》中关于中国体育人口的报道即中国体育人口在各年龄段的分布比例呈现出鲜明的“中间低、两头高”的结果颇为相似。36 岁以下的村落农民对发展村落农民体育意愿较强，特别是 18 岁以下的群

① 郭素萍．中国农民占体育人口的 8.4%，平均体质低于城市［EB/OL］．中国网，http://www.china.com.cn/chinese/kuaixun/1168540.htm，2006 - 03 - 29.

体，他们主要由学生组成。可能由于在村落学校体育的影响下，这一群体形成了相对较为健康的体育价值观和积极的体育态度，因而其对发展村落农民体育的意愿相对较为强烈；36~45 岁的村落农民对“发展村落农民体育的意愿”表现最为冷淡，出现这一现状可能归因于这部分群体普遍面对“上要养老、下要顾小”的生活现实，迫使其把更多的时间投入到家庭生活的奔波之中，而无暇顾及对其来说尚无太大现实生活意义的体育活动。45 岁以上的村落农民随着年龄的增长，对发展村落农民体育的意愿也随之增强，特别是 60 岁以上的村落农民对发展村落农民体育的意愿较为迫切。这一结果可能是因为，随着村落农民步入老龄化阶段，他们的生活压力在缓解、生活节奏在放慢、生活方式在变化，以致于其对文体活动有更为强烈的需求。

（3）不同文化程度的村落农民对发展村落农民体育的意愿

从文化程度上看（见表 11－40、表 11－41），村落农民对“发展村落农民体育的意愿”得分的顺序由高到低依次为高中文化程度以上、高中或中专文化程度、初中文化程度、小学文化程度和小学文化程度以下，且呈非常显著性差异（$p < 0.01$）。总体上看，文化程度越高的村落农民对发展村落农民体育的意愿越强。然而，现时期我国农村基层农民的整体文化素质却不容乐观。有报告指出，我国农村中农民平均受教育年限不足 7 年，远远滞后于我国城市。另据 2005 年农业部副部长张宝文介绍，目前我国现有的 4.8 亿农村劳动力中，初中及以下文化程度占到 4.2 亿人，其中小学及以下文化程度占 37.3%，初中文化程度占 50.2%，高中文化程度占 9.7%，中专文化程度占 2.1%，大专及以上文化程度占 0.6%。[①] 村落农民文化素质无疑是影响村落农民体育发展的关键因素之一，如果村落农民文化素质普遍偏低的现实不能得到很好的解决，那么，要实现村落农民体育的兴盛其道路无疑将更为崎岖。

（4）不同家庭人均年收入的村落农民对发展村落农民体育的意愿

从村落农民家庭人均年收入上看（见表 11－40、表 11－41），村落农民对“发展村落农民体育的意愿”得分上呈现出“中间高、两头低”的倒“U”形曲线，且呈非常显著性差异（$p < 0.01$）。总体来看，家庭人均年收入较高的村落农民，其对“发展村落农民体育的意愿”相对较积极。这一结果说明了村落农民体育的发展是离不开村落经济基础的。马斯洛需求层次理论可以恰如其分地说明这一问题。该理论认为人的需要是由低级向高级不断发展的，也即一般来说，人的某一

① 徐连欣．中国 4.2 亿农民文化程度初中以下［N］．人民日报（海外版），2005－11－16.

层次的需要相对满足了，才会向高一层次发展，追求更高一层次的需要，而村落农民体育作为村落农民闲暇时间参与的娱乐活动，在很大程度上是为了满足村落农民的精神文化生活需要而存在的，这种需要较之村落农民生理上的需要和安全上的需要的层次要高，村落农民家庭人均年收入的高低，在很大程度上决定了村落农民在生理需要和安全需要上的满足，因此，村落农民家庭人均年收入水平与村落农民对发展村落农民体育意愿的强弱之间存在较为密切的关系。然而，走访调查并结合我国村落发展的实际状况，可以清晰地看出目前我国村落的经济状况并不容乐观。村落经济瓶颈俨然是摆在我国村落农民体育发展面前的主要障碍之一，从某种意义而言，只有大力发展村落经济才是今后村落农民体育发展的根本期望所在。

表 11－40　部分人口学变量上村落农民对发展村落农民体育意愿的均数比较

变　量		对发展村落农民体育的意愿	
		M	SD
性　别	男	3. 1452	0. 6725
	女	2. 9501	0. 6261
年龄结构	1	3. 1151	0. 5056
	2	3. 0527	0. 6493
	3	2. 6124	0. 6212
	4	2. 8962	0. 6337
	5	3. 0696	0. 6089
文化程度	1	2. 2967	0. 6022
	2	2. 8000	0. 6944
	3	2. 8440	0. 6350
	4	2. 9822	0. 6812
	5	3. 1304	0. 6923
家庭人均年收入	1	2. 4319	0. 5984
	2	2. 7573	0. 6017
	3	4. 0923	0. 6658
	4	3. 0345	0. 6225
	5	2. 9494	0. 6549

注：年龄结构：1 表示 18 岁以下，2 表示 18 ~ 35 岁，3 表示 36 ~ 45 岁，4 表示 46 ~ 60 岁，5 表示 60 岁以上；文化程度：1 表示小学以下，2 表示小学，3 表示初中，4 表示高中/中专，5 表示高中文化程度以上；家庭人均年收入：1 表示 1000 元以下，2 表示 1000 ~ 3000 元，3 表示 3001 ~ 5000 元，4 表示 5001 ~ 8000 元，5 表示 8000 元以上

表 11 -41　部分人口学变量上村落农民对发展村落农民体育意愿的相关性分析

	性别	年龄结构	文化程度	家庭人均年收入	对发展村落农民体育的意愿
性别	1	-.0542*	-.0354	.0175	.2250**
年龄结构		1	-.4609**	-.0825**	.1436**
文化程度			1	.2231**	-.2918**
家庭人均年收入				1	-.1123**
对发展村落农民体育的意愿					1

注：* $p<0.05$；** $p<0.01$

4. 三省村落农民体育的外部环境

（1）村落体育场地与设施状况

村落体育场地与设施是村落农民参与体育活动的硬件保障。村落现有的体育场地与设施远远落后于村落农民的需求，这可以从课题组就村落农民对其所在村体育场地与设施条件的态度的调查结果中得以证明（如图 11 -1）。近年来，随着全民健身运动的开展、新农村建设的推进及农民体育健身工程的实施，我国群众体育场地与设施得到了较大程度的改善。然而，在我国农村基层，特别是边、远、贫困地区的村落，其体育场地与设施依然贫乏。从村落农民对其所在村体育场地与设施条件的态度中，不难看出，我国中部基层村落地区体育场地与设施条件滞后的现状仍然较为严重。然而，要发展村落农民体育，就必须改善村落农民参与体育活动的外部环境，村落体育场地与设施显然是需要改善的重要外部环境之一。伴随着 2008 年北京奥运会的顺利落幕、国家对大众体育投入重心的下移、基层政府对发展村落农民体育的积极性与主动性的加强、教育部对基层学校体育场地与设施建设的重视与关怀等等，我们有理由相信，我国村落体育场地与设施建设的步伐将日渐加快，村落体育场地与设施不足的现状必将得到很大程度上的改善和解决。

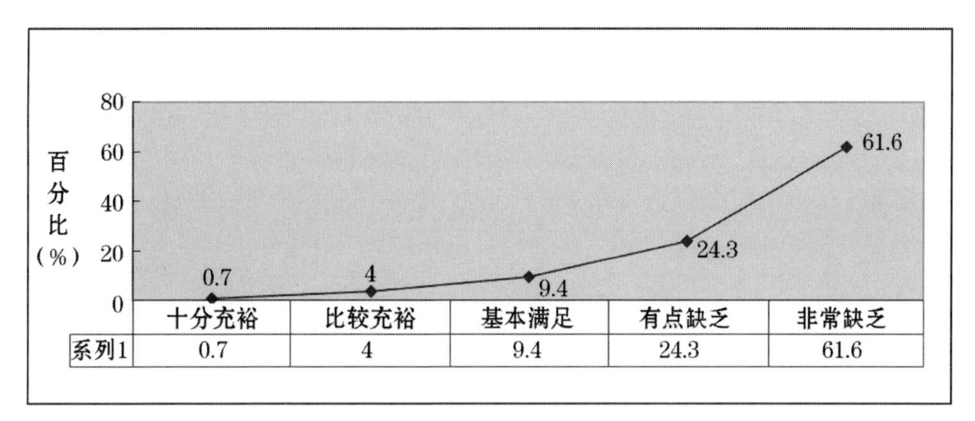

图11－1　中部3省村落农民对所在村体育场地与设施条件的态度

（2）村落农民体育活动的组织情况

长期以来，我国体育组织只到县市级便戛然中断，城市与农村之间存在着组织断层，体育组织的触角难以畅通无阻地伸到农村。① 目前这一现状仍未发生质的转变，有研究显示，在被调查的乡（镇）中，乡（镇）政府没有全民健身体育领导机构、没有乡镇干部分管体育工作、没有农民体协及其他农民体育组织的分别占52.3%、47%和63%；在被调查的行政村中，没有村级体育领导机构、没有村干部分管体育及没有村农民体育组织的分别高达84.3%、74.8%和86.9%，个别省这几项“没有”的比例甚至超过90%。② 可见，我国绝大多数村落社区的体育组织仍处于缺位状态。为了进一步反映我国村落社区的体育组织状况，笔者就村落农民对村落农民体育活动组织情况的态度进行了调研，在问及村落农民其所在村为村民组织体育活动的频度时，绝大部分村落农民选择了“从来不组织”，选择“平均每周1次”的频度为零。走访中我们还发现，在被调查的72个乡（镇）、144个村落中有近半数以上的乡镇没有举办过综合性农民运动会，有超过六成的村落近3年来没有组队参加乡镇体育活动或没有组织本村体育活动。可见，目前我国中部村落体育活动的开展与组织状况还处在一个相当低的水平。村落农民体育活动的组织化程度是衡量村落农民体育发展水平的一项重要指标，因此，发展村落农民体育应加强村落农民体育的组织建设。

① 谢勇强．乡镇体育组织应该怎样建？[N]．中国体育报，2007－10－26.

② 郁俊，杨建营，李萍美等．浙苏皖赣鲁农民享有基本体育服务现状调查与对策研究 [J]．体育科学，2006，26（4）：22.

表 11 - 42　中部 3 省村落农民所在村组织体育活动的频度分布表

活动频度	平均每年 1 次	平均每年 2 ~ 6 次	平均每月 1 次	平均每周 1 次	从来不组织
中选人数	257	214	57	0	1020
百分比	16. 6	13. 8	3. 7	0	65. 9

（3）村落农民体育活动的指导情况

社会体育指导员是我国开展社区体育活动的组织者，也是我国群众体育资源的重要组成部分，他们主要在群体性体育活动中从事体育基本知识、技术技能传授，科学健身指导和组织管理工作。实践证明，一个国家社会体育指导员的数量和质量可以作为衡量这个国家群众体育发展水平的重要指标。在被调查的村落农民中，曾参与过体育锻炼的人数为 803 人，其中选择“总有人指导”的村落农民所占比例最低，只占参与体育锻炼总人数的 3. 6% ，而选择“很少有人指导”和“从未有人指导”的分别占参与体育锻炼总人数的 30. 9% 和 32. 5% 。造成这一结果可能与我国社会体育指导员普遍存在数量严重不足、技术等级结构欠合理、文化程度偏低且参差不齐、年龄结构老化等现象有关。例如，郁俊等人对浙苏皖赣鲁农民享有基本体育服务现状调查与对策研究中就认为，平均每个行政村只有 0. 37 名兼职社会体育指导员。①如果说村落农民所受体育健身指导的状况是影响村落农民体育发展的一个重要因素，那么村落社区体育指导员的数量和质量则无疑是当前制约村落农民所受体育健身指导状况的一个关键因素。

表 11 - 43　中部 3 省村落农民所受体育健身指导状况一览表（n = 803）

选　项	中选人数	百分比
总有人指导	29	3. 6
一般有人指导	91	11. 3
偶尔有人指导	174	21. 7
很少有人指导	248	30. 9
从未有人指导	261	32. 5

① 郁俊，杨建营，李萍美等．浙苏皖赣鲁农民享有基本体育服务现状调查与对策研究［J］．体育科学，2006，26（4）：21 ~ 27.

5. 三省村落农民参与体育活动的现实状况

（1）三省村落农民参与体育活动的频次与时间

体育人口是衡量一个国家公民体育参与水平的一项重要指标。1997 年我国确定体育人口的基本标准是：每周参加体育活动不低于 3 次，每次活动时间 30 分钟以上，具有与自身体质和从事的体育项目相适应的中等或中等以上负荷强度的人群。调查显示，在业余时间参与体育活动的频度上，村落农民选择“从不参与”体育锻炼的人数比例最高达 48.3%，能够达到每周身体活动频度 3 次及以上的人数比例仅占被调查总人数的 7.4%；在业余时间参与体育活动的持续时间上，有 29.2% 的村落农民持续的时间低于 30 分钟，超出 1 小时的占参加体育活动总人数的 13.4%。如果仅从村落农民每周参与体育活动的频次上看，3 省村落农民的“体育人口数”约占 7.4%，这一结果远远低于 2000 年中国群众体育现状调查中公布的 16 岁以上全国体育人口约占总人口的 18.3%。[①] 从上述分析可以看出，我国农村基层体育人口与全国群众体育人口在数值上还存在较大差距[②]，这说明我国村落体育人口的发展在今后相当长的时期内必然是一项重点和难点工程。

表 11－44　中部 3 省村落农民参与体育活动的频度与时间人口比例一览表

频度（n＝1548）	百分比（%）	时间（n＝803）	百分比（%）
3 次及以上/周	7.4	30 分钟以下/次	29.2
1～2 次/周	19.1	30～45 分钟/次	39.5
1～3 次/月	21.5	46 分钟～1 小时/次	17.9
1～3 次/年	3.7	1～2 小时/次	9.3
从不参加	48.3	2 小时以上/次	4.1

① 中国群众体育现状调查课题组．中国群众体育现状调查与研究［M］．北京：北京体育大学出版社，2005.

② 值得指出的是，村落农民参与体育活动的方式可能与一般群体存在区别，衡量村落农民体育人口的标准也尚需根据村落农民的劳作特点、参与方式等来重新制定。

(2) 三省村落农民参与体育活动的内容与组织形式

调研结果表明，村落农民将散步、慢跑、爬山等活动内容排在首位，可见村落农民参加体育活动所选择的内容大多是简单易行、便于组织、对场地器材要求不高、消费少的项目；球类活动的选择率排在第2位，这一结果从侧面反映了我国正在实施的农民体育健身工程及各省特色健身工程，例如湖北省的“两打两赛（晒）工程”的成效可能正日益得以凸显；体育欣赏排在第三位，这一结果与2008年北京奥运会产生的积极影响及我国农村基层广电设施的改善不无关系。令人遗憾的是，民族民间体育活动却成了村落农民“最后的选择”，这在一定程度上无不说明了随着现代文明的演进、西方强势文化的入侵及农民生产、生活方式的变迁等多种复合因素的作用，我国一些传统的民族民间体育文化活动正在萎缩，甚至将濒临消亡。这亦警示我们，保护我国传统的民族民间体育文化必须引起有关部门的足够重视。

村落农民参与体育活动的组织化程度处于一个较低水平，基本上是以个人自由活动为主，村里组织的体育活动明显不足。这说明村落农民参与体育活动缺乏有效的组织，村落农民参与体育活动的随意性、自发性很强。如果村落长期缺乏有效的体育组织来保障村落农民体育活动的开展，很可能会使那些原本可能融入到体育人口队伍中来的村落农民难以入伍，更可能会使那些本属于体育人口的村落农民中断体育活动而脱离体育人口。从这一结果分析中足见加强村落体育组织建设的迫切性与重要性。

表11-45　被调查村落农民参与体育活动的项目一览表（n=803）

活动内容	频次（人数/百分比）		排序
散步、慢跑、爬山等	296	36.9%	1
健美操、形体练习	63	7.8%	4
球类活动	271	33.7%	2
民族民间体育活动	48	6.0%	5
体育欣赏	125	15.6%	3

表 11－46　被调查村落农民参与体育活动的组织形式一览表（n＝803）

组织形式	频次（人数/百分比）		排序
个人自由活动	395	49.2%	1
村里组织的活动	59	7.3%	5
小组（队）组织的活动	112	14.0%	3
与家人一起活动	143	17.8%	2
其他	94	11.7%	4

（3）三省村落农民参与体育活动的主要场所

调查结果显示，村落农民对参与体育活动主要场所的选择依次排序为：田间路边及山地河流旁等自然环境下、所在村的免费活动场所、家里、镇（乡）里的收费健身场所和所在村的收费健身场所。村落农民把自然环境、免费活动场所作为参与体育活动的首选场所，选择收费健身场所进行活动的村落农民数量还十分有限。这表明村落农民体育消费的水平不高，村落的经济发展、村落农民的生活与消费水平有待加强。

表 11－47　被调查村落农民参与体育活动的主要场所一览表（n＝803）

活动场所	频次（人数/百分比）		排序
所在村的免费活动场所	281	35.0%	2
田间路边、山地河流旁等自然环境下	298	37.1%	1
家里	138	17.2%	3
所在村的收费健身场所	34	4.2%	5
镇（乡）里的收费健身场所	52	6.5%	4

6. 影响三省村落农民参与体育活动的主要因素

调查结果显示，3 省村落农民参与体育活动既受自身因素的影响，也受客观外界环境因素的制约，其中客观外界环境因素占主导。这里的客观外界环境因素主要表现为没有空闲时间、没有场地器材、经济条件不允许及没人指导（如图 11－2）。这可能主要与我国村落生产生活方式落后、公共基础设施建设滞后、经济基础薄弱、公共服务缺位的现实状况有关。自身因素则主要表现在对体育兴趣不大、生理疾病、身体疲劳等。探究影响村落农民参与体育活动的自身、外在因素为村落农民体育的发展无疑提供了一条可行的发展思路。就外界客观因素而言，需要坚定不移地以经济建设为中心，大力发展农业，推动村落经济发展，促进农业现代化，改善村落生产生活方式，加快农村基层体育场地器材建设的步伐，加大对农村基层公共服务的投入力度，推进村落公共服务体系的完善。就自身因素而言，需要广泛宣传引导，激发村落农民参与体育活动的兴趣与热情，加快农村基层医疗合作社的建设进程，加快农业科技化发展，减轻村落农民生产劳动的负荷强度。

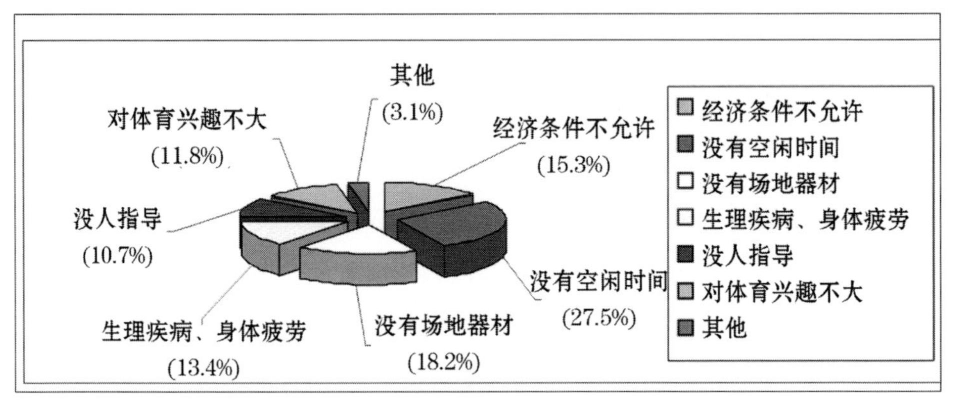

图 11－2　影响中部 3 省村落农民参与体育活动的主要因素

（三）结　论

结论一：中部 3 省村落农民整体文化水平较低、经济条件落后，这可能从很大程度上钳制着村落农民体育的发展。

结论二：中部 3 省村落农民对新农村建设、农民体育健身工程、全民健身计划的整体认知水平较低，其整体认知水平有待提高。

结论三：中部 3 省部分村落农民对体育锻炼的多元功能已经有了一定的认识，但是仍有较大比例的村落农民对体育锻炼的功能存在错误认识，表现为将体育锻炼与生产劳动对身体的作用等同视之，在国家利民政策的惠及下，特别是农村医疗合作制度的建立，村民对自身的身体健康问题更为重视，但对体育锻炼增进自身健康的认可度却相对较低。

结论四：中部 3 省多数村落农民对参与体育活动的态度表现积极，但对花钱参加体育活动和投资修建村里公共体育健身设施持消极态度。

结论五：在性别上，男性村落农民对“发展村落农民体育的意愿”较女性村落农民强，且呈非常显著性差异；在年龄结构上，村落农民对“发展村落农民体育的意愿”的得分上呈现出“中间低、两头高”的态势，且表现出非常显著性差异；在文化程度上，村落农民对“发展村落农民体育的意愿”得分的顺序由高到低依次为高中文化程度以上、高中或中专文化程度、初中文化程度、小学文化程度和小学文化程度以下，且呈非常显著性差异；在农民家庭人均年收入上，村落农民对“发展村落农民体育的意愿”的得分上呈现出“中间高、两头低”的倒“U”形曲线，且呈非常显著性差异。

结论六：中部3省村落现有体育场地与设施尚不能满足村落群众的需求，村落农民体育活动的组织水平低，村落农民体育健身指导状况不理想。

结论七：中部3省村落农民参与体育活动的内容与组织形式较为单一，活动场所以自然环境下和免费的公共体育活动场所为主。

结论八：中部3省村落农民参与体育活动受自身因素与客观外界环境因素的制约，其中客观外界环境因素占主导。客观外界环境因素主要是没有空闲时间、没有场地器材、经济条件不允许及没人指导，村落农民自身因素则主要表现为对体育活动兴趣不大、生理疾病、身体疲劳等。

三、桂、川、陕三省村落农民体育的现状分析

（一）调研的基本情况

1. 调研对象

以桂、川、陕西部三省村落农民体育为研究对象，调查涉及9个县（区）、18个乡（镇）、22个村落，共2140位村民。其中男性1139人，占53.2%，女性1001人，占46.8%。

2. 调研方法

采用分层随机抽样和入户调查的方式对广西、四川和陕西3省广大农村村落地区的调查点进行问卷调查和实地考察。共发放问卷2500份，回收问卷2489份，有效问卷2140份（其中，桂卷720份、川卷701份、陕卷719份），有效问卷回收率为85.98%。

调研中就有关村落体育经费的投入、体育场地建设等问题，对部分乡镇体育工

作站或文体工作站的负责人及一些村干部进行了访谈，以确保分析的准确性与客观性。

（二）结果与分析

1. 西部3省被调查对象的基本情况

从性别比例来看，被调查3省村落农民男性占53.2%，女性为46.8%，男性比例略高于女性比例，但总体性别比例基本均衡（见表11－48）；从年龄比例来看，被调查3省村落农民各年龄段所占人口比例相近（见表11－49）；从文化程度来看，西部3省被调查村落农民受教育程度均呈现出以小学文化程度以下和小学文化为主，其次是初中文化和高中或中专文化程度，高中文化程度以上所占比例最低（如图11－3）；从家庭人均年收入水平来看，各省村落农民家庭人均年收入均以1000~3000元为主，广西、四川、陕西3省家庭人均年收入低于1000元的村落农民分别占20.9%、17.6%和29.2%，这一数据说明，我国西部村落地区仍然有相当一部分村落农民没有摆脱贫困（如图11－4）。

表11－48　西部3省村落农民性别比例一览表（n＝2140）

地区		男	女	总计
广西	人数	397	323	720
	%	55.1	44.9	100
四川	人数	363	338	701
	%	51.8	48.2	100
陕西	人数	379	340	719
	%	52.7	47.3	100
总计	人数	1139	1001	2140
	%	53.2	46.8	100

表11－49　西部3省村落农民年龄结构分布状况一览表（%）

地区	18岁以下	18～35岁	36～45岁	46～60岁	60岁以上
广西	23.0	21.2	17.9	19.8	18.1
四川	23.1	20.9	19.6	19.4	17.0
陕西	20.8	19.7	20.7	20.6	18.2

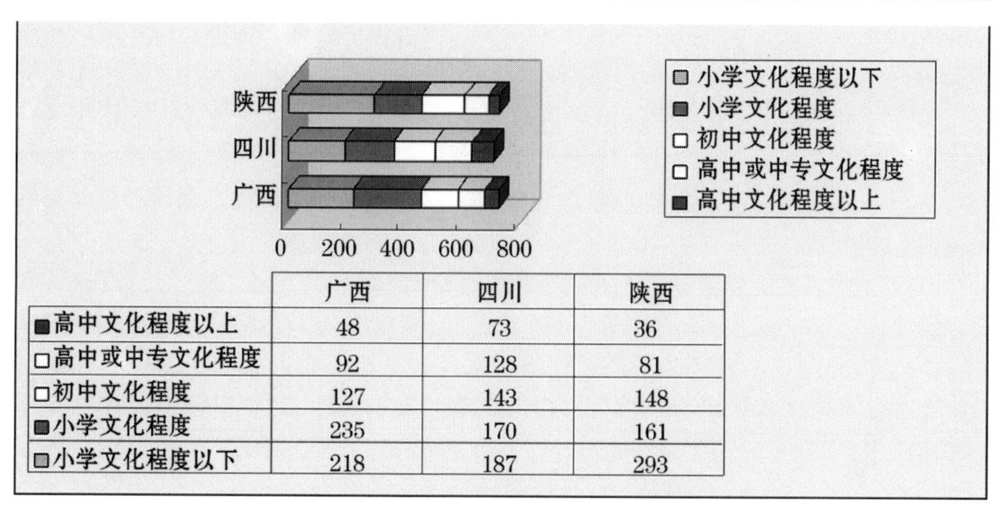

	广西	四川	陕西
高中文化程度以上	48	73	36
高中或中专文化程度	92	128	81
初中文化程度	127	143	148
小学文化程度	235	170	161
小学文化程度以下	218	187	293

图11－3　西部3省村落农民文化程度分布情况图

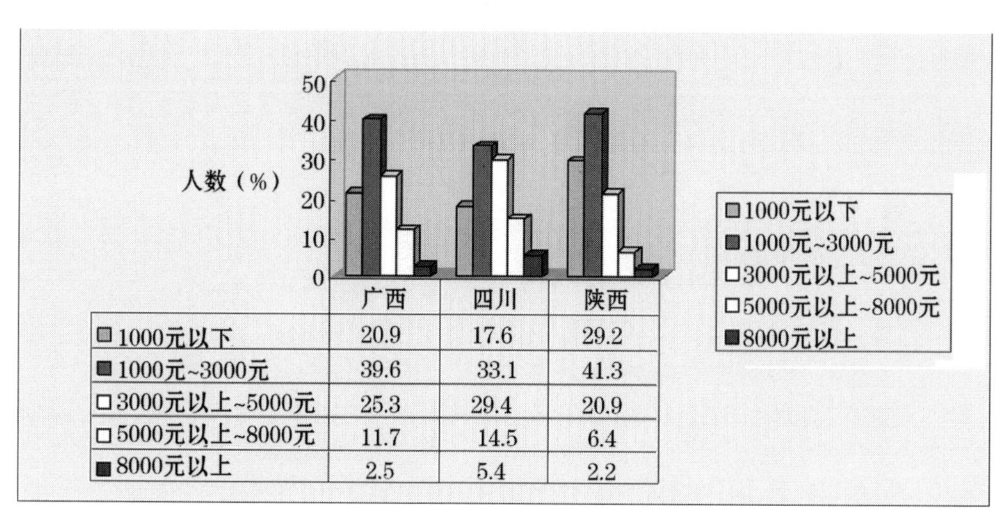

	广西	四川	陕西
1000元以下	20.9	17.6	29.2
1000元~3000元	39.6	33.1	41.3
3000元以上~5000元	25.3	29.4	20.9
5000元以上~8000元	11.7	14.5	6.4
8000元以上	2.5	5.4	2.2

图11－4　西部3省村落农民家庭人均年收入状况图

2. 西部3省村落农民体育态度情况

体育态度是指个体对体育活动所持有的评价、体验和行为倾向的综合表现。[1]体育态度的结构由三个方面组成，即认知成分、情感成分和意向成分。为此，本研究将从体育态度的三个结构层面上来考察3省村落农民的体育态度。

(1) 认知成分上3省村落农民的体育态度分析

认知可分为广义和狭义两种。狭义的认知是指将认知解释为认识或知道，属于智能活动的最底层，是一种觉醒状态，只要知道有该信息存在即可；广义的认知则是囊括了所有形式的认识作用，这些认识作用包括有感觉、知觉、注意、记忆、推论、想象、预期、计划、决定，问题解决及思想的沟通等。[2] 本研究中的认知既含狭义成分，又有广义成分，为了从认知成分上比较3省村落农民参与体育活动的态度，本研究拟从三个方面，即对新农村建设、农民体育健身工程、全民健身计划的认知上进行比较。

调查结果表明，西部3省村落农民对新农村建设“完全不知道”的占被调查总人数的29.7%，而选择“非常了解”的仅占被调查总人数的3.2%；对农民体育健身工程“完全不知道”的所占比例最高，占被调查总人数的66.6%，而选择“非常了解”和“比较了解”的分别仅占0.8%和3.8%；对全民健身计划“完全不知道”的所占比例最高，占被调查总人数的57.5%，而选择“非常了解”的仅

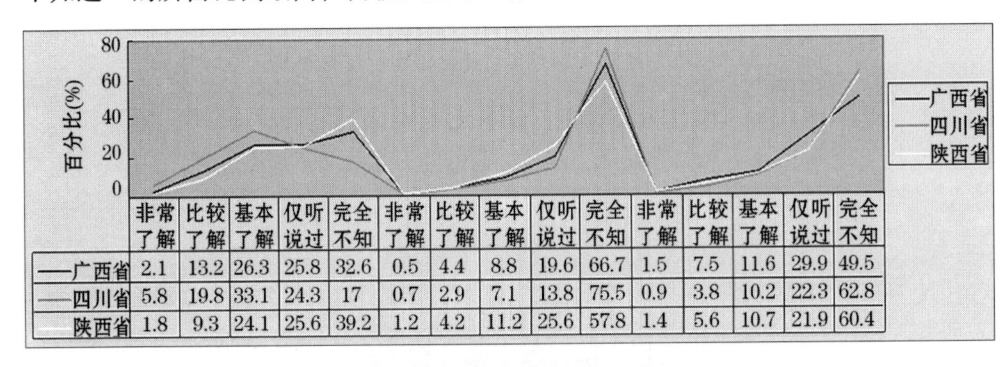

	非常了解	比较了解	基本了解	仅听说过	完全不知	非常了解	比较了解	基本了解	仅听说过	完全不知	非常了解	比较了解	基本了解	仅听说过	完全不知
广西省	2.1	13.2	26.3	25.8	32.6	0.5	4.4	8.8	19.6	66.7	1.5	7.5	11.6	29.9	49.5
四川省	5.8	19.8	33.1	24.3	17	0.7	2.9	7.1	13.8	75.5	0.9	3.8	10.2	22.3	62.8
陕西省	1.8	9.3	24.1	25.6	39.2	1.2	4.2	11.2	25.6	57.8	1.4	5.6	10.7	21.9	60.4

图11-5　西部3省村落农民对新农村建设、农民体育健身工程、全民健身计划认知水平图

① 祝蓓里主编. 体育心理学新编［M］. 上海：华东师范大学出版社，1995.

② 马启伟. 体育心理学［M］. 北京：高等教育出版社，1996.

占1.3%。（各省具体情况如图11－5）这表明西部三省村落农民对新农村建设、农民体育健身工程和全民健身计划的整体知觉、记忆和注意等认知水平比较低。可见，新农村建设、农民体育健身工程和全民健身计划的宣传力度在西部地区亟待加强。

（2）情感成分上3省村落农民的体育态度分析

情感成分是个人态度对象在评价基础上产生的情绪情感体现。[①] 村落农民体育态度的情感成分可以从他们对体育的喜爱程度上得以直观映衬。调查结果显示：3省村落农民选择“非常喜欢”和“喜欢”的分别占被调查总人数的11.1%和14.8%，而选择“不怎么喜欢”和“很不喜欢”的却分别占被调查总人数的32.7%和20.0%。可见，总体上看，3省村落农民对体育活动的喜爱程度并不尽如人意。3省比较来看，广西省村落农民较陕西、四川二省村落农民对参与体育活动的情感态度表现积极（如图11－6所示）。

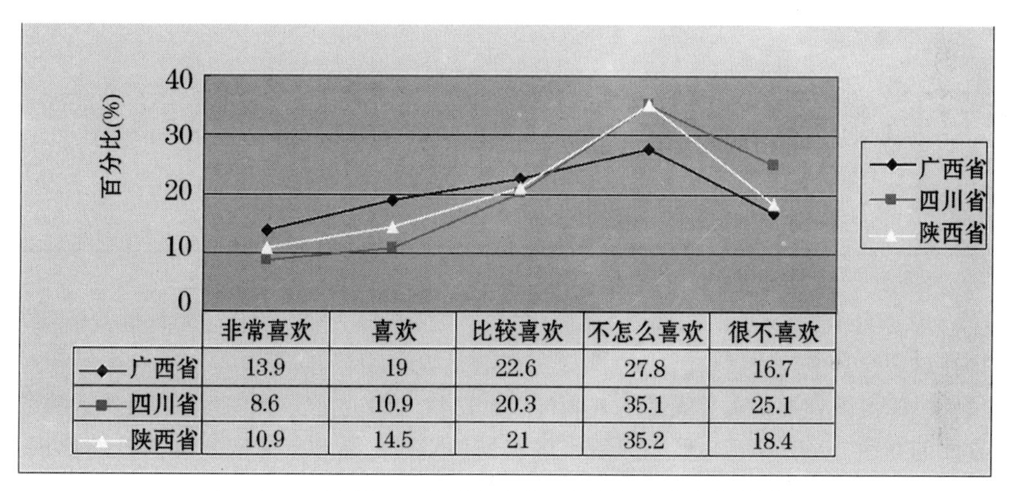

	非常喜欢	喜欢	比较喜欢	不怎么喜欢	很不喜欢
广西省	13.9	19	22.6	27.8	16.7
四川省	8.6	10.9	20.3	35.1	25.1
陕西省	10.9	14.5	21	35.2	18.4

图11－6　西部3省村落农民参与体育活动的情感对比图

（3）意向成分上3省村落农民的体育态度分析

意向成分是个体对态度对象意欲表现出来的行为，它是由认知成分和情感成分决定的。为了从意向成分上研究3省村落农民参与体育活动的态度，本研究拟从两个方面来分析：一方面是以3省村落农民农闲生活中最常见的行为意向为视角，另一方面是以3省村落农民是否愿意花钱参与体育健身活动的意向为视角。

---

① 马启伟．体育心理学［M］．北京：高等教育出版社，1996.

表 11 -50　西部 3 省村落农民农闲生活中最常见的行为意向（%）

选　项	广西省	四川省	陕西省
看电视、报纸等	26.2	25.0	34.5
打牌、搓麻将等	16.1	34.5	15.9
和乡亲闲聊	20.7	11.3	14.3
参与体育健身活动	6.8	3.8	5.6
干其他事情	30.2	25.4	29.7

表 11 -51　西部 3 省村落农民花钱参与体育健身活动的意向（%）

选　项	广西省	四川省	陕西省
非常愿意	3.5	3.8	3.0
比较愿意	10.5	15.2	12.5
偶尔可以	25.8	21.5	18.2
不是很愿意	35.1	40.8	39.0
完全不愿意	25.1	18.7	27.3

从表 11 -50 可见，西部 3 省村落农民在农闲时间均把“参与体育健身活动”排在最后，其中四川省村落农民选择“参与体育健身活动”的人数所占比例相对最低，仅占该省被调查总人数的 3.8%（如表 11 -50 所示）。这一结果反映了两个方面的问题：一方面，说明了 3 省村落农民参与体育活动的意向异常消极的现状。这可能源于两个方面的原因，其一由于大部分村落农民为了生计，选择了外出打工或者其他谋生活动，而忽视了体育健身活动，其二，随着我国惠民政策的落实，部分村落的经济条件已明显改善，农民的生活水平也显著提高，而这部分农民要么选择“看电视、报纸等”，要么选择“打牌、搓麻将等”，而极少选择“参与体育健身活动”，这可能与村落农民的普遍健身意识淡薄、当地地方政府对体育的重视不够、体育场地与设施短缺等有关。另一方面，也从一定程度上反映了经济条件相对较好的村落地区其村民参与体育活动的意向并非就越强。据 2002 年《中国统计年鉴》显示，广西省、四川省、陕西省农村居民纯收入分别为 1944.3 元、1987.0 元和 1490.8 元，四川农村居民纯收入高于广西、陕西二省，但四川省村落农民参与

体育活动的意向相对而言并非优于广西、陕西二省。

从表11－51可以看出，四川省村落农民在选择“非常愿意”、“比较愿意”花钱参与体育活动的态度上所占人数比例相对均高于广西、陕西二省，且选择“完全不愿意”上所占人数比例相对均低于广西、陕西二省村落农民所选人数比例。这一选择结果可能与四川省村落农民相对较好的经济基础有关，也说明了消费性体育健身活动是以参与者的经济条件为基础的，缺少了经济基础这一坚实后盾，消费性体育健身活动将无法很好地在村落地区开展。

3. 西部3省村落农民参与体育活动的外部条件

（1）3省村落体育场地与设施状况分析

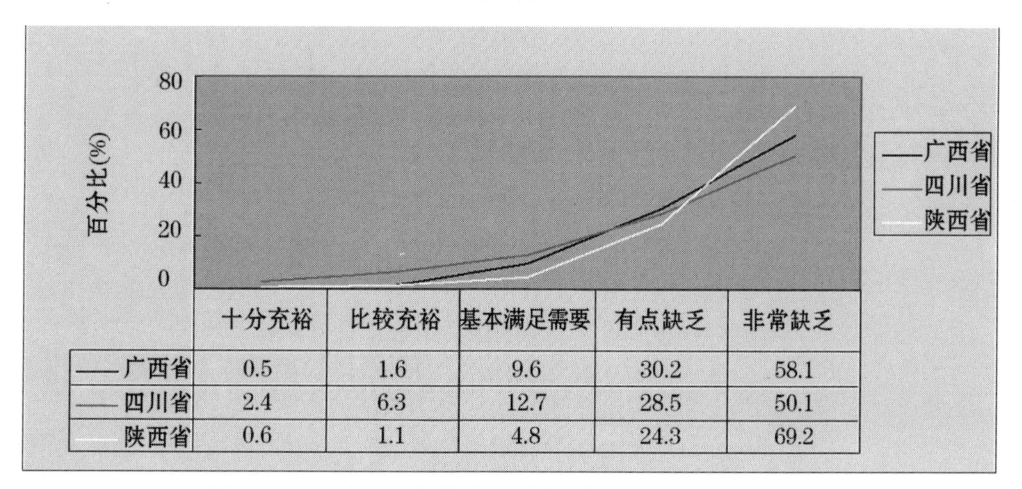

	十分充裕	比较充裕	基本满足需要	有点缺乏	非常缺乏
广西省	0.5	1.6	9.6	30.2	58.1
四川省	2.4	6.3	12.7	28.5	50.1
陕西省	0.6	1.1	4.8	24.3	69.2

图11－7　西部3省村落农民所在村体育场地与设施状况图

2000年中国城乡居民参加体育活动情况的调查结果表明，“没有体育设施”选项在城乡居民不参加体育活动的原因中已由1996年的第4位上升到第2位；“有体育场地器材”便准备参加体育活动已由1996年第2位上升到2000年的第1位。[①]由此可见，村落体育场地与设施已成为村落农民参与体育活动的“硬件”保障和必要载体。然而，在被调查的3省村落农民中，大部分村落农民认为其所在村里的体育场地与设施相当匮乏，难以满足他们的需要，其中有27.7%的村落农民认为有点缺乏，59.2%的村落农民认为非常缺乏，仅有极少数村落农民认为其所在村的

① 中国群众体育调查课题组编．中国群众体育现状调查与研究［M］．北京：北京体育大学出版社，2005：172.

体育场地与设施十分充裕，占调查总人数的1.2%。从图11-7可知，西部三省中，四川省村落农民认为其所在村的体育场地和设施“非常缺乏”的人数比例相对最低，认为“十分充裕”和“比较充裕”的人数比例相对最高，这无疑反映了我国西部区域体育发展不平衡的现状特点。

（2）3省村落农民体育活动的组织情况分析

有研究指出，新农村建设的主导者必须是乡村组织。[①] 据此亦可以认为，发展新农村村落农民体育的主导力量理应是村落农民体育组织，其是推动和维持村落农民体育活动开展的组织力量保证。然而，从被调查的3省村落农民体育活动的组织情况来看，其整体状况不容乐观，村落农民选择“平均每年1次”和“从来不组织”的比例远远高于“平均每月1次”和“平均每周1次”的比例。这可能是由我国体育组织长期以来只到县市一级便戛然中断，城市与农村之间存在组织断层，上级体育组织机构在基层没有落脚点，农村体育工作无法下沉到镇、村一级，镇、村体育工作无法体现和落实上级政策所致。从不同省份上看，广西省和陕西省村落农民体育活动的组织情况要优于四川省，这与2006年国家将前二者确定为“农民体育健身工程”试点省不无关系，这也表明2006年农民体育健身工程启动的效果已初见端倪。

表11-52　西部3省村落农民体育活动的组织情况一览表（%）

选　项	广西省	四川省	陕西省
平均每周1次	0.7	0.3	0.6
平均每月1次	3.2	2.1	3.3
平均每年2~6次	10.5	8.4	9.2
平均每年1次	19.9	16.3	20.4
从来不组织	65.7	72.9	66.5

① 李小云，赵旭东，叶敬忠主编．乡村文化与新农村建设［J］．北京：社会科学文献出版社，2008：26.

(3) 3 省村落农民体育活动指导状况分析

从村落农民参与体育活动接受指导的情况来看，绝大多数村落农民选择“从未有人指导”，占调查总数的73.8%，而选择“总有人指导”的村落农民仅占调查总数的1.4%。从不同省份来看，四川省村落农民所获健身指导的人数比例整体上略低于广西省和陕西省（见表11-53)。这无疑反映了我国社会体育指导员队伍在农村基层的力量还相当薄弱，且分布不均的客观现实。1993 年 12 月 4 日原国家体委颁布的第 19 号令《社会体育指导员技术等级制度》中明确指出：“社会体育指导员是发展我国体育事业，增进公民身心健康、提高生活质量、建设社会主义精神文明的一支重要力量。”因此，从长远角度来看，为促进我国村落农民体育活动健康科学地得以开展，现时期加强我国村落社会体育指导员队伍的建设已十分重要。

表 11-53 西部 3 省村落农民体育活动指导状况一览表（%）

选 项	广西省	四川省	陕西省
总有人指导	1.9	1.1	1.0
一般有人指导	4.6	4.2	4.4
偶尔有人指导	8.4	5.8	9.1
很少有人指导	14.7	12.7	10.6
从未有人指导	70.4	76.2	74.9

4. 西部 3 省村落农民体育活动的参与水平比较

(1) 3 省村落农民参与体育活动的频度与时间

本次调查结果显示（见表11-54)，3 省村落农民每周参加 3 次及以上体育活动的占总调查人数的 8.2%，选择“从不参与”的所占比例最高，达 55.4%，其中四川省选择“从不参与”的相对比例最高达 62.3%；从每次参与体育活动的时间来看，每次活动时间 30 分钟以上的占参与体育活动人数的绝大多数，这可能与村落农民的劳作特点、村落体育活动的内容与形式、村落农民对健身常识的掌握程度等有关。

表 11－54　西部 3 省村落农民参与体育活动的频度与时间一览表（%）

选　项	广西省	四川省	陕西省
3 次及以上/周	10.9	7.1	6.7
1～2 次/周	19.2	11.8	23.1
1～3 次/月	13.0	14.1	12.5
1～3 次/年	5.8	4.7	4.7
从不参加	51.1	62.3	53.0
30 分钟以下/次	34.2	33.1	40.9
30～45 分钟/次	27.9	28.0	28.3
46 分钟～1 小时/次	20.4	24.5	16.4
1～2 小时/次	11.4	12.0	11.9
2 小时以上/次	6.1	2.4	2.5

（2）3 省村落农民参与体育活动的主要形式与活动内容

表 11－55　西部 3 省村落农民参与体育活动的主要形式一览表（%）

选　项	广西省	四川省	陕西省
个人自由活动	39.1	38.8	40.2
村里组织的活动	5.3	3.9	4.5
小组（队）组织的活动	17.9	16.8	16.3
与家人一起活动	22.6	23.1	23.0
其他	15.1	17.4	16.0

表 11－56 西部 3 省村落农民参与体育活动的内容一览表（%）

选 项	广西省	四川省	陕西省
散步、慢跑、爬山等	58.6	61.9	62.2
健美操、形体练习	0	0	0
球类活动	11.4	16.7	18.7
民族民间体育活动	17.2	6.1	8.7
体育欣赏及其他	12.8	15.3	10.4

由表 11－55 可知，3 省村落农民对参与体育活动的主要组织形式的整体选择结果排在前三位的是：个人自由活动、与家人一起活动和小组（队）组织的活动，而村里组织的活动则排在最后。这说明大多数参与体育活动的村落农民是在非组织条件下自发进行的，个人自由活动、与家人一起活动和小组（队）组织的活动成为主要的活动方式，体育组织化程度不高。这可能与我国农村基层村落经济水平较低、体育场地设施匮乏等因素有关。

表 11－56 显示，从整体上看，3 省村落农民参与体育活动的内容排在前三位的依次是："散步、慢跑、爬山等活动"、"球类活动"、"体育欣赏与其他"。可见，我国村落农民参与体育活动的主要内容显现出以简便易行、场地器材条件要求不高、消费性支出不大为特点。值得指出的是，"体育欣赏"正在逐渐走进村落农民的日常生活，这与农村基层经济水平的提高，特别是农村电视的日益普及和 2008 年北京奥运会对我国农村基层的辐射效应是分不开的。据报道，截止 2008 年，全国农村中央广播电视节目无线覆盖工程已完成 90%。毋庸讳言，这一举措有利于扩大北京奥运会在广大基层农村地区的影响力和辐射力，同时强化了北京奥运会对基层农民体育发展的促进效应。从局部上看，与广西省相比，四川、陕西二省以民族民间体育活动为内容的村落农民所占人数比例偏低，这可能归因于广西省是我国少数民族人口最多的省份之一，该省的少数民族不仅拥有丰富多彩的民族民间传统体育活动，而且很多活动至今仍经久不衰。这无疑为该省村落农民体育的发展提供了另一条发展思路——即走以民族民间传统体育活动为引领的特色发展道路。

（3）3 省村落农民参与体育活动的场所

表 11－57 显示："田间路边、山地河流旁等自然环境下"成为 3 省村落农民参与体育活动的首选场所，余下依次为"所在村的免费活动场所"、"自家庭院"、

"镇（乡）里的收费健身场所及其他"，"所在村的收费健身场所"选择人数为零，排在最末。这一结果反映出农村村落居民体育活动场所正趋向于多元化发展，虽然村落农民参与体育活动的条件正逐步得以改善，但仍然较差，特别是在村落体育场地与设施严重不足的现实情况下，田间路边、山地河流旁等自然环境成为了村民参与体育活动的首选场所。同时，这亦表明农民体育健身工程与全民健身计划的实施重点与难点均在农村的基层村落。

表11－57　西部3省村落农民参与体育活动的场所一览表（%）

选　项	广西省	四川省	陕西省
所在村的免费活动场所	31.6	29.9	28.5
田间路边、山地河流旁等自然环境下	50.2	43.4	52.0
自家庭院	17.2	22.0	15.6
所在村的收费健身场所	0	0	0
镇（乡）里的收费健身场所及其他	1.0	4.7	3.9

村落农民选择"所在村的收费健身场所"的比例最低，选择"镇（乡）里的收费健身场所及其他"次之。一方面，可能归因于绝大部分村落农民的体育消费意识尚未形成，另一方面，可能囿于经营成本与效益的制约，绝大部分村落至今没有建立收费健身场所，一些体育消费意识较强的村落农民只能在附近镇（乡）里的收费健身场所进行活动。

5. 影响3省村落农民参与体育活动的主要因素比较

就影响西部3省村落农民参与体育活动的因素而言（见表11－58），在被调查的各省中排在第一位的是"没有空闲时间"，排在第二位的是"没有场地器材"，排在第三位的是"经济条件不充裕"，再次是"对体育运动兴趣不大"，选择"因生理疾病或身体疲劳"而影响其参加体育活动的人数最少，均排在了各省的最后一位。

表 11－58　西部 3 省村落农民参与体育活动的影响因素（%）

选项	广西	排序	四川	排序	陕西	排序
经济条件不充裕	17.5	3	21.2	3	15.0	3
没有空闲时间	30.4	1	28.1	1	38.2	1
没有场地器材	30.0	2	25.6	2	24.9	2
生理疾病、身体疲劳	7.9	5	8.2	5	10.5	5
对体育运动兴趣不大	14.2	4	16.9	4	11.4	4

可见，影响西部 3 省村落农民参与体育活动的原因主要源于外界客观因素，比如闲暇时间不足、没有健身所需的场地器材、经济条件差等，而出于自身原因，如生理疾病或身体疲劳的影响相对较小，但“对体育活动的兴趣不高”也是一个不可忽视的重要因素。因此，在西部大开发与新农村建设中，应抓住农民体育健身工程这一千载难逢的机遇，不断推进农民体育健身工程惠及农村基层村落的步伐，并呼吁社会各界给予村落农民更多的人文关怀与支援，为其参与体育活动创造宽松便利的外界环境。

（三）结　论

结论一：整体而言，西部村落地区经济发展滞后，村落农民的文化水平与受教育程度普遍偏低，这无疑将在一定程度上影响村落农民的体育认知与参与水平。

结论二：就西部 3 省村落农民的体育态度而言：认知成分上 3 省村落农民对新农村建设、农民体育健身工程和全民健身计划的整体知觉、记忆和注意等认知水平较低，情感成分上 3 省大部分村落农民对体育活动的喜爱程度不高，意向成分上西部 3 省村落农民均把“参与体育健身活动”排在最后，证明其参与体育活动的意向颇为消极。

结论三：就西部 3 省村落农民参与体育活动的外部条件而言：西部村落地区体育场地与设施相当匮乏，村落农民体育活动的组织水平颇低，西部村落地区社会体育指导员队伍的力量非常薄弱。

结论四：就西部 3 省村落农民体育活动的参与水平而言：3 省村落农民选择“从不参与”的人数最多，从参与者每次体育活动的时间来看，每次活动时间 30 分钟以上的占参与体育活动人数的绝大多数，3 省村落农民参与体育活动的主要组织形式排在前三位的是“个人自由活动、与家人一起活动和小组（队）组织的活动”，而“村里组织的活动”则排在最后，3省村落农民参与体育活动的主要内容和场所均显现出以简便易行、场地器材条件要求不高、消费性支出不大为特点，“散步、慢跑、爬山等活动”成为3省村落农民体育活动内容的首选，“田间路边、山地河流旁等自然环境下”是3省村落农民参与体育活动的首选场所。

结论五：就影响3省村落农民参与体育活动的主要因素而言：外界客观因素如闲暇时间、场地器材、经济条件等影响较大，而自身原因如生理疾病或身体疲劳的影响相对较小，但“对体育活动的兴趣不高”也是一个较为显著的影响因素。

四、我国村落农民体育现状问题总结

从前面的分析中，我们对不同区域村落农民体育的现状把握如下：

就鲁苏浙赣东部四省村落农民体育活动的现状来看，其整体状况主要体现为：东部四省村落农民对“新农村建设”、“农民体育健身工程”、“全民健身计划纲要”的认知程度整体偏低，各群体间认知程度存在差异；不同群体对体育功能的认知存在差异，“强身健体”仍是最直观的体现；村落农民对影响健康因素的判断因背景不同存在差异，且表现出不同的倾向；收入较高的中青年男性村落农民群体表现出较强的体育意愿倾向；村落农民体育锻炼的行为受年龄、文化程度等人口学因素影响明显；制约村落农民参与体育活动的因素呈现多元化趋向。

就湘鄂豫中部三省村落农民体育活动的现状来看，其整体状况主要体现为：中部3省村落农民对“新农村建设”、“农民体育健身工程”、“全民健身计划纲要”的整体认知水平较低，其整体认知水平有待提高；部分村落农民对体育锻炼的多元功能已经有了一定的认识，但是仍有较大比例的村落农民对体育锻炼的功能存在错误认识，表现为将体育锻炼与生产劳动对身体的作用等同视之，在国家利民政策的惠及下，特别是农村合作医疗制度的建立，村民对自身的身体健康问题更为重视，但对体育锻炼增进自身健康的认可度却相对较低；多数村落农民对参与体育活动的态度表现积极，但对花钱参加体育活动和投资修建村里公共体育健身设施持消极态度；在性别上，男性村落农民对“发展村落农民体育的意愿”较女性村落农民强，且呈非常显著性差异；在年龄结构上，村落农民对“发展村落农民体育的意愿”的得分上呈现出“中间低、两头高”的态势，且表现出非常显著性差异；在文化程度上，村落农民对“发展村落农民体育的意愿”得分的顺序由高到低依次为高中文化程度以上、高中或中专文化程度、初中文化程度、小学文化程度和小学文化程度以下，且呈非常显著性差异；在农民家庭人均年收入上，村落农民对“发展村落农民体育的意愿”的得分上呈现出“中间高、两头低”的倒“U”形曲线，且呈非常显著性差异；村落现有体育场地与设施尚不能满足村落群众的需求，村落农民体育活动的组织水平低，村落农民体育健身指导状况不理想；村落农民参与体育活动的内容与组织形式较为单一，活动场所以自然环境下和免费的公共体育活动场所为主；村落农民参与体育活动受自身因素与客观外界环境因素的制约，其中客观外界环境因素占主导。

就桂川陕西部三省村落农民体育活动的现状来看，其整体状况主要体现为：西部3省村落农民的体育态度在认知成分上表现为对“新农村建设”、“农民体育健身工程”和“全民健身计划纲要”的整体认知水平较低，情感成分上村落农民对体育活动的喜爱程度不高，意向成分上村落农民均把“参与体育健身活动”排在最后，证明其参与体育活动的意向消极；村落农民参与体育活动的外部条件较差，表现为体育场地与设施相当匮乏，村落农民体育活动的组织水平颇低，西部村落地区社会体育指导员队伍的力量非常薄弱；村落农民体育活动的参与水平较低，选择“从不参与”的人数多，参与体育活动的主要内容和场所显现出简便易行、场地器材条件要求不高、消费性支出不大的特点；外界客观因素如闲暇时间、场地器材、经济条件等对村落农民参与体育活动影响较大，而自身原因如生理疾病或身体疲劳的影响相对较小。

综观新农村建设中我国东、中、西部地区村落农民体育的现状，可将我国村落农民体育的整体现状问题概述如下：

第一，从认知上看，村落农民对“新农村建设”、“农民体育健身工程”、“全民健身计划纲要”的整体认知水平偏低，对体育功能的认识不甚全面和正确，不少村落农民仍然将“体育锻炼跟劳动一样，没有区别”划等号。

第二，从意愿上看，区域差异明显，西部地区村落农民在农闲时参与体育活动的积极性弱于东、中部地区，东部地区的村落农民对花钱参与体育活动和投资村里公共体育事业的意愿相对高于中、西部地区。

第三，从村落农民参与体育活动的外部条件来看，东、中、西部地区均明显表现出现有体育场地设施相对缺乏、村落农民体育活动组织水平低、体育健身指导状况不理想等现状特点。

第四，从村落农民参与体育活动的现实状况来看，活动的内容和场所大多显现出简便易行、场地器材条件要求不高、免费场所为主的特点，活动时间的机动性和随意性较大，活动多处于无组织状态。

第五，从影响村落农民参与体育活动的因素来看，既受自身因素，也受客观外界环境因素的制约，自身因素有：对体育活动兴趣不高、生理疾病或身体疲劳等的影响，客观外界环境因素有：没有空闲时间、没有场地器材、经济条件不允许、没有组织、没人指导等，其中客观外界环境因素是影响我国村落农民参与体育活动的主要因素。

第三部分

对策篇

第十二章 村落农民体育发展的瓶颈、模式与路径选择

我国社会主义新农村建设正如火如荼地向前推进，农村体育作为新农村文化建设的重要组成部分受到了党和政府的高度重视，农村、农民体育的研究也倍受体育学界的重视而渐入高潮。然而，在农村和农民体育的已有研究中，开宗明义地以我国农村社会的最底层和最基层元素——村落为地域对象的相关研究却相对不足，而直接以村落农民为调研对象，对村落农民体育的研究则更是几近阙如。

当前，将研究的重心偏移农村的最基层，突破以往研究对农村和农民体育问题的泛泛而论，打破学界对村落农民体育研究的尘封，破解我国村落农民体育的发展难题，探求适合国情且行之有效的基层村落农民体育的发展模式和路径，无疑是当前每一位研究农村、农民体育问题的体育学人义不容辞的责任。

一、村落农民体育发展的瓶颈阐析

新中国成立 60 多年以来，特别是 1995 年《全民健身计划纲要》的颁布和 2006 年“农民体育健身工程”的全面启动，使得我国农村体育和农民体育的发展得到了很大程度的提高。但基层村落农民体育却一直处在被遗忘的角落，其现有的发展困境不言而喻。这一方面可能与我国的国情有关，农民众多、农民太穷、农民太弱是现阶段我国农民的真实写照，而且这种状况仍将在相当长的一段时期内影响我国社会主义新农村建设的全面推进。另一方面，遗存在村落文化中的封建礼教思想、狭隘功利主义、小农意识、不求进取、听天由命、重文轻武等旧有思想，仍在很大程度上钳制着村落农民的意识形态，致使村落农民体育问题也因此而变得愈加错综复杂。为了抓住村落农民体育发展的根本症结所在，结合课题组对我国村落农民体育现状的实地考察、调研及前人的研究，笔者拟从以下几个方面来解析制约我国村落农民体育发展的主要瓶颈。

（一）村落经济瓶颈

党的十六大以来，党中央从统筹城乡发展的角度出发，出台了一系列利民惠农政策和重大改革举措，使得农民收入快速增长，农民消费水平明显提高。2006 年，农民人均纯收入为 3587 元，比 2002 年增加 1111 元，年均增加 278 元。农村居民人均纯收入增速由 2002 年的 4.8%，提高到 2006 年的 7.4%，打破了“十五”前三年收入增长缓慢格局，进入新的较快增长期。从农民消费结构与支出上看，一是消费结构不断优化，从恩格尔系数由 2002 年的 46.2% 下降到 2006 年的 43.0%，下降了 3.2 个百分点中可见一斑。二是发展和享受性消费支出显著增加。2006 年农村居民文教娱乐、医疗保健、交通通讯的支出水平分别达到 305 元、192 元和 289 元，比 2002 年分别增长 45.2%、84.6% 和 124.0%。[①] 尽管我国农村经济建设近年来取得了令世人瞩目的骄人成绩，但我国农村经济基础，特别是基层村落经济基础薄弱的局势在短期内还难以从根本上得以扭转。这突出地体现在城乡居民收入与消费差距的持续扩大上。2005 年“21 世纪论坛”会议上，专家指出，目前中国城乡消费差距令人震惊，城乡差距比为 3.21:1，农村居民的消费水平只相当于上世纪 90 年代初城市居民的消费水平，整整落后 10 年。[②] 2007 年农业部部长孙政才在第十一届全国人大常委会第四次会议报告上指出，今年我国城乡居民收入比扩大到 3.33:1，绝对差距达到 9646 元，也是改革开放以来差距最大的一年。[③] 城乡经济水平差距日益悬殊，无疑反映了我国农村经济基础依然薄弱的事实。经济基础决定上层建筑。村落农民体育属于村落文化范畴，是上层建筑的组成部分，如果农民在衣不遮体、食不果腹的境遇下，奢求其放下劳动生产来参与体育健身娱乐，无疑是冒天下之大不韪之策。可见，村落农民体育的发展是离不开村落经济基础的。所以，村落经济瓶颈是目前摆在我国村落农民体育发展面前的主要障碍，大力发展村落经济才是推动我国村落农民体育发展的根本要求与希望所在。

（二）村落农民体育组织与管理瓶颈

长期以来，我国体育组织只到县市级便戛然中断，城市与农村之间存在着组织

---

① 国家统计局综合司发展回顾系列报告之六：农业和农村经济社会发展再上新台阶[EB/OL]. http://www.stats.gov.cn/was40/reldetail.jsp? docid=402434601，2007-09-25.

② 崔丽，孙政才. 城乡收入绝对差距近万元创 30 年最大 [N]. 中国青年报，2008-08-29.

③ 申屠青南. 专家认为中国城乡消费差距惊人维持 3.21：1 水平 [N]. 中国证券报，2005-09-07.

断层，体育组织的触角难以畅通无阻地伸到农村。[①] 目前这一现状仍未发生根本性转变。有研究显示，在被调查的乡（镇）中，乡（镇）政府没有全民健身体育领导机构、没有乡镇干部分管体育工作、没有农民体协及其他农民体育组织的分别占52.3%、47%和63%；在被调查的行政村中，没有村级体育领导机构、没有村干部分管体育及没有村农民体育组织的分别高达84.3%、74.8%和86.9%，个别省这几项“没有”的比例甚至超过90%。[②] 可见，我国绝大多数村落社区的体育组织仍处于真空状态。村落社区体育组织的缺位，必然影响到村落农民体育的管理水平。因此，解决村落农民体育组织与管理瓶颈已迫在眉睫。

（三）村落农民体育意识瓶颈

所谓体育意识，是指人们对各种体育情况（信息）进行加工整理、分析综合，从而逐步透过体育现象认识体育本质。[③] 从心理层面上讲，体育意识包括认知、情感和意向三个层面。课题组在前期的调研过程中，从这三个层面对村落农民的体育意识进行了考察，结果显示：在对体育锻炼功能的认知上，不少村民不仅把“和劳动一样，没有特殊作用”作为对体育锻炼功能认知的首选，而且表露出对体育其他社会功能认知的相对无意识状态，课题组对湖北省大洲村农民体育活动状况的个案调查就充分证实了这一点；在参加体育活动的情感上，选择“不怎么喜欢”和“很不喜欢”体育活动的农民仍占相当高的比重，这既反映了村民对参与体育活动持排斥态度，也反映出村民对体育锻炼价值特性的误解；在参与体育活动的意向上，村民农闲时，最常见的行为意向排在前三位的分别是“看电视、报纸等”，“打牌、搓麻将等”以及“和乡亲闲聊”，而“参与体育健身性活动”则排在较后，这与村民体育健身意识淡薄不无关系。由此可见，我国村落农民的体育意识尚处于一个消极、朦胧，甚至无意识状态。事实证明，农民健身意识与村落农民体育发展呈正向相关，即农民健身意识越清晰，农民参与体育活动的主动性就越强，村落农民体育发展也就越快，反之亦然。由此可见，强化对村落农民健身意识的培养乃不失为明智之举。

---

① 谢勇强．乡镇体育组织应该怎样建？［N］．中国体育报，2007－10－26.

② 郁俊，杨建营，李萍美等．浙苏皖赣鲁农民享有基本体育服务现状调查与对策研究［J］．体育科学，2006，26（4）：22.

③ 周全．关于体育意识意蕴的解读［J］．成都体育学院学报，2006，32（6）：9～11.

（四）村落社区体育资源瓶颈

社区体育资源是指能满足社区居民进行体育活动所需要的一切物质和非物质的要素。[①] 据此，村落社区体育资源可认为是满足村落社区农民体育活动所需的所有物质和非物质的要素，其核心要素主要有人力、物质、资本、信息等资源。

目前我国村落社区体育资源现状令人堪忧：一是村落社区体育资源总量不足，增量有限，开发不力。首先，我国村落社区体育资源总量不足是一个客观事实。以体育场地资源为例，据全国第五次体育场地与人口普查结果显示[②③]，占国土面积83.5%并拥有63.91%人口的广大农村地区只占20.2%的体育场地资源，而分布在乡（镇）村的体育场地资源仅占8.18%。究其原因，一方面可能因为我国体育资源空间配置不合理，形成发达社区（城市）“体育资源富裕”和欠发达社区（村落）“体育资源贫缺”的二元结构，并彰显出鲜明的“马太效应”特征，即体育资源相对集中的社区其体育资源愈加富足，而体育资源贫乏社区其体育资源愈加贫乏；另一方面则可能在于我国村落经济基础薄弱，基层干部的工作重心聚焦在村落经济建设上，而无暇于囊括村落农民体育在内的村落文化建设，因而出现一些村落社区体育骨干、体育场地器材等资源的零增长，甚至负增长的现状就不足为奇了。其次，随着“全民健身工程”、“农民体育健身工程”等一系列“民心工程”和新农村建设的推进，我国村落社区体育资源总量虽有所上升，但与我国城镇相比，特别是东部沿海地区相比，其增长速度仍显得相对迟缓。目前我国总计有68万个行政村，而2006年在全国试点实施“农民体育健身工程”的2.6万多个行政村只占全国行政村总数的3.82%。除了相对缺乏外，其绝对增长不够的问题也很突出，调研中发现绝大部分村落社区体育资源尚未被开发体育之功用，因而导致村落社区体育资源的增量有限、开发不力的局面更加得以彰显。

二是村落社区体育资源闲置与稀缺并存。课题组在实地考察中发现，有些富足的村落，特别是邻近城市郊区的村落，公共体育基础设施相对齐全，然而，却存在公共体育场地设施无人问津、长期闲置的现象，造成这一现象的原因可能有二：一是村民自身因素。如缺乏体育参与意识、对体育锻炼认识模糊、闲暇时间不充足

---

① 袁广锋，陈融，陈如桦等．论城市社区体育资源及其开发与利用［J］．北京体育大学学报，2004，27（5）：597.

② 第五次全国体育场地普查数据公报各项指标大幅增长［N］．中国体育报，2005－02－03.

③ 朱剑红．第五次全国人口普查结果［N］．人民日报，2001－03－08.

等；二是外界因素。尤其是农村基层的体制缺陷，例如尚未建立自下而上的需求表达机制和自上而下的供给机制、基层体育组织缺位等外因。村落体育资源稀缺则主要表现为体育人力资源、经费资源、场地设施资源、信息资源缺乏等多个方面。这亦可以从郁俊等人的相关调研中得以进一步证实，其调查结果显示①，平均每个行政村只有0.37名兼职社会体育指导员；有48.4%的行政村没有体育经费添置体育设施和组织开展体育活动；除中、小学以外，在被调查的行政村中的室、内外体育场所与设施数量都比较少，没有室外、室内体育场所与设施的比例分别为62.1%和58.7%；48.5%的行政村没有报刊阅览室和宣传橱窗，即使有报刊阅览室、文化宣传橱窗的行政村也很少有宣传全民健身活动的内容。

近几年，随着党和政府“三农”政策的落实，农村基层的各项事业犹如雨后春竹般地发展起来，村落农民已经基本摆脱绝对贫困，不断从温饱迈向小康，在“生活奔小康，农民要健康”的倡导下，村落农民日益增长的体育需求和村落体育资源瓶颈之矛盾日渐突出，因此，打破村落社区体育资源瓶颈刻不容缓。

（五）村落体育文化瓶颈

村落体育文化是村落的物质文化、精神文化和制度文化的总和，它覆盖了村落农民的体育思想、意识、价值、观点以及村落体育制度和物质条件等。从某种意义上讲，村落体育文化既是村落农民体育的根基又是其生存土壤。然而，现阶段我国村落体育文化的发展却不容乐观，主要表现为：（1）部分优秀传统村落体育文化萎缩，甚至濒临灭绝，导致村落体育文化的生存环境在一定程度上得以破坏。课题组在调研中发现，村落原存的文化价值体系和社区记忆在村落文化嬗变的过程中逐渐消失，特别是一些优秀的传统文化在现时代车轮的滚压下，生存空间日益萎缩。加之，原有村落社区公共文化空间的瓦解熄灭了村民参与体育的激情，原已发展起来的舞龙、舞狮、秧歌、戏剧等村落民间组织和班社历经二十多年的“去组织”化后，正在逐渐解散。有报告指出：在我国流传的具有悠久历史的民间传统体育项目多达977种，如放风筝、舞龙、龙舟、扭秧歌、侗族的“抢花炮”、彝族的“跳火绳”、满族的“跳马跳骆驼”、蒙古族的摔跤等，但很多这些宝贵的文化遗产已

① 郁俊，杨建营，李萍美等．浙苏皖赣鲁农民享有基本体育服务现状调查与对策研究［J］．体育科学，2006，26（4）：21～27.

日渐消失[①]；（2）村落体育文化主体力量的流失。村落体育文化主体力量的流失主要表现在两个方面：一是农村村落青壮年劳动力流向城市，削减了村落体育文化发展的后劲。据农村劳动力流动课题组研究预测，今后几年，每年新增外出打工农民将不少于800万人，即使考虑到回流因素，新增外出打工农民的数量也不会少于600万人。[②] 这些漂泊在外打工的农民中，青壮年劳动力是其主力军，他们的身心素质普遍高于留守群体的平均水平，理应是新农村体育事业发展的中坚力量，但其长期在外务工，无疑将弱化村落体育文化的主体力量。二是村落社区学校体育主体力量的萎缩，削减了村落体育文化的传承力量。现时期我国大多数大中城市已普及高中教育，而在一些中西部农村村落，不少村庄九年制义务教育尚未普及，特别是初中教育，学生中途辍学的现象屡见不鲜。有些乡村学校初中一年级还有5个班，初二时缩减为3个班，初三时就只剩一个班了。虽然学生的退学现象原本不是体育问题，但从农村学校学生退学人数居高不下的事实现状中也可肯定村落学校体育主体力量流失之严重；（3）村落体育文化建设缺乏组织与领导者。基层村落干部理应是村落农民体育发展的核心力量，应自觉承担起新农村体育文化建设的重担，起到村落农民体育发展的领导与组织者的作用。然而，目前仍有不少基层村落干部对村落体育文化建设存在着误解。如村干部中仍有相当一部分人认为体育文化建设无足轻重，建与不建、早建晚建都无所谓，把体育文化建设放在可有可无的位置上；也有些人认为，搞农民体育不能产生经济效益，至少短期内是看不到的，对政绩考核毫无帮助；还有些人把体育文化建设的“政府行为”片面理解为对硬件设施建设甚至只是“形象工程”的投入上，而认为体育文化软件建设无需“政府行为”，无需再投入。

二、我国村落农民体育发展的模式初探

为了促使我国村落农民体育的发展克服现有的瓶颈障碍，走上顺利的发展道路，课题组在对我国村落农民体育进行实地考察、调研、分析的基础上，结合我国村落发展的现实情况，拟提出以下发展模式。

① 赵晓红，李会增，张献辉等．新农村建设中农村体育的发展对策［J］．上海体育学院学报，2007，31（5）：18～22.

② 孙立平．我国弱势群体的形成与特征［EB/OL］．http：//column. bokee. com. 27044. html.

（一）生产生活型

这是一种把体育与生产生活方式相结合的发展模式。其内涵是：将村落农民体育融入到村民日常生产生活中，形成一种健康文明的生产生活方式。此模式的特点：一是自发性。在村落社区体育组织缺位的现实背景下，与生产生活方式融合的村落农民体育往往表现为一种非正式组织的主观自发行为。小到村民自发地投入个人体育锻炼，大到村民自发组织运动会，无一不彰显出自发性特征，从某种意义上说，这种广泛而频繁的自发性，才是村落农民体育活动生机盎然的坚实基础；二是简易性。该模式的简易性突出地体现在体育活动的形式、内容、技术特点及场地器材条件的简易性上；三是地域性。生产生活型村落农民体育活动的地域差异性是十分广泛和鲜明的，它会受到一定地域生产方式、生活条件的钳制，而不同程度地带有地方色彩。

该模式的主要运作方式有：（1）以自上而下的农民运动会为杠杆，在项目设置上，贴近农民生产生活，体现农业、农村和农民特色，如担挑粮食赛、自行车载重和插秧赛等，在项目发展方向上，以娱乐为主，竞赛为辅，以激发和调动农民参与体育活动的热情；（2）把体现传统农民生活、生产需求的体育活动和现代农民生产、生活特点相适应的体育活动形式结合起来，因时、因地、因人而异地开展适合地方生产、生活方式特色的村落农民体育活动。

（二）家庭体育型

这是一种以发展村落家庭体育为主的模式。其内涵是：以家庭成员为活动对象，家庭居室及其周围环境为主要活动场所，根据居室环境条件与成员的需要与爱好，利用属于自己的余暇选择健身内容和方法，达到增进身心健康的目的，以促进家庭和睦和社会稳定发展。[①] 该模式的特点：一是相对独立性。村落农民独立活动空间较大，村落家庭多具有独立的庭院，房屋的空间相对宽余，各家各户便于单独开展家庭体育活动；二是家族性。参与家庭体育的成员是以血缘和婚姻关系为纽带，而彰显家族性特征；三是传承性。家庭所形成的意识、习惯可转变为家风、传统而世代相传[②]，家庭体育亦如此，如村民家庭中的习武尚武意识和习惯的形成，转变成家风、传统而使民间武术得以传承就是一个鲜活的例子。

---

① 杨文轩，杨霆．体育概论［M］．北京：高等教育出版社，2005：75.

② 谢军，刘明辉．21世纪中国家庭体育的发展趋势与对策［J］．体育科学研究，1999，(2)：6~10.

该模式的主要运作方式有：（1）宣传引导。定期在村落学校举办宣传活动，宣传家庭体育的知识、方法、作用和意义等，引导农民形成科学、健康的家庭体育观念；（2）组织推动。加强村落农民体育组织建设，以农民体育组织为龙头，开展家庭健身、卫生、保健知识竞赛活动、家庭健身比赛活动、家庭体育节活动等等；（3）以点带面。在村落中，随机选取几组家庭作为开展家庭体育活动的试点户，通过反复试验，比较研究，总结归纳出成功经验，再由点到面逐步推广；（4）政策扶持。通过全民健身工程、农民体育健身工程、亿万农民健身工程等利民政策，扶助村落家庭体育的发展；（5）法规保障。建立有关促进家庭体育发展的法规；（6）科研支持。加强对村落家庭，尤其是特殊家庭，如“空巢”家庭、单亲家庭等的体育理论与实证研究，为村落特殊家庭体育活动的开展提供支持。

（三）学区体育型

所谓学区体育型就是以一所或几所相对集中的学校为中心划分地区范围，以学校为主要活动场所，以学区居民为对象①，通过有效利用学校设施开展村落社区体育活动的村落农民体育发展模式。其特点：一是互补性。学区体育的互补性主要体现在学校与村落社区在体育设施、人才、文化等资源的共享上；二是有偿性。学区体育的有偿性是由它的服务性质决定的，为确保学区体育能为村落居民提供高质量的服务，就少不了用资金来维护学区体育的正常运作，如场地的维护、器材的更换、场地器材的管理等。

该模式的主要运作方式有：（1）成立学区体协、体育指导委员会等机构，定期召开工作会议，讨论学区体育的发展方向、形式等；（2）村落学校体育教师在课余时间兼任村落社区体育指导员，参与组织和指导村落社区群众体育工作；（3）村落学校合理安排对村民的开放时间，依据实际情况，提供无偿或有偿的体育器材租借、体育场地和设施等服务；（4）村落学校体育教师有意识地加强对学生从事和组织体育活动能力的培养，鼓舞和激发他们在节假日期间调动家庭成员和邻里村民参与体育健身活动，使其成为村落体育活动的积极推广者和传播者；（5）村落学校充分利用和吸收村落社区体育资源，利用村落社区体育中的优势资源来解决学校体育课程内容与形式单一的难题；（6）成立专门的培训班，利用学校师资等教育资源优势，培养村落社区体育指导员并壮大村落农民体育骨干力量队伍。

---

① 沈建华，李建国，杨学军等．社区体育发展新模式——学区体育［J］．上海体育学院学报，1999，23（4）：49～56.

（四）政府扶植型

所谓政府扶植型，是指以政府为主导，村民为主体的村落农民体育发展模式。该模式行政管理色彩较为浓厚。其特点：一是主导性。就村落农民体育发展而言，无论是体育活动的经费筹集工作，还是体育活动的组织工作，甚至是人员管理和设施安排上均表现出政府的主导性；二是主体性。村民既是村落农民体育活动的参与主体，也是传承村落体育文化的主体力量。

该模式的主要运作方式有：（1）加大对村落农民体育的经费投入，将体育彩票公益金的投入重心下移到村落，借农民体育健身工程之东风，加快解决贫困村落地区体育场地器材匮乏难题；（2）对一些地方性疾病多发的村落，联合农村医疗合作社，针对疾病特点开展预防和恢复性健身知识的讲座，并通过健身处方减少因病返贫的人口，增加长期从事体育锻炼的人口；（3）联合残联、妇联、农民体育协会等，积极开展和组织适应不同村民群体的体育活动；（4）加强基层体育组织建设，扶持、鼓励和引导农民自发性体育组织的建立；（5）建立村文体活动场所、文体活动中心或综合文体活动室，并配备专职体育工作人员或专职社会体育指导员；（6）建立相应的激励与奖励机制，如“农民体育活动先进户”、“农民体育活动标兵”、“农民体育先进村”等称号的评选活动，对村落农民体育做出贡献的个人、小组、集体给予一定的奖励。

（五）产业运作型

这是一种以村落农民体育为本体资源进行产业化开发的运作模式。其特点：一是专业性。该模式的专业性主要体现在人才资源的专业化需求上，村落农民体育产业化的成功运作，必须有一批会管理、懂市场的专业化体育经营人才支撑；二是依赖性。村落农民体育的产业化发展必须以丰富、诱人的村落农民体育文化资源为基础和平台，因此目前只适合在一些有自身民族特色和地域特色的村落开展。

该模式的主要运作方式有：（1）对村落农民体育文化进行产业化包装，加快村落农民体育的市场化进程；（2）建立专门的培训基地，对从事村落农民体育活动的主要人员、团队、组织进行专业化培训，以提升村落农民体育的商业价值；（3）充分挖掘、整理和保护好村落优秀的民间体育文化，打造出各具特色的村落体育文化品牌，并做好村落体育文化品牌的推广宣传工作；（4）拓宽、挖掘村落体育旅游资源，发展村落体育旅游业；（5）广开村落农民体育发展的资金筹集渠道，如社会集资、捐资、捐助和市场开发等等。

（六）文艺体融合型

所谓文艺体融合型，即指将文化、艺术和体育有机地融合在一起的发展模式。其特点：一是融合性。该模式的融合性体现在村落农民体育活动的诞生与嬗变中，尤其是一些民族传统特色浓郁的村落农民体育活动，其产生本身就有着深厚的文化底蕴和艺术内涵，它的发展凝结着村落农民集体智慧的结晶，它是集竞技、舞蹈、艺术、音乐、文化于一体的复合产物，如瑶族的打陀螺、侗族的抢花炮、布依族的打铜鼓等；二是渗透性。体育、文化与艺术一向难弃难分，互渗交融于一体，无论是村落农民体育活动的内容，还是村落农民体育活动的形式，无论是传统特色鲜明的村落农民体育活动，还是现时代以竞技体育活动项目为主要内容的村落农民体育活动，都或多或少、或隐或显地彰显出体育、文化与艺术渗透的痕迹。

该模式的主要运作方式有：（1）借乡镇文化与体育管理部门合并重组之势，建立文化与体育管理部门的长效合作机制，配备专职的文艺和体育工作人员，形成强有力的工作团队；（2）鼓励和扶持地方文化、艺术工作者与体育工作者相互合作，共同研究和创造适合当地村落特点的农民体育活动形式；（3）把开发村落体育旅游资源与开发村落民间特色文化、工艺结合在一起。

（七）节庆假日型

所谓节庆假日型，是指依据我国传统历法的阴历、节气等，在传统年节、庆典、仪式或农闲中开展村落农民体育活动的模式。该模式的特点：一是地域性。我国农村地域广阔，村落星罗棋布，自然环境、经济生产方式和社会生活方式以及地域文化等存在较大差异，从而形成了各具地方和民族特色的乡村节庆体育活动；二是传统性。在我国村落节庆体育活动中，重阳登高、踏青、耍龙灯、舞狮子、扭秧歌、跑旱船、踩高跷、鞭春、斗牛、踏歌和耍幡等，还有少数民族村寨的跳锅庄、跳鼓、顶水罐赛跑、孔雀拳等活动，表现出了明显的民族传统特征；三是时节性。在村落生产生活方式和劳息时间的制约下，村落农民体育活动一般只能在节庆或农闲时才易广泛开展，因而具有鲜明的时节性。

该模式的主要运作方式有：（1）以传统的年节庆典为抓手，大力发展村落节庆体育活动，如春节的舞龙舞狮、清明节踏青、端午节龙舟竞渡等；（2）在农闲季节，组织开展传统与现代、生产与生活、竞技与娱乐等相结合的村民喜闻乐见的体育活动；（3）坚持本色、追求特色，创造新颖独特、简便易行的村落节庆农民体育活动；（4）传承与创新并重，充分挖掘本地区农民身心特质与消费承载力，突出地方文化休闲特色，培育出源于资源又高于资源的标志性节庆体育活动；（5）依据传统性、文化性和动态性的特点，综合考虑时间和空间的规律，以形成不同时间尺度、不同规模等级的节庆体育系列活动①；（6）基层群众体育管理部门加强对村落节庆体育活动的宏观指导和调控，采取有力举措打造节庆体育活动品牌。

三、我国村落农民体育发展的路径选择

要彻底打破我国村落农民体育的发展瓶颈，实现村落农民体育的良好发展，不仅要在发展模式上有所总结、创新和突破，还要对村落农民体育的发展路径进行规划并做出正确的选择。

（一）走村落精英牵领之路

村落精英在村落社区中掌握着相对稀缺的经济、权力、文化资源，有较高的威望、影响力和号召力，对囊括村落体育在内的各个领域的发展均发挥着一定的影响作用。村落农民体育作为村落文化的一部分，其发展固然离不开村落精英的参与和贡献，如广东省番禺区沙湾镇沙坑村村落精英牵动传统体育文化大发展就是一个典型的例子。村落精英这种作用的发挥主要是基于其在村落各项建设中位居承上启下的中介地位。所谓“承上”，是指村落精英同乡镇政府有着密切联系，是国家政策方针在农村基层贯彻与落实的重要桥梁和媒介；所谓“启下”，是指村落精英同村落农民有着紧密联系，是村民向上级政府部门表达需求和意愿的代言人。可以肯定，若能有效发挥村落精英对村落农民体育活动的引领作用，则必将为村落农民体育的快速发展注入一支强有力的动力剂。

（二）走保护与创新并重之路

村落体育文化既是村落农民体育的生存土壤，也是其发展根基，只有土壤和根基保护得好，村落农民体育才能得到最大限度的秉承，其创新才有取之不尽的素材、资源和养料。因此，要发展村落农民体育，必须在保护好村落体育文化的基础上，寻求其创新的突破口。然而，课题组实地考察中发现，不少村落体育文化在传承的过程中业已中断或濒临中断的现象屡见不鲜。究其个中原因，一方面可能归因于在村落政治、经济建设中，村落农民体育的相对从属地位导致其不能从根本上引

① 曹彧．打造节庆体育活动品牌［N］．中国体育报，2005－02－17.

起基层政府和村委会的足够重视，而失去了基层政府支持与保护的屏障。另一方面则可能因为在村落社会的变迁中，一些观赏性、娱乐性、参与性等不强的村落体育文化，因缺乏创新元素而遭受优胜劣汰自然法则的洗涤逐渐被淘汰。毋庸置疑，村落体育文化的消退现象如不及时制止和扭转，村落农民体育也将失去赖以生存和发展的土壤。为此，在村落农民体育发展路径的选择上，择取保护与创新并重之路，对我国村落农民体育的可持续发展将会起到一种促使其“活水长流”的作用。

（三）走“送体育”与“种体育”联姻之路

发展农村体育，不能只送不种。例如，“体育三下乡”活动的开展，其虽然是我国农村体育文化扶贫的一种很好的方式，但是“体育三下乡”活动一般一年仅一两次而已，且实施面也比较有限，难以惠及到广大农村的各个村落，对村民日渐增长的体育文化需求来说，无疑于杯水车薪。实践证明，作为送文化的一个分支——“送体育”活动在村落精神文明建设中起到了一定的效果，但这种“灌输”式的体育文化建设机制，致使村落许多新的文化观念往往是依靠国家力量自上而下地向村落社会强行“嫁接”的，这种单靠国家力量从外面强制“嫁接”的体育文化观念，难以在村落社区中扎根、发芽、开花、结果，是一种“无根”的体育文化，因而难以从根本上激发村落农民参与体育活动的热情，也没能点燃村落农民体育文化的火种。一旦国家力量从村落中撤离，这种“无根”的体育文化就会枯萎。在新农村文化建设中，有学者提出了“种文化”与“送文化”相结合的新思路。①新农村文化建设如此，村落农民体育的发展亦如此。村落农民体育在发展路径的选择上，也应走“送体育”与“种体育”联姻之路。这条路该怎么走，关键在“种体育”，那么怎样才能种出适合村落水土的体育呢？我们认为，一要小型，即开展投资少、场地器材条件要求不高的体育活动；二要多样，开展丰富多彩、形式多样的体育活动；三要普适，即开展男女老少皆宜的体育活动；四要普及，即开展生命力强、便于传播推广的体育活动；五要经常，即可持续开展的体育活动。

（四）走以政府为主导，村民为主体的互动之路

一项对西北5省老少边穷地区农民体育的调查结果显示，有46.3%的政府没有将体育事业的发展纳入政府工作计划，有42.9%的乡镇没有确定具体的机构专

① 全国农村文化联合调研课题组．中国农村文化建设的现状分析与战略思考［J］．华中师范大学学报（人文社会科学版），2007，46（4）：102.

门负责体育工作。[1] 这一现象得到了众多相关调研报告的证实，研究者普遍认为当前基层政府对基层农村体育重视不够，供给不力，投入不足，管理体制不顺，诚然，这些问题也必然影响我国基层村落农民体育的发展。然而，在我国村落整体经济水平偏低、地区发展不平衡的情况下，村落体育活动的经费来源、组织机构的健全、体育主心骨的培育、场地器材的供给等，在很大程度上都离不开政府的扶植，对处于弱势地位和边缘境地的村落来说尤为如此。除了政府的主导与支持外，村落农民体育的发展还少不了村落农民这一主体力量的参与，离开了村民主体，村落农民体育就失去了其存在的意义与发展的动力。因此，在村落农民体育的发展中，基层政府不仅要将村落农民体育纳入“两委”（村党支部和村委会）工作计划的重要议事日程，纳入扶贫攻坚计划，还要通过宣传、引导、教育等多种方式，让村民喜欢上体育，自觉地参与体育活动，从而改变以往在农村体育建设上过于依靠政府的局面，走出一条“政府主导、农民主体”互动发展的新路子。

（五）走突出特色的多元化发展模式之路

在我国广袤的农村地区，村落星罗棋布，自然环境、经济条件、人文风俗等方面的差异造就了村落中形态不一、各具特色的村落农民体育活动，这也决定了发展村落农民体育，必须坚持走突出特色的多元化发展模式之路，而不是寻找一个“统一模式”，毕竟没有一个“统一模式”能够适应任何变化的环境。在村落农民体育的发展中，如果一味推行“统一模式”，无疑会抹杀村落体育文化的多元色彩，也不符合村落实际情况。[2] 实践表明，开展地方特色体育，走多元化发展模式之路，不仅有利于秉承传统优秀体育文化，更有利于促进村落农民体育之间的交流、融合，形成优势互补、谐和共生的大好局面。

四、本章结语

新中国成立 60 多年来，随着我国村落政治经济文化的发展，我国村落农民体育也取得了一定的成就，特别是北京奥运会的成功举办为我国村落农民体育的发展注入了新的活力和发展原动力。但是，新农村建设中我国村落农民体育的发展依然面临着不少的历史与现实问题。为解决这些棘手问题，理清村落农民体育的发展瓶

① 王广虎. 弱势群体参与全民健身的现状调查与对策研究 [M]. 成都：四川大学出版社，2005.
② 郭修金，虞重干. 从村落看村落体育 [J]. 上海体育学院学报，2008，32 (3)：3 ~4.

颈，对村落农民体育的发展模式和可行路径进行有益探索，其不失为推动村落农民体育之大发展、大繁荣的逻辑之使然。认清了村落农民体育的发展瓶颈，方能针对村落农民体育的问题“症结”“对症下药”；厘清了村落农民体育的发展模式，方可因地制宜地甄选出与村落经济社会发展规模和速度相适应的发展模式，并为审时度势地创造出适应不同形势下村落农民体育发展的新模式提供参照；择取了正确的发展路径，才能少走弯路，有的放矢地实现村落农民体育的可持续发展。

第十三章 促进我国村落农民体育发展的建议

一、坚持以科学发展观为指导，树立以人为本的发展理念

科学发展观即是以人为本，全面、协调、可持续的发展观。科学发展观是统领现时期我国政治、经济、文化等各项事业全面发展的重要指导思想，其中的以人为本既是科学发展观的核心，也是确保各项事业快速发展但是又不偏离正确方向的思想基石。事实上，人本主义思想源远流长，起源于古希腊文化，形成于欧洲的文艺复兴，发展于启蒙运动，丰富于世界各国文化之中。无独有偶，我国古代伟大思想家孔子提出的“推己及人”的思想以及孟子的“民为贵”的思想，就与人本主义思想的精髓不谋而合，至今对世界文化产生着广泛的影响；马克思倡导的“促进人的全面发展”可以说亦是人本主义思想的体现。因此，人本主义思想并不是西方的专利，而是归属于世界的文化遗产。如今，我们大力提倡的“以人为本”的思想就是对人本主义思想的升华，是升华了的现时代精神。十六届中央委员会三次会议通过的《中共中央关于完善社会主义市场经济体制若干问题的决定》指出：“坚持以人为本，树立全面、协调、可持续的发展观，促进经济社会和人的全面发展”。可见，“以人为本”的全面、协调、可持续的科学发展观应贯穿于当前全面建设小康社会中社会主义现代化建设事业的各个组成部分。

新农村建设是当前全面建设小康社会、构建和谐社会的重要工作内容。新农村村落农民体育的发展也应贯彻“以人为本”这一与时俱进的时代理念，用“以人为本”的思想开展工作，实现对广大村落农民的人文关怀和终极关怀，把其参与全民健身作为新农村文化建设的一项重要任务来抓，这既是以人为本的思想在发展新农村体育事业中其内涵的真正体现，也是现时代的要求，还是全民健身和社会体育事业不断向前推进的必需。

二、以新农村建设为契机，加大对“新农村建设”、“农民体育健身工程”及“全民健身计划纲要”的宣传力度

早在80年代初，人们就曾把体育与媒体的关系概括为“体育需要宣传，宣传需要体育。”改革开放30多年来的改革实践证实了体育与媒体存在着优势互补，借力共赢的共生关系。由此可见，在新农村建设中，要实现村落农民体育的繁荣与发展，理应以媒为介，借力造势来宣传村落农民体育，这也正是我国体育宣传工作重心下沉之使然。实践证明，体育的社会宣传对人们体育价值观念的形成与变迁具有重要的作用。

社会主义新农村建设对村落农民体育的发展是一个利好局势，各地基层政府应该高度重视新农村建设这一利民工程，牢牢抓住这一千载难逢的宝贵契机，通过媒体、广播、农村宣传车等宣传途径和方式，充分利用正在广泛开展的农村现代远程教育体系和广播电视“村村通”的有利条件，借助农民体育健身工程的实施、全民健身计划的推进、北京奥运会后期余热的辐射，加强对“新农村建设”、“农民体育健身工程”及“全民健身计划纲要”等相关政策的宣传，让体育宣传走进农村基层，扎根于村落，不断提高村落农民对“新农村建设”、“农民体育健身工程”及“全民健身计划纲要”等利民政策的认知水平。

三、大力发展村落经济，为新农村村落农民体育的发展奠定经济基础

经济基础决定上层建筑，新农村村落农民体育的发展也是建立在村落经济发展的基础之上的。虽然我们不能坐等村落经济完全发展好了再来发展村落农民体育，但是脱离了村落经济的发展不切实际地一味追求高品质的精神文化生活则无异于奢谈。《中共中央国务院关于制定国民经济和社会发展的第十一个五年规划纲要》中指出：要建设“生产发展、生活宽裕、乡风文明、村容整洁、管理民主”的社会

主义新农村。[①] 生产发展是建设社会主义新农村的物质基础，是解决农村一切问题的基本前提。

目前我国农业生产落后，经营方式粗放，二三产业发展缓慢，多数村落农民以从事农业生产为主，土地利用率低、劳动强度大，资源消耗高，产品附加值低，是困扰村落农业生产和农民增收的主要原因。因此，应继续深化农村土地改革，大力发展现代农业，有效提高农民对土地的投资和利用能力，推动农业产业化经营，不断提高农产品附加值，增加村落农民收入，是当前解决村落经济发展瓶颈的关键。

四、加大对村落农民体育的投入，提升对村落农民体育的支持力度

从某种程度上而言，对村落体育人力、物力和财力投入不足是造成村落农民体育发展滞后的重要原因之一。在现今城市体育的发展取得辉煌成就的基础上，是群众体育把脚步迈向农村基层的时候了，这也是进一步推进社会体育全面发展和全民健身运动的必须。这就需要我们坚持以人为本的全面、协调的发展观，在和谐社会的构建中不断构筑“和谐体育”，在重视城市社区体育发展的同时，也要关注农村基层体育的发展，严格按照中央“国家新增教育、卫生、文化等公共事业支出主要用于农村”[②] 的规定，抓好农村基层体育工作。考虑到我国还处于社会主义初级阶段的国情，加之乡镇及村委会一级机构和组织的财力相对薄弱，基层村落农民体育的发展不可能由乡镇一级政府包办，应借鉴国外大众体育发展的经验，鼓励和动员企事业单位和社会团体资助乡村体育事业的发展，鼓励社会组织和个人对村落体育事业的捐赠和赞助，为基层村落农民体育的发展多方筹集资金。

五、加强农村体育体制建设，健全基层农村体育机构和组织

农村体育体制一般由农村体育机构和规范构成，其中体育机构是载体，规范是

---

① 新华网2005年10月18日电．《中共中央关于制定国民经济和社会发展的第十一个五年计划》[EB/OL]．http：//news. xinhuanet. com/politics/2005－10/18/content_ 3641362. htm.

② 十六届中央委员会第三次全体会议通过．中共中央关于完善社会主义市场经济体制若干问题的决定[C]．第十六届中央委员会三次会议，北京：2003：10. 14.

核心。从现有机构设置来看，农村体育工作机构不健全，目前县以下的行政机构中管理体育的部门甚少。而且在前一阶段的政府机构改革中，不少县区和乡镇撤消了体委部门，而将其置于他人门下，挂靠在文化部门、教育部门或卫生部门。例如，吕树庭教授在《流动人口：社会体育的新课题》一文中就指出：乡镇一级政府对体育的管理，一般是通过事业编制的文化站来实行的，在最近的机构改革中，文化站又被更名为“广播文化体育服务中心”，其实际工作中往往是“文多体少”[①]，这就是一个例证。为何县镇二级政府部门要减少体育管理部门的设置呢？这是为了贯彻国家精简机构的政策，达到国家规定的硬指标，其最好的方式就是把当前未引起人们重视的文化部门、体育部门等机构合并重组，对经济管理部门重点支持，因为这样更容易抓好经济建设，取得政绩，得到上级的认可，实际上无形中陷入了“以政绩为本”的“经济锦标”的误区。这种农村体育不受重视的现状是发展农村体育的一大难题，即有些学者所言的“由政府特别是基层政府重视程度不够所导致的投入和扶持力度不足的难题。”[②]在农村体育现有机构设置尚不健全的情况下，就更不用说其规范的建立了，当然，这与当前约束力不大的《全民健身计划纲要》和弹性较大的《体育法》不无关系。

农村体育体制的建设可从两方面着手，一是农村体育机构设置及社团组织建设，二是农村体育规范的建立。在其机构设置上，除建立政府专门管理农村体育的部门外，可结合基层农村地域特点和人口基数大的特点，实行“非政府、大机构”的设置模式，构建由县镇级农村体育协会、村落社区体育协会、村组体育协会等构成的基层体育组织网络。在其规范的建立上，可根据《全民健身计划纲要》和《体育法》的相关要求，制定具体的保证基层农村体育机构和组织正常运行的规范。另外，为保证县镇二级政府以及村委会对基层农村体育工作的足够重视，相关部门应健全其工作考核制度，把其基层农村体育工作计入工作业绩中，激励其把基层农村体育工作作为“民心工程”、“德政工程”来抓。

六、立足村落实际，完善村落社区公共体育服务体系

事实证明，不是农民不懂体育，也不是他们不喜欢体育，更不是他们不需要体

① 吕树庭，王铮，张宏等．流动人口：社会体育的新课题［J］．广州体育学院学报，2003，23（1）：1～4.

② 吕树庭，王铮，张宏等．流动人口：社会体育的新课题［J］．广州体育学院学报，2003，23（1）：1～4.

育，而是仍有相当一部分人用陈旧的观念看待农村、看待农民，没有发现他们对体育有着潜在的巨大热情，加之资源有限，体育服务没有到达农村，至少是没有全面顾及农村，多数农民难以享受到体育关怀和体育服务。[①] 由此可见，建立村落社区公共体育服务体系迫在眉睫。根据调研所得的现实情况，从公共体育需求的角度来看，我国村落社区公共体育服务体系的主要内容应包括村落农民体育活动体系、体育组织体系、体育场地设施体系、体育健身指导服务体系等核心要素。

第一，加强村落农民体育活动体系建设。既要注重对新兴体育运动项目的引入与开发，又要充分挖掘民俗、民间、民族传统体育活动项目，通过与劳动生产、文化艺术、民族文化、乡村旅游、节假日活动等相结合，使村落农民体育活动在内容、形式上不断推陈出新。另外，要善于借助“全民健身与奥运同行”、“农民体育健身工程”、“全民健身运动”、“农运会”等外力作用，按照小型多样、简单易行的原则，开展村民喜闻乐见的村落农民体育系列活动。

第二，加强村落农民体育组织体系建设。村落农民体育组织既是维持村落农民体育可持续发展的内在动力源，又是村落农民体育的主导力量。因而，应按照国家体育总局提出的以镇（乡）为龙头，村民委员会为基础，农民体协为纽带，形成辐射力的组织网络为指导方针，不断强化村落农民体育组织网络建设，逐步建立由国家——省（自治区、直辖市）——县（市）——镇（乡）——村落五级农民体育协会为主导力量的“自上而下”的农民体育组织，并在此基础上建立横向合作与纵向衔接机制，加强资源整合与共享，实现优势互补。

第三，加快村落体育场地设施体系建设步伐。村落体育场地设施是村落农民参与体育活动的硬件保障。要以“全民健身工程”、“农民体育健身工程”为龙头，辅之“雪炭工程”、“两打两晒（赛）工程”等多种形式，全面推进体育场地设施建设，不断优化村落农民参与体育活动的环境和条件。值得指出的是，仅仅依靠政府有限的投入建设村落体育设施，无异于“杯水车薪”。实践证明，基于我国国情，对村落体育这一庞大系统的运行，依靠某一方面的单一投资模式已不是解决此问题的有效途径，在当前群众体育管理体制由政府管理向政府与社会结合型管理模式的转变过程中，依托经济社会发展的实际，充分利用社会资源，发挥政府、企业、集体或个人的“联动”效应，多方面筹集资金，实现融资渠道的多元化，才是有效解决村落农民体育发展中体育设施“瓶颈”问题的途径。具体而言可从如

---

① 田雨普．全面建设小康社会背景下我国农村体育的发展战略［J］．体育学刊，2006，13（5）：6～9.

下方面来开展：其一，在政府投入的基础上，充分调动村落农民参与体育设施建设的积极性，转变村落农民对体育的传统认识，吸引更多的村民参与到村落公共体育设施的建设中，使更多的民间资本得到利用；其二，积极寻求企事业单位（特别是私营企业）的赞助，体育协会组织及个人捐款，大力发展体育彩票事业并确保其用于基层村落体育设施建设的资金数额；其三，对在基层村落公共体育场地设施建设中投资或予以资金支持的企业、个人或集体，国家可考虑给予税收或奖励等方面的优惠政策，鼓励更多的企业参与到新农村村落公共体育事业的建设中来。

第四，加强村落农民体育健身指导服务体系建设。农民体育健身指导员在新农村村落农民体育的发展中起着非常重要的作用，他们不仅是丰富农村体育活动、提高村落农民体育活动质量的排头兵，也是体育信息的传播者。根据当前我国农村体育事业的发展现状，每村配备一名体育健身指导员的要求不切实际。但是，我们可以根据农村的实际，在农闲时节或传统节假日期间，以节俭、有效的方式为基层村落配备一定数量的体育健身指导员。因为农村村落体育活动具有明显的季节性特点，农忙时节组织体育活动很可能造成对社会资源的浪费，也会影响村落农民的生产劳动。因此，我们可以在农闲时节有组织地往农村选派一定数量的体育健身指导员，对村落农民组织的体育活动进行指导，以提高村落农民参与体育活动的质量和水平。

七、借力农村学校教育，依托学校体育，提高村落农民体育健身意识和参与体育活动的能力

《中共中央、国务院关于推进社会主义新农村建设的若干意见》中指出："加快发展社会事业，培养推进社会主义新农村建设的新型农民，要加强思想政治工作，深入开展农村形势和政策教育，认真实施公民道德建设工程，积极推动群众性精神文明创建活动。"[①] 因此，要培养高素质的新型农民，就必须寻求农村教育援助，要强化政府对农村义务教育的保障责任，普及和巩固农村义务教育，深化农村教育改革，通过农村教育援助计划，促进农村义务教育、职业教育、成人教育"三教统筹"发展。与此同时，农村基层学校应借国家教育援助之契机，认真落实村落学校体育与健康教育的义务，并依托村落学校体育资源，通过组织家长会、亲

① 新华网2006年2月21日电.《中共中央 国务院关于推进社会主义新农村建设的若干意见》[EB/OL].http://news.xinhuanet.com/politics/2006-02/21/content_4207978.htm.

子体育活动等形式来传播体育的目的、功能与价值，传授体育健身理念、知识、技能与方法，以帮助和促进村落农民消除对体育的“偏见”，提高村落农民对体育健身的认知水平和自我参与能力。

调研中发现，目前我国村落农民参与体育健身的意识淡薄，对体育缺乏深入了解，这些都是阻碍村落农民体育发展的障碍性因素。加之不少村落农民存在“劳动即是体育”、“跑跑跳跳是体育”的传统错误思想，因此要想从根本上改变村落农民的这种错误认识，不是一朝一夕就能解决的事情，这需要经过长时间甚至几代人的教育活动，才能使他们真正理解体育所蕴含的意义。正是从这一点考虑，根据《全民健身计划纲要》所指出的“要对学生进行终身体育的教育，培养学生锻炼体育的意识、技能和习惯，学校体育要为学生打好终身体育的基础……”，从长远的角度来看，要提高村落农民的体育认知和参与水平，就必须大力发展村落学校体育教育事业。学校体育是每个人学生时期的必经阶段，随着九年义务教育的普及和法制化，这一阶段的教育对村落农民形成正确的“体育认识”起着至关重要的作用。因此，相关教育部门及村落学校应该制定严格、系统的学校体育教育规范和标准，使每个学生在校期间都能全面学习和了解体育，在他们离校之后，能终身参与体育活动。此外，基层体育机构和组织还可充分利用本地周边学校体育环境，加强对村落农民体育健身的宣传和培训，可在其“农闲”时节，组织专门的培训班，聘请学校体育教师对其进行培训，提高村落农民从事体育活动的意识和能力。

八、充分发挥村落农民的主体作用，分类推进村落农民的主体参与

毋庸置疑，村落农民是村落农民体育活动的主体。对发展村落农民体育而言，村落农民主要扮演着村落农民体育活动的组织者、投资者、参与者、非参与者等角色。针对不同的角色对象，分别提出相应的如下建议。

第一，针对村落农民体育活动的组织者。村落农民体育活动的组织者，往往是发展村落农民体育的领头鹰和带头人，是村落农民体育活动的领袖人物，他们往往是村落的政治精英或村落的文化精英。无疑，挖掘并发挥村落农民体育活动领袖人物的力量，壮大其队伍，对新农村村落农民体育的发展具有重要的推动作用。建议：（1）采取选举制，选聘村落体育能人为基层村落农民体育的组织者或管理者；（2）完善基层村落农民体育的投入机制，为基层村落农民体育的组织者组织开展体育活动提供财力保障；（3）建立奖励机制，对村落农民体育活动的组织有突出

贡献者给予适当奖励；（4）制定优惠政策，吸引和鼓励高校社会体育专业毕业生到农村基层就业，使之成为发展村落农民体育的中坚后备力量；（5）创建农村社会体育指导员培训机构，有组织、有计划地培训基层农村体育骨干，为村落农民体育活动的组织者补充后备人才。

第二，针对村落农民体育活动的投资者。村落农民体育活动的投资者，一般是村落的经济精英，他们或承包乡镇及村办企业、或承包山林土地、或带领本村人出去务工，其在经济发展上一般相对取得了一定成就，往往是村里的富裕阶层，同时也为村落集体经济或村民个人带来收益。① 当然，除了乡土村落体育活动的投资者以外，社会各级阶层、人士、企事业单位等热衷于村落公共体育事业的人们，均有可能成为村落农民体育活动的投资者。正是有了村落农民体育活动的投资者，村落公共事业的发展与服务，从某种意义上来看也即实现了“从群众中来，到群众中去”。建议：（1）加快村落农业产业结构调整，振兴村办企业，不遗余力地增加村落农民的收入，使他们成为发展村落公共体育事业的自觉投资者；（2）鼓励村落农民体育的投资者积极开发村落体育文化、旅游、生态资源，发展村落体育旅游业，形成村落体育旅游拉动村落经济发展，村落经济促进村落农民体育发展的良性互动机制；（3）将体育彩票等公益彩票引入村落，加强法制管理，扩大宣传力度，创新品种与玩法，使体育彩票等合法彩票成为排挤“六合彩”等非法彩票的有利武器，满足村落彩民的心理需求，正确引导村落彩民参与到利国利民的公益性事业中来，将体育彩票等公益彩票所获的公益金投入到村落公共体育事业建设中去，使其能够真正取之于民，用之于民，这样，大多村落农民自身无疑也成为了村落公共体育事业的“自愿”投资者；（4）积极培育信任、互惠、合作、和谐的村落社会关系与文化氛围，以培养村落农民特别是村落经济精英的乡土归属感和乡土认同感，激发他们自觉自愿地为村落农民体育事业做贡献。

第三，针对村落农民体育活动的参与者。村落农民体育活动的参与者，这里主要指对体育活动有着较为积极的情感，愿意并曾直接或间接参与村落农民体育活动的村落农民。村落农民体育活动的参与者可分为经常参与者和准参与者两种类型。经常参与者主要是指自觉自愿并经常参与村落农民体育活动的人员，准参与者是指有可能参与、也有可能不参与，或偶尔参与，或因某种原因徘徊于参与和不参与之间的这类村落农民。这里，我们建议的目的主要有二：一是防止村落农民体育活动经常参与人群中断体育活动，二是欲积极促进准参与人群转化为经常参与人群。建

① 郭修金，虞重干．从村落看村落体育［J］．上海体育学院学报，2008，32（3）：1～6.

议：（1）为了稳定并增加经常参与者，根据调研结果，结合2000年中国群众体育调查所得出的农村居民中断体育活动大多数是年龄在20岁以前这一结论①，从长远角度来看即是要大力发展我国农村学校体育，将村落社区的各种民间体育文化资源纳入到农村学校体育建设中来，培养学生的终身体育意识和习惯；（2）将经常参与村落农民体育活动者打造成宣传体育文化的中心户，形成以户为点，以点带面，点面结合的广泛参与格局；（3）有研究认为，制约准体育人口参与体育活动的首要因素是缺乏体育场地与器材②，而本调研结果也表明村落体育场地设施的缺乏是影响村落农民参与体育活动的重要因素之一。因此，亟待建立“自下而上”的村落农民公共体育场地设施需求的表达机制和“自上而下”的村落体育场地设施的供给机制，解决村落农民日益增长的体育需求与村落公共体育产品供给相对滞后的矛盾，促进准参与人群向经常性直接参与人群的转化。

第四，针对村落农民体育活动的非参与者。村落农民体育活动的非参与者，主要是指那些缺乏体育健身意识与体育消费意识，对参与体育活动持消极态度，从不参与体育健身活动的村落农民群体。村落农民体育的发展需要广大村落农民的主体参与，需要坚厚的村落群众基础，因此要千方百计地将村落农民体育活动的非参与者转化为准参与者乃至经常参与者。建议：（1）多渠道、多角度、多频度地在广大农村村落地区宣传体育的社会功能，提高非参与者的体育健身意识和体育消费意识，强化其参与体育活动的内驱力；（2）瞄准村落农民参与体育活动的兴奋点，找准村落农民的“体育胃口”，酝造促进非参与者参与体育活动的强化剂，充分调动广大村落农民参与体育活动的积极性。例如广西万村农民篮球大赛的举办和气排球的盛行就是瞄准了农民的兴奋点，调动了农民参与体育活动的激情；（3）努力培养村落农民体育活动非参与者的体育生活方式，抓住村落农民的从众心理，促进村落农民传统生活方式的现代转型，养成健康文明的体育生活方式。心理学家班尼认为：“从众之所以能够达成，乃是因为个人希望为别人所赞许和接纳。这种力量是如此微妙，以致大多数人并不察觉到它在起作用，而且他们也没有认识到自己的行为正在发生变化。”因此，营造村落农民体育活动非参与者参与体育活动的大众氛围，对其体育生活方式的培养和形成就显得尤为重要。

① 中国群众体育调查课题组编．中国群众体育现状调查与研究［M］．北京：北京体育大学出版社，2005：214.

② 中国群众体育调查课题组编．中国群众体育现状调查与研究［M］．北京：北京体育大学出版社，2005：214.

主要参考文献

［1］编辑部．论新农村建设十大关系——中央党校副校长李君如一席谈［J］．华夏星火，2007（3）．

［2］陈吉元，胡必亮．当代中国的村庄经济和村落文化［M］．太原：山西经济出版社，1996.

［3］陈国海．组织行为学（第2版）［M］．北京：清华大学出版社，2006.

［4］崔丽，孙政才．城乡收入绝对差距近万元创30年最大［N］．中国青年报，2008－08－29.

［5］曹杰．行为科学［M］．北京：科学技术文献出版社，1987.

［6］陈梦国，李实．农村体育与农村经济发展关系研究［J］．天津体育学院学报，1995（4）．

［7］陈荫生，陈安槐主编．体育大辞典［M］．上海：上海辞书出版社，2000.

［8］曹申义，游建华．农村体育莫入误区［N］．中国体育报，2004－11－17.

［9］蔡薇萍．准确把握新农村建设的深刻内涵［N］．农民日报，2006－1－14.

［10］陈向明．在行动中学作质的研究［M］．北京：教育科学出版社，2003.

［11］曹彧．打造节庆体育活动品牌［N］．中国体育报，2005－02－17.

［12］曹彧．在思考中工作，湖北农民体协秘书长王觉非［N］．中国体育报，2005－10－20.

［13］陈永辉，陈勤．对一个地域村落乡土武术的考察与分析［J］．中国体育科技，2007，43（4）．

［14］陈则兵．社会转型时期我国民间体育组织的发展研究［J］．成都体育学院学报，2002，28（4）．

［15］财政部教科文司，华中师范大学全国农村文化联合调研课题组．乡村文化与新农村建设［J］．华中师范大学学报（人文社会科学版），2007（4）．

［16］董翠香，吉灿忠，纪铭霞．河南省农村体育现状调查研究［J］．体育文化导刊，2008（5）．

［17］达尔文．人类的由来［M］．北京：商务印书馆，1993.

［18］戴健，韩冬，梁晓杰等．新农村建设中长三角地区农民体育现状及对策［J］．体育

科学，2009，29（1）.

［19］戴建，韩冬等．长三角地区农村体育发展存在的问题与对策［J］．上海体育学院学报，2008，11（6）.

［20］丁金胜，徐宁．青岛村落体育经费研究［J］．武术科学（《搏击》）学术版，2006，3（5）.

［21］丁金胜．青岛农村村落体育研究［J］．中国青岛市委党校（青岛行政学院学报），2007（3）.

［22］董利群，穆灵敏．阶级阶层利益整合与和谐社会构建——中国农民阶级阶层分化研究［J］．河北师范大学学报（哲学社会科学版），2007，30（5）.

［23］丹尼尔·贝尔．资本主义文化矛盾［M］．北京：商务印书馆，1989.

［24］代忘．温铁军谈新农村建设农村千差万别变革渐进图之［EB/OL］．人民网，http：//nc. people. com. cn/GB/8379099. html.

［25］第五次全国体育场地普查数据公报各项指标大幅增长［N］．中国体育报，2005－02－03.

［26］戴维·波普诺著．李强译．社会学（第十版）［M］．北京：中国人民大学出版社，2002.

［4］邓伟志．中国社团的现状及发展趋势［J］．上海行政学院学报，2004（6）.

［28］邓毅明．农村与农民体育研究的必要性与可行性［J］．体育文化导刊，2005（5）.

［29］邓跃宁等．四川省农村体育发展的地区差异与区域发展研究［J］．成都体育学院学报，2009，35（2）.

［30］樊炳有．社区体育论［M］．北京：北京体育大学出版社，2003.

［31］方春妮，田静，王健．华中地区农民体育健身现状调查与分析［J］．西安体育学院学报，2006，23（3）.

［32］佛雷德·鲁森斯著．王垒等译校．组织行为学（第9版）［M］．北京：人民邮电出版社，2003.

［33］费孝通．乡土中国［M］．北京：生活·读书·新知三联书店，1985.

［34］国家体育总局政策法规司．群众体育战略研究［M］．北京：北京体育大学出版社，2005.

［35］国家统计局．国家统计局综合司发展回顾系列报告之六：农业和农村经济社会发展再上新台阶［EB/OL］. http：//www. stats. gov. cn/was40/reldetail. jsp？docid＝402434601，2007－09－25.

［36］国家统计局综合司．“十五”时期农村居民生活水平进一步提高［EB/OL］. http：//www. stats. gov. cn/tjfx/ztfx/swcj/t20060320_ 402311606. htm，2006－03－20.

［37］郭琼珠．社会转型期村落体育的生存、保护与发展［J］．厦门大学学报（哲学社会科学版），2008（2）.

[38] 谷世权，林伯原．中国体育史（上、下册）［M］．北京：北京体育学院出版社，1989.

[39] 郭素萍．中国农民占体育人口的 8.4%，平均体质低于城市［EB/OL］．中国网，http://www.china.com.cn/chinese/kuaixun/1168540.htm，2006-03-29.

[40] 顾晓艳，徐辉．论水族传统体育的文化特征［J］．体育学刊，2006，13（6）．

[41] 龚信力．促进中部崛起吾楚有责［N］．湖北日报，2006-05-08.

[42] 郭修金，虞重干．从村落看村落体育［J］．上海体育学院学报，2008，32（3）．

[43] 郭修金．村落体育的主要特征与社会功能探析——山东临沂沈泉庄的实地考察［J］．广州体育学院学报，2007，27（3）．

[44] 黄爱峰．新农村建设下的农村体育发展思考［J］．上海体育学院学报，2006，30（6）．

[45] 湖北省体育局内部资料．湖北省第五次体育场地普查课题研究报告［Z］．2005.

[46] 胡昌贵．刍议农村体育工作中的几个理论问题［J］．体育科学，1991（4）．

[47] 黄静珊，王兴林，李宏印等．陕西省农民体育的现状调查与对策研究［J］．体育科学，2004，24（4）．

[48] 韩美群．论和谐文化的社会功能［J］．武汉大学学报（人文科学版），2007，60（5）．

[49] 胡锦涛．中国共产党第十七次代表大会报告［R］．中共中央第十七次代表大会，2007-10-15.

[50] 何建文．体育人口理论研究评述［J］．北京体育大学学报，2006，29（12）．

[51] 胡家燕．认真贯彻落实党的十六届六中全会精神，努力推动群众体育事业新发展——胡家燕副局长在 2007 年全国群体工作会议上的讲话［EB/OL］．http://www.sport.gov.cn/jgdw/qts.htm，2007-03-20.

[52] 胡庆山，王健．新农村建设中发展“新农村体育”的必要性、制约因素及对策［J］．体育科学，2006，26（10）．

[53] 胡庆山．我国农民工参与全民健身运动的现状分析［D］．华中师范大学硕士学位论文，2006.

[54] 贺雪峰．新农村建设与中国道路［J］．读书，2006（8）．

[55] 黄亚玲．论中国体育社团［M］．北京：北京体育大学出版社，2004.

[56] 姜大明．2008 年山东省政府工作报告［R］．山东省第十一届全国人民代表大会第一次会议，2008-1-20.

[57] 金人庆．履行公共财政作用？支持新农村建设［EB/OL］．中国农业信息网，http://www.agri.gov.cn/gndt/t20060303_563021.htm.

[58] 姜裕富．农民合作能力与新农村建设——以浙江省常山县 ZF 村为个案［J］．调研世界，2007（1）．

[59] 骆秉全，孙文．多元化筹集农村体育经费问题研究［J］．体育科学，2007，27 (4)．

[60] 骆秉全，徐巍．北京新农村建设中的体育管理问题研究［J］．北京体育大学学报，2008，26 (4)．

[61] 鲁长芬，王健，罗小兵等人．城市农民工参与全民健身的现状调查与分析［J］．天津体育学院学报，2005，20 (5)．

[62] 聂德民，葛学梁．农村社区文化现状的三级成因探讨及出路探寻［J］．理论与改革，2003 (4)．

[63] 刘德佩．体育价值观念的形成与变迁［J］．体育科学，1987 (3)．

[64] 李凤新．民间体育社团组织在中国体育结构转型中的作用［J］．山东体育科技（自然科学版)，2006 (11)．

[65] 李红，薛海红，冯武龙．中国人口与中国体育人口比较的社会学分析［J］．西安体育学院学报，2007，24 (4)．

[66] 刘贺．辽宁省农村村落体育人口现状调查［J］．山西师大体育学院学报，2007，22 (4)．

[67] 李会增．我国冀东地区小城镇体育活动现状及发展模式［J］．上海体育学院学报，2005，29 (5)．

[68] 李会增，王向东，赵晓红等．我国村落体育的文化特征及发展模式研究［J］．北京体育大学学报，2007 (10)．

[69] 缪晖．农忙时晒谷，农闲时打球，湖北“两打两晒”让农民得实惠［N］．中国体育报，2004－10－20.

[70] 李静山，李炯．全民健身计划实施中“不平衡性发展”问题研究［J］．成都体育学院学报，2006，26 (4)．

[71] 刘举科，胡文臻．体育养生健康美［M］．兰州：兰州大学出版社，2003.

[72] 雷军蓉．龙狮运动训练［M］．北京：北京体育大学出版社，2005.

[73] 李玲．帮老年人走出丧偶之痛［N］．健康时报，2006－11－06.

[74] 李龙锦．和谐文化与和谐社会［J］．宁夏社会科学，2006 (6)．

[75] 刘鹏．大力唱响“全民健身与奥运同行”主题，努力开创群众体育工作新局面——刘鹏局长在 2007 年全国群体工作会议上的讲话［EB/OL］．http：//www.sport.gov.cn/jgdw/qts.htm，2007－03－20.

[76] 李晴慧．新时期中国体育管理社团化取向的研究［D］．华南师范大学硕士学位论文，2003.

[77] 李庆霞著．社会转型中的文化冲突［M］．哈尔滨：黑龙江人民出版社，2004.

[78] 刘瑞娟．论村落文化在乡风文明建设中的作用［J］．山西农业大学学报，2008，7 (1)．

[79] 吕树庭，卢元镇．体育社会学教程［M］．北京：高等教育出版社，1995.

［80］吕树庭，裴立新等．以小城镇为重点的中国农村体育发展研究［J］．体育学刊，2005，12（3）．

［81］刘少英．湘西少数民族传统体育的审美特征［J］．体育文化导刊，2002（6）．

［82］刘涛，龙行才．农村体育有“四少”［EB/OL］．新华网，http：//news. xinhuanet. com/nsports/2002－06/30/content_ 463658. htm.

［83］卢文云．中国农村体育研究综述［J］．北京体育大学学报，2006，29（4）．

［84］卢文云．西部大开发与西部地区农村体育发展模式的研究［J］．北京体育大学学报，2005，28（12）．

［85］李晓春．管理民主：新农村建设的政治保证［J］．领导科学，2007（1）．

［86］罗湘林．对一个村落体育的考察与分析［J］．体育科学，2006，26（4）．

［87］李相如，吴建美．北京市农民工参与休闲体育的现状调查与研究——以海淀区建筑行业、民营企业、服务行业为例［J］．中国体育科技，2009，45（1）．

［88］陆学艺．走出“城乡两治 一国两策”的困境［EB/OL］．中国农村研究网，http：//www. ccrs. org. cn/show_ 4280. aspx.

［89］陆学艺．当代中国社会阶层研究报告［M］．北京：社会科学文献出版社，2002.

［90］林毅夫．建新农村是解决“三农”问题的现实选择［EB/OL］．中国农村研究网，http：//www. ccrs. org. cn/show_ 2045. aspx.

［91］林毅夫．农村教育与农村发展［EB/OL］．搜狐网，http：//business. sohu. com/2004/04/22/61/article219926111. shtml.

［92］李小云，赵旭东，叶敬忠主编．乡村文化与新农村建设［M］．北京：社会科学文献出版社，2008.

［93］李艳．农村公共体育服务存在的问题与思考［J］．成都体育学院学报，2008，32（10）．

［94］历以宁．如何改革城乡二元体制［EB/OL］．中国农村研究网，http：//www. ccrs. org. cn/show_ 2903. aspx.

［95］刘玉．现阶段农村体育文化特点及工作重点探讨［J］．成都体育学院学报，2008，34（11）．

［96］李银河．论村落文化［J］．中国社会科学，1994（4）．

［97］李一宁，戴伟，金世斌．江苏实施农民体育健身工程的实践与思考［J］．体育文化导刊，2008（7）．

［98］李有香等．中国北部地区农村体育人口的现状调查分析［J］．体育文化导刊，2008（6）．

［99］卢元镇主编．社会体育学［M］．北京：高等教育出版社，2002.

［100］刘兆发．农村非正式结构的经济分析［M］．北京：经济管理出版社，2002.

［101］罗志军．江苏省2008年政府工作报告［R］．江苏省第十一届人民代表大会第一次

会议，2008－1－25.

［102］吕祖善．浙江省2008年政府工作报告［R］．浙江省第十一届人民代表大会第一次会议，2008－1－25.

［103］马长山．国家、市民社会与法治［M］．北京：商务印书馆，2002.

［104］苗大培．论体育生活方式［J］．天津体育学院学报，2000，15（3）．

［105］孟凡杰，谭作军，高泳．我国“农民体育健身工程”的调查研究——以河南省试点为例［J］．中国体育科技，2008，44（4）．

［106］孟凡强．自发性群众体育组织成因的理论探讨［J］．体育学刊，2006，13（2）．

［107］马桂霞．二元社会结构与农村体育发展［J］．天津体育学院学报，1993（1）．

［108］马启伟．体育心理学［M］．北京：高等教育出版社，1996.

［109］［美］D·P·约翰逊．南开大学社会学系译．社会学理论［M］．北京：国际文化出版公司，1988.

［110］［美］克利福德·格尔兹．纳日碧力戈译．文化的解释［M］．上海：上海人民出版社，1999.

［111］马先莹，杨磊等．农村体育——制约我国群众体育发展的瓶颈［J］．北京体育大学学报，2004，27（10）．

［112］马艺华．湖北农民体育协会调查显示：农民最爱篮、乒、象［N］．中国体育报，2004－02－02.

［113］马姝文．西方生活方式研究理论综述［J］．江西社会科学，2004（1）．

［114］苗治文，韩军生，王晓红．体育生活方式评价指标体系的研究［J］．体育科学，2006，26（8）．

［115］毛振华等．社会学与和谐社会［C］．中国社会科学院社会研究所博士后论文集，北京：社会科学文献出版社，2007.

［116］彭聃龄．普通心理学（修订版）——面向二十一世纪课程教材［M］．北京：北京师范大学出版社，2004.

［117］庞元宁．少数民族现代化中传统体育文化价值认同与需求的实证研究——来自湘西少数民族群众的声音与调查［J］．天津体育学院学报，2008，23（2）．

［118］全国农村文化联合调研课题组．中国农村文化建设的现状分析与战略思考［J］．华中师范大学学报（人文社会科学版），2007，46（4）．

［119］乔克勤，关文明．中国体育思想史［M］．兰州：甘肃民族出版社，1993.

［120］漆向东．和谐社会中的户籍制度改革与问题研究［J］．中州学刊，2007，159（3）．

［121］钱应华，谢翔．民俗体育与构建和谐社会［J］．体育文化导刊，2008（6）．

［122］任保国，张宝荣．建设新农村与构建和谐社会中发展农村体育文化探析［J］．体育与科学，2007，28（1）．

［123］任大方．对我国城市社区体育基层组织发展停滞现象的研究［J］．中国体育科技，

2007，43（3）.

［124］沈建华，李建国，杨学军等．社区体育发展新模式——学区体育［J］．上海体育学院学报，1999，23（4）.

［125］十六届中央委员会第三次全体会议通过．中共中央关于完善社会主义市场经济体制若干问题的决定［R］．北京：第十六届中央委员会三次会议，2003.

［126］沙莲香．社会心理学［M］．北京：中国人民大学出版社，2008.

［127］孙立平．我国弱势群体的形成与特征［EB/OL］．http：//column. bokee. com/27044. html.

［128］苏群体．农村体育情况调查［J］．体育与科学，1982（5）.

［129］申屠青南．专家认为中国城乡消费差距惊人维持 3.21:1 水平［N］．中国证券报，2005－09－07.

［130］孙鑫．对当前我国农民概念内涵与农民群体划分的探讨——兼与张义同志商榷［J］．农业经济问题，1995（5）.

［131］施臻．抓好村落文化，使之成为经济发展的推进器［J］．农村·农业·农民，2002（6）.

［132］邰崇喜，刘江山，汪康乐．环太湖农民体育健身工程的构建［J］．体育学刊，2008，15（12）.

［133］陶倩，梁海飞．体育对塑造民族精神的作用［J］．上海体育学院学报，2007（5）.

［134］田全喜，杨万杰．湖北 600 农村体育教师来到武汉体育学院受训［N］．中国体育报，2005－08－03.

［135］田雨普，李金梅等．全面建设小康社会与我国农民体育发展［J］．体育文化导刊，2008（3）.

［136］田雨普．全面建设小康社会背景下我国农村体育的发展战略［J］．体育学刊，2006，13（5）.

［137］体育史教材编写组编．体育史（第二版）［M］．北京：高等教育出版社，1996.

［138］谭延敏，张铁明．农村体育发展中非正式结构体育社团的作用及管理研究［J］．南京体育学院学报，2008，22（3）.

［139］汤国杰，丛湖平．社会分层视野下城市居民体育锻炼行为及影响因素的研究［J］．中国体育科技，2009，41（1）.

［140］王程，孙庆祝．农村体育不能承受之轻——基于和谐社会需求的我国农村体育的发展研究［J］．体育文化导刊，2006（6）.

［141］王朝群．农民体育：一个沉重的话题［J］．山东体育学院学报，2003，19（2）.

［142］王广虎．弱势群体参与全民健身的现状调查与对策研究［M］．成都：四川大学出版社，2005.

［143］吴昊，曲宗湖．我国西部农村学校体育现状及发展对策研究［J］．武汉体育学院学

报，2007，41（3）.

［144］王海宏，杨建国等．农村公共体育服务的现状调查与对策研究［J］．武汉体育学院学报，2009，35（2）.

［145］王俊奇．赣皖边区村落民俗体育研究［J］．北京体育大学学报，2006，29（11）.

［146］温家宝．论深入学习科学发展观的若干重大意见［J］．求是，2008（11）.

［147］温家宝．2007年政府工作报告［R］．第十届全国人民代表大会第五次会议，2007－3－5.

［148］温家宝．2008年政府工作报告［R］．第十一届全国人民代表大会第一次会议，2008－3－5.

［149］王健，胡庆山．以人为本——农村体育“科学发展”的新理念［J］．北京体育大学学报，2005，28（12）.

［150］王嘉栋．村落文化对村民自治的影响——以陕西省A镇为例［J］．安徽农业科学，2007，35（35）.

［151］王建华，熊伟．北京市第五次全国体育场地普查资料汇编［M］．北京：中国劳动社会保障出版社，2006.

［152］吴理财．中国农村研究：主位意识与具体进路［J］．开放时代，2005（2）.

［153］王铭铭．村落视野中的文化与权利［M］．北京：三联书店，1997.

［154］巫瑞书．南方传统节日与楚文化［M］．武汉：湖北教育出版社，1999.

［155］王晓玲．我国农民体育现状及对策分析［J］．成都体育学院学报，2005，31（4）.

［156］王永等．论城镇化对农村体育的影响——上海市张江镇农村体育发展的启示［J］．体育科学，2006，26（1）.

［157］王学增，张春燕．体育群体概念的思辨与非正式体育群体的社会学意义［J］．聊城大学学报（自然科学版），2005（2）.

［158］王攀．民工返乡潮提前出线的两个警示［EB/OL］．http：//wangpansh. blog. sohu. com/ 103802798. html.

［159］王雅林．生活方式的理论魅力与学科建构——生活方式研究的过去与未来20年［J］．社会学研究，2003（3）.

［160］吴新雄．江西省2008年政府工作报告［R］．江西省第十一届人民代表大会第一次会议，南昌：2008－1－23.

［161］吴振华，田雨普．关于中国农村体育若干问题的断想［J］．体育文化导刊，2005（6）.

［162］吴增基．现代社会学［M］．上海：上海人民出版社，1998.

［163］徐碧琳，刘昕．非正式组织识别实证研究［J］．财经研究，2004（4）.

［164］夏成前，田雨普．新中国农村体育发展历程［J］．体育科学，2007，27（10）.

［165］谢光辉，黎晓勇．关于农村体育的现实困境与发展出路的思考［J］．成都体育学院

学报，2008，34（5）.

［166］肖焕禹，翁志强，陈玉忠等．当代中国社会结构与体育人口结构的基本特征［J］．上海体育学院学报，2005，29（2）.

［167］奚凤兰．山东省农民体育健身现状调查与分析［J］．上海体育学院学报，2006，30（4）.

［168］谢军，刘明辉．21世纪中国家庭体育的发展趋势与对策［J］．体育科学研究，1999（2）.

［169］肖建忠等．广东省农村体育开展现状与发展对策［J］．上海体育学院学报，2008，32（4）.

［170］许良．全面建设小康社会下农民体育开展模式的研究［J］．北京体育大学学报，2005，28（5）.

［171］辛利．论富裕乡镇体育在中国农村体育发展战略中的地位［J］．广州体育学院学报，1998（3）.

［172］徐明其．农村体育社会化对策［J］．上海体育学院学报，1990（1）.

［173］席薇，张丽辉，于涛等．天津市初婚夫妇生育意愿分析［J］．中国公共卫生，2000（16）.

［174］湘西州人民政府办公室．湘西州年鉴（2005）［M］．北京：五洲传播出版社，2006.

［175］徐勇．当前中国农村研究方法论问题的反思［EB/OL］．中国农村研究网，http：//www. ccrs. org. cn/show_ 509. aspx.

［176］徐勇．“服务下乡”：国家对乡村社会的服务性渗透——兼论乡镇体制改革的走向［J］．东南学术，2009（1）.

［177］谢勇强．温总理报告对体育提出要求，政协委员建言献策［N］．中国体育报，2006－03－07.

［178］谢勇强．乡镇体育组织应该怎样建？［N］．中国体育报，2007－10－26.

［179］杨秉辉．人是否健康长寿，60%取决于其生活方式［N］．解放日报，2005－01－04.

［180］虞重干．加强农村基层体育文化研究的历史契机与现实需要［J］．体育科学，2005，25（2）.

［181］虞重干．农村体育的根基：村落［J］．武汉体育学院学报，2007，41（7）.

［182］姚重军．少数民族传统体育文化研究［M］．北京：民族出版社，2004.

［183］袁大任．也定义体育文化［J］．体育文化导刊，2007（3）.

［184］袁广锋．以小城镇社区体育为中心发展农民体育［J］．体育学刊，2006，13（3）.

［185］袁广锋，陈融，陈如桦等．论城市社区体育资源及其开发与利用［J］．北京体育大学学报，2004，27（5）.

［186］俞国良．社会心理学［M］．北京：北京师范大学出版社，2006.

[187] 袁华亭．侗族哆毽及其体育文化特征［J］．中南民族学院学报（哲学社会科学版），1999（4）．

[188] 郁俊，杨建营，李萍美等．浙苏皖赣鲁农民享有基本体育服务现状调查与对策研究［J］．体育科学，2006，26（4）．

[189] 于军，范世晔等．社会主义新农村建设目标下制约山东省农村体育发展的因素及对策研究［J］．中国体育科技，2008（5）．

[190] 佘静芳．论农村体育文化建设对推进社会主义新农村建设的意义［J］．湖南民族职业学院学报，2006（2）．

[191] 宋杰．山东省农民体育需要调查研究［J］．中国体育科技，2008，44（5）．

[192] 杨劼，卢祖洵．健康的文化视角与健康文化的基本内涵［J］．医学与社会，2005，18（1）．

[193] 姚磊．经济欠发达地区新农村建设中农民家庭体育消费需求结构变化分析——以安徽省巢湖周边地区为例［J］．安徽体育科技，2008，29（2）．

[194] 姚磊，田雨普，谭明义．经济欠发达地区新农村建设中农民体育人口类型研究[J]．军事体育进修学院学报，2008，27（1）．

[195] 姚蓓琴．村落文化和农村两个文明建设［J］．社会科学，2000（4）．

[196] 杨启先．城市化：解决结构性矛盾与“三农”问题的关键［J］．经济与管理研究，2001（4）．

[197] 袁伟民，李志坚主编．中华人民共和国体育史（地方卷）［M］．北京：中国书籍出版社，2002.

[198] 杨文轩，杨霆．体育概论［M］．北京：高等教育出版社，2005.

[199] 于向．新农村体育发展的制约因素分析与对策研究［J］．北京体育大学学报，2007，30（6）．

[200] 杨小明，田雨普．农村传统文化对农民体育发展的影响［J］．山东体育学院学报，2007，23（3）．

[201] 杨小明，田雨普．机遇与挑战：新农村建设背景下的农民体育［J］．西安体育学院学报，2007，24（6）．

[202] 叶奕乾，祝蓓里主编．心理学［M］．上海：华东师范大学出版社，1999.

[203] 袁亚愚．新修乡村社会学［M］．成都：四川大学出版社，1999.

[204]［英］S. TYSON，T. JACKSON. 组织行为学精要（第2版）［M］．北京：中信出版社，2003.

[205] 周成林，章建成．北京奥运会对增强沈阳市民凝聚力心理因素的研究［J］．体育科学，2006，26（10）．

[206] 张辉．关于南京市农民阶层体育消费影响因素分析［J］．南京体育学院学报，2008（2）．

［207］张凡．林毅夫“四位一体”欲破农村金融难题［EB/OL］．人民网，http：//nc. people. com. cn/GB/6359267. html.

［208］张峰．对陕西省农村体育人口的研究［J］．体育文化导刊，2007（9）．

［209］钟赋春．影响农村乡镇体育发展的因素及对策研究［J］．武汉体育学院学报，2006，40（10）．

［210］郑杭生．社会学概论新修（第三版）［M］．北京：中国人民大学出版社，2003.

［211］中国体育报．农村公共体育场地设施建设详解：建设要有标准［EB/OL］．http：//www. sport. org. cn/newscenter/other/2006－03－30/826917. html.

［212］中国群众体育调查课题组编．中国群众体育现状调查与研究［M］．北京：北京体育大学出版社，2005.

［213］中国体育博物馆．中华民族传统体育志［M］．桂林：广西民族出版社，1990.

［214］中华人民共和国国家统计局编．2007 中国统计年鉴［M］．北京：中国统计出版社，2007.

［215］曾理，徐玖平．对中国农民体育的思考［J］．中国体育科技，2003，39（1）．

［216］曾理等．社会转型期村落体育的生存、保护与发展［J］．厦门大学学报（哲学社会科学版），2008，22（2）．

［217］邹丽．两打两晒探新路，农民体育健身工程一举多得［N］．中国体育报，2006－05－11.

［218］张力为，任未多．体育运动心理学研究进展［M］．北京：高等教育出版社，2000.

［219］郑黎芳，赖恩明，罗永涛．和谐社会与新农村建设［M］．上海：上海大学出版社，2007.

［220］周结友，裴立新．全民健身对于推进社会主义新农村建设的功能探究［J］．体育科学，2006（11）．

［221］周君华，于军．农村体育与社会主义新农村建设的融合发展［J］．山东体育学院学报，2008（3）．

［222］周全．关于体育意识意蕴的解读［J］．成都体育学院学报，2006，32（6）．

［223］赵文广．文化力：新农村建设的持续动力［J］．中共成都市委党校学报，2006，15（4）．

［224］祝蓓里主编．体育心理学新编［M］．上海：华东师范大学出版社，1995.

［225］张文静，田雨普．农村体育研究中“农村”含义的辨析［J］．体育文化导刊，2005（10）．

［226］张文静．农民体育参与的行为学分析［J］．武汉体育学院学报，2009，43（1）．

［227］赵晓红，李会增，张献辉等．新农村建设中农村体育的发展对策［J］．上海体育学院学报，2007，31（5）．

［228］张小林等．少数民族现代化中传统体育文化价值认同与需求的实证研究——来自湘西少数民族群众的声音与调查［J］．天津体育学院学报，2008，23（2）．

［229］张义．有关当前我国农民概念界定的几个问题［J］．农业经济问题，1994（8）．

后　　记

本著作是在本人主持完成的 2007 年度国家社科基金青年项目"新农村建设背景下我国村落农民体育的理论与实证研究"（项目编号为 07CTY005）最终成果的基础上修订而成的，并得到中国博士后科学基金资助出版。

本课题涉及的面较广，工作量较大，研究的难度自不必多言。本论著的出版是课题组集体智慧的结晶。在本课题的完成过程中，邯郸学院体育学院的张铁明，咸宁学院体育系的张波，华中师范大学体育学院研究生郭敏刚、曾庆旋、郭宝科等课题组成员在本课题的问卷发放与回收、图片采集、数据统计及部分初稿内容的完成中付出了艰辛的劳动，在此谨向以上同志表示衷心的感谢！

在本人做博士后期间，得到了北京体育大学相关校领导、老师和同学们的帮助与支持。在此，尤其要感谢我的博士后合作导师任海先生的悉心指导与浓厚关爱，感谢先生在百忙之中欣然为本拙著作序！从 2006 年我报考先生的博士生开始与先生结识，先生的渊博学识与儒雅气质便一直影响并鞭策着我，成为我求学做人的标杆和动力。感谢北京体育大学的池建副校长、人事处夏伦好处长、211 工程建设办公室花勇民副主任、博士后流动站叶楠老师，以及北京体育大学管理学院的林显鹏教授、黄亚玲教授、肖淑红教授、邱招义教授、王芳博士、孙湛宁博士等领导和老师的关心与指导！还要感谢北京体育大学博士后方千华、赵永平、黄世席、张世响、刘贺娟以及在读博士生张振龙等人的关心与帮助！

感谢原国家体育总局政法司司长谢琼桓教授、南京师范大学田雨普教授等前辈对后学的扶持、鼓励和指导！

感谢一直以来给予我关心与帮助的华中师范大学体育学院各级领导和同事们！尤其是我的硕士和博士生导师王健教授多年来的辛勤培育与教诲！感谢华中师范大学社科处的石挺处长、何静副处长、李华中副处长、王汇老师、张扬老师、徐剑老师、刘中兴老师等人在我科研求索途中给予的至诚指导与鼓励！

感谢全国哲学社会科学规划办及中国博士后科学基金委的支持！感谢北京体育大学出版社的李飞社长、白珺编辑、吴智鹏编辑等人为拙著的付梓所付出的辛勤劳动！

此外，本书中还引用了诸多专家学者的观点和成果，在此一并表示诚挚的谢意！

最后，值得说明的是，由于本人的学力和精力所限，拙著中定然不乏纰漏之处，恳请广大同仁予以包容，并给予批评指正。

是为记。

2010 年 8 月于武昌桂子山